在路上

On the Road

Jack Kerouac

傑克．凱魯亞克／著
何穎怡／譯

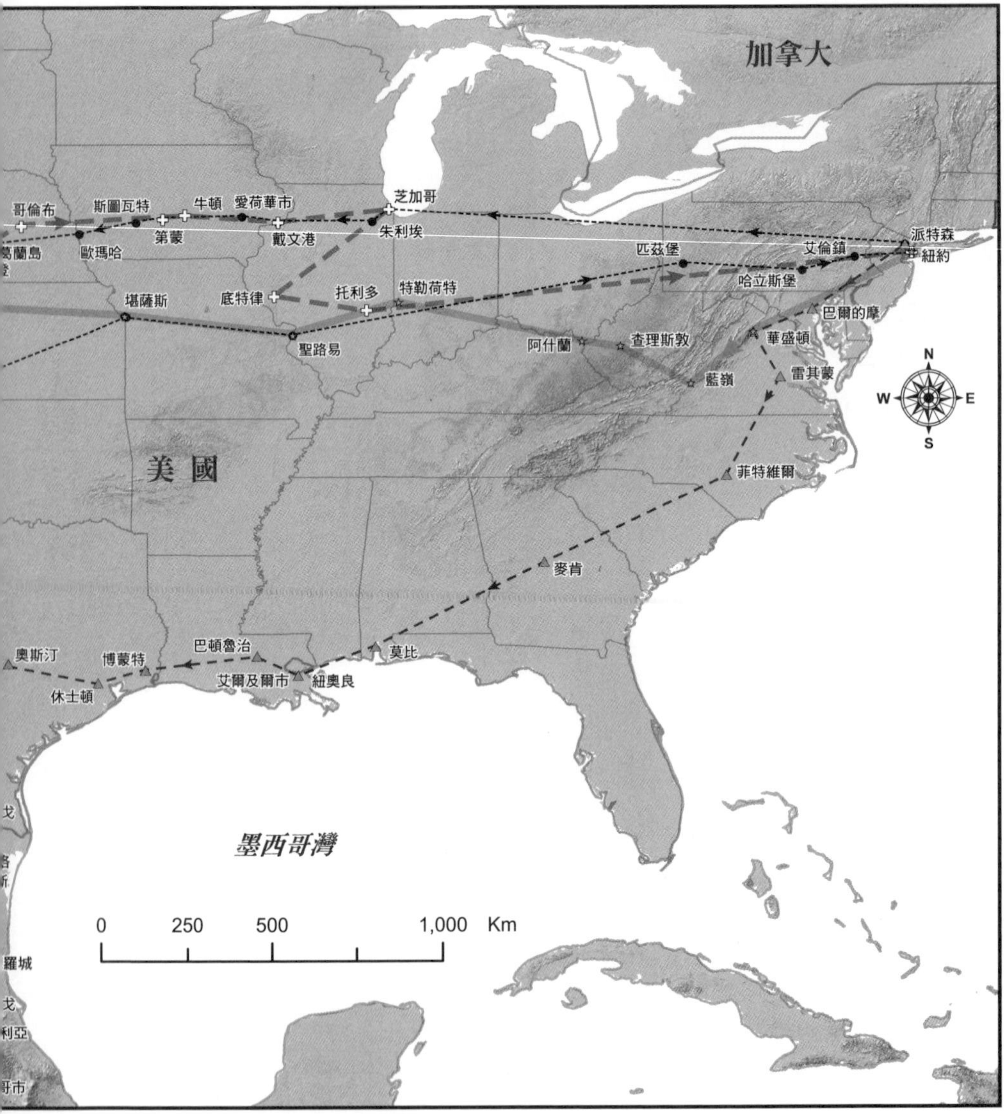

加拿大
哥倫布
斯圖瓦特
牛頓
愛荷華市
芝加哥
第蒙
戴文港
朱利埃
歐瑪哈
派特森
紐約
匹茲堡
艾倫鎮
哈立斯堡
底特律
托利多
特勒荷特
堪薩斯
聖路易
巴爾的摩
阿什蘭
查理斯敦
華盛頓
藍嶺
雷其蒙
N
W
E
S
美國
菲特維爾
麥肯
巴頓魯治
奧斯汀
博蒙特
莫比
艾爾及爾市
紐奧良
休士頓
墨西哥灣
0
250
500
1,000
Km

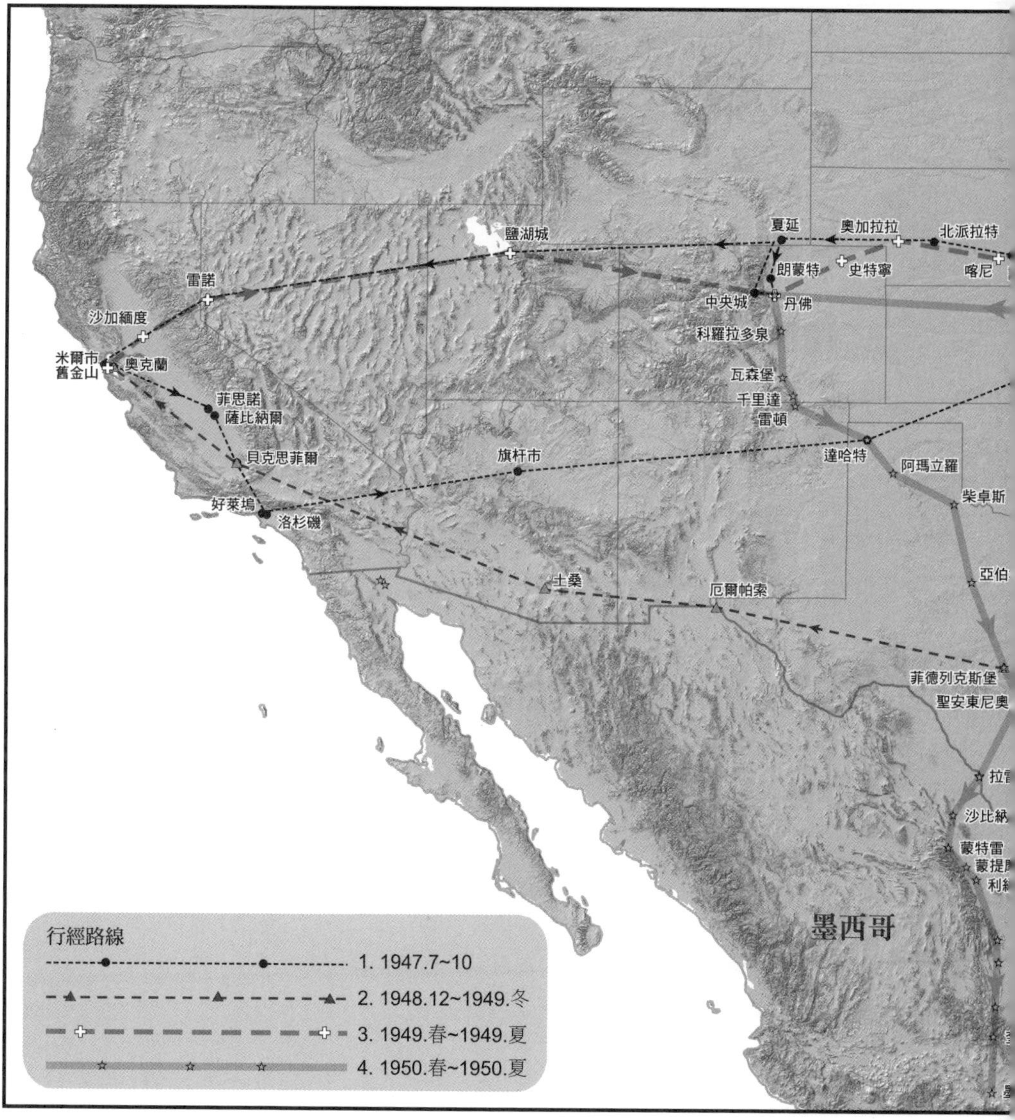
鹽湖城
夏延
奧加拉拉
北派拉特
朗蒙特
史特寧
喀尼
雷諾
中央城
丹佛
沙加緬度
科羅拉多泉
米爾市
舊金山
奧克蘭
瓦森堡
菲思諾
千里達
薩比納爾
雷頓
貝克思菲爾
旗杆市
達哈特
阿瑪立羅
柴卓斯
好萊塢
洛杉磯
土桑
厄爾帕索
菲德列克斯堡
聖安東尼奧
蒙特雷
墨西哥
行經路線
1. 1947.7~10
2. 1948.12~1949.冬
3. 1949.春~1949.夏
4. 1950.春~1950.夏

引言

安・查特斯

一九五七年九月四日星期三午夜時分，傑克・凱魯亞克與同居人二十一年輕作家喬絲・強森[1]步出她在紐約市上西城區的公寓，到六十六街與百老匯大道交口的報攤等待送報車運來第二天的《紐約時報》。出版社事先告知凱魯亞克，該報將刊登他的小說《在路上》的書評，因此他們買下抽出來的第一份報紙。站在街燈下，翻到「時報書介」專欄的那一頁。書評作者是吉柏特・米斯坦（Gilbert Millstein），他寫：

《在路上》是凱魯亞克的第二本小說，在任何一個以追逐浮誇為時尚，因而人們注意力破碎、敏銳性鈍化的年代，此書的藝術真誠性使它的出版得以躋身歷史事件……〔這本小說〕寫得漂亮，多年前凱魯亞克曾將他們的一代命名為「垮世代」，他就是主要化身，此書正是垮世代最清晰、最重要的表述。

1 Joyce Johnson，美國作家，曾以回憶錄《小角色》（*Minor Characters*）奪得美國國家書評人獎。描述她與傑克・凱魯亞克的一段情。編按：本書注釋皆為譯者所加。

一如二〇年代眾多小說中，《太陽依舊升起》（*The Sun Also Rises*）被視為失落一代的宣言，看來，《在路上》也將在「垮世代」扮演同樣角色。

凱魯亞克與喬絲拿著那份報紙，在鄰近酒吧的昏暗包廂反覆閱讀。喬絲後來在回憶錄《小角色》（*Minor Characters*）說：「凱魯亞克不斷搖頭，好像不明白自己為何沒有變得比較快樂。」最後他們回公寓睡覺。喬絲回憶「這是傑克最後一次以無名小卒的身分上床。第二天上午電話響起，他成名了。」

第二天，記者想問的是「垮」的解釋，而非他的寫作，這個問題糾纏了凱魯亞克一生。他剛出版的書被《村聲雜誌》（*Village Voice*）評為「為時下難以捉摸的反叛精神發出了號召吶喊。」兩周前，艾倫·金斯堡（Allen Ginsberg）的書《嚎叫》（*Howling and Other Poems*）才剛被控猥褻，在舊金山法庭受審，引起廣大討論；到了十月，法官克萊登·霍恩（Clayton Horn）裁定金斯堡的詩有「社會補償價值」。金斯堡將此書獻給好友卡爾·索羅門（Carl Solomon）、凱魯亞克、威廉·布洛斯（William Burroughs），以及尼爾·卡薩迪（Neal Cassady），詩集第一句經常被報章引用──「我見到這個時代最優秀的心靈被瘋狂摧毀，飢餓，赤裸，歇斯底里……」垮世代（Beat Generation）成為新聞，凱魯亞克則是「垮」精神幻化而成的肉身[2]。

2 艾倫·金斯堡（Allen Ginsberg）、傑克·凱魯亞克（Jack Kerouac）、威廉·布洛斯（William Burroughs）被稱垮世代三巨將，他們的作品《嚎叫》、《在路上》、《裸體午餐》（*Naked Lunch*）是垮世代文學最具代表性的三本書。卡羅·索羅門（Carl Solomon）是美國作家，在精神療養院與金斯堡結為好友，著有《療養院報告》（*Report*

大家認為凱魯亞克的《在路上》是為一個新世代下定義，因此，包圍他的問題總是書中所描述的生活種種。記者不在乎他是誰、花了多久時間寫這本書，或者他在寫作這條路上打算做些什麼。喬絲回憶，一開始凱魯亞克面對這些問題，總是「出奇地耐心有禮」回應「何謂垮」，說這是十幾年前從時代廣場的混混賀柏特．杭基（Herbert Huncke）[3]那兒聽來的，形容疲憊至極的興奮，但是對凱魯亞克來說，垮這個字又與天主教裡的至福（beatific）有關，意指進了天堂的受福者可以直接認知上帝。關於這部份的意義，採訪者多半不甚了了，他們只想抓到可以順溜引用的話語，而不是「垮」這個時髦俚語在宗教意義上的引申。

至於凱魯亞克解釋他花了七年公路浪遊，卻只需要三星期就寫畢此書，這些話對他毫無助益。他上史帝夫．艾倫（Steve Allen）的節目接受專訪，身分是暢銷作家，艾倫便諷刺說他寧可反其道而行，花三星期流浪，七年時間寫作。凱魯亞克自豪《在路上》的初稿是他一口氣三星期不停寫就的，作家楚門．卡波提（Truman Capote）鄙夷說：「那不叫寫作；只是打字。」凱魯亞克終於受不了，抱怨說：「不是曾經有一段時期，美國作家可以不受形象販子與公關怪獸的騷擾？」媒體的反應極端無情，一直要到下個世代的人長大，凱魯亞克的特殊文體與引人入勝的生活視野才為他贏得嚴肅作家的

from the Asylum: Afterthoughts of a Shock Patient）一書。尼爾．卡薩迪（Neal Cassady），垮文化運動與六〇年代迷幻藥物運動的要角，《在路上》的主角狄恩．莫瑞亞提即是以他為原型。垮世代（Beat Generation）解釋詳見本書第一部注釋20。

3 賀柏特．杭基（Herbert Huncke）是美國次文化偶像，詩人、作家，垮文化運動的一員，咸認「垮」一詞是他首創。

地位。《在路上》早已成為美國經典，對凱魯亞克的肯定卻晚了許多。

《在路上》出版時，凱魯亞克三十五歲，回顧起來，他的寫作生涯前半部集中於完成此書，為它找出版社，後半部卻致力讓世人忘了這本書。困擾來自人們視他為新世代的代言人。其次，他筆下的角色「狄恩．莫瑞亞提」個性如此刺激，記者期望他也該符合這個形象，儘管他一直堅稱「蹣跚」跟隨狄恩橫越美國的「薩爾．帕瑞德斯」才是他自己。

訪問者對「薩爾．帕瑞德斯」不感興趣，也不想知道他在浪遊之餘的寫作生活。當凱魯亞克說他來自加拿大的法裔家庭，記者就擱下筆；當他說美國對他的移民雙親敞開雙臂，因此他熱愛美國，他們充耳不聞；當他說他不是「垮」份子，而是「孤獨瘋狂特異的天主教神祕主義份子」，如果他不是大半時間都與母親同住，過著「修道院一般的生活」，他根本無法寫作，記者還以為他在說笑。相較於狄恩．莫瑞亞提精力充沛的性格，或者「垮世代」的興起，凱魯亞克所說的種種太不刺激了。但是《在路上》的出版意義遠較報紙頭條來得深遠。凱魯亞克努力尋找自己的聲音，許多年後，人們終於聽到了。

凱魯亞克本名尚－路易．魯布里．德．凱魯亞克（Jean-Louis Lebris de Kerouac），一九二二年三月十二日出生於麻薩諸塞州洛威。他的父母里歐與嘉布蓮恩各自從加拿大魁北克郊區移民到美國的新罕布什爾，在此相遇、結婚，沒多久就搬到洛威的法裔加拿大移民區，在家裡使用法裔加拿大人的方言若阿爾語（joual），這是凱魯亞克的母語。終其一生，他跟母親談話都使用若阿爾語，稱呼她為阿嬤（mémère）[4]。直到六歲上了教區小學，他才學會流利的英語。

一九三九年，凱魯亞克自洛威高中畢業，以明星運動員身分拿到賀若思・曼恩預備學校與哥倫比亞大學的足球獎學金。大二那年他與教練口角，中輟學業。當時他才十九歲，日後他說當時自己「非常獨立，可以說，瘋狂想要獨立」，認為他不需要讀完大學，因為他有「自己的想法」，他要「探險，做個孤獨的浪遊者」，才能承襲傑克・倫敦（Jack London）、湯姆斯・伍爾夫（Thomas Wolfe）的傳統，成為美國的偉大作家。

二次大戰期間，凱魯亞克做商船水手，開始寫作《大海是我的兄弟》（*The Sea Is My Brother*），一九四三年寫畢。一九四四年夏天，他跟哥倫比亞大學校區一群人成為好友，更堅定了他的寫作決心。這群人即是後來被稱為「垮世代」的核心成員，部份人物成為《在路上》的角色。一位預備學校的老同學介紹凱魯亞克認識在哥倫比亞大學讀藝術的伊荻・帕克（Edie Parker）[5]，透過她，凱魯亞克又認識了該校大學部的呂西安・卡爾（Lucien Carr）[6]、艾倫・金斯堡，還有哈佛大學研究生威廉・布洛斯，當時住在紐約。卡爾來自聖路易的富裕人家，進入哥倫比亞大學前，已經被多所學校退學；金斯堡當時十八歲，是哥倫比亞大學新鮮人，父母是紐澤西高中英語教師與詩人。布洛斯的祖父是「布洛斯電算機公司」（Burroughs Office Machine Company）創辦人，靠著父母給的錢過活，當時正

4 Mémère在法語裡是祖母的意思。

5 伊荻・帕克（Edie Parker）是凱魯亞克的第一任妻子，寫有回憶錄《沒事的》（*You'll Be Okay*），當年她與Joan Vollmer同居，後者嫁給了威廉・布洛斯。她們在紐約的公寓當年是垮世代藝文人士經常聚會之處。

6 呂西安・卡爾（Lucien Carr）是垮世代一員，後任職合眾國際社編輯。

在體驗毒品，跟幾個藥頭往來，包括時代廣場上的賀柏特．杭基，還有下東城區的藥頭。

卡爾記得四〇年代時，他與朋友是「叛逆的一群」，想要「用某種方法觀察這個世界，賦予〔新〕的意義。想要尋找價值……一種令人信服的價值。這一切都該以文學形式完成。」卡爾閱讀法國象徵主義派的詩，想要創造「新視野」，批判現存的社會傳統。金斯堡的日記則說，他們拿毒品做實驗，希望加速發現一種新的生活方式，讓他們成為偉大作家。「透過長期、大量、縝密地攪亂所有感官，詩人成為先知。體驗各種愛、痛苦與瘋狂。他探索自我，竭盡自身的毒液，僅保留最精髓的部份……」

布洛斯比卡爾、金斯堡虛長幾歲，懷疑這種混亂的手段能夠清晰闡述一種新哲學嗎？他扮演冷嘲熱諷的導師角色，堅持他們都應該讀史賓格勒的《西方的沒落》（*The Decline of the West*），以平衡他們對法國詩人韓波（Arthur Rimbaud）的癡迷。凱魯亞克崇拜他這群紐約朋友的「超絕智識與風格」。誠如他在《杜魯士的虛榮》（*Vanity of Duluoz*）所寫，「這夥人是美國最邪惡、最聰智的混蛋與狗屎，在我喜歡崇拜他人的年輕時代，很難不為他們傾倒。」

夾在朋友與家人間，凱魯亞克過著雙重生活，始終得不到解決。他分割自己的時間，部份用來跟哥倫比亞大學這群人進行狂野「實驗」，服用各式毒品——苯齊巨林、嗎啡、大麻、酒精。另一方面，他跟父母過著中規中矩的勞工階層生活。一九四四年八月，卡爾以童軍刀自衛，刺死同為哥倫比亞大學掛的大衛．卡梅爾（David Kammerer），拜託凱魯亞克幫忙丟棄證物，凱魯亞克因而捲入過失殺人案被捕，罪名是「身為兇案的關鍵證人，卻未能舉報」。里歐拒絕支付一百美元保釋兒子，說他有辱門風，伊荻拿錢出來保他，條件是凱魯亞克必須先跟她到市政府結婚。沒多久，凱魯亞克就保釋在外，旋即與伊荻分手，再度跑船，做了一陣子船員，回來後，繼續與紐約那幫人混。他因為吸食過多毒品，健康開始走下坡，一度因為使用過多苯齊巨林得了靜脈炎住院。

里歐與嘉布蓮恩從洛威搬到紐約皇后區，凱魯亞克出院後，返家照顧罹患癌症的老父。里歐老先生在一九四六年過世，悲痛不已的凱魯亞克下定決心要寫一本「大部頭小說，向所有人解釋所有的一切」，以此向家人贖罪。阿嬤繼續在工廠上班，支持凱魯亞克寫作。這本《城與鎮》（*The Town and the City*），凱魯亞克足足寫了兩年，寫作期間他同時做筆記，內容包括手稿寫作的進度，以及激勵自我的讚美詩與禱詞，堅信此書完成，必能讓家人驕傲。

《城與鎮》跟凱魯亞克後來的作品一樣，都是自傳性質。他後來指出：「我以許多朋友、女友，以及雙親為藍本，建構一個大家庭，就是馬丁家族。」《城與鎮》逐年記錄這個家族從一九三五年到二次大戰尾聲的諸種活動。凱魯亞克創造彼得．馬丁與法蘭西斯．馬丁兩兄弟，影射他的雙重自我之間的價值衝突，加以戲劇化，一個是對洛威的家庭生活緬懷不已，一個是無法抗拒紐約的魅力。

事與願違，凱魯亞克並未因《城與鎮》得到「救贖」。它於一九四八年五月寫畢，兩年後才得出版，書評反應冷淡，銷售欠佳，他依然得仰賴母親過活。更重要的是，他使用伍爾夫作品《天使望鄉》（*Look Homeward, Angel*）的風格與結構，當作自己的文學範本，卻對它的傳統結局很不滿意。

這段期間，凱魯亞克的生活也發生了一些事，讓他更加堅定寫作決心。一九四六年十二月，凱魯亞克仍在寫作《城與鎮》，朋友介紹他認識丹佛來的訪客尼爾．卡薩迪，他帶著年輕妻子露安妮（LuAnne）搭灰狗巴士來到紐約，拜訪朋友海爾．蔡斯（Hal Chase），後者也是哥倫比亞大學幫。幾年後，卡薩迪成為《在路上》裡狄恩．莫瑞亞提的人格模型。凱魯亞克在認識卡薩迪之前，便閱讀過他從科羅拉多州感化院裡寫給蔡斯的信，對他非常好奇。卡薩迪一九二六年出生於猶他州鹽湖城，與酒鬼父親住在貧民窟的旅館。少年時代，他因為偷車兜風，蹲過感化院，在監獄圖書館閱讀了「哈佛經典」[7]，便決心要到哥倫比亞大學念書。

透過蔡斯，卡薩迪認識金斯堡、凱魯亞克後，便放棄到哥倫比亞大學念書的模糊想法。他決定跟他們學習寫作，成為作家。他第一次認識凱魯亞克是在哥倫比亞大學校園，兩人並不熱絡，但是一九四七年初他們在哈林區的冷水公寓第二次見面，有機會深聊，建立了友誼，正如《在路上》首章所描述的。

一開始，凱魯亞克對卡薩迪觀感好壞參半，因為卡薩迪長得像西部電影英雄金．奧崔（Gene Autry），也像「我在麻州洛威童年時認識的某些法裔加拿大人，都是惡棍」。卡薩迪返回丹佛後，開始與凱魯亞克通信，令凱魯亞克非常興奮，寫完《城與鎮》的上半部後，便決定展開第一次橫越美國之旅。「對他到了芝加哥、丹佛，以及終站舊金山後將做些什麼，滿懷美夢，」他開始搭便車，首站是到丹佛跟卡薩迪會合，這也是《在路上》的第一部內容。

一九四七年七月是凱魯亞克生平第一次公路探險，正好跟他寫作《城與鎮》重疊，此行讓他大為震撼，決定寫完首部小說後，便以此為藍本寫新書。他在曼哈頓持續與金斯堡以及新朋友約翰．克列農．霍姆斯（John Clellon Holmes）討論寫作的「新視野」，後者也以小說寫作為職志。經過幾次錯

7 哈佛經典（Harvard Classics）是哈佛大學校長Charles W. Eliot編輯的五十一本巨著，涵蓋世界文學經典，一九一〇年首度出版。

誤嘗試，凱魯亞克發現自己只要不模仿伍爾夫的風格，便無法將思想與感情化為文字。《在路上》堪稱是他最痛苦的寫作經驗。

寫完《城與鎮》，凱魯亞克開始寫《在路上》最原始的初稿，使用所謂「事實主義」或者自然主義的手法來處理他的構想，這是師法西爾多·德萊塞（Theodore Dreiser），他是在新學院（New School）選讀「美國小說」課程時讀了後者的作品。一開始很順利。根據他的早年日記，一九四八年十一月二十九日那天，他在打字機前工作許久：「從十一月九日至今，我已完成三萬兩千五百字……我對這個成績很滿意，這是鐵證，證明我比寫作《城與鎮》時更能自由發揮。」

但是，《在路上》初稿寫作一個月後，凱魯亞克顯然陷入困境，只要開始執筆，就覺得「空虛，甚至虛假」。他選擇的新風格無法表現「虔敬的瘋狂感受」，那是他在《城與鎮》最好的篇章裡所達到的境界。一九四八年聖誕節過後，卡薩迪突然走訪凱魯亞克妹妹在北卡羅萊納州的家，凱魯亞克有了藉口，暫時把新書寫作計畫丟到一旁，坐上卡薩迪新購的赫德森轎車，兩人首次一起橫越美國。此段後來成為《在路上》第二部的內容。

一九四九年，凱魯亞克回到母親的家，他與卡薩迪這次浪遊讓他大為震撼，判定他的公路書如果重拾已經拋棄的事實主義手法，絕對沒救，因此他開始寫另一本書《有關孩童與邪惡的小說，雨夜神話》（*A Novella of Children and Evil, The Myth of the Rainy Night*），數年之後，這本書改寫成《薩斯博士》（*Doctor Sax*）。同時，他也回新學院繼續攻讀「美國小說」課程，期末報告是一篇有關伍爾夫的小論文。凱魯亞克渴望擺脫伍爾夫的文學影響，尋找自己的聲音，開始挑剔伍爾夫的用語，認為它無法充分捕捉他需要的「知性清晰」與「靈性共鳴」。套句書評家哈洛德·布魯姆（Harold

Bloom）的話，凱魯亞克正在經歷「影響的焦慮」（anxiety of influence），試圖擺脫他所崇拜的作家的吸引力。

完成有關伍爾夫的論文後，凱魯亞克繼續勾勒寫作《在路上》的野心藍圖，這個階段，他將這本書定位為「探求自我的小說」，跟塞萬提斯的《唐吉訶德》或者約翰．班楊（John Bunyan）的《天路歷程》（*Pilgrim's Progress*）一樣。他捨棄原先設定的主角雷．史密斯（Red Smith），改以史密提（Smitty）為敘述者，類同《唐吉訶德》裡的桑丘．潘薩（Sancho Panza），主角則是雷德．牟崔（Red Moultri），年近三十，曾是小聯盟球員、爵士樂鼓手、海員，搶劫案的共犯，琅璫入獄。小說起首，凱魯亞克便設定雷德在獄中閱讀《天路歷程》，出獄後才會繼續他的旅程，探求班楊所說的「一種純淨、不被汙染，而且永不褪色的傳承。」

凱魯亞克的日記寫滿《在路上》一書的角色，還有主題發展的各種想法，最引人入勝的部份卻是他當時聆聽「狂野爵士」的描述，譬如他描寫跟隨庫提．威廉斯（Cootie Williams）樂團演出的次中音薩克斯風手所吹奏的〈鱷魚尾巴〉（Gator Tail）──「我不管旁人怎麼說……面對這麼狂野的東西，我好像平地拔升──妙如純威士忌！再也不要聽爵士樂評人以及質疑咆勃樂者的話──我喜歡狂烈的威士忌，我喜歡貧民窟夜店周六夜的狂野，我喜歡次中音薩克斯風手為女人瘋狂，我喜歡衝啊，搖啊，讓我絕倒，如果我打算迷醉，就讓它是這種吧，我想要讓黑街暗巷的音樂像毒氣迷昏我……」

一九四九年四月，哈考特暨布來斯公司（Harccurt, Brace & Company）決定出版《城與鎮》，但書是凱魯亞克得裁減長達一千一百頁的原稿。凱魯亞克因此暫時擱置他所謂的「公路書」，拿著出版社給他的預付版稅，搬到丹佛去。一九四九年六月，凱魯亞克重拾「公路書」，以七百字的篇幅描述主角雷德出獄上路浪遊前的監獄最後一夜。但是他遲疑了，不滿意他寫的東西；缺少他描述爵士樂的清新感與自發感。還不如丟下小說，去舊金山跟卡薩迪碰頭，這段相處時光日後成為《在路上》定稿的第三部。

一九五〇年三月，《城與鎮》出版，五月，凱魯亞克回到丹佛，期望換個環境能突破他的寫作瓶頸，才剛啟程，卡薩迪便跑來找他，一起展開墨西哥之旅，這部份成為《在路上》第四部的內容。凱魯亞克在墨西哥市吸食了大量毒品，身心俱疲，過了許久，才能再度密集寫作他的「公路書」。他的母親在奧松公園（Ozone Park）區買了新房子，當她去工廠上班，凱魯亞克便坐在廚房埋頭寫小說，以一個十歲黑人小孩為第一人稱敘述者，講述搭便車浪遊美國的故事。這書凱魯亞克只寫了三分之一就擱置一旁，直到晚年才修訂，過世後才出版，取名《皮克》（*Pic*）。

一九五〇年十一月，凱魯亞克不滿意自己的飄蕩生活，衝動之下再婚了；新婚妻子是他以前在紐約相識僅短短時日的瓊．哈維特（Joan Haverty）。一開始，他們跟阿嬤住在皇后區，之後在曼哈頓找到自己的公寓。他曾做過幾個星期的自由撰稿，替一家電影公司寫劇本綱要，以此支付《城與鎮》預付版稅的稅金。儘管過去幾年他寫作「公路書」屢屢碰到死胡同，他並未放棄這個計畫。大約就是這段時間，他告訴《城與鎮》的英國出版社他構思中的小說將是史詩巨作，「這本小說的背景將重現美國人生活裡的那股拓荒衝動，表現於這個世代的遷徙；書名暫稱《在路上》。」

凱魯亞克尋找第二本小說的寫作方向，屢屢受挫，這段期間他與紐約朋友往來依舊。金斯堡與霍姆斯仍住在紐約，但是布洛斯已經結婚，先後定居於比較容易取得毒品的紐奧良、德州、墨西哥市。布洛斯陸續寄片段手稿給金斯堡，後者在哥倫比亞大學長老教會醫院住了好幾個月，接受精神病觀護，出院後，便擔任布洛斯的文學經紀人。布洛斯這些手稿日後便以自傳體的《毒蟲》（*Junky*）與《酷兒》（*Queer*）出版。

布洛斯的作品以第一人稱坦白陳述，凱魯亞克大為震撼，但是卡薩迪寫給他與金斯堡的信更令他難以忘懷。卡薩迪的風格結合了鬆散的囈語與鉅細靡遺的觀察，描述他在丹佛與不同女友的性愛探險。一九五〇年十二月，卡薩迪寫了一封長信給凱魯亞克，描述他跟女友伽麗．瑪麗（Cherry Mary）的驚險經歷，凱魯亞克更是印象深刻。那封信現在只剩片段，數年後，收錄在卡薩迪的自傳《前三分之一》（*The First Third*）一起出版。

伽麗．瑪麗幫某婦人看小孩，與卡薩迪正在做愛，那婦人的母親突然來了，卡薩迪躲進浴室——「赤裸，身無寸縷，所有出路都被封了。」瑪麗設法轉移那位老母親的注意力，卡薩迪卻發現

> 我的任務是像老鼠般靜悄悄，移開這個有錢人家多年收集的浴室小擺飾，因為它們擋住浴室的唯一窗戶，接著，看似不可能，我必須攀爬到浴缸上方，用指甲撬鬆紗窗。現在，瞧瞧這窗戶，它有四扇六吋長、四吋寬的玻璃，形成約莫十三或十四吋高、八到九吋寬的長方形窗戶，想要擠出去本就很困難。它還有一個要命的現代設計，正中間橫了一個金屬條，支撐玻璃，打開時，形成上下兩扇窗。
>
> 由於窗戶朝外開，我很難伸手撬開紗窗，但是我猛力一推，發出他媽的巨響，終於將紗窗扯破一個洞，足以開窗。現在，不可能的任務是縮小身體，從窗子擠出去。我的想法是頭過身就過；我拗彎那根金屬條，就勉強擠出去了……當然，當我扭著身體進入十一月的冷冽空氣……本

人的驕傲與歡樂源頭[8]也差點扯斷了。

一九五〇年十二月二十七日，瓊寫信給卡薩迪，說凱魯亞克與她讀了信都為之震撼。凱魯亞克跑去簡餐店，花了兩小時「細讀那封信，回到家，已經六點，這下輪到我讀，結果整整遲了一小時才開始準備晚餐。」凱魯亞克給卡薩迪的回信流暢滔滔，證實他多麼渴望在寫作裡找到屬於自己的聲音。「一句話，你那封一萬三千字有關瓊·安德森（Joan Anderson）與伽麗·瑪麗的美妙長信，我認為可以列入美國文壇的佳作殿堂……我是說真的，德萊塞、伍爾夫都無法達到這樣的境界；梅維爾的作品也沒它那麼誠實。我呢，作夢也不敢想。它不可能像海明威的作品，精簡與欲言又止，因為它什麼都不想隱瞞；你信裡面的素材絕絕對對不可或缺……費茲傑羅的素材則是甜蜜卻多餘。尚待建立的美國文學新傳統，就是要奠基在這樣的素材上。你必須不計代價，犧牲舒適、健康、享樂，繼續寫下去，更要維持這種刺激性寫作的風格，只寫那些讓你興奮、使你徹夜不睡的瘋狂樂事。」

除了布洛斯的自傳體手稿與卡薩迪的信，當時，另一個夥伴的作品也讓凱魯亞克大受刺激。一九五一年三月，霍姆斯給他看小說《垮世代》（*Beat Generation*）的最後定稿，裡面的角色以霍姆斯自己、他的妻子、金斯堡、凱魯亞克、卡薩迪為原型。三年前，凱魯亞克的《城與鎮》某一章節以小說手法記錄了紐約幫朋友的瘋狂事跡，霍姆斯讀到當時的手稿，大為讚美，現在他更進一步，直接在小說裡引用凱魯亞克、金斯堡等人的對話，以此逐字描繪他們的特色。書裡，他們的角色是年輕作

8 此處指陰莖。

家，名叫金恩・帕斯特納克（Gene Pasternak）與大衛・史托夫斯基（David Stofsky）。

多年來，凱魯亞克一直困頓於「公路書」該如何設計情節與角色，對霍姆斯把「真實生活」的素材直接織入小說，有點「感冒」。他曾寫信給卡薩迪私下抱怨，鄙夷霍姆斯（「霍姆斯向來不能領先潮流，只會等到許久後潮流底定才跟上。」）因此當他看到《垮世代》一書的成就，大為吃驚。隔不久，霍姆斯這本書重新命名為《走》（*Go*），找到出版社，拿到兩萬美金的預付版稅，凱魯亞克氣瘋了。凱魯亞克的傳記作者傑若德・尼可許（Gerard Nicosia）說，凱魯亞克跟霍姆斯說「他費盡心思為書中角色設計可信的背景與家庭情境，但是……到頭來，他得承認得不到想要的效果。『我要忘掉這些狗屁，』凱魯亞克斷然說：『照實撰寫。』」

凱魯亞克鼓勵布洛斯、卡薩迪寫自己的生平故事，甚至鼓勵老婆展開「從頭到尾，鉅細靡遺」記錄生活的計畫，他告訴卡薩迪「她懂得如何靠本能與純真寫作。少有女人能如此。瓊・凱魯亞克……古老地平線上冒出的新作家。我能預見我跟她穿著粗呢西服環遊世界的模樣，沒錯……」瓊曾問他，「你跟卡薩迪究竟是做什麼的？」因此他決定撰寫這本「公路書」，彷彿以此書告訴她，結婚之前，他跟卡薩迪公路浪遊橫越美國發生的各種事，使用布洛斯自傳體小說的第一人稱敘述，也模仿卡薩迪的告白風格，以戲劇性手法呈現公路經驗帶給他的情感震撼。

凱魯亞克打字甚快，靈光一現，想藉一口氣不停歇打字，抓住他想要的「刺激寫作」（kickwriting）動力。跟詩人哈特・克萊恩（Hart Crane）一樣，他也認為打字到頁末要換紙，會讓文思中斷。他將十二呎長的描圖紙黏起來，裁切左邊，以符合打字機大小，形成一個長卷軸。寫作《在路上》期間，霍姆斯到訪，凱魯亞克飛快不停地打字，聲如響雷，讓他大吃一驚。

瓊去餐館當女侍，回家後，弄豆子湯與咖啡給凱魯亞克吃；他則服用苯齊巨林提神不睡。瓊非常訝異凱魯亞克寫作《在路上》時不停流汗，一天要換好幾件T恤，他把濕T恤掛得滿屋子風乾。凱魯亞克在一九五一年四月初開始寫《在路上》。九日時，他已經完成三萬四千字。二十日，完成八萬六千字。四月二十七日寫畢。全書打字不空行，書稿卷長一百二十呎。他洋洋得意秀給霍姆斯看，後者為之結舌。他回憶凱魯亞克當時極為亢奮，認為他創建了「美國文學新潮流」。

如果說一九五一年初，霍姆斯、布洛斯、卡薩迪的自傳體敘事風格讓凱魯亞克受益不淺，過去三年他遍讀美國其他作家的作品，不斷拿這本「公路書」實驗各種形式與語言，也為他奠下三星期馬拉松「打字」的基礎。凱魯亞克討厭海明威「精簡與欲言又止」的風格，也批判費茲傑羅的浪漫主義小說，但是他在新學院研讀《大亨小傳》時發現費茲傑羅創造了一個「共感敘事者」9，來訴說主角逃離過去，擁抱他所想像的自由未來。這種手法十分有用。

不久前，凱魯亞克才寫了《皮克》，也有助他採用第一人稱敘事的定調。《在路上》的最大成就當然是凱魯亞克將卡薩迪的角色小說化，成為擁有「偉大泛愛靈魂」的狄恩．莫瑞亞提。敘事者就是凱魯亞克自己，角色是天真無知、「蹣跚追隨」狄恩的薩爾．帕瑞提斯，這個角色的塑造也十分巧妙，對凱魯亞克的故事鋪陳十分重要。書裡，薩爾的道德觀比較一貫，具有定錨作用，用以對照令人暈眩、難以預測、旋風一般的狄恩．莫瑞亞提。

寫作《在路上》，凱魯亞克終於找到自己的聲音與真實題材——他是美國的局外人（outsider），

9 共感敘事者（sympathetic narrator）意指敘述者認同主角的性格與處境，與主角站在同一陣線觀看事情。

這是他尋找自我定位的故事，以他跟朋友們經歷的事情為本，成為小說與自傳的巧妙結合，這並不是說凱魯亞克虛構人物或者事件，而是他在敘述自己的生平故事時，感情澎湃，讓所有人物與事件都成為他自身感情的反映。狄恩是薩爾的兄弟、哥兒們，也是他的「另個自我」，是凱魯亞克對人生高度憧憬的膨脹投射。

凱魯亞克精確捕捉卡薩迪的混亂生活，能夠逐字將他的來信融入作品，成為口述，譬如《在路上》第三部他將卡薩迪一九四九年八月的來信變成對話：「我，莫瑞亞提，是3A級的優秀人物，酷愛爵士，現在有了膿腫的爛指尖，老婆每天得幫他受傷的拇指注射盤尼西林，因為他對盤尼西林過敏，又造成了蜂窩組織炎……」凱魯亞克也淡化或者刪去卡薩迪的罪行，譬如一九四七年狄恩在紐約搭上前往丹佛的灰狗巴士前，偷走一台打字機，好「展開寫作生涯」。

一九四八年到一九五〇年間，凱魯亞克堅持要找到新方法寫作「公路書」，這期間的壓力與緊張在《在路上》裡完全不見。書裡，他是天真的年輕作家，穩定持續寫作，到了終結篇，他的首部小說（《城與鎮》）出版了，他也娶了那個「正是我多年來一直在尋找的純淨無邪的可愛雙眼」的女孩──瓊．哈維特。卷軸稿寫就之後，凱魯亞克就跟她離婚了。

《在路上》可以視為薩爾．帕德瑞斯的「追尋」，追隨狄恩．莫瑞亞提的步伐，檢驗所謂的「美國夢」是否有它所允諾的無限自由。狄恩就是這個夢想的現實。他出身社會邊緣，對公路的盡頭毫無幻想，他能預見未來，跟性格過於輕信一切的薩爾說：「終其一生，你都可以不照他人的期許過活……沒人管你，你順著人生過活，讓它成為自己的道路……你的道路在哪裡，老兄？──聖童之路，瘋子之路，彩虹之路，孔雀魚之路，任何人以任何方式都能踏上任何路。任何路，任何人，任何方式。」對薩爾而言，他的朋友狄恩就是「垮——他就是道路，得到至福的靈魂」，擁有鑰匙，可以開啟通往體驗豐富生命以及無限可能的那扇大門。

《在路上》裡，事件紛沓而至，人物的接觸發展迅速，以致書中人物的情感被跳過，甚或「斷電」，統統被敘述者薩爾所傳達的感受淹沒。這讓讀者覺得很過癮，因為事件接二連三發生，薩爾如被狂風掃過，無暇反省或解釋。薩爾在來往東西岸的高速公路上反覆奔波，追逐夢想，當他抵達紐奧良、丹佛、舊金山、芝加哥或者紐約，便發現這些夢想無法持久，僅僅是「哀傷天堂」[10]罷了。

凱魯亞克自覺是美國社會邊緣人，書裡，他完全剝除法裔加拿大人背景，讓自己更像美國人。書中的他是「薩爾托黎．帕瑞德斯」（Salvatore Paradise），義大利裔美國人，跟始終沒透露名字的姑媽住在一起，而不是他的阿嬤。他選擇狄恩．莫瑞亞提這個名字，顯示卡薩迪有愛爾蘭血統。薩爾是個窮鬼，因此他同情路上遇見的那些低下階層人物——流動工人、墨西哥人、非洲裔美國人，甚至美化他們的生活。書裡，他跟紐約幫的朋友往來十分密切，他們似乎飽讀哥德、杜斯妥也夫斯基、尼采、史賓格勒、薩德、卡夫卡、賽琳、亞蘭—傅尼葉，以及海明威。薩爾到了菲思諾，馬上聯想到作家薩拉揚住在那裡，當他抵達舊金山鬧區，辦公大樓的燈火令他想起山姆．史派德（Sam Spade），作家達許．漢密特（Dashiell Hammett）偵探小說裡的人物。

薩爾對公路經歷的反應常見引經據典的文學光采，但是真正讓他熱血沸騰、在浪遊途中得到最

10 此處原文用sad paradise，正好與書內主角薩爾的名字Sal Paradise同音，點出凱魯亞克有意透過這個角色暗示夢想的幻滅。

大享受的是爵士樂，它象徵了美國的自由與創意源頭。薩爾跟狄恩都熱愛爵士，極端崇拜比莉・哈樂黛（Billie Holiday）、瘦子蓋拉德（Slim Gaillard）、喬治・席林（George Shearing）、列斯特・楊（Lester Young）。咆勃樂（bebop）是薩爾世界的大事件[11]，比起那些不斷提醒人們美蘇正在冷戰、令人窒息的種種，更具震撼力，一九四九年一月，他們行經華盛頓特區，凱魯亞克藉由狄恩的口說出這則諷刺冷戰的笑話：

破曉時，我們來到華盛頓。這是哈利・杜魯門第二任總統的宣示就職日。賓西法尼亞大道上軍備大展示。我們開著「破船」緩緩駛過，B-29戰機、大砲、魚雷快艇，各式戰備停放在積雪的草地上，殺氣騰騰；隊伍最後面是一艘普通的救生艇，看起來可憐又愚蠢。狄恩減慢車速，仔細端詳，不斷驚奇搖頭：「這些人搞啥？哈利今晚就住在這個城裡……老好人哈利……密蘇里州來的哈利，跟我一樣……我猜這艘救生艇是給他用的。」

一九五一年，凱魯亞克連續三星期馬拉松打字，他自認成果是一部「完整的小說」，但是他後來修改過數次手稿。最原始的卷軸稿被保留下來，我們可以看到小說起首那一段，跟後來的刊行版差距並不大。

11 以上樂手與咆勃樂的介紹，詳見正文各章注釋。

初識尼爾是在我父親過世不久後……。我大病初癒，關於那場病，我不想多說，只能說跟我父親的死亡，還有我那種萬念俱灰的心境有關。尼爾的出現開啟了我生命的一頁，你可以稱之為「在路上」的段落。之前，我就夢想前往西部，看看這個國家，都只是空泛計畫，從未真正成行。尼爾是最佳的浪跡公路夥伴，因為他就是一九二六年「誕生」在路上的，當時他的父母正開著破車[12]途經鹽湖城前往洛杉磯。有關尼爾此號人物，最早是海爾．蔡斯告訴我的，他讓我看幾封狄恩從科羅拉多州感化院寫給他的信。

刊行版則為：

初識狄恩是在我跟妻子分手不久後。那時我大病初癒。關於那場病，我不想多說，只能說跟痛苦不堪、疲憊萬分的仳離，以及萬念俱灰的心境有關。狄恩．莫瑞亞提的出現開啟了我生命的一頁，你可以稱之為「在路上」的段落。之前，我就夢想前往西部，看看這個國家，都只是空泛計畫，從未真正成行。狄恩是最佳的浪跡公路夥伴，因為他就是一九二六年誕生在路上的，當時他的父母正開著破車途經鹽湖城前往洛杉磯。有關狄恩此號人物，最早是查德．金恩告訴我的，他讓我看幾封狄恩從新墨西哥州感化院寫給他的信。

12 根據編按，此處凱魯亞克將jalopy誤拼為jaloppy，編輯仍將它保持原貌刊出。

凱魯亞克隱匿了書中人物的真姓名（譬如卡薩迪、蔡斯）與地點（科羅拉多州），保護自己不受誹謗控訴。刊行版裡，他也刪掉父親過世的情節，以他跟第一任妻子伊荻・帕克「痛苦不堪、疲憊萬分的仳離」取而代之，這場「仳離」也讓他得以自由身跟著卡薩迪公路浪遊。

卷軸版的第一部第一章裡流暢描述金斯堡與卡薩迪的交往，跟刊行版相對照，就能見識凱魯亞克的精湛語言技巧。卷軸版寫：「他們每日在街頭猛闖，初時樣樣新鮮，當然，後來就變得哀傷、熟悉與空茫。不過，他們像兩個亢奮的瘋子（dingledodies）在街頭起舞，而我在後面蹣跚相隨。我這輩子老愛跟著有趣的人跑，能讓我感興趣的人物只有瘋子，生活形態瘋狂、講話內容瘋狂、瘋狂渴望得到救贖的人，同時間對千百種事物著迷，從來不會乏味打哈欠，從來不會口出平淡之語的人……而是像美妙的黃色焰火筒在夜空中燃燒、燃燒、燃燒。艾倫那段時間是同性戀，拿自己進行毫無底線的實驗。尼爾看在眼裡，年幼在丹佛，他也做過暗夜男妓，他超想跟艾倫學寫詩，因此你馬上瞧見他對艾倫展開愛情攻擊，猛烈程度唯有騙子可及。我跟他們同房間，聽見他們的聲音從暗處傳來，我對自己說：『嗯！有事發生了，我可不想摻一腳。』因此，我大約兩個星期沒見他們，這段期間他們的友誼已經如膠似漆。」

後來，凱魯亞克修訂手稿，拿掉卡薩迪與金斯堡同性戀情的露骨描寫。金斯堡把他的手稿拿給文學經紀人閱讀後，他就開始修改手稿。這位經紀人是第一個要求他更改手稿的讀者。對此，凱魯亞克抱怨說：「她要一條毫無彎曲的道路。」而他的目標是威廉・布萊克（William Blake）所謂的「先見預言者的崎嶇路」。儘管如此，他開始懷疑自己，甚至打算把它拆成兩本書，將薩爾・帕德瑞斯與狄恩・莫瑞亞提的素材拆開，因為他覺得對狄恩的描述不夠「到位」。

《在路上》搞了四年，凱魯亞克對這本書近乎偏執，他將卡薩迪設定為「西部的夜之英雄」，卻覺得未能捕捉卡薩迪性格的所有面向。半年後，一九五一年十月，他重寫此書，跟朋友解釋他要實驗一種「狂野風格」，超越「故事敘述的專斷形式……進入意象畫面的領域……唯有狂野的形式才能捕捉我想訴說的一切 — 我的心想要傾吐每一個意象與每一個回憶，幾乎要爆炸了……我有一種近乎非理性的貪欲，想要寫下我知道的一切。」「狂野形式」是一種自由聯想的技巧，凱魯亞克稱之為「自發性文體」（spontaneous prose），他利用這種文體，花了一年時間寫了《柯帝的幻象》（*Visions of Cody*）（他為尼爾．卡薩迪重新取名為柯帝．龐莫瑞〔Cody Pomeray〕。）這是把卡薩迪的性格跟普眾美國（general America）兩者的關係拿來作「縱向的、形而上的研究」。

魁北克評論家莫瑞斯．波提特（Maurice Poteet）認為凱魯亞克英勇奮鬥，努力擺脫伍爾夫的影響，尋找自己的語言與自創的自發性文體，其實是在解決他的「雙語難題」— 若阿爾語是他的母語，也是他最直覺的語言，他該如何將它融入美國的口語化文體裡。波提特認為凱魯亞克語言實驗裡的自發性（不停下來思考）、文字遊戲、泉湧而出的自由聯想，允許他「搭建橋樑，聯繫起他的自我現實與地域性現實，否則根本稱不上「美國風」」。換言之，自發性寫作跟它的效果是一種答案，用以破解作者的民族背景難題，類似心理學上所謂的「雙重束縛」— 如果作者無法在作品裡做自己（少數民族者），他便迷失了；如果他成為一個「民族風作者」（ethnic writer），卻又偏離了他的原始目標。此外，自發性文體做為一種技巧，可以反映一整套的文化價值觀，把希望繫之於個人（譬如金恩的「我有一個夢想」），的確是可以提出具有原創性的新東西。

在《柯帝的幻象》之後，凱魯亞克開始拿自己的生平經驗做為自發性文體的實驗對象，策劃以自發性文體寫作一系列告白式自傳風格的作品，總合而成一則關於他的「傳奇」。一九五二年到一九五七年間（也是卷軸版《在路上》出版的那一年），他行文有如瀑布，一口氣寫作了《薩斯博士》（1952）、《夢之書》（*Book of Dreams*）[13]、《瑪姬．卡西迪》（*Maggie Cassidy*, 1953）、《地下人》（*Subterraneans*, 1953）、《墨西哥市藍調》（*Mexico City Blues*, 1955）、《崔絲塔莎》（*Tristessa*, 1956）、《賈拉德的幻象》（*Visions of Gerard*, 1956）、《金黃永恆的經卷》（*The Scripture of the Golden Eternity*, 1956）、以及《孤寂天使》（*Desolation Angels*, 1956）的第一部，這還沒包括未出版的文稿。

早在一九五三年三月，《在路上》的手稿便引起麥爾康．考利（Malcolm Cowley）的興趣，他是頗具影響力的書評人，也是維京出版社的編輯顧問。考利的青睞讓凱魯亞克大獲鼓舞，將兩份《在路上》書稿都寄給了他。考利喜歡卷軸版勝過《柯帝的幻象》版，認為後者「有些地方寫得相當不錯，令人印象深刻，但是缺乏故事。」考利寫過《放逐者歸來：一九二〇年代的文學奧德賽》（*Exile's Return: A Literary Odyssey of the 1920s*），他在書裡形容一次大戰後「失落的一代」作者們是「無根的一代，以口語化的文體相連，形成一個自足團體。」考利捍衛《在路上》，因為他同情凱魯亞克所代表的新世代，與「失落的一代」一樣，都是美國社會的疏離人。考利要求閱讀凱魯亞克的其他書稿，說服維京出版社出版。但是維京出版社錯失了《在路上》，擔心它會引來誹謗官司，只以微薄的預付版稅簽下了《瑪姬．卡西迪》。由於霍姆斯的《走》預付版稅不菲，凱魯亞克覺得備受污辱，更因為

13 《夢之書》逐年記載凱魯亞克的夢，從一九五二年到一九六〇年，六〇年才出版。

維京不願簽下《在路上》，惹火凱魯亞克，拒絕後續的簽約談判。

考利繼續捍衛凱魯亞克的文風，一九五四年，在他的建議之下，凱魯亞克的《垮世代的爵士樂》（*Jazz of the Beat Generation*）終於出版，那是從《柯帝的幻象》擷取而成的散文集，描寫他在舊金山與芝加哥聆聽爵士樂的經驗，原文刊登於一九五五年的《新世界書寫》（*New World Writing*）雜誌。這是凱魯亞克五年來第一次出版書籍。考利建議將書名改回《在路上》，因為凱魯亞克一度將它改名《垮世代》（*The Beat Generation*）。考利說服《巴黎評論》（*Paris Review*）刊出該書的一小部份，取名《墨西哥女孩》（*The Mexican Girl*），此文後來被瑪莎·佛利（Martha Foley）選入《一九五六年最佳短篇小說集》（*The Best Short Stories of 1956*）。摘錄版的成功，考利得以再度向維京出版社推薦《在路上》，因為該社的新主編凱斯·詹尼森（Keith Jennison）非常喜歡凱魯亞克的寫作。

多年苦待出版不果，凱魯亞克決定採取考利的建議，修訂此書，後者認為它有結構性的問題：「它不斷來回東岸西岸，像個大鐘擺。我覺得某些旅程應該減縮……我說，你幹嘛不把兩、三次旅行濃縮，只保留它們的氛圍。」凱魯亞克告訴金斯堡「刪掉那些跟卡薩迪沒有直接關係的素材，書稿被接受了……考利建議融合數次旅程，讓它更為聚焦。」一九五六年十二月中，他再度為維京出版社修改書稿，刪掉所有可能惹來官司的素材。現在，它終於被出版商接受了，排在一九五七年九月出版。

出版社並未送校對樣給凱魯亞克過目，一九五七年七月，凱魯亞克第一次看到付梓後的《在路上》，那是考利寄給他的樣書，他解釋「新的刪減與更改」都是維京出版一個新來的編輯做的。凱魯亞克跟金斯堡說，老狐狸考利又耍了他一次，不過，至少《在路上》的故事是「無法砍殺」的。儘管《紐約時報》與《村聲雜誌》為此書喝采，爭議也隨之而至。《周六評論》（*The Saturday Review*）

稱這本小說為「令人頭暈目眩的旅行誌」，保守派報紙大聲批判小說裡的角色「粗魯不文」，指責凱魯亞克頌揚不良份子瀕臨「瘋狂邊緣」的行為，《在路上》其實只是「浪漫主義小說的最後抽泣」。

凱魯亞克寫作此書不是為了挑戰二次大戰後美國人的自鳴得意與暴富心態，但是他的確創作了一本預言了美國思想意識改變的書。誠如布洛斯體會的：「《在路上》於一九五七年出版後，Levi's牛仔褲多賣了幾兆條，濃縮咖啡機也多賣了一百萬台，並把無數年輕人送上公路浪遊。當然，這得歸功媒體，它們是最大的投機者，嗅得出什麼是新聞，垮世代文化運動是新聞，還是大新聞……垮世代的文學運動來得正是時候，它訴說了世界各國數百萬人期待多年的話。若不是人們已經心知肚明的東西，你說再多也沒用。疏離、不安、不滿，早已隱伏在那裡，凱魯亞克的旅途只是將它們指出來而已。」

作品遭到激烈攻擊，凱魯亞克深感氣憤，但並未停止寫作。《在路上》後，他陸續寫了自傳體小說，記錄他的生平，包括《達摩浪人》（*The Dharma Bums*, 1958）、《大蘇爾》（*Big Sur*, 1960）、《孤獨旅人》（*Lonesome Traveler*, 1960）、《巴黎悟道》（*Satori in Paris*）、《杜魯士的虛榮》（1968），還有生前不及出版的詩集、夢書，以及佛經翻譯。《在路上》出版三年後，他不再說它只是《柯帝的幻象》的次級品，或者只是《孤獨旅者》的「作者前言」，他終於承認《在路上》也是一本自發性寫作的書。他打算死前將寫過的小說，統一裝幀，成套出版，書中人物都將恢復本名。譬如，《在路上》的卡羅·馬克斯其實是金斯堡，公牛老李其實是威廉·布洛斯、湯姆·賽布爾克其實是霍姆斯，艾莫·海瑟其實是賀柏特·杭基，當然薩爾是凱魯亞克自己，而狄恩的本尊就是卡薩迪。一九六九年十月二十一日，凱魯亞克因為長年酗酒，胃出血猝死，來不及見到他的作品合併成他想像中的「傳奇」一則，不過，對凱魯亞克作品深有同感的讀者，應該看得出他的大藍圖。

凱魯亞克的作品中就屬《在路上》最暢銷，就詩人蓋瑞．史奈德（Gary Synder）的說法，他對狄恩．莫瑞亞提的描繪其實是強有力勾勒出「西部原型與未開拓地帶的活力，至今仍未死絕。卡薩迪就是橫衝直撞的牛仔。主旨約莫如此。」卡薩迪後來被改名柯帝．龐莫瑞，又稱「我的老友柯帝」，不斷出現在凱魯亞克的其他作品裡，包括《達摩浪人》、《大蘇爾》，最著名的一段出現在《孤獨天使》的書末（寫於一九六〇年），描寫一九五七年七月，凱魯亞克拿到《在路上》的樣書，卡薩迪突然來訪：

> 因此，三天後，我正跪在地上打開裝了《在路上》樣書的木箱，那本書是以柯帝為主角……阿嬤在店裡，所以我一個人在家，我抬頭，瞧見一股金黃色光芒無聲出現於前廊門口；那是柯帝（還有三個朋友）……我們在金光中對看。沒聲音。我手上拿著剛出爐、連我自己都還沒看過的《在路上》！被逮個正著（大家都露齒而笑）。我馬上拿一本給柯帝，畢竟他是這本悲哀瘋狂可憐作品的主角。我有好幾次跟柯帝見面，似乎都充滿這種沉默的燦爛金光，另一次類似經驗，容我在本書後面再述。我不知道這金光象徵什麼，除非它是要指出柯帝是天使，或者是降臨人間的大天使，只有我能夠認出。

再翻過幾頁，大家便讀到凱魯亞克那天與柯帝的悲哀告別，他似乎後悔把朋友的人生變成書中故事：「這是我認識他以來，他第一次沒有正眼瞧著我告別，而是眼光轉向別處——我不明白，到現在仍是——我知道有什麼事不對勁了，大大不對勁……」

凱魯亞克始終無法說服批評他的人——垮世代「基本上是追求信仰的一代」，但是他的朋友霍姆斯明白《在路上》的角色其實「是在追尋，他們追尋的目標是靈性的。雖然小小的藉口就能讓他們在東西兩岸奔來奔去，沿路享受樂子，他們的真實旅程乃是內求的；如果他們看起來似乎踰越了法律與道德的界線，也是因為他們企求在界線另一頭能找到信仰。」《在路上》可以視為與馬克・吐溫的《頑童歷險記》、費茲傑羅的《大亨小傳》等量齊觀的美國經典，主題在探索個人自由，挑戰「美國夢」所允諾的一切。

跟其他經典一樣，凱魯亞克的作品也反映所屬時代對待女性與少數族裔的主流態度。亨利・詹姆斯（Henry James）對海莉耶・碧綺兒・史托（Harriet Beecher Stowe）的《湯姆叔叔的小木屋》（*Uncle Tom's Cabin*）的評語，也適用《在路上》這小說：「這書何其有幸，在無數人的心目中，它不只是一本書，而是打開他們的眼界，帶來覺醒。」凱魯亞克的作品讓我們得以跟美國兩位勇氣大師「薩爾・派瑞德斯，狄恩・莫瑞亞提」一起踏上公路——而他們可能是此族的最後族人了。

【引言者簡介】

安·查特斯是康乃狄克大學英文系教授，一九五六年起就對垮世代作者感興趣，當年她還是個英文系大學生，參加了柏克萊「六藝廊」（Six Gallery）英詩朗讀會，那天正好是艾倫·金斯堡第二度公開朗讀《嚎叫》（*Howl*）。後來，她成為哥倫比亞大學研究生，開始收集垮世代作家的作品。寫完博士論文後，跟著凱魯亞克做事，幫他編撰歷年書目。凱魯亞克死後，安·查特斯寫了第一本他的傳記，並編輯他死後才出版的《散逸詩》（*Scattered Poems*）。她寫過查爾斯·奧爾森（Charles Olson）的文學研究、黑人藝人柏特·威廉斯（Bert Williams）的傳記，並與丈夫共同執筆蘇俄詩人弗拉基米爾·馬雅可夫斯基（Vladimir Mayakovsky）的傳記。安·查斯特並擔任總編輯，編撰兩冊百科全書式的《垮：戰後美國文學的波西米亞族》（*The Beats: Literary Bohemians in Postwar America*），並出版一本攝影集《垮同伴們》（*Beats & Company*），均是她為垮世代著名文人拍攝的照片。此外，她還編撰兩本凱魯亞克的《書信集》（*Selected Letters*）、《攜帶式垮世代讀本》（*The Portable Beat Reader*）、《攜帶式凱魯亞克讀本》（*The Portable Jack Kerouac Reader*）、《垮到靈魂裡：何謂垮世代》（*Beat Down to Your Soul: What Was the Beat Generation?*）以及《攜帶式六〇年代讀本》（*The Portable Sixties Reader*）。

※《在路上》翻譯原則與體例說明：

1. 本書多處使用俚語，以及所謂的beat glossary，翻譯時採中英對照。

2. 為尊重作者「自發性寫作」的創意，翻譯時，保留原文多數的破折號，以呈現原文「即興插入」的風格。

第一部

1

初識狄恩是在我跟妻子分手不久後。那時我大病初癒。關於那場病，我不想多說，只能說跟痛苦不堪、疲憊萬分的仳離，以及萬念俱灰的心境有關。狄恩．莫瑞亞提的出現開啟了我生命的一頁，你可以稱之為「在路上」的段落。之前，我就夢想前往西部，看看這個國家，都只是空泛計畫，從未真正成行。狄恩是最佳的浪跡公路夥伴，因為他就是一九二六年誕生在路上的，當時他的父母正開著破車途經鹽湖城前往洛杉磯。有關狄恩此號人物，最早是查德．金恩告訴我的，他讓我看幾封狄恩從新墨西哥州感化院寫給他的信。我對那些信非常感興趣，因為狄恩語氣天真甜蜜，請求查德教導他有關尼采以及他所知道的各種有趣知識。我也曾跟卡羅討論過那些信，不知道有沒有機會認識這個奇怪的狄恩．莫瑞亞提。那是多年前的事了，那時的狄恩不是現在模樣，而是充滿神祕的年輕監獄小子。接著消息傳來，狄恩被放出感化院，將首度前來紐約；還聽說他跟一個叫瑪麗露的女孩結婚了。

我在校園閒逛，提姆．葛雷與查德說狄恩住進東哈林西班牙裔區的一棟冷水公寓[1]，前一晚到的，這是他第一次來紐約，帶著漂亮潑辣小妞瑪麗露；搭灰狗巴士，在五十街下車，轉過街角找地方吃東西，一眼就瞧見哈克特自助餐館，此後它就成為狄恩心目中的紐約一大象徵。兩人買了奶油泡芙

1　不提供熱水與暖氣的舊式分租公寓。

跟漂亮的糖霜大蛋糕吃。

狄恩一直這麼跟瑪麗露說：「親愛的，現在我們已經到了紐約，這一路來我還沒能跟妳詳述我心中的諸種想法——尤其是經過了密蘇里的布恩維爾教化院，它讓我想起自己進出牢獄的麻煩事——我們鐵定是要把自己喜愛的那些陳芝麻爛穀子事暫擱一旁，開始專注思索職場計畫……」如此滔滔不絕，這就是早年狄恩的說話方式。

我跟哥兒們前往冷水公寓，狄恩只著內褲來應門，瑪麗露連忙從沙發彈起身；狄恩打發公寓主人去廚房，煮咖啡之類的，好跟瑪麗露親熱，因為「性」是他生命裡唯一神聖且重要的事，雖然他還得流血流汗討生活等等。從他站在那兒的模樣，你可揣摩他打拚生活不易，他總是邊聽話邊點頭，目光朝下，好像年輕拳手在聽訓，令你覺得他句句入耳，還最起碼附和了上千次「對」與「沒錯」。他給我的第一印象像年輕時代的金・奧崔[2]——細瘦、窄臀、藍眼，道地的奧克拉荷馬州口音——是個留著大鬢角、奔馳於覆雪西部的英雄。其實，狄恩在跟瑪麗露結婚，來到東部之前，才在科羅拉多州的艾德・沃爾牧場打過工。瑪麗露是漂亮的金髮妞，滿頭鬈髮像一大片金色海浪。她坐在沙發一角，雙手擱在大腿上，睜大一雙藍色迷濛、鄉氣未脫的眼睛瞪視，因為她在西部家鄉時就聽聞過紐約有一種討厭的灰暗公寓，現在她就像莫迪利亞尼畫筆下身材細長瘦弱的超現實女人，置身這樣的嚴肅房間，等待。瑪麗露雖是個甜美小女孩，其實愚蠢萬分，頗能幹些恐怖爛事。那晚我們喝啤酒、比腕力，清談到天亮，早上，天氣陰鬱，天光灰暗，我們呆坐著抽菸灰缸裡的菸屁股，狄恩突然急忙起身，不安

2 金・奧崔（Gene Autry），美國著名的牛仔歌星，也曾經是洛杉磯天使隊的老闆。

踱步，思索，然後決定該是瑪麗露去做早飯跟掃地的時候了。「換言之，親愛的，我們得加把勁（get on the ball），我的意思是否則我們會意志動搖，得不到真正的知識，或者計畫無法落實。」之後，我就走了。

接下來那個星期，狄恩向查德吐實，他絕對得跟他學習如何寫作；查德說我是作家，狄恩應該來跟我請教。那時，狄恩剛搞到一份停車場的工作，跟瑪麗露在他們的哈波肯公寓大吵了一架——天曉得他們幹嘛住到那裡去——瑪麗露氣得抓狂，報復心大作，報警，捏造了歇斯底里的瘋狂指控，狄恩只好逃出哈波肯。沒地方落腳。奔來紐澤西州派特森我姑媽的住處找我，那晚，我正在看書，聽到敲門聲，狄恩就站在門外，進到黑暗的門廳，卑屈彎腰、扭捏巴結說：「哈——囉，還記得我嗎，狄恩·莫瑞亞提？前來請教你如何寫作。」

「瑪麗露呢？」我問。狄恩說她接客賺了點錢，回丹佛去了——「那婊子！」我姑媽在起居室看報紙，有她在，不方便敞開來談，因此我們出門喝幾杯。我姑媽只瞅了狄恩一眼，便判定他是個瘋子。

在酒吧裡，我跟狄恩說：「哎，老兄，我很清楚你來找我，不純粹是為了想成為作家，畢竟，我對寫作又懂些什麼，只知道你得跟安非他命毒鬼（benny addict）一樣執迷不放。」他說：「你說的沒錯，我知道你的意思，這些問題我都碰過，我真正想要的是洞悉其中的各種因素，你該依據叔本華的二分法以洞視內在……」滔滔不絕此類他既不懂，我也一無所知的東西。那時，他還真淨講些他根本不懂的話；換句話說，他只是個剛出獄的小夥子，滿腦子認定自己有絕妙機會成為真正的知識份子，他喜歡套用知識份子的語言與腔調，卻只是把他從「真正知識份子」那裡聽來的東西胡亂堆砌——不過我得老實說，他在其他事情上並非如此天真無知，何況，他才花了幾個月時間就從卡羅・馬克斯那裡學會整套辭彙與術語，完全到位。儘管如此，在某些瘋狂層面上，我們彼此瞭解。我同意他可以住在我家直到找到工作，並說好改天一起到西部闖闖。那是一九四七年冬天。

一晚，狄恩在我家吃晚飯——他已經在紐約停車場工作——站在我背後看我飛快打字，他說：「來吧，老兄，那些妞兒不等人的，快點。」

我說：「再等一下，我寫完這章就來。」那是全書最棒的一章。更衣之後，我們火速前往紐約跟那些女孩碰頭。巴士穿過磷光詭異照明的林肯隧道時，我們緊緊相靠，手足舞蹈興奮大聲聊天，我開始像狄恩一樣狂熱了（get the bug）。基本上，他只是一個對生命超級興奮的年輕人，雖說他是個騙子，這也是因為他熱愛生活，想要躋身某些人的生活圈子，跟原本不可能理會他的人交往。我知道他從我這兒騙吃騙住，騙取「寫作技巧」，他也知道我知道（這是我倆關係的基礎），但是我不在乎，我們相處得不錯——不糾纏，不迎合；我們就像兩個曾經心碎的人，謹慎觀察新朋友。我開始從他身上學東西，收穫可能跟他在我身上得到的一樣多。提到我的寫作，狄恩總是說：「放手去做，你的東西都很棒。」他站在背後看我寫作，大喊：「耶！就是這樣！哇，真有你的。」或者「喝」，然後拿手帕抹臉。「天，哇，真是一大堆東西該嘗試，一大堆東西該寫！該如何開始著手，才能規避改寫的限制，又不擔心文法錯誤與各種文學限制，把這些東西統統記錄下來……」[3]

3 此處是在討論凱魯亞克的「自發性寫作」（spontaneous writing），這種寫作強調直接記錄思想，挪用爵士樂的換氣（或者冥想打坐的吐納）技巧，直接在腦海或語言的既有架構上「即興發揮」。伴隨這種寫作技術，是以大量的破折號取代句號，破折號內的插入思想就變成類似爵士樂的即興樂段，呈現一種節奏感。自發性寫作不改寫也不重

「你講得沒錯，終於入門了。」我看到他的臉龐因為興奮與願景而閃現神聖光采，他滔滔如急流瀑布，巴士乘客忍不住轉頭瞧這個「過度興奮的瘋子」。他在西部的三分之一歲月待在撞球間，三分之一在服刑，剩下的三分之一耗在圖書館。冬日，人們常看到狄恩未戴帽，捧著書急奔撞球間，要不就是爬樹攀入好友的閣樓，一待數天，讀書或者躲警察。

我們前往紐約——我忘了具體情況為何——原本該有兩個有色人種妞兒，約好在簡餐店等他，卻沒現身。我們轉往他工作的停車場，他還有幾件事要辦，到停車場後面的小棚屋換衣裳，在破鏡子前整理儀容，如此這般，我們出發了。狄恩就是在那晚認識了卡羅・馬克斯。天雷勾動地火。兩顆敏銳的心靈瞬間就接納了彼此。一雙灼灼雙眼看透另一雙灼灼雙眼——狄恩是心地光燦的神聖騙徒，卡羅則是心靈黑暗，充滿惆悵詩意的騙子。那次之後，我便極少看到狄恩，不免有點遺憾。這兩人的充沛精力迎面對撞，我則相形遲緩，跟不上他們。一股吞沒一切的瘋狂旋風即將捲起；我所有的朋友與僅存的家人都將捲入這場遮蔽美國夜空的大煙塵。卡羅跟狄恩提到公牛老李、艾莫・海瑟，還有珍的事情：老李曾在德州種大麻，海瑟在雷克斯島蹲監獄，珍則嗑安非他命[4]，抱著女嬰在時代廣場茫然遊走，後來還被掃進貝洛文精神病院。狄恩也跟卡羅提及西部一些不知名人物，譬如湯米・史納克，此人有下垂內翻足，卻是落袋撞球高手（rotation shark），擅賭撲克，擁護同性戀。他也提到兒時玩伴

寫，類似意識流，也不免文法結構破裂。《在路上》的最原始手稿是用描圖紙相連，長達一百二十呎的卷軸，不空行、上下左右均不留白、文章也不分段，以此強調自發性寫作的直覺成份。後來面世的書稿經過編輯與作者的修改。卷軸草稿則在二〇〇七年原樣付梓。

4　此處用benzedrine，苯齊巨林，是安非他命的製劑名。

羅伊．強森與大艾德．鄧凱爾、他混街頭的夥伴、他數不清的女友、性派對、春宮圖片、男女英雄偶像，以及諸種冒險。他跟卡羅每日在街頭猛闖，探索一切，初時樣樣新鮮，當然，後來就變得哀傷、熟悉與空茫。不過，他們像兩個亢奮的瘋子（dingledodies）[5]在街頭起舞，而我在後面蹣跚相隨。我這輩子老愛跟著有趣的人跑，能讓我感興趣的人物只有瘋子，生活形態瘋狂、講話內容瘋狂、瘋狂渴望得到救贖的人，同時間對千百種事物著迷，從來不會乏味打哈欠，從來不會口出平淡之語的人，像美妙的黃色焰火筒般燃燒、燃燒、燃燒，爆炸，如蜘蛛爬行於星空，然後你瞧見正中央藍色火焰「噗」的一聲，眾人跟著嘩然「哇」！哥德時代的德國是怎麼稱呼這類年輕人的？狄恩迫切想學卡羅的寫作技巧，拿出唯有騙子才有的「熱情靈魂」對卡羅進攻。「現在，卡羅，讓我先說……我要說的是……。」我大約兩星期沒見到他們，這段時間，他們的友誼已經鞏固成日夜不停、魔鬼式的交心談話。

然後春天來了，適合旅行，我們這個鬆散團體的成員都在計畫旅遊。我忙著寫小說，寫到預定進度，也就是小說的一半時，我先跟姑媽到南方拜訪我老哥羅可，回來後，也打算展開生平第一次的西部之旅。

狄恩已經走了。卡羅跟我到三十四街的灰狗巴士站給他送行。巴士站樓上有個攝影間，花兩毛五就可以拍照。卡羅拍照時摘下眼鏡，看起來有點邪惡。狄恩的大頭照表情是害羞張望。我則拍了一張嚴肅的照片，看起來像年約三十許的義大利人，是那種你說他老媽壞話，就會捅你一刀的傢伙。卡羅

5 Dingledodies據說是凱魯亞克自創的字，代表活得暢快、亢奮的人物。

與狄恩的合照從中用剃刀直直切開，各自保留一半，收在皮夾裡。狄恩為了回去丹佛的盛大之旅，特地穿了一套真正的西部西裝，他已經結束他在紐約的第一次冒險。說是冒險，其實是在停車場作牛作馬。狄恩稱得上全世界最奇妙的泊車小弟，他可以用時速四十哩倒車擠入狹小的空間，車屁股緊貼著牆壁，跳出車外，在擋泥板間奔跑，竄進另一輛車，在極端擠迫的空間以時速五十哩迴車，流暢停進另一個狹小空間，砰，他火速關上車門，車身都為之晃動；然後他以短跑健將的速度跑到收費亭，交出停車票，又跳進新開進來的一輛車，車主的身體還一半在車內，他就幾乎從對方身體下面穿過，上去發動引擎，車門還半開，便駛向最近的停車位，弧形轉彎，塞進去，煞車，跳出來，奔跑；他穿洒鬼的油膩褲子，毛料車邊破損的夾克，以及一雙走起路來鞋底會啪啦響的破舊帆布鞋，一整晚八小時如此工作，包括下班尖峰時間與電影散場擁擠時段，毫無停歇。現在他買了一套新衣服準備返鄉：藍色細條紋西裝配背心——在第三大道買的，十一元，還搭配懷表與表鍊。他帶了一台手提打字機，打算回到丹佛找到工作，馬上就住進分租公寓開始寫作。我們在第七大道的雷克餐廳吃了一頓有德國香腸與豆子的餞別飯，然後狄恩坐上了開往芝加哥的巴士，消失於夜色裡。我們的牛仔走了。我暗自發誓一旦春天來臨，道路通暢，我也要跟他一樣上路。

基本上，這就是我浪跡公路的由來，中間發生許多趣事，不講實在可惜。

是的，我想要多認識狄恩一些，不光因為我是作家，需要新經驗，也不光是我在大學校園晃蕩的日子快接近尾聲而且顯得日益愚蠢，更因為我與狄恩儘管個性迥異，他卻像我失散已久的兄弟；只要一看到他瘦削的痛苦臉蛋、長長的鬢角、青筋暴現的流汗脖子，就讓我聯想到自己的童年，我在派特森與帕薩艾克的染料廢棄坑、水潭與河邊玩耍的日子。骯髒的工作服套在他身上萬分優雅，找裁縫訂製的也比不上，唯有能汲取自然樂趣的「天生裁縫師」才配擁有這身衣裳，狄恩就是，處於逆境也不例外。他說話的興奮語氣也讓我想起與昔日玩伴以及兄弟們穿梭橋樑涵洞、摩托車陣、掛了曬衣繩的鄰居後院的日子，還有昏昏欲睡的午後，男孩在門前台階彈吉他，兄長在工廠做工的景象。我目前的朋友都是「知識份子」——查德是尼采派人類學家，卡羅是喜歡嚴肅瞪視你低聲呢喃談話的超現實主義瘋子，而公牛老李總是慢聲細氣批判與反對一切——其他朋友則是不成氣候的鬼祟罪犯，海瑟喜歡擺出時髦的諷刺態度，珍則癱在鋪了東方毯子的沙發上邊看《紐約客》雜誌邊嗤鼻。狄恩的知識智慧與這些人同樣完整、醒目與合乎邏輯，只是少了令人抓狂發膩的「知識份子風」。至於他的「邪性」也不是那麼偏向惱怒與嘲蔑；那是充滿野性的美國式熱烈喝采；非常西部風格，像一陣西風或者平原吹來的頌歌，充滿新意，也是先知早已預告，而眾人引頸企盼已久的。（至於他偷車，也只是為了兜風而已。）此外，我所有的紐約朋友都採取一種負面的恐怖態度，不是了無新意的吊書袋，就是以政治或者精神分析派的邏輯，把我們的社會貶得一文不值，狄恩則在社會橫衝直撞，饑渴尋找他的麵包與愛情；啥也不管，他會說：「老兄，只要我能逮住那個小妞兒，還有她雙腿之間的那玩意兒，一切沒事。」或者說：「兄弟，只要我不愁沒飯吃就好，你聽懂沒？我餓極了，餓得扁扁，咱們現在就吃東西去！」——通常，我們也真的衝出去吃東西。關於此點，聖經傳道書有言（saith）「太陽底下，人之本份。」[6]

---

6 原文為It is your portion under the sun. 出自傳道書5: 18，Behold that which I have seen: it is good and comely for one to

狄恩是西部陽光族人。雖然姑媽警告我跟他多混會惹麻煩，但是新的使命與新的視野就在眼前，當時我年紀輕輕，我深信不疑；何況，一點麻煩算什麼，就算狄恩最後不再拿我當好友，讓我失望，棄我於病榻或者人行道上自生自滅（他後來的確如此）——又有什麼關係？我是個年輕作家，我想要上路。

我知道，在旅途的某個點上，我會遇見女孩、啟示，以及所有一切；就在這條路的某個點，智慧明珠將送到我手中。

---

eat and to drink, and to enjoy the good of all his labour that he taketh under the sun all the days of his life, which God giveth him: for it is his portion.（我的看法是：美好的人生不如在上帝所賜短暫的一生中吃喝，享受在太陽底下辛苦得來的成果，這是人的命運。）文內為聖經公會聖經版翻譯。

2

一九四七年七月，我從退役軍人福利金存下了大約五十元，準備前往西岸了。我的朋友雷米·龐固爾從舊金山來信，說我該去他那裡，跟他一起上環遊世界的客輪工作。他發誓可以幫我弄到機房的差事。我回信說只要能跑幾趟太平洋遠洋船，存夠錢，讓我回姑媽家可以養活自己，完成寫作，就算是老貨輪，我也願意跑。他在米爾市有個爛木屋，我在等待繁瑣費時的登船手續時，多的是時間，可以在那裡寫作。他跟一個叫黎安的女孩同居；她很會做菜，屆時一切都會很熱鬧刺激（jump）。雷米是我在預備學校時的老友，巴黎長大的法國人，超級瘋子——不確定這次他瘋到什麼程度。他要我十天內抵達。姑媽非常支持我這次西岸行；說我整個冬天辛苦伏案，窩在屋內太久了；此行對我有好處，連我說可能要沿路搭點便車，她也沒有異議。只要我能平安歸來。因此某日清晨，我將寫到一半的大部頭書稿扔在案頭，最後一次折疊舒適的被褥，背了只裝了一點必需品的帆布包，口袋揣著五十元，朝太平洋方向出發了。

在派特森時，我曾花數月時間仔細研究美國地圖，甚至閱讀拓荒者的書，細細品味派拉特河、喜瑪隆河等名字，公路圖上有一條名為六號公路長長的紅線，始自鱈魚角，一路切過內華達州的艾利，往下探入洛杉磯。我告訴自己只要循著六號公路到艾利即可，滿懷信心出發了。要到六號公路，我得先往北到熊山。我遐想自己到了芝加哥、丹佛、舊金山，要幹些什麼。我在第七大道上了地鐵，在終站二四二街下車，搭電車進入揚克斯市；在鬧區改搭出城的電車，到達該市邊界的赫德遜河東岸。如果你在赫德遜河發源地阿迪朗達克山，朝河裡丟下一朵玫瑰，想像它在入海不回前會漂過哪些地方——那就是美好的赫德遜河谷。我開始攔車往山上行。換了五趟便車，才抵達我想去的熊山橋，六號公路從新英格蘭攀爬至此。車主放我下來時，正下著大雨。舉目望去都是山。六號公路跨河而過，繞過圓環，而後沒入曠野。眼前不僅沒有車流，雨水還傾盆倒下，找不到庇障。我得跑到大松樹下躲雨；沒什麼用；我開始大叫、咒罵，猛捶腦袋，我真是個天殺的大傻瓜。我身在紐約北邊四十哩；一路朝熊山攀進時，我就擔心轟轟烈烈的啟程日，我竟不是朝渴望已久的西部前進，而是往北。現在，我困陷於大不幸的最北邊。我跑到四分之一哩外一個小巧英國風的廢棄加油站，站在滴水屋簷下。高遠處，樹木森然的熊山連續劈下大雷，讓我對上帝心生畏懼。眼前只見煙灰色的樹木以及喪氣的荒野攀向天際。我咒罵自己：「媽的，我爬到這麼高，搞屁啊？」我吶喊，呼喚著芝加哥。「此刻，他們正在享樂，我卻不在，我何時才能到那兒！」——如此咒罵不絕。終於有輛車停在空空的加油站；兩女一男正在研究地圖。我連忙向前，在雨中揮動雙臂；他們在商議；當然，此刻的我一頭濕髮，鞋子浸水，完全像瘋子。我真是大笨蛋才會穿這雙鞋上路，那是墨西哥平底涼鞋，革條幫鞋面，完全不適合行走美洲雨夜與崎嶇夜路。不過，他們還是讓我上車了，載我往北到新堡，比起整晚困在熊山荒野，這自然是較好的選擇。男子說：「何況這裡沒路到六號公路，你最好穿過紐約的荷蘭隧道，朝匹茲堡方向前往芝加哥。」他講的沒錯。是我自己的狂想搞砸事情，坐在火爐邊想出來的笨主意，妄想沿著地圖上橫跨美國的紅線而行，而非嘗試其他路徑。

到了新堡，雨停了，我朝赫德遜河方向走，搭上往紐約的公車，車上全是山區度周末回來的老師，一路上哇啦啦地聒噪，我不斷咒罵自己浪擲時間與金錢，想向西行，結果耗了整個白天跟黃昏爬上爬下，往北往南，無頭蒼蠅一樣。我發誓明日就得抵達芝加哥，保險起見，我把大部分的錢拿來買公車票，一點不在乎，只要明天到得了芝加哥就好。

3

這是尋常的巴士之旅，太陽炙熱，娃兒啼哭，鄉下乘客沿著賓州各鎮上車，直到進入俄亥俄州平原，巴士才真正開始奔馳，攀上阿許塔布拉山，夜間穿過印第安那州。清晨時抵達芝加哥，我在基督教青年會弄到房間，爬上床時，口袋僅剩幾元。好好睡它一個白天，晚上才去探索芝加哥。

密西根湖的朔風。露普區的咆勃爵士。我在南哈史代路和北克拉克路閒逛許久，半夜過後，還到叢林走了很長一段路，一輛巡邏車覺得我很可疑，慢慢尾隨。那是一九四七年，咆勃爵士風靡全美[7]，露普區樂手的確能玩咆勃，卻是一股熟爛氣息，因為當時咆勃還卡在「後」查理．帕克《鳥類學》的階段，邁爾斯．戴維斯所開啟的時代尚未降臨[8]。我坐下聆聽這個代表我們此代人物的夜之聲，想起我分散東西兩岸的朋友，想到他們同在美國的廣大腹地瘋狂作樂，四處亂闖。第二天下午，

7　咆勃爵士樂（Bebop或Bop），四〇年代的一種新音樂，在一九四五年開花結果。咆勃與搖擺樂（swing）最大的不同在獨奏者強調和弦的即興（而非旋律），有時甚至在第一個主題樂段（chorus）結束後，就完全捨棄旋律，僅用和弦為即興基礎，只要它在一定和弦結構範圍內，怎麼即興都可以。有時聽眾會抓不到頭緒，訝異旋律跑哪裡去了。它是讓爵士脫離民眾音樂、跳舞音樂的範圍，提升至藝術的關鍵。詳見www.Allmusic.com。

8　查理．帕克（Charlie Parker），著名爵士中音與次中音薩克斯風手，咆勃爵士先鋒之一，《鳥類學》（*Ornithology*）是他的代表作，同名單曲至今仍是最常被翻奏的咆勃標準曲。邁爾斯．戴維斯（Miles Davis），著名爵士小號手，也是咆勃爵士與硬式咆勃（hard bop）的代表性人物。

我生平第一次進入西部。美麗的暖和天，非常適合攔便車。芝加哥城內交通太複雜，因此我先搭巴士到伊利諾州的朱利埃城，途經該地的監獄，走過飄滿落葉的破爛道路，到城外攔搭車子。從紐約一路到朱利埃，我都坐巴士，手上的錢剩不到一半了。

我攔到的第一輛便車是載滿火藥的卡車，插了警示紅旗，進入綠色廣袤的伊利諾州三十哩後，司機指出我們現在走的六號公路即將與六十六號公路在哪裡交會，過了這個點，兩條路都直直往西，伸到無限遠處。下午三點，我在路邊小店吃了蘋果派與冰淇淋，一輛轎跑車的女車主讓我搭便車。我滿心快樂朝她的車子跑去。但是這女人約莫中年，孩子跟我差不多大，她想要找個便車客跟她輪流開車到愛荷華州。好得很。愛荷華！離丹佛沒很遠，到了丹佛，我就可以休息。前面幾個小時，這位女士負責開車，堅持半路停下來參訪某個老教堂，好像我們是觀光客。之後由我替手，雖然我稱不上好駕駛，倒也平安駛過羅克島，穿越伊利諾州，到達愛荷華州的戴文港。生平第一次，我看到所愛的密西西比河，夏日氤氳，河床乾涸，水位甚低，氣味刺鼻，因為它沖刷過美國大陸，那也正是美國的粗野體味。羅克島——鐵軌、棚屋、小小商業區；跨橋至戴文港，亦復如此，在溫暖的中西部陽光下，整個城鎮散發木屑味。中年女士在此要轉另一條路前往愛荷華家鄉，放我下車。

太陽正下山。喝了幾杯冰啤酒後，我走了很長一段路到小鎮邊界。經過的車輛都是男子下班回家，有的戴鐵路工人帽，有的戴棒球帽，各式各樣，跟其他城鎮散工的風貌一致。其中一人載我一程上坡，放我在林邊小地下車，站在偏僻的交叉路口。這個地方很美，來往只有農耕車；車主對我拋以狐疑眼光，車子鏗噹噹駛走，牛隻跟隨其後回家。看不到一輛卡車。只有幾輛轎車飛馳而過。一個小子坐著改裝車，領巾飛揚。太陽直墜下山，我站在紫黑暮色裡。開始害怕了。愛荷華鄉間什麼光線都沒；再過一下子，來往車輛誰也瞧不見我。幸好有個要返回戴文港的男子載我回市區。只不過，我又回到了原點。

我坐在巴士站，仔細思索。又吃了一個蘋果派與冰淇淋；這一路我幾乎只吃這個，營養好，滋味當然也好。在巴士站咖啡館瞪著女侍半小時後，我決定賭一下。在戴文港市區搭巴士到鎮邊界，不過，這次是在加油站下車。大卡車會呼嘯經過此地，兩分鐘內，就有卡車停下載我。我歡欣鼓舞奔向它。哇，這司機真是個怪人，大塊頭猛男，雙眼暴凸，聲音嘶啞，又是摔門又是猛踩，死催車子上路，根本不理會我。因此，我疲憊的靈魂可以好好喘息一下，搭便車最大的麻煩就是得跟各式人物對話，要讓他們覺得不是載錯人，甚至還得娛樂他們，假如你一路都要搭便車，不找旅館睡覺，這會累死人。這司機總是拉開嗓門壓過噪音，我也高聲回應，過一會兒，我們都覺得自在了。他一路疾駛愛荷華市，吶喊他如何在所經城市跟不合理的限速規定奮鬥、遊走法律邊緣的有趣故事，他一遍又一遍說：「那些該死的警察可別想緊盯我屁股不放！」車子進入愛荷華市時，他看見後面有輛卡車，由於他在愛荷華市得改道行駛，所以閃車燈跟後面卡車示意接手，之後，他減速，我帶著背包跳車，後面的卡車司機明白我要換車，就停下來載我，不費工夫，我又登上既大且高的「計程車」，將在夜色裡前行數百哩，快樂至極！這位司機跟剛剛那位一樣瘋狂，也喜歡大嚷大叫，我往座椅一靠，上路囉。現在，我可以看到丹佛市浮現於地表，有如星空下的允諾樂土，愛荷華大草原與內華達州平原再過去，就是比丹佛還輝煌、有如暗夜明珠的舊金山景觀。司機開車飛快（balled the jack），數小時滔滔不絕，然後在某個愛荷華小鎮停車休息。幾年後，我跟狄恩就是在這個城鎮被警察攔下，因為我們的凱迪拉克很像贓車。此時，司機在駕駛座上睡了數小時，我也睡了。醒來後，我沿著只有一盞孤燈照耀的孤獨磚牆散步。這裡每條小街盡頭都是默默的草原林地，玉米的香味有如夜露。

破曉時，司機猛然驚醒。我們再度轟然出發，一小時後，綠色玉米田遠方緩緩出現第蒙市的煙塵。司機要在此吃早飯，不想太趕，所以我步行進入第蒙，走了約莫四哩就搭到便車，是愛荷華大學的兩個男生；坐在嶄新的舒適汽車裡，平順無波直奔進城，沿途聽他們講些考試的事，這經驗真的很奇特。現在我想大睡一天，到基督教青年會找房間；沒空房，靈光突現，我沿著鐵道而行 — 第蒙市鐵道一堆 — 在機棚附近找到一家舊式的平原客棧，拉上老舊的黃色百葉窗，將煙塵滾滾的調車場隔絕在外，房間內有張潔白的硬式大床，枕頭邊的牆壁則有髒話塗鴉，我大睡一整個白日。醒來時，太陽已經血紅；這真是我一生最特殊、最奇怪的時刻，不知自己置身何處 — 離家已遠，旅行的疲憊蝕透我，待在一間我從未見過的便宜旅館房間，外面，蒸汽嘶嘶叫，裡面，老舊木板吱吱響，我聆聽樓上的腳步以及一切淒涼的聲音，抬頭看龜裂的天花板，整整十五秒，我不知道自己是誰。我不害怕；我只是變成另一個人，陌生人，鬼魂附身的幽靈人生。我已經跨越半個美國，站在人生的分水嶺，後面是我的東部年輕歲月，前面是我的西部未來時代，或許如此，這種陌生的感覺才會發生在此時此地，發生於這個血紅黃昏的奇妙午后。

但是我必須停止抱怨，起身行，我撿起背包，跟坐在痰盂旁的年邁旅館櫃台人員說再見，出外吃東西去。仍是蘋果派與冰淇淋 — 越深入愛荷華州，蘋果派就越大，冰淇淋就越濃郁。那天下午，我站在第蒙市左張右望，到處是剛放學要返家、全世界最最美麗的高中女孩。但是我沒時間遐想，告訴自己到了丹佛鐵定要狂歡一番。卡羅已在丹佛；狄恩也在；提姆．葛雷與查德．金恩都在那裡，那是他們的故鄉；瑪麗露也在那裡；有人提到還有另一人幫人，包括雷．羅林斯跟他漂亮的金髮妹妹貝碧·羅林斯；兩個狄恩認識的女侍——貝登考特姊妹；連我大學寫作班的老友羅南·梅傑也在那裡。我滿懷愉悅與期盼要跟他們碰面。因此我與漂亮女孩匆匆擦身而過，全世界最美麗的女孩都在第蒙市。

一個傢伙開著一輛彷彿把工具棚架在輪上的東西，裡面都是工具，他站著開車，好像現代送牛奶人。他載我一程上坡，到了長坡頂，我馬上又搭上另一個農夫的便車，他跟兒子要去愛荷華的艾德爾。到了艾德爾，我在鎮上加油站旁的大榆樹下認識了另一個便車客。他是典型的紐約人，愛爾蘭裔，泰半職業生涯是替郵局開卡車，現在要去丹佛找個女人，展開新生活。我猜他是想逃離紐約的某個東西，最有可能是法網。此人年莫三十，有著通紅的酒糟鼻，通常，我對這種年輕酒鬼很快就會厭倦，此刻卻渴望任何人際友誼。他身穿舊毛衣寬垮褲，連個旅行袋都沒，隨身只有牙刷與手帕。他說我們該一起搭便車。我該推拒的，因為他這模樣要上路，實在不宜。不過，我們還是共乘一輛便車到愛荷華的斯圖瓦特，車主沉默寡言。到了斯圖瓦特，我們真的困住了。我們站在火車票亭前，等待西行車輛，一等就是五小時，太陽都下山了。為了混時間，我們先是講自己的背景故事，然後他開始講黃色笑話，然後我們踢石頭，然後我們發出各式怪聲。之後，我們乏味了。我打算花一元喝啤酒；我們走進斯圖瓦特的一間老酒館喝了幾杯。這傢伙大醉，活像回到醉倒紐約第九大道的生活，對著我的耳朵大嚷他的各式貪婪夢想。我有點喜歡這個人了；非因他是好人（後來發現他的確是），而是因為他對事物的熱中態度。我們摸黑回到車站，當然，沒有車輛停下，也沒有多少人來往。我們一直等到清晨三點。想在售票處的長板凳上睡覺，電報聲卻整晚滴答響，外面的載貨火車也一直砰砰撞個沒完，無法入眠。我們不懂如何跳上聯結貨車，從沒試過，搞不清楚它們是東行還是往西，也不知該挑選哪種貨車廂，平台貨車或者除霜過的冷凍貨櫃車，諸如此類的事情，我們都不懂。因此天快亮時，往內布拉斯加的歐瑪哈線公車抵達，我們便跳上去，加入睡得東倒西歪的乘客——他的車資，我也幫他付了。他叫艾迪，讓我想起住在紐約布朗區的姻親表兄，總是一臉笑嘻嘻的好脾氣傢伙，所以我才答應結伴，這有點像跟老友旅行，可以沿路胡扯淡。

天亮時，我們抵達康瑟布樂夫；我探頭觀望。去年冬天，我讀了許多關於拓荒篷車會的書，他們在這裡開完會後，分道踏上前往奧瑞岡或者聖塔菲的拓荒路徑；現在眺望出去，灰色沉鬱的地景只剩下他媽的各式小巧可愛的郊區木屋。然後我們到了歐瑪哈，天啊，我生平第一次看到牛仔，頭頂牛仔帽，足蹬德州皮靴，沿著肉品倉庫淒涼單調的牆壁前行，跟東部清晨沿著磚牆行走的慘澹人物並無不同，只是打扮有異。我們下了巴士，步行爬上山丘，這個長丘陵是歷經無數歲月由偉大的密蘇里河刻蝕而成，歐瑪哈市就沿著丘陵而建。我們走入曠野，在路邊伸出拇指。一個戴牛仔帽的有錢牧場主載了我們短短一程，他說，派拉特河谷就跟埃及的尼羅河谷一樣宏偉，當他如是說時，我望著遠處的高大樹叢宛如巨蛇沿著河床蜿蜒，樹叢周遭是廣袤綠地，差一點就要同意此君的說法。我們站在另一個交叉口攔車，天色變得陰暗，一個堂堂六呎巨漢（他的小牛仔帽比較不那麼誇張）招呼我們過去，問我們會開車嗎？艾迪當然會，他還有駕照，我沒有。這位牛仔有兩輛車要開回蒙大拿州。他要我們其中一輛到葛蘭島找他老婆，她會接手。他是要朝北走，因此這趟便車沒法走太遠，不過也足足深入內布拉斯加州一百哩，我們當然馬上答應。艾迪一人開車在前，我跟牛仔跟在後面，出城沒多久，艾迪就因過度開心狂飆到時速九十。牛仔大叫：「幹，這傢伙在幹嘛！」只好催油門狂奔，好像賽車一樣。有一度，我以為艾迪要開車落跑——他的本意可能真是如此。但是牛仔跟得很緊，追上後就猛按喇叭。艾迪減緩車速，牛仔按喇叭示意他停車。「見鬼，你開這麼快會爆胎的。能不能開慢點？」

「該死，我真的開到九十？」艾迪說：「路很平，我根本沒注意。」

「你盡管開慢點，我們還想全屍抵達葛蘭島。」

「當然。」我們繼續前行。艾迪已經沒那麼興奮，甚至可能開始昏昏欲睡。我們沿著蜿蜒的派拉特河與它的綠野，穿越了內布拉斯加州一百哩。

牛仔說：「大蕭條時代，我每個月至少搭一次霸王火車。那個年代你常看到數百人共同搭乘平台車廂或者貨車廂，不全是流浪漢，各色人都有，都是出外找工作，東西奔波，不過有人真的只是流浪。整個西部都是這種光景。那個年代，車軔手不會刁難你。現在就不知道了。內布拉斯加州對我一點用處也沒。一九三〇年代中期，這裡啥都沒，不管朝哪個方向望過去，都像個巨大的塵暴。你簡直喘不上氣。連土地都是黑色的。那時我就在這裡。照我說，他們大可將內布拉斯加還給印第安人。全世界我最恨這個地方。我現在住在蒙大拿的蒙蘇納，那是我的家，你改天有空該來看看這個上帝的國度。」下午，他說累了，我便沉沉睡去——這傢伙講話相當有趣。

我們停車填肚皮。牛仔去找地方補備胎，我跟艾迪走進一間家庭式餐館，才剛坐下便聽見非常洪亮的笑聲，堪稱是全世界最響亮的。一個粗魯不文的內布拉斯加老農夫跟一群男子走進餐館；那天，他的粗嘎笑聲可說是響徹平原，傳遍整個他們所在的灰色世界。眾人跟著笑。他這人才不理外面世界，但是他對人極端尊重。我對自己說，哇，聽聽這人的笑聲。這就是西部。我已經置身西部了。他龍捲風一樣走入餐館，大聲呼喚毛兒，說她做的櫻桃派是全內布拉斯加州最甜的。我點了一客，上面還堆滿山一樣高的冰淇淋。他說：「妳趕快弄點東西給我吃，否則，我蠢起來，要活活吞了我自己。」他一屁股坐在櫃台高腳凳上，呵呵呵地笑。「哦，丟點豆子進去。」西部精神就是如此，就坐在我隔壁。我真希望能夠理解他的粗獷人生，除了大笑大叫外，他還做些什麼。我的靈魂跟著歡叫。牛仔回來了，我們往葛蘭島出發。

沒多久就到了。牛仔去接老婆，奔向等待他的未來，艾迪跟我繼續上路。幾個穿牛仔褲的鄉間年輕牛仔開著拼裝破車載了我們一程，我們在公路旁下車，天上飄下細雨。一個不愛說話的老人——天知道他為什麼要讓我們上車——載我們到謝爾登鎮。在謝爾登，艾迪孤獨站在公路邊，一群矮壯的歐瑪哈印第安人瞪著他瞧，他們無處可去，無事可幹。公路對面是鐵軌，巨大的水塔上面漆著「謝爾登」。艾迪驚奇地說：「該死，我來過這個鎮。好幾年前的事，還是戰時，夜深，大家都在睡覺。我跑到月台吸菸，在這個一片烏黑、鳥不生蛋的地方，我抬頭就瞅見這個漆著謝爾登三個字的水塔。我們坐的是往西海岸的火車，全車人，每個王八烏龜蛋都在呼呼大睡，我們在這站只停留幾分鐘，補充燃料之類的，接著繼續走。媽的，就是這個謝爾登！從那時起，我就恨死這地方！」我們就這樣卡在謝爾登，跟愛荷華的戴文港一樣，不知怎的，只有農耕車往來，偶爾才看見一輛觀光客的車子，這個更糟，都是老先生開車，老太太埋首地圖或者指著景點，看什麼東西都帶著警戒狐疑的眼神。

毛毛雨變大了，艾迪覺得冷；他穿的不多。我從帆布背袋撈出一件格子毛料襯衫給他穿上。他覺得好些。我呢，得了感冒。在一家破爛的印第安小店買了咳嗽糖漿，又前往一間小得要命的郵局給姑媽寄一角明信片。回到灰色公路。有謝爾登三個字的水塔又出現眼前。羅克島線火車風馳而過，高等臥鋪乘客的模糊臉龐也過去了。它咆嘯奔過平原，前往我們渴欲的方向。雨變大了。

一個戴牛仔帽的瘦高傢伙在對面停車，朝我們走過來；看起來像警長。我們開始默默在肚裡編織故事。他緩步走來。「你們兩位有目的地嗎？還只是隨便跑跑？」我們不明白他的問題。不過，這是個好問題。

「幹嘛？」我說。

「是這樣的。我在幾哩外擺了一個遊藝場，正在找幾個願意賺幾元外快的男人。我有一個輪盤攤位，還有一個套木頭圈圈的攤子，就是你朝娃娃丟圈子，試試手氣。兩位小兄弟如果願意幫忙，可以抽三成。」

「包食宿？」

「有床，不包餐。你們得進城填飽肚子。我們這是巡迴的。」我們想了一下。他說：「機會難得哦。」耐心等待我們的決定。這有點蠢，卻不知該怎麼回答才好，我呢，絕對不要跟遊藝場綁在一起。天殺的，我得趕去丹佛跟哥兒們相聚呢。

我說：「不知道耶，我必須趕路，可能沒時間。」艾迪也這麼回答。那老傢伙就揮揮手，閒散走回車子，開走了。就這樣。我跟艾迪拿這件事開玩笑，不知道跟遊藝場巡迴會是什麼滋味。我想像風塵滾滾的平原暗夜，內布拉斯加人攜老扶幼打我面前經過，玫瑰紅臉頰的小朋友驚喜張望，我則拿些不值錢的遊藝場玩意詐取他們的鈔票，鐵定覺得自己就是魔鬼本尊。摩天輪在暗色平原轉圈圈，還有，老天，旋轉木馬的蒼涼音樂——睡在金漆篷車的被窩裡，心裡卻想趕赴自己的目標。

講到結伴上路，艾迪可是心不在焉得很。一個老人駕著一台古怪老東西緩緩駛來，那個是鋁製的四方形盒狀物——拖車，毫無疑問，只不過是內布拉斯加居民的瘋狂自製品。他開得非常慢，在我們面前停下來。我們衝上前；老人說他只能載一人；艾迪二話不說就跳上去，鏘鏘鏘地緩慢消失於我的視線，還穿著我的毛料格子襯衫。嗚呼，跟襯衫說掰掰吧；反正它也只有紀念價值。我在這個天殺的專屬地獄謝爾登等了許久，好幾個小時吧，我一直想時候已晚，要入夜了；其實才下午而已，只是天色很黑。丹佛，丹佛，我要怎樣才能到達丹佛？正當我打算放棄，喝杯咖啡坐坐，一個年輕人駕著嶄新轎車停了下來。我簡直是狂奔啊。

「上哪裡？」

「丹佛。」

「我大約可以載你一百哩。」

「極好，極好。你救了我一命。」

「我以前也搭便車，因此我永遠都會停下來載人。」

「如果我有車，我也會。」我們聊天，他訴說生平故事，不算太有趣。我盹著了，醒來時，正在哥森堡外，他讓我下車。

4

我這輩子最偉大的便車之旅就要開始了。那輛卡車後面拖著平板拖車，上面橫躺了六、七個男子，司機是明尼蘇達州的兩個年輕金髮農夫，只要有人攔車，統統載——他們就是你我最想遇見的那種滿臉歡樂笑容的帥氣鄉巴佬，兩人都穿棉襯衫、連身工作褲，這樣而已；他們手腕粗大，態度誠懇，遇見任何人、任何事都展開「你好嗎？」的大笑容。我追上去問：「還有空位嗎？」他們說：「當然有，上來，大家都有位置。」

我還沒攀上平板拖車，卡車便轟隆出發；我立刻傾斜，有人拉住我，讓我坐下。有人傳遞一瓶快要見底的劣質威士忌給我。迎著狂野又抒情、細雨綿綿的內布拉斯加州空氣，我大飲一口。戴棒球帽的男孩大吼：「咿—咿，出發囉！」卡車催速至七十，超越所有車子。「我從第蒙市就搭上這輛鬼玩意兒。這兩個傢伙從不停車。你想尿尿，得大叫『小便暫停』，否則就得朝外面尿。抓緊啊，老兄，抓緊。」

我瞧瞧同車人。有兩個是北達科他州的年輕農家男孩，戴紅色棒球帽，這是該州農村男孩的標準帽子。這個暑期，老爸放他們出去跑跑，他們要去打工幫忙收割。還有兩個便車客是俄亥俄州哥倫布的城市男孩，高中足球隊員，嘴嚼口香糖，時而眨眨眼，迎著微風唱歌。他們說整個暑假都在搭便車環遊美國，大叫：「我們要去洛杉磯！」

「到了那兒要幹嘛？」

「咄，我哪知道。誰在乎啊？」

還有一個高瘦的傢伙表情鬼祟。我問：「你哪裡人？」我就躺在他旁邊；平板拖車沒有扶手，得躺著，否則隨時可能摔出去。他緩緩轉頭看著我說：「蒙—大—拿。」

剩下的兩個便車客是密西西比金恩跟他的徒弟。金恩是個矮小、皮膚黝黑，搭載貨火車遍行各地的三十歲流浪漢，但是臉龐年輕，看不出確實年紀。他雙腿盤坐在平板拖車上，連續數百哩瞪視田野，不發一語，終於他轉身問我：「你要去哪裡？」

「丹佛。」

「我有個妹妹在丹佛，不過已經好幾年沒瞅過她。」他的聲音緩慢悅耳。很有耐性。他照看的那個男孩十六歲，金髮，高個子，也是一身浪人襤褸打扮。換言之，就是被火車煤灰、平板拖車汙泥，以及席地而睡搞髒的舊衣裳。金髮男孩也很沉默，好像在逃避什麼，從他直視前方，不時憂慮舔舔嘴唇的模樣，不難猜想他可能是惹了事觸法。蒙大拿瘦子偶爾會端出諂媚或者諷刺的笑容跟他們說話。他們毫不理會。蒙大拿瘦子這人超級逢迎拍馬，我很怕看到他直瞪著你的臉，扯出長長的類白癡愚蠢笑容，凍結於臉面上。

他問我：「你有錢嗎？」

「見鬼，哪有，到丹佛之前，大概只夠我買一品脫的啤酒。你呢？」

「我知道哪裡能弄到錢。」

「哪裡？」

「到處都可以。你在暗巷裡總能騙到一兩個呆瓜的錢。是不？」

「我想也是。」

「我真的需要錢時，不見得幹不出來這樣的事。我要到蒙大拿瞧我爹去，到了夏延就得下車，找方法朝北走。這些瘋狂小子要直奔洛杉磯呢。」

「直奔？」

「一路直奔，你如果也要去洛杉磯，就賺到了。」

我仔細思考這個可能性；整夜奔馳內布拉斯加、懷俄明，清晨抵達猶他州沙漠，下午就可能到了內華達沙漠，光是想到能在可預知的時間裡抵達洛杉磯，我差點就想變更計畫了。但是我得去丹佛，也一樣得在夏延下車，再搭九十哩便車往南到丹佛。

那對明尼蘇達州農家小子決定在北派拉特停車吃飯，我真是開心；終於可以好好瞧瞧他們。下車後他們張大笑臉。一個喊：「小便暫停。」另一個喊：「吃飯時間。」不過，我們這夥人中只有他們有錢吃一頓真正的飯，因此，我們蹣跚跟隨其後，進入一家全是女人經營的餐館。吃漢堡喝咖啡，等待這對兄弟大吃大喝風捲殘雲，活像回到他們老媽的廚房一樣。他們是兄弟，從洛杉磯運農耕機械回明尼蘇達，頗賺錢。從明尼蘇達往洛杉磯這一段，平板拖車是空的，所以他們沿途收便車客。這是他們第五次去洛杉磯運貨；享受得很。他們什麼都喜歡。笑容永不消失。我試著跟他們攀談——這就像高攀船長一樣愚蠢——我得到的唯一反應是閃耀健康大白牙的燦爛笑容。

同車客人都擠進這家餐館，只有金恩跟那孩子這對浪人例外。直到我們回來，他們還坐在板車上，淒涼無依。天色漸暗，司機抽起菸，我想趁機去買威士忌，驅趕夜間寒風。我跟司機講這件事，他們又笑了：「快去快回。」

我向他們保證：「你們也分得到幾口。」

「喔，不用，我們不喝酒的，快點去。」

蒙大拿瘦子跟那兩個高中生隨著我到北派拉特街頭亂逛，終於找到一家威士忌酒鋪。瘦子跟他們都湊了點錢，我買了五分之一加侖裝的酒。面容嚴肅的高大男人站在廉價裝飾門面的房子前，看著我們這群人走過；每條淒涼的街道都排列著一間間模樣一致的方盒子，房子後面則是無盡的廣大平原風景。北派拉特的空氣與他地略有不同，哪樣的不同，說不上來。五分鐘後才明白。我們回到車上，呼嘯上路。天色快速變暗，我們輪流喝了一點酒，猛一抬頭，翠綠的田野跟派特逐漸消失於視線，緊接它們的是看不到盡頭的平坦荒地與山艾樹。我為之震懾。

我對蒙大拿瘦子大喊：「這是什麼鬼地方啊？」

「現在開始，沿途都是放牧地。孩子，再給我喝一口。」

兩個高中生高喊：「呦呼，掰掰，哥倫布市。要是史帕基跟那些哥兒們也在這裡，會說什麼？哇哈哈！」

兩位卡車主換手駕駛；現在這個開車拚命死催。道路也變了；中間凸，路肩鬆軟，兩旁都有四呎深的水溝，因此卡車左閃右跳——對面並無來車，真是奇蹟——我還以為我們都會空翻摔出去。不過這對兄弟真是超棒的駕駛，你瞧瞧這卡車如何閃避內布拉斯加道路上的突起物——科羅拉多州的公路到處是突起物，這時我才想到我們雖沒真正進入科羅拉多州，但是的確是從它上面經過，丹佛就在西南方數百哩之外。我歡欣大叫。大家傳遞酒瓶。閃亮的大星星露臉，漸行漸遠的沙丘變得黯淡。我覺得自己像箭直矢飛馳。

一路上，密西西比金恩都盤腿而坐，耐心冥想，突然間側過身來跟我說：「這些平原讓我想起德州。」

「你德州來的？」

「您吶，不是，我是米西－西壁的葛蘭－威爾人。」這就是他說話的方式。

「那男孩哪裡來的？」

「他在密西西比闖了禍，我答應幫他忙。他從未獨自旅行，還是個孩子，我只是盡力照應他。」金恩是白人，言談之間卻有一股老黑人的疲憊與智慧，讓我想起紐約老毒鬼艾莫．海瑟，金恩有他的味道，是個搭霸王火車的海瑟、史詩浪遊的海瑟，年復一年橫跨美國，冬日朝南行，夏日往北走，因為他無處可棲身，因為他找不到一個可以久待而不膩的地方，看似無處可去，卻是處處可行，在星光下（經常是西部星光）前行又前行。

「我去過奧格一登幾次，如果你要搭便車到奧格一登，我有幾個朋友可以讓你窩一陣子。」

「我要從夏延去丹佛。」

「哎，從夏延直接到奧格登啦，不是天天都能搭上這樣的便車。」

很誘惑人的提議，不過，奧格登有什麼？我問。

「多數哥兒們都會選擇經過那裡，在那裡碰頭；保證可以碰到你要見的人。」

早年跑船時，我曾遇見一個大骨架的瘦高個兒，路易斯安那州人，叫做「大瘦個兒海澤德」，本名威廉．赫姆斯．海澤德，他是自願當流浪漢。小時，他看到一個流浪漢跟他媽乞討一塊派餅，他媽給了，流浪漢走開後，他問：「媽咪，那人是幹什麼的？」「怎？那人是流浪漢。」「媽咪，我長大後也要作流浪漢。」「閉上你的嘴，我們海澤德家可不出流浪漢。」他始終沒忘懷那天。長大後，他曾在路易斯安那州立大學踢過一陣子美式足球，最後還是變成流浪漢。大瘦個兒跟我經常徹夜漫談故事，對著紙杯吐菸草渣。他與密西西比金恩毫無疑問有許多神似處，我問：「你會不會湊巧認識一個叫大瘦個兒海澤的人啊？」

他說：「是那個笑聲很響亮的高個兒？」

「嗯，聽起來有點像。他是路易斯安那州魯斯頓人。」

「沒錯。有時大家叫他路易斯安那瘦子。您哪，沒錯，我還真見過大瘦個兒。」

「他曾在德州東部的油田工作過？」

「東德州，沒錯。現在他幫人趕牛。」

一點沒錯；我還是不敢置信金恩認識大瘦個兒，我找他好多年了。「他曾在紐約的拖船工作過？」

「這個嘛，我不知道。」

「你大概是在西部認識他的。」

「應該是。紐約，沒去過。」

「我的媽，你還真的認識他，太吃驚了。這國家這麼大，我卻知道你肯定認識他。」

「是的，您吶，我跟大瘦個兒熟得很。他手頭只要有錢，都願意慷慨分享。不過，他也是個硬漢子，手下不留情的；我曾見過他在夏延一拳就把警察打翻在地。」聽起來的確是大瘦個兒；他總是朝空揮拳練習；看起來像拳王傑克．鄧普賽，不過是個愛喝酒的年輕鄧普賽。

「媽的！」我迎風興奮大叫，又喝了一大口，現在的感覺好得不得了。風兒直直灌進四面開敞的平板拖車，刮走了每一口酒的壞效果，只留下好效果沉澱於我的胃裡。「夏延，我來了！」我大叫：「丹佛，留意，你的孩子要來了。」

蒙大拿瘦子轉身面對我，指著我的鞋子說：「把那玩意兒栽到土裡，八成會長出東西來？」他的臉上當然沒有一絲笑容，其他人笑翻了。沒錯，這真是全美國模樣最蠢的一雙鞋；我之所以穿它上路是因為不想長途跋涉，兩腳泡在汗水裡，除了熊山那場大雨，它堪稱是旅遊良伴。所以，我跟著他們一起笑。這雙鞋現在已經破爛不堪，部份彩色皮條帶直直豎起來，活像腳上長了新鮮的鳳梨切片，我的腳趾直透鞋外。我又喝了一大口，放聲大笑。彷彿夢境，我們在暗夜裡穿過許多位於道路交叉口的小鎮，看到不少在鎮上閒蕩的收割短工與牛仔。他們全轉過腦袋看我們，當我們駛往城鎮的另一頭，還可以看到他們在綿延夜色中拍腿而笑 — 我們這群人看起來還真可笑。

收割季節，此處男人頗多。達科他州男孩蠢蠢欲動，他們說：「下一次小便暫停，我們就要閃人了，這裡看起來工作很多。」

蒙大拿瘦子建議：「你們結束這邊的打工後，就順著收割的地區往北走，一直走到加拿大邊境。」兩個男孩茫茫點頭；對蒙大拿瘦子的建議沒有太高評價。

一路上，那個跑路中的金髮男孩始終維持同一姿勢；偶爾金恩會從禪思狀態中醒過來，瞧著黑暗原野在車旁飛馳，彎身對著男孩耳朵輕語。男孩點點頭。金恩的確很照顧他，照顧他的情緒，也安撫他的恐懼。想像不出他們要去啥鬼地方，幹什麼事。他們沒菸，我的幾乎整盒給他們了，我很喜歡這兩人。他們總是萬分感謝，十分有禮。從不開口要菸，我都主動供給。蒙大拿瘦子也有菸，卻吝於傳遞分享。車子奔馳經過另一個交叉路口的小鎮，經過另一群穿牛仔褲的瘦高男子，群聚於街燈下有如沙漠裡的飛蛾，然後我們的車子再度沒入墨黑夜色，天上的星星分外晶亮，因為我們已經攀上西部高原的山丘，空氣越來越稀薄，他們說現在我們每前進一哩，地勢就高了一呎，沒有樹木阻擋低層星星閃爍。車子飛奔，我看到路邊山艾樹叢站著一頭面色沉鬱的白臉乳牛。這一路跟搭火車差不多，平穩，幾乎直線而行。

不久，我們到了一個小鎮，車速減緩，蒙大拿瘦子喊：「喏，小便暫停！」明尼蘇達小子並未停車，直直穿過城鎮。蒙大拿瘦子說：「該死，我憋不住了。」

有人說：「到拖車邊上尿啊。」

「好吧，」他慢慢移動，我們全睜大眼睛瞧，他蹲著爬，一吋吋移往拖車邊緣，努力維持平衡，直到兩條腿掛到車外。有人敲前面的窗子提醒駕駛兄弟。他們轉臉來看，綻放大大笑容。正當蒙大拿瘦子打算尿尿，姿勢本來就已經不穩，那對兄弟還故意以時速七十蛇行。瘦子往後一倒；我們瞧見一泡尿像鯨魚噴水，躍上空中；他掙扎恢復坐姿。卡車又突然一歪，蒙大拿瘦子倒到一邊，尿全落在身上。眾人哄笑中，我們聽到他的低聲罵，像是遠處山邊傳來的哀鳴：「該死……該死……」他不知道我們故意惡整他；只像聖經裡的約伯苦苦掙扎。如此這般尿完後，他全身都溼了，還得歪歪扭扭回到原來的位置，表情無比愁苦，大家都笑到不行，只有那個金髮男孩沒笑，明尼蘇達兄弟在駕駛座咆哮大笑。為了補償，我把酒瓶遞給蒙大拿瘦子。

「見鬼，」他問：「他們故意的？」

「正是。」

「該死，我沒看出來。我在內布拉斯加時，也就著板車邊上尿尿，都沒這次一半麻煩。」

突然間，我們駛進了奧加拉拉，這時駕駛座的兄弟才回頭喊：「小便暫停！」高興得要命。蒙大拿瘦子惱怒地站在車邊，哀嘆自己損失機會。達科他州的兩個小子跟眾人道再見，打算在此地作收割短工。我們看著他們沒入夜色，走向城鎮另一頭燈火通明的工寮，穿牛仔褲的守夜者說負責招工的頭兒都在那裡。我得買菸；金恩與金髮男孩跟我下車伸伸腿。我走進一個最不可能的所在，那是供當地青少年男女流連的冷飲小店，孤零零矗立在平原上。幾個年輕人正伴著點唱機的音樂跳舞。看見我們進來，便停止舞步。金恩與金髮男孩站在那裡，目不斜視；他們只想要香菸。店裡有幾個漂亮女孩。其中一人瞪著金髮男孩看，他沒看見，不過，他就算看見，也不會在乎。他看來十分哀傷又神遊太空。

我替他們一人買了一包菸；他們道謝。卡車要開了。時近半夜，外面很冷。金恩浪遊全美的次數，十根手指與十根腳趾都不夠數。他說，此刻最好是緊緊相靠，躲在防水油布下，否則我們全會凍死。就以這種方式配上剩下的威士忌，當溫度降到冰點，耳朵差點沒凍掉的狀況下，我們保持了暖和。車子在高原上越爬越高，星星就越來越明亮。我們已進入懷俄明州。我平躺在板車上瞪著美妙的穹蒼，頗自豪在短短時間內就能從悲慘的熊山來到此處，想到丹佛市就在前方，我激動不已——不管等在前面的是什麼，是什麼。密西西比金恩開始唱歌，歌聲富含旋律與靜謐，濃濃的密西西比口音，歌曲很簡單，「我有一個漂亮女孩，蜜甜甜的十六歲，你從未見過這麼美的人。」不斷重複，偶爾插進幾句不同歌詞，都在描寫他已經遠離女孩，真想回到她身邊，不過，為時已晚。

我說：「金恩，這是我聽過最美的歌。」

他笑著說：「也是我所知道最甜蜜的歌。」

「我希望你平安抵達想去的地方，而且順心愉快。」

「我一向想去哪裡都到得了，不管是這條路或那條路。」

蒙大拿瘦子睡著了，醒來後對我說：「嗨，你這個愛學黑人的傢伙（blackie），在你去丹佛前，今晚要不要跟我一起探探夏延啊？」

「好啊！」我醉到啥事都可以。

卡車行至夏延市的外圍，我看到當地電台高聳的紅色霓虹燈，突然間，車子駛入擠滿人群的街道，兩邊人行道上行人摩肩接踵。蒙大拿瘦子說：「活見鬼啦，正好碰上『西部原野周』。」到處都是穿皮靴戴牛仔帽的胖大生意人，伴著牛仔女郎風味的健壯老婆，在舊夏延的棧道上熙來攘往；遠處，是燈光綿延甚長的新夏延鬧區大馬路，不過，慶典集中在舊夏延區。有人擊發空包彈。酒吧沙龍的顧客滿溢到街上。我真是眼界大開，另一方面，又覺得荒唐：我對西部的第一印象居然是他們淪落到非得採用這種荒謬手法來維繫昔日的傲人傳統不可。在此，我們得下車說掰掰啦；那對明尼蘇達州兄弟毫無興致流連。看著他們離去，我覺得悲哀，因為此後不可能再相見，不過，世事就是如此。我警告他們：「今晚你們可會凍壞屁股，明天下午呢，又被沙漠太陽烤焦。」

金恩說：「只要熬過冰冷的今晚，我都沒關係。」然後卡車駛走了，穿過擁擠的人群，沒人注意擠在防水布下的男孩活像小貝比躺在棉被下張目注視這個城市。我看著卡車消失於夜色裡。

5

我跟蒙大拿瘦子開始進攻酒吧。我身上大約有七元，那一夜就愚蠢地揮霍掉五元。一開始，我們跟那些牛仔裝扮的觀光客、搞油田的、農場主人，在酒吧內、酒吧門口、人行道上擠來擠去；有一陣子，我得甩開瘦子，因為他喝了一堆威士忌與啤酒，在街上暈頭亂轉；他的酒品約莫如此；先是眼珠子呆滯，然後拉著陌生人哇啦不絕。我進入一家墨西哥辣味店吃飯，女侍是漂亮的墨西哥女孩，我吃了飯，在帳單背後為她寫了一首短短情詩。辣味店空蕩蕩；客人都跑到他處，喝酒。我要女侍把帳單反過來看。她看了之後笑了。那首短詩描寫我希望她跟我走，共同探索夜色。

她說：「小鬼（chiquito），我很樂意，但是我跟男友有約會。」

「妳不能甩掉他嗎？」

「不行，不行，沒法度，」她哀傷地說，我喜歡她的口吻。

我說：「改天，我再來。」她說：「隨時歡迎，小鬼。」我賴著不走，只為繼續瞧她，又喝了一杯咖啡。她的男友臭著臉走進餐館，問她何時可以下工。她急忙開始關店。我只得閃人。臨走前，對她一笑。外面還是一樣瘋狂喧囂，只是那些打酒嗝的胖子喝得更醉，更加吵鬧了。真有趣。我看到幾個印第安酋長頂著高聳頭飾，擠在臉色通紅的酒鬼間，面容十分嚴肅。我瞅見瘦子在街頭蹣跚，趕上前和他一道走。

他說：「我剛寫了一張明信片到蒙大拿給老爸。你找得到郵筒丟進去嗎？」奇怪的要求；他把明信片交給我，又蹣跚推開酒吧的扇門，進去了。我拿著明信片找郵筒，趁機瞄了一眼。「親愛的老爸，我周三返家。一切平安。希望你也一樣。李察上。」這讓我對瘦子印象大為改觀；他對老爸真是溫柔有禮。我回酒吧跟瘦子會合。我們相中兩個女孩，一個年輕漂亮的金髮女，一個豐腴的棕髮女。她們既沉悶又愚笨，但是我們超想上她們的。帶她們上一家快要打烊的破爛夜店，把錢都花來給她們買威士忌，給瘦子跟我自己買啤酒，全身僅剩兩元。我開始醉了，但是毫不在乎；一切都會很好，我志在那個嬌小的金髮女，我的存在及目的都在她身上，全力進攻，真想抱著她傾訴這一切。夜店打烊了，我們只好漫步破爛骯髒的街頭。我抬頭瞧；美妙的星星依舊高掛天空，閃耀燃燒。兩位女孩想去巴士站，所以我們就一起去了，不過，她們顯然是要去跟某個水手碰頭，此刻正在車站等她們。他是豐腴女孩的表親，還帶了自己的朋友。我對金髮女說：「妳作何打算？」她說想回家，夏延南線再過去一點的科羅拉多州。我說陪她搭巴士回去。

她說：「不，巴士停在高速公路旁，我得一路跨越該死的草原回家，我整個下午都在看那個見鬼的草原，今晚可不打算再走一遍。」

「哦，聽著，在開滿花朵的草原走路，不錯。」

「那兒沒花，」她說：「我想去紐約。厭煩死這個地方。除了夏延，沒地方可去，夏延這兒，又啥屁也沒。」

「紐約也沒啥屁。」

「見鬼，才不是呢。」她嘟嘴說。

巴士站裡都是人，都快擠到門邊。各式人等車回家，或者只是閒蕩；不少印第安人以冰冷眼神打量一切。金髮女孩擺脫我的滔滔不絕，湊去水手那群。瘦子在長板凳上打瞌睡。我坐下來。全國各地的巴士站地板都是一個樣，滿地菸頭與痰，散發出一種巴士站才有的哀傷。那一剎那，這裡跟紐華克並無兩樣，差別只在外面有我喜歡的開闊廣袤。我哀嘆幹嘛破壞了此行的單純，為何沒省下每分錢，虛耗時光，不趕進度，跟這個沉悶女孩鬼混，花光鈔票。真是噁心。我已經好久沒睡覺，累到沒力氣咒罵與抱怨自己，倒頭就睡；我縮在板凳上，以帆布背包當枕頭，一直睡到第二天上午八點，才在數百個乘客熙來攘往的吵鬧聲與夢境般的低語聲中醒來。

醒時，劇烈頭痛。瘦子已經走了——我猜，去蒙大拿了。我步出車站。站在清冷的空氣中，我生平第一次瞧見遠處洛磯山脈白雪靄靄的山頭。深呼吸，我得馬上前往丹佛。我先吃了簡便的早餐，土司、蛋跟咖啡，然後直奔城外的高速公路。「西部原野周」慶典仍在進行；有牛仔特技大賽，整個城鎮即將再度陷入喧鬧與活躍。我把這些拋諸腦後，急著見丹佛的那群朋友。我踏上跨越鐵路的高架橋，來到棚屋聚集處，往此分出兩條高速路，兩路均通丹佛。我挑選靠山的路，這樣我沿路都可以看到山，朝那個方向舉姆指攔車。我幾乎馬上就攔到便車，一個康乃狄克州的年輕人載我一程，他開著大破車正在環遊美國，四處畫畫；他老爸是東岸某個總編輯。他沿路滔滔不絕；我則被昨日的酒精跟高山緯度搞得噁心欲吐。一度必須把頭伸出車外。不過，他在科羅拉多州的朗蒙特放我下來時，我已經恢復正常，甚至可以跟他攀談我的旅行趣事。他祝我一路順利。

朗蒙特非常漂亮。一棵超級巨樹下有片碧綠草坪，屬於加油站所有。我問加油站員工，我能在草坪上睡覺嗎？他說當然可以；所以我把毛料襯衫鋪在地上，臉兒趴在上面，手臂朝外伸，一隻眼睛瞪著豔陽下白雪覆頭的洛磯山脈。我甜甜睡了兩小時，唯一的干擾是偶爾造訪的科羅拉多州螞蟻。我欣喜想著──科羅拉多州耶，我終於置身科羅拉多！媽的！媽的！媽的！我辦到了！那兩小時的睡眠我頻頻做夢，東部生活的片段活像蛛網纏繞夢中。醒來後我先到男廁梳洗一番，頓時舒爽無比，精神奕奕，到路邊小棧喝了濃濃的一大杯奶昔，安撫了發燙難受的胃部。

順帶一提，幫我打奶昔的是個漂亮的科羅拉多州妞；滿臉笑容；令我感激莫名，彌補了昨夜的缺憾。我告訴自己，哇塞！丹佛鐵定很棒！我再度踏上熱得發燙的馬路，搭上一輛嶄新轎車，車主是約莫三十五歲的丹佛生意人。他催到時速七十。我沿路耳鳴不已；我計算上路時間，減掉已經跑完的哩數，看看還有多少哩就到丹佛。車行經過金色禾穗翻滾的麥田，遠處是白雪蓋頭的艾斯特蒂斯山，老丹佛終於在望了。我想像自己當晚就跟大夥逛酒吧，在他們眼中，我一定奇異又襤褸，像漫遊大地為上帝傳播陰鬱聖經的先知，但是我吐出來的唯一字眼只有「哇」[9]！車主跟我有番熱切深談，各自描述生活的藍圖，不知不覺中，我們已經穿過丹佛郊區的蔬果批發市場；煙囪、煙霧、鐵路、紅磚建築，再過去就是鬧區的灰石大樓，我到了丹佛了。他讓我在拉里莫街下車。我帶著全世界最奇怪的愉悅笑容，跟街上的老流浪漢與疲憊牛仔擦肩而過，蹣跚向前。

9 此處作者用兩個word做雙關語，第一個word大寫，指聖經（the Word），後面一個word雖仍以大寫開頭，卻只是一般的語言。

6

那時，我跟狄恩還沒那麼熟，我想做的第一件事是找查德．金恩，打電話去他府上，他媽媽接的。她說：「薩爾，你到丹佛幹嘛？」查德是瘦削的金髮男孩，有張巫醫一樣的奇怪臉蛋，恰恰搭配他對人類學與史前印第安人研究的興趣。他的鼻尖微微下勾，柔軟的金髮下是奶色臉龐；他的優雅與美貌，完全像是會在公路酒棧跳舞，玩點美式足球的西部大帥哥。他講話微帶顫抖鼻音。他曾說：「薩爾，我最喜歡平原印第安人的地方就是他們誇耀自己剝了敵人頭皮，卻他媽的還要表現得很不好意思。魯斯頓[10]的〈偏遠西部的生活〉（Life in the Far West）曾提到，有個印第安人因為剝了太多頭皮，羞得滿臉通紅，火速奔進草原躲避，以『彰顯』自己的壯舉。媽的，這點真是吸引我。」

查德的老媽找到他的下落，在那個昏昏欲睡的丹佛午後，他正在當地博物館研究印第安編籃。我打電話到那裡找他，他開著破舊的福特轎跑車來接我，這是他到山裡挖掘印第安文物的交通工具。他到巴士站接我時，身穿牛仔褲，臉上綻放大大笑容。我呢，背包墊在屁股下，坐在車站地板跟昨日在夏延車站碰到的水手聊天，問他金髮女孩的下落。他煩悶到根本懶得回話。我上了查德的車子，首先，他要彎去州政府大樓拿一些地圖，接著要去看一個老師，然後還有……。我呢。只想喝啤酒。腦

10 此處指喬治．魯斯頓（George F. Ruxton, 1821-1848），英國探險家與旅遊作家。

袋浮上大問號，狄恩在哪裡，在幹些什麼？為了某個奇怪原因，查德決定不再跟狄恩做朋友，壓根兒不知道他住哪裡。

「卡羅．馬克斯也在丹佛嗎？」

「是的。」但是他跟卡羅也不說話了。查德就是此時開始淡出我們這一夥。那天下午，我在查德家睡了午覺。聽說，提姆．葛雷在科費克斯大道幫我搞了一間公寓，羅南．梅傑已經住進去，等著我去會合。我嗅聞到陰謀，我們這夥人似乎分成兩派，一邊是查德、提姆、梅傑，加上羅林斯兄妹，連成一氣漠視狄恩與卡羅。而我呢，恰好夾在這場有趣戰爭的中間。

這是一場帶有階級意味的戰爭。狄恩的老爸是酒鬼，還是拉里莫街上最爛的酒鬼，狄恩等於是在這類街頭長大的。他六歲時就得上法庭請求釋放他老爸。狄恩曾在拉里莫街乞討，他老爸與一個老酒友就躲在附近巷弄的破酒瓶堆裡，等狄恩送錢來。狄恩長大後，開始流連葛蘭昂的撞球間，他在丹佛創下竊車最高紀錄，送進感化院。十一歲到十七歲間，他多數時間都待在感化院。他的專長是偷車，瞄準下午放學的高中女孩，載她們到山區兜風，上她們，然後下山，隨便睡在鎮上的旅館空澡缸裡。他的父親原本是受人敬仰、努力打拚的洋鐵匠，後來卻成為葡萄酒鬼，這比染上威士忌癮更糟，最後成為搭霸王貨車的貨色，冬日到德州，夏日回丹佛。狄恩母親早逝，他有同母異父兄弟，但是他們都討厭狄恩。他的真正哥兒們唯有撞球間夥伴。狄恩擁有美國新風潮信徒[11]的無限活力，搭配上卡羅以及他那群撞球間夥伴，他們成為那年丹佛地區最有名的「地下怪物」了，卡羅在葛蘭特街還有個地下

11　原文用saint，聖人、哲人之意，也代表某種信念的推廣者與信徒。

室公寓，還真是絕妙象徵。我們經常在那個地下室通宵達旦鬼混，卡羅、狄恩、我、湯姆・史納克、艾德・鄧凱爾、羅伊・強森。後來有更多這類人物加入。

我在丹佛的第一個下午就睡在查德的房間，查德回圖書館幹活，他老媽則在一樓忙家事。那是悶熱的高原七月。要不是有查德老爸的發明，我根本不可能睡著。查德老爸七十來歲，是個大好人，年邁體弱，瘦削沒神，常用回味無窮、超級緩慢的語氣說故事；故事都很棒，譬如一八八〇年代他在北達科他州平原的童年，喜歡騎無鞍小馬，拿棍棒追逐美洲土狼做消遣。後來他在奧克拉荷馬州的長柄區[12]擔任鄉村教師，最後成為丹佛的生意人，擁有許多發明。他仍保留位於大街修車廠樓上的辦公室——可掀蓋的書桌也還放在那裡，以及他昔日快意賺錢時代留下、現在多已積灰的諸多文件。他發明了一種奇特的冷氣機。在窗戶裝上普通風扇，一條管子連接冷水到旋轉的扇葉前。風扇前四呎範圍，效果極好，過了這個範圍，冷水就變成蒸汽，樓下還是熱不可當。查德的床就在風扇正下方，床前方還有一個大型的哥德半身塑像瞪著我，我舒服睡去，只不過二十分鐘後，就冷到醒來，快凍僵了。我蓋上毯子，還是覺得冷。實在太冷，我睡不著，只好下樓。老先生問我他的發明如何。我說太有效啦，這話當然是有保留。我喜歡這老頭。他超喜歡回憶：「我曾經發明過一種去漬劑，被東部某些大公司盜仿。好多年來，我都想興訟索賠，要是我當時有錢聘得起像樣的律師就好了……」現在請律師當然太晚了；他只能垂頭呆坐屋內。那天晚上，查德老媽煮了好吃的菜，是查德叔叔在山上獵來的鹿肉。不過，狄恩究竟在何方呢？

12 Oklahoma panhandle，奧克拉荷馬州極西邊的狹長區，包括Cimarron, Texas, Beaver三個郡。

7

接下來幾天就如W．C．費爾茲[13]所說的「充滿顯著危險」——還有瘋狂。我搬去跟梅傑住在提姆雙親的豪華公寓。我們一人一間臥房，有小廚房，冰箱裡有食物，還有極寬敞的起居室，梅傑就穿著絲質晨袍坐那兒寫作他最新一篇海明威風格的短篇故事。梅傑是個紅臉蛋、暴躁易怒、瞧什麼東西都不順眼的矮胖子，但是當真實生活在夜晚對他甜蜜相迎時，他也可以即刻擺出世上最迷人溫暖的笑容。此刻，他坐在書桌前，而我只穿黃褐色棉褲，在厚軟的地毯上奔跳。他正在寫小說，故事描述某個傢伙初抵丹佛的經驗。他叫菲爾。同行夥伴是神祕的沉默男子山姆。菲爾出外探索丹佛，被一群搞藝術的傢伙纏上。故事寫他如喪考妣回到旅館房間，說：「山姆，他們也到了丹佛。」山姆只是哀傷地望著窗外說：「是的，我知道。」故事重點是山姆不出門就知道這件事，因為美國到處充斥所謂藝文人士，吸血蟲一樣。梅傑跟我最要好不過了；他認為我跟藝文人士的距離十萬八千里。他跟海明威一樣，喜歡好葡萄酒。回憶起不久之前的法國行，他說：「是啊，薩爾，如果你跟我能高高坐在巴斯克鄉間，啜飲波瓦釀十九，你就知道世界上除了貨車廂外，還有別的。」

「我知道。只是我很愛貨車廂，喜歡看車廂上的名字，譬如密蘇里太平洋號、大北方號、羅克島

13 W.C. Fields，美國著名喜劇演員、雜耍家，以及作家。

線。梅傑，老天，你要是知道我如何沿路搭便車來到這兒的故事就好了。」

羅林斯的家隔這兒只有幾條街。頗和樂的一家人 — 母親還年輕，和人合資經營一家年久失修的破敗旅館，生有五男兩女。最野的兒子就是雷，他是提姆的童年好友。雷急匆匆來找我，我們兩人立刻看對眼，相偕去科費克斯大道逛酒吧。雷有個妹妹叫貝碧，漂亮的金髮妞 — 打網球、玩衝浪，典型的西部洋娃娃。她跟提姆是一對。梅傑只是行經丹佛，借住人家的公寓卻派頭十足，他泡提姆的妹妹貝蒂。只有我沒有女伴。我逢人就問：「狄恩在哪裡？」個個笑而不答，不知情模樣。

終於，有下文了。卡羅來電，告知他的地下室住處地址。我說：「你在丹佛做什麼？我的意思是你搞啥啊？究竟發生何事？」

「哦，你來了再說。」

我衝去見他。他在梅氏百貨公司上夜班；瘋子雷在酒吧打電話到他上班處找人，跟梅氏百貨的清潔工說是急事，有人死了，要他衝出去攔住卡羅。卡羅立即想到是我死了。雷在電話中說：「薩爾來丹佛了。」給他我的地址與電話。

「狄恩呢？」

「狄恩也在丹佛。我跟你說吧。」卡羅說狄恩同時間泡兩個妞，一個是他的首任妻子瑪麗露，窩在旅館等他。另一個女孩是卡蜜兒，窩在另一個旅館。「他來回奔波，中間還要抽空來找我，搞我們未完成的事。」

「什麼事？」

卡羅說：「狄恩跟我本季共同進行一個了不起的計畫。兩人相處時，完全誠實，腦海裡想些什麼都一五一十告知對方。我們還得藉助安非他命。盤腿坐在床上，兩人面對面。我終於說服狄恩，他可以成就任何事物，可以做丹佛市長，娶百萬富婆，或者成為韓波以降最好的詩人。但是他不時要衝去看迷你賽車。我跟著去。他在賽車場又叫又跳，興奮極了。薩爾，你知道，狄恩很迷這類事情。」卡羅的靈魂深處迴盪著「嗯嗯」疑問，深深思索。

「日程表怎麼排的？」我知道狄恩的生活必有日程表。

「日程表如下：我下班後，他給我半小時梳洗換裝，這期間他在旅館跟瑪麗露打炮。一點正，他從瑪麗露下榻處衝去找卡蜜兒，跟她打炮。當然她們都不知道對方的存在。這讓我有時間在一點半抵達卡蜜兒處，狄恩跟我一起走。不過，卡蜜兒已經開始恨我，所以狄恩必須苦苦哀求才能脫身。然後我們回到這個地下室，清談至清晨六點，多數時候更晚，但是狄恩有時間壓力，事情常搞得很複雜。六點，他回去瑪麗露下榻的旅館 — 明天呢，又要四處跑搞他的離婚文件 — 瑪麗露完全贊成離婚，不過堅持離婚前還是得打炮。她說她愛狄恩 — 卡蜜兒也這麼說。」

然後他告訴我狄恩如何搭上卡蜜兒。狄恩的撞球間兄弟羅伊．強森在酒吧認識卡蜜兒，帶她上旅館；炫耀心超越理智，邀請哥兒們全部到旅館一睹卡蜜兒芳容。大家圍著卡蜜兒聊天。狄恩例外，他只管瞧著窗外景色。眾人閃了以後，狄恩只是瞧瞧卡蜜兒，指著腕表，比出「四」，表示他四點要來找她，然後他也走了。三點，卡蜜兒送走雷伊，鎖門。四點，大門重新為狄恩而開。我真想馬上見到這個狂人啊！況且他答應幫我撮合女孩；狄恩認識丹佛所有女孩。

卡羅跟我深夜逛丹佛破街。空氣溫和，星光閃耀，每條卵石路都充滿了各種可能，我覺得置身夢中。我們來到狄恩跟卡蜜兒苦苦哀求、討價還價的租屋處，那是老舊的紅磚建築，周圍是木頭停車棚與躲在圍籬後面的老樹。我們爬上鋪了地毯的台階。卡羅敲門；急忙躲到我的背後；不想讓卡蜜兒瞧見他。我站在門口。狄恩赤身露體來應門，我看見床上有個褐髮女郎，黑色蕾絲遮住漂亮的奶油色大腿，微帶好奇望著我們。

狄恩大叫：「哎啊，薩—爾！嗯—啊—沒錯，你也該到了，你這個臭小子終於上了風塵路啦。現在呢，你瞧瞧這，我們必須，馬上，馬上，馬上就……卡蜜兒——」他轉過身對她說：「薩爾來了，我在紐—約的老朋友，這是他到丹佛的第一晚，我一定得帶他出去逛逛，幫他撮合個女孩。」

「那你何時會回來？」

他低頭看表：「現在是一點十四分整。我準三點十四分回來與你甜蜜溫存一小時，達令，真正甜蜜的溫存，之後呢，就我們先前講好的，我得去見那個獨腳律師弄離婚文件，半夜碰頭很奇怪，不過，我先前已經詳—詳—細—細解釋過了。」（這是遁辭，掩飾他跟卡羅的密會。後者此時還躲在外面。）狄恩說：「因此，就在此時此刻，我得穿衣，套上褲子，回去過日子，就是過外面的生活，上街頭去，一如我們先前協議的。現在是一點十五分整，時間不等人，不等人的——」

「好吧，狄恩，記得三點回來哦。」

「一言為定，親愛的，請記住，不是三點，是三點十四分。你我靈魂的最美好深處是否彼此瞭解了，親愛的達令？」他彎身親吻卡蜜兒好幾次。牆上是一幅狄恩裸像，卡蜜兒的作品，畫像中，狄恩那話兒十分偉岸。我簡直目瞪口呆。這一切瘋狂極了。

我們匆匆踏入夜色；卡羅在小巷跟我們會合。一起前往我生平僅見巷弄最狹窄、最彎曲，最詭異的丹佛市墨西哥裔區心臟地帶。我們在安靜深眠的城市大聲談話。狄恩說：「薩爾，此時此刻，我就有個女孩在等你 — 如果她已經下班的話。」他抬手看表：「她是女侍，麗塔・貝登考特，非常好的妞，有點性方面的障礙，我試圖矯正過，不過你罩得住的，老兄，你是個酷傢伙（fine gone daddy）[14]。現在我們馬上去找她 — 我們該帶點啤酒，不對，她們自己有啤酒，媽的！」他重擊掌心：「今晚，非上了她妹妹瑪麗不可。」

卡羅說：「搞啥？我還以為今晚我們要對談！」

「是啊，完事之後啊。」

「哎啊，丹佛陰鬱[15]！」卡羅仰天大叫。

「他是不是全世界最棒最好的傢伙？」狄恩輕捶我的肋骨：「你瞧瞧他，瞧瞧！」卡羅開始在街上耍猴跳舞[16]，這一招我看多了，他在紐約各地街頭都耍過。

我只能說：「那，我們在丹佛到底要幹些啥？」

「薩爾，明天，我知道哪裡有份工作給你，」狄恩恢復正經口吻：「我打電話給你，只要我能從瑪麗露那裡脫身一小時，就直奔你的公寓，跟梅傑寒暄兩句，就帶你去坐電車。（媽的，我到現在都沒車。）我們到卡瑪苟市場，你當下就可以上班，這個星期五就能領薪水。老實講，我們幾個都徹底破產了，我好幾個星期都抽不出時間打工。星期五晚上呢，我們這個老搭檔三人組 — 薩爾，狄恩，

14 Daddy在北美地區的俚語裡可以當作「很棒的人」，街頭俚語則常跟sugar daddy相連，意指闊男友，通用異性戀與同性戀。

15 卡羅的詩，詳見第一部第八章。

16 原文用streets of life，指人生所經的道路。不過按照上下文，此處似乎單純指卡羅在街頭跳起舞。

卡羅——一定得一起去看迷你賽車，我有把握跟城裡某個傢伙借到車子……」夜色中，狄恩就此滔滔不絕。

我們來到那對女侍姊妹的住處。配對給我的那個還在上班；狄恩自己想把的那個在家。我們全坐在沙發上。我說好打電話給雷的，就順便約他一起來，他馬上飛奔而至。一進門，雷就脫掉外衫與內衣，開始擁抱全然陌生的瑪麗。酒瓶四處亂滾。三點了。狄恩衝去跟卡蜜兒靈魂交流一小時。之後準時回來。女侍姊妹花的另一個也下班了。我們迫切需要一輛車，況且，我們也太喧鬧了。雷打電話給一個有車的好友，這人來了後，我們一幫人全擠進去；卡羅坐在後面，還企圖進行他與狄恩的思想對話，但是情況太混亂了。我大叫：「全到我的公寓吧！」就是如此辦；車子一抵達公寓門口，我就跳下車，在草地上倒立，身上的鑰匙全掉出來，後來就沒找到。我們狂奔大叫衝進公寓。梅傑穿著絲質晨袍擋在門口。

「我不准你在提姆的公寓亂搞這些！」

我們齊聲大叫：「搞屁！」一陣混亂。雷抱著女侍姊妹花之一在草地打滾。梅傑堅持不讓我們進門。我們威脅要打電話給提姆，確定我們可以在公寓舉行派對，順便邀請他來。結果，我們一夥人還是打道回去丹佛鬧區的夜店。突然間，我發現自己獨自站在街頭，身無分文。我花掉了最後一元。

我足足步行五哩才回到科費克斯大道上的公寓，躺回舒服的床。梅傑還得幫我開門。我仍在想狄恩與卡羅有沒有進行他們的交心對話。晚點就知道了。丹佛夜十分涼爽，我睡得跟死人一樣。

8

接下來，眾人開始準備一場盛大的山中遊。上午，艾迪的一通電話讓事情變得複雜──就是我的公路老夥伴艾迪；他還記得我提過的一些名字，胡亂試居然打電話找到我，現在我有機會拿回我的襯衫。艾迪跟女友目前住在科費克斯大道附近。他問我知道哪裡有工作機會。我叫他過來，因為狄恩可能知道。狄恩來了，行色匆匆，梅傑與我正趕著吃早飯。狄恩連坐下來的時間都沒，說：「我有千百件事要做，差點就沒時間帶你去卡瑪荷市場，走吧，老兄。」

「等一下我的公路夥伴艾迪。」

梅傑到丹佛來是為了能有充裕時間寫作，看到我與狄恩火燒屁股，十分有趣。梅傑對狄恩表現得異樣尊敬有禮。狄恩視若無睹。梅傑對狄恩如此說話：「莫理亞提，我聽說你同時跟三個妞兒睡覺啊？」狄恩雙腳磨蹭小地毯，回說：「是的，哦，是的，事情就是這樣，」然後低頭看表，梅傑則哼了一聲。我也覺得跟著狄恩東奔西跑，好像聽話的綿羊──梅傑堅稱狄恩是白癡笨蛋。狄恩當然不是，不知怎的，我很想向每個人證明如此。

我們跟艾迪碰面。狄恩對他也是愛理不理。我們三人搭電車橫越正午的燠熱丹佛，找工作去。我想到找工作就很煩。艾迪仍是老樣子，沿路說個不停。市場有個人願意雇用我們兩個；清晨四點上工，一直到下午六點。那人說：「我喜歡聘用熱愛工作的人。」

艾迪說：「那你用對人囉。」我則沒那麼大的把握，說：「看來我乾脆不要睡覺了。」實在有太多有趣事情等著。

第二天早晨，艾迪現身工作地點；我沒有。我有棲身之處，梅傑讓冰箱食物不缺，交換條件是我負責燒飯洗碗。同時間，我參與所有活動。一晚，羅林斯兄妹在住處舉辦大派對。他們的老媽旅行去了。雷・羅林斯呼朋引眾，叫大家帶威士忌來；然後他拿出電話簿找女孩。由我負責招待那些朋友。一大堆女孩應邀前來。我打電話給卡羅，問狄恩在幹嘛？卡羅說狄恩預定當晚半夜三點到卡羅住處。派對結束後，我就去找卡羅。

卡羅的公寓位於葛蘭特街的一個地下室，鄰近教堂，紅磚的老式出租公寓。走進巷弄，步下幾級石階，推開老朽的爛門，踏進類似地窖一樣的地方，往前走便看見卡羅的木門。他的住處有點像俄羅斯聖者的房間，僅有一張床，一根蠟燭照明，石牆滲漏水氣，房內還有卡羅自製的瘋狂聖像。他朗誦自己的詩。謂之〈丹佛陰鬱〉（Denver Doldrums），描寫他清晨醒來，聽見「俗氣的鴿子」在地窖外面街上咕咕叫；還瞧見「哀愁的夜鶯」在枝頭打盹，讓他想起母親。陰鬱灰色籠罩全城。從城內任何地方朝西看，都可以看見山——宏偉的洛磯山脈，不過是「紙糊」的。整個宇宙瘋了，傾斜，而且異常詭異。他筆下的狄恩是「彩虹之子」，以飽受折磨的陽具扛起所有苦痛。他稱狄恩為「伊底帕斯艾迪」，「看到窗台上的泡泡糖便非要鏟起不可」。卡羅鎮日在地下室沉思，巨大的日記本詳細記載了每天發生的事，以及狄恩的所言所行。

狄恩準時抵達，宣佈：「一切搞定。我要跟瑪麗露離婚，再娶卡蜜兒，跟她一起搬到舊金山住。不過在這之前，親愛的卡羅，你跟我要先到德州瞧瞧公牛老李，兩位一再提及而我未能謀面的那個酷傢伙（gone cat），之後，我才去舊金山。」

卡羅與狄恩開始工作。面對面盤腿坐在床上，直視對方，我癱坐在一旁的椅上觀看。他們先以抽象概念開始，討論此一概念；提醒對方先前因為忙亂而忘記討論的另一個抽象觀點，狄恩抱歉，說他會回頭思考這個論點，不但要想得透徹，還會附證說明。

卡羅說：「我們橫渡瓦茲湖時，我正想跟你說我覺得你太狂戀迷你賽車，你還記得嗎？就在那時你指著某個穿垮褲的老浪人說，他看起來就跟你的老頭一個模樣。」

「對，對，我當然記得；不僅如此，這事還讓我思緒狂奔，想起一件我必須告訴你的瘋狂事，但是我忘記了，現在經你提醒……」如此，兩個新觀點誕生。他們仔細爬梳。卡羅問狄恩是否誠實，特別是有沒有打靈魂深處對他老實交代。

「你幹嘛又提這事？」

「我還想知道最後一件事……」

「不過，親愛的薩爾，你坐在那裡從頭聽到尾。讓我們來問問薩爾，他有什麼看法？」

我說：「卡羅，世間沒有所謂最後一件事。我們總是懷抱希望，想要一網打盡，但是沒人能辦到。」

卡羅說：「不，不，不，你這是胡扯八道，沃爾夫式[17]浪漫主義狗屎！」

狄恩說：「我沒那個意思，我們讓薩爾自行判斷。老實說，卡羅，你不覺得薩爾坐在那裡研究我

17 此處應是指美國作家Thomas Wolfe。

們的模樣頗神氣，這瘋狂小子可是跑了半個美國來到此處 — 老薩爾啊，老薩爾才不會給你答案。」

「不是不肯說，」我抗議道：「我只是不明白你們的動力何在，目標又是什麼。無論如何，這工程對任何人來說都太浩大。」

「你總是講消極話。」

「那麼，你們究竟在搞什麼？」

「你跟他說。」

「不，你說。」

我笑著說：「根本沒啥好說的。」戴上卡羅的帽子，遮住我的眼睛，說：「我要睡了。」

「可憐的薩爾一天到晚想睡覺。」我不出聲。他們繼續討論：「那天你跟我借五分錢去付炸雞排帳單 — 」

「老兄，不是，是墨西哥辣菜！記得嗎？在『德州之星』。」

「我把它跟星期二的事攪混了。你跟我借五分錢時，注意聽，當時你說：『卡羅，這是我最後一次麻煩你，』你那語氣好像我也認為你以後都不該麻煩我了。」

「不，不，不。我沒那個意思 — 現在你仔細回想，親愛的朋友，那晚瑪麗露在房內哭，我只好向你求助，語氣額外誠懇，你我都知道那是裝出來的，背後有目的，藉由裝假，我得以呈現 — 等等，我要說的不是這個。」

「當然不是這個！因為你忘了那個 — 不過，我不再指責你。我當時的回答是『好的』……」就這樣一來一往，他們講了一整夜。破曉時，我抬頭看，他們還在為早上的事糾纏不清。「我告訴你我必須睡覺，因為瑪麗露的緣故，今早十點我得去那兒，至於你方才所言——人其實不需要睡覺——我並沒有以斷然的口氣否定之，只是，只是啊，在此我必須提醒你，我啊，實實在在，單單純純，不管如何，非得睡覺不行了，老兄，我是說我眼皮都快撐不開，紅腫、痠痛、疲倦、累到不行……」

卡羅說：「噢，孩子。」

「我們非得睡覺了。關掉機器吧。」

卡羅拔高音量說：「哪能說關就關！」此刻，晨鳥初啼。

狄恩說：「現在，我舉手就代表對談結束，簡簡單單，就是如此，甭生枝節，我們停止對談，睡覺去。」

「你不能說關就關。」

我也說：「關掉機器。」他們轉頭看我。

「原來，他一直都醒著，聆聽呢。薩爾，你有啥看法？」我說他們是一對超妙的瘋子，我一整晚聽他們說話，就好像看到一個手表，功能奇佳，巍峨如柏邵德山隘，卻是由世界最精細的零件構成。他們笑了。我指著他們說：「你們繼續這樣搞，兩個都會瘋掉。不過，如果決定繼續，請讓我知道進展。」

步出卡羅的地下室，我搭電車回公寓。巨大的太陽在東邊平原升起，卡羅口中的「紙糊山」已被染紅。

9

晚上，我忙著籌備山中行，已經五天沒見到狄恩或卡羅。這個周末，貝碧．羅林斯可以用她老闆的車。我們帶了西裝掛在車窗上，出發前往中央城，雷．羅林斯開車，提姆癱在後座，貝碧坐前座。這是我第一次進入洛磯山脈。中央城是古老的礦業城，一度被封為「全世界最富有的一平方哩」。此地的銀礦是貨真價實的「礦層」，被幾個浪遊山中的鄉巴佬發現。這幾人一夜致富，就在沿著陡坡而建的工寮正中央蓋起一棟小小的漂亮歌劇院。莉蓮．羅賽爾[18]來唱過，還有歐洲的歌劇大明星。後來，中央城變成廢墟，直到精力旺盛、富有新西部精神的商務委員會決定讓它起死回生。他們讓歌劇院恢復昔日榮光，每天夏天，大都會歌劇院的名角都會到此表演。變成著名節日慶典。遊客自各地湧進，好萊塢影星也光臨。我們駛入山區，發現狹小的街道上擠滿時髦遊客。我想起了梅傑小說裡的山姆，真是一點沒錯。梅傑也來了，對著眾人展露客套的大笑容，對任何事都萬分誠懇地嗯啊附和。他抓緊我的臂膀大叫：「薩爾，你瞧瞧這個老鎮，想想看百年前，媽的，應該只有六、七十年前，這裡有歌劇院耶！」

「是啊，」我學著他小說主角的口吻說：「不過，他們也來了。」

18 Lillian Russell（1861-1922），美國著名女演員兼輕歌劇歌手。

梅傑咒罵：「都是些混蛋，」挽著貝蒂．葛雷，轉身找樂子去了。

貝碧是頗有生意頭腦的金髮女郎，知道中央鎮邊角上有棟古老的礦工房子，我們只需要打掃打掃，周末就有地方可住，還可以舉辦大型派對。那是個破舊的老工寮，積灰盈寸；它有前廊，屋後還有水井。提姆跟雷捲起袖子開始打掃，大工程，耗掉整個下午，夜裡還在做。不過他們有整箱啤酒陪伴，也就不多話了。

我呢，預定下午參觀歌劇院，挽著貝碧同行，身上是提姆的西裝。僅僅數天前，我像個流浪漢抵達丹佛；現在則體面升級（racked up sharply），臂彎還有個打扮漂亮的金髮妞，在劇院大廳的水晶吊燈下，與高尚人士行禮聊天。不知道密西西比金恩此刻看到我，會說些什麼。

那天的劇碼是《費黛里奧》（*Fidelo*），男中音從嘎嘎作響的地牢石門走出，高唱：「何其陰鬱呀！」我也為之垂淚。這正是我對生命的感覺。我完全沉浸於歌劇裡，忘記了自己的瘋狂生活，迷失於貝多芬的偉大悲苦之聲，以及充滿林布蘭暗鬱色彩的故事裡。

丹佛．D．杜爾在劇院外的街道，驕傲地問我：「喏，薩爾，你覺得今年的演出如何？」他跟歌劇圈有點淵源。

「何其陰鬱！何其陰鬱！」我說：「棒透了。」

他官腔官調地說：「接下來，你該認識一下那些演出者。」幸好，一陣忙亂，他忘了此事，人也消失無蹤。

貝碧跟我回到工寮。我脫掉衣服，加入打掃陣容。清潔工作極其浩繁。梅傑坐在已經打掃完畢的客廳中央，面前的小桌子放了啤酒與杯子，拒絕幫忙。我們拿著掃把水桶忙進忙出，他以緬懷的口吻說：「要是你們找個時間跟我一起去班多爾喝沁札諾酒，聽當地樂手演出，才知道什麼叫生活。還有啊，夏天去諾曼第，那裡的木屐，還有上等的陳年蘋果燒酒。來吧，山姆，」他對著看不見的夥伴說：「拿出鎮在水裡的酒，看看我們釣魚時，這酒冰透了沒。」完全是海明威風格。

我們對著屋外來往的女孩大喊：「進來幫忙打掃，晚上都可以來參加我們的盛大派對。」她們果然加入，我們有了大批幫手。最後，歌劇院的戲角也來參與，多數是年輕人。太陽漸漸西沉。

結束一天的工作，提姆、雷和我決定為盛大的晚會打扮打扮（sharp up）。到城鎮另一頭，找到歌劇演員的租屋處。遠處飄來晚場演出的音樂聲。雷說：「正好，拿點他們的刮鬍刀、毛巾，夠我們打扮了。」我們還拿了梳子、古龍水、刮鬍膏，雙手滿滿走進浴室。一邊唱歌一邊洗澡。提姆不斷說：「很棒，不是嗎？使用歌劇演員的洗澡間、毛巾、刮鬍水，還有電動刮鬍刀。」

良夜正美。中央城拔高兩哩；超高的緯度一開始讓你頭暈，然後疲倦，整個靈魂為之發燒。我們摸黑走狹窄巷子，來到燈火輝煌的歌劇院門口；直接右轉進攻有旋轉扇門的古老酒吧。此時，多數觀光客都在劇院。我們的第一輪是在這兒喝特大杯啤酒。酒吧裡還有自動鋼琴。後門望出去就是月色下的山景。我大聲歡呼。狂歡夜開始了。

我們趕回工寮，盛大派對一切就緒。貝碧、貝蒂跟那群女孩煮了豆子與德國香腸當下酒物，我們跳舞，抓著啤酒狂喝。歌劇結束，大批女孩湧進我們的木屋。雷、提姆跟我忍不住舔舔嘴唇，抓住她們就跳。沒有音樂伴奏，只有舞。屋裡塞滿人。來客有人自己帶酒，我們不時奔去酒吧再奔回。這個夜越來越瘋狂了。真希望狄恩跟卡羅也在此 — 但是我突然明白他們就算來了，也會覺得格格不入，不快樂。他們就像歌劇裡從石頭地牢走出的人，何其陰鬱，他們從地下室竄起，是美國的灰暗嬉思特[19]，也是我逐漸加入的新世代 — 垮世代[20]。

合唱部的男孩也現身了。開始演唱〈甜蜜的愛德琳〉，有人唱「請把啤酒遞給我」或者「你幹嘛拉長了臉」，還有男中音拖長了聲音大唱「費—黛—里—奧！」我則大唱「我啊，何其陰鬱！」派對裡的女孩棒透了，跑到後院跟我們依偎親熱。屋內還有其他房間，床上積灰，並未打掃，我拉住一個女孩同坐在床上，正在聊天，突然劇院裡一批帶位男孩衝進來，也不先打情罵俏，抓住女孩就親。全是青少年，喝得爛醉，沒禮貌，過度興奮 — 他們搞砸了派對。不到五分鐘，所有單身女孩跑光光，氣氛轉為校園兄弟會式的派對，有人敲酒瓶，有人大吼大叫。

雷、提姆跟我決定轉進酒吧。梅傑不見人影，貝碧與貝蒂也不知道跑去哪裡。我們蹣跚步入夜色。歌劇院觀眾擠滿街上的所有酒吧，酒客得貼壁而站。梅傑隔著人群對我們叫，態度熱切的四眼田雞丹佛杜爾逢人就握手，說：「午安，您好嗎？」一到午夜，杜爾就會講：「午安，您好嗎？」我看見他步入一個體面的地方，挽著一個中年女子出來；下一分鐘，他又跑到街上跟幾個劇院的年輕帶位員聊天。再下一分鐘，他跟我握手，壓根兒認不得我，說：「新年快樂，小夥子。」他不是喝醉

19 原文為hipster，一般指「追求風潮的時髦人物」，在垮文化（beat culture）裡它特指五〇年代時對建制社會有強烈疏離感的人，或者對爵士樂狂熱的人，跟後來的嬉皮（hippie）有差異。

20 垮世代（beat generation）是指美國一九五〇年代的文化運動，強調對西方社會、政治體系的排斥，表現於外的是厭惡工作、物質享受與傳統建制，擁護無政府主義、公社經驗與藥物，並對東方哲學與禪學極感興趣。本書作者凱魯亞克、詩人Allen Ginsberg，以及《裸體午餐》（*Naked Lunch*）作者William Burroughs被合稱垮世代三巨將。垮文化的參與者與實踐者稱為beatnik。

酒，而是醺然於他喜歡的氣氛——摩肩接踵的擁擠人群，人人都認識他！他不時大喊「新年快樂」，有時又喊「聖誕快樂」。他老是這樣，碰到聖誕節，他則說「萬聖節快樂」。

酒吧裡有個頗受敬重的男高音；杜爾堅持我該見見他，我希望能免則免；此君好像叫達隆西爾之類的，老婆陪伴在側。兩人臭著臉坐在桌旁。酒吧裡有個阿根廷觀光客。雷推推他，請他讓路；他轉過身大吼。雷把酒杯交給我，一拳將那人打翻趴在黃銅欄杆上。這人一時不省人事。有人開始尖叫；我跟提姆護衛雷趕緊逃出酒吧。情況混亂至極，連警長都沒法推開人群，看看是哪個傢伙出事。也沒人認得雷。我們又彎進別家酒吧。梅傑在黑街裡蹣跚舉步：「發生啥子鬼事？有人打架？叫我啊。」哄然笑聲從四面八方傳來。我抬頭瞧月亮裡的桂樹影，又彷彿看見老礦工的鬼影，遐想山中精靈不知對此景有何感想。大分水嶺[21]的東面是一片寂靜，除了風鳴，就只有我們在峽谷裡的哄鬧聲；大分水嶺的西面則是廣袤的「大西麓」，這塊大高原直抵史登堡泉，而後坡度陡墜，帶領你進入科羅拉多州西部與猶他州的沙漠；此刻夜色深黑，我們在山之一隅發瘋鬼叫，真乃浩瀚大地上的爛醉美國人。我們身處美洲屋脊，卻只想放聲嚎叫，我想——夜色裡，飛越東邊平原，可能會看見一個白髮老人手拿聖經朝我們這兒來，隨時可能抵達，讓我們噤聲。

雷堅持回去打架的那家酒吧。提姆跟我不贊同，也只能跟著走。他走向男高音達隆西爾，朝他臉面潑高杯酒。我們連忙拉他往外跑。合音部的一個男中音加入我們，一起進入一家普通酒吧。雷朝女侍大叫婊子。一群沉著臉的男子沿著吧台而坐；恨死觀光客。其中一人說：「我數到十，你們這幾個

21 大分水嶺（Great Divide）指美洲大陸的分水嶺，也就是落磯山脈，水從此處西流太平洋，東流大西洋。

小子最好給我滾出去。」我們照辦。蹣跚回到工寮，倒頭睡覺。

清晨我醒來，一翻身，床墊便揚起好大一陣灰塵。猛力拉窗戶；釘死的。提姆跟我同床，也是一陣猛咳與噴嚏。我們的早餐就是走味啤酒。貝碧從旅館過來，我們收拾好東西，就一起走了。

好像每件事都在瓦解。我們才跨出門要上車，貝碧就滑了一跤，跌個狗吃屎。可憐的女孩，累壞了。她老哥、提姆還有我連忙拉她起身，一起上車；梅傑、貝蒂也跟上來。回丹佛去，還真是悲哀的旅程。

沒多久，我們就下了山，俯瞰丹佛廣大的海蝕平原；熱氣如烤箱蒸騰。眾人開始唱歌，我則迫不及待想前往舊金山。

10

那晚我找到卡羅，大吃一驚，原來他跟狄恩也在中央城。

「你們都幹些什麼？」

「逛酒吧啊。狄恩偷了一輛車，我們就九十哩狂飆彎曲山路下山。」

「我沒瞧見你們。」

「我們根本不知道你們也去了。」

「喂，老兄，我要去舊金山了。」

「狄恩幫你安排了跟麗塔今晚約會。」

「那，好吧，我展延吧，」我身上一毛錢也沒。寄航空信請姑媽匯五十元給我，並說明這是我最後一次跟她拿錢；一旦我上了船，她馬上能拿回借我的錢。

然後我去見麗塔．貝登考特，帶她回公寓。我在漆黑的小客廳跟她聊了許久，才將她弄進臥房。她是個善良的小女孩，單純誠懇，怕死了「性」。我跟她說做愛是美好的事。我想證明如此。她給我機會證明，但是我操之過急，未能成事。她在黑暗中嘆氣。我問：「妳對人生有何期望？」我經常這麼問女孩。

「我不知道，」她說：「我就是端盤子，想法過活。」她大打哈欠。我伸手遮住她的嘴，叫她不要打哈欠。我想告訴她我對生命充滿興奮期待，我們可以一起做很多事；嘴裡如此說，心裡卻打算兩天後離開丹佛。她厭倦地轉過身。我們平躺床上瞪著天花板，懷疑上帝搞什麼鬼讓人生如此悲哀。我跟麗塔初步約好在舊金山碰頭。

我陪麗塔步行回家，感覺我在丹佛的時光接近尾聲了。回程時，我跟一群流浪漢躺在老教堂的草地上，聽他們說話，勾起我上路流浪的欲望。偶爾會有一二個流浪漢起身，跟路人索討一毛錢。他們談到收割隊伍已經逐漸北移的事。此時天氣溫和、草地柔軟。我想起身去找麗塔，跟她訴說許多事情，這次，我要認真跟她做愛，解除她對男人的恐懼。美國年輕男女的相處時光其實很悲哀；世故的訓練要求他們見面就上床，無庸對話認識彼此。我講的不是談情說愛，而是敞開靈魂誠懇對話，因為生命是神聖的，分秒都珍貴。我聽見丹佛暨葛蘭特河線的火車轟然駛進山區。我想要到更遠的地方追星。

梅傑與我夜半對坐，悵然聊天。「你讀過《非洲的青山》（*Green Hills of Africa*）沒？我認為那是海明威最好的作品。」我們互祝好運，將在舊金山碰面。然後，我跟雷在街上一棵深色大樹下告別，「雷，再會啦，何時再相見？」我去找卡羅與狄恩——不見蹤影。提姆朝我揮揮手說：「你唷，要走啦？」我們稱呼彼此為「你唷」。我說：「對。」接下來幾天我晃蕩丹佛街頭，拉里莫街上的每一個酒鬼看起來都像狄恩的老爸；他們叫他「洋鐵匠老狄恩．莫瑞亞提」。我走進狄恩跟老爸住過的溫莎旅館，一個坐滑板車的無腿男當時跟他們同住一房；某晚，他的滑板車轟隆隆駛過地板，跑來摸了熟睡的狄恩一把，嚇得他驚醒過來。我也看見那個在克帝思街與十五街轉角賣報紙的短腿侏儒婦人。我逛了克帝思街破敗悲哀的低級酒館；瞧見穿紅襯衫與牛仔褲的年輕孩子；滿地的花生殼，戲院的華蓋遮篷，還有毒窟（shooting parlor）。燈火街頭再過去就是黑暗，黑暗再過去就是西部。我該走了。

黃昏時，我找到卡羅，翻讀了一點他的大部頭日記，當晚就睡在那兒。天亮時，外頭下著毛毛雨，天色灰濛，身高六呎的大個兒艾德・鄧凱爾跟帥小子羅伊・強森，以及那個下垂內翻足的撞球賭賽高手湯姆・史納克一起蒞臨。他們面色尷尬團團圍坐，聆聽卡羅朗誦他那些具有末世色彩的瘋狂詩歌。我癱坐在椅上，累斃了。卡羅大喊：「噢，爾等丹佛怪胚（birds）！」我們魚貫走出卡羅住處，進入典型的丹佛鵝卵石小巷，兩旁緩緩飄散焚化爐的煙霧。查德曾告訴我：「小時，我在這巷子滾輪子玩呢。」我超想看他滾輪子的光景；想看看十年前他們還是孩子時代的丹佛；想看看當年陽光燦爛櫻花盛開的春日早晨，充滿希望的落磯山脈快樂小巷裡，他們一整幫人開心地滾輪子玩。衣著襤褸骯髒的狄恩則獨自忙著他熱中的事。

羅伊與我在毛毛雨中步行；先到艾迪女友住處取回我的毛料格子襯衫，那件代表內布拉斯加州謝爾登鎮的襯衫。喏，就在那裡，皺巴巴，一付龐大哀愁模樣。羅伊說他會在舊金山跟我會合。大家都要去舊金山。我發現錢已匯到。太陽露臉，提姆陪我搭電車到巴士站。我買了前往舊金山的巴士票，五十元就去了一半，下午兩點發車。提姆跟我揮手告別，車子駛出人潮滾滾、歷史著名的丹佛街頭。我暗自發誓：「以上帝之名，我總有一天會回來，看看還會發生什麼新鮮事！」上車前最後一通電話，狄恩說他跟卡羅可能會到西海岸跟我會合；我仔細思索，赫然發現在丹佛期間，我跟狄恩還說不到五分鐘的話。

11

距離我跟雷米．龐固爾約好的時間，我遲了兩個星期。從丹佛到舊金山的巴士一路平順，只是越接近舊金山，我就整個魂魄都要飛撲過去。再度經過夏延，這次是午間抵達，往西跨過山脈；午夜時分在克瑞斯頓穿越大分水嶺，破曉時來到鹽湖城 — 這是一個到處都是草坪灑水器的城市，根本就是狄恩最不可能誕生的地方。巴士在豔陽下直驅內華達州，傍晚時分抵達雷諾城，經過燈火閃爍的唐人街，攀高進入內華達山脈，松樹、星星、山中棚屋，處處點出舊金山的浪漫 — 巴士後排有個小女孩哇哇哭：「媽咪，什麼時候才會回到家，才會回到特拉基？」特拉基到了，一個鄉氣的城鎮，巴士往下盤旋，從山丘進入沙加緬度平原。我突然察覺自己已經身在加州了。溫暖豐厚的空氣，讓你想親吻，當然，還有棕櫚樹。高速公路傍著歷史著名的沙加緬度河而行，再度進入山中；往上爬，朝下走；眼前突然出現廣大的海灣，天色即將放明，懶洋洋的舊金山燈光像花環粧點海灣。車行奧克蘭海灣大橋，我紮實睡了一場好覺，這是我離開丹佛後第一次熟睡；因此當巴士駛進市場街與第四街交口的車站，我猛然驚醒，想到我離開紐澤西派特森的姑媽家已經三千兩百哩。我像枯槁的鬼魂晃蕩下車，眼前就是舊金山 — 長長的淒涼街道，電車纜線全淹在白色濃霧裡。我蹣跚逛了幾條巷弄。密辛街與第三街交口處，幾個怪異的流浪漢跟我伸手索錢。某處傳來音樂聲。「天，晚點我一定要摸索這地方！不過眼前先找到雷米．龐固爾再說。」

雷米住的米爾市只是山谷裡的一堆棚屋，戰爭期間專為海軍造船廠工人搭建的平宅；它位於一個很深的峽谷，圍繞山谷的邊坡密密種滿樹。山谷裡有些專門店，還有專為平宅居民設的理髮店與裁縫店。人們說，這是美國唯一黑白人士自願共處的社區；堪稱我見過最瘋狂最歡樂的地方，後來再也不得見。雷米的小屋門上釘著一張三周前寫的字條。

薩爾．帕瑞德斯！〔粗大的正楷〕沒人在家的話，爬窗戶進來。

雷米．龐固爾　上

風吹日晒，字條已經變成灰色。

我爬窗進去，赫然發現雷米在家，跟女友黎安睡覺呢。後來，他告訴我那張床是從商船偷來的；想想看，一個甲板機械員半夜偷偷把床弄下船，然後奮力搖櫓，把床搞上岸。這多少說明了雷米是個什麼樣的人。

我不惜耗費筆墨細細描述舊金山的一切，因為它跟我的所有事緊密相關。好多年前，雷米跟我相識於大學預備學校；不過，真正讓我們湊在一起的是我的前妻。雷米先認識她。一晚，他跑到我的宿舍說：「帕瑞德斯，起床，大師來看你了。」那是下午四點，大學時代，我一天到晚睡覺。我爬起床，穿褲子時，幾個銅板掉到地板上。雷米說：「好啦，好啦，你有必要這樣『揮金』嗎？我剛認識全世界最酷（the gonest）的女孩，今晚就要帶她去『獅穴』。」他拖著我去見那女孩。一星期後，她就跟了我。雷米是身材高壯的黑膚法國人（有點像二十出頭的馬賽黑市商人）。因為他是法國人，講美式英語夾帶黑人爵士用語；講正宗英語則十分道地，法語當然完美無缺。他穿著時髦，比較接近大學生風格，經常跟漂亮金髮妞出遊，大筆揮金。他沒埋怨我搶走他的女友，只是這事讓我們緊緊相連；雷米對我忠心耿耿，真情真意，天知道為什麼。

我在米爾市找到他的那天上午，他正處於消沉困擾情緒，這是二十來歲的年輕人常見的狀態。他還在等著上船，因此無所事事，為了過活，在峽谷那一頭的工寮當特勤警察。他的女人黎安是毒舌婆，每天斥罵他。他們整個星期省吃儉用，周六晚跑出去玩，三小時就把五十大元花光光。雷米在屋內只著內褲，戴著可笑的陸軍軍帽。黎安滿頭髮夾走來走去。他們就以這副德性整個星期在家對罵，我這輩子還沒聽過這麼多咆哮。不過到了周六晚，他們好似一對成功的好萊塢大人物，優雅相視而笑，上城玩耍去。

雷米醒來，見我爬窗進來。無可匹敵的洪亮笑聲立刻鳴響我的耳膜。「哈哈哈，帕瑞德斯爬窗進來，他真的照字條說的做。你死去哪裡了？遲到了兩個星期！」他猛拍我的背，敲黎安的肋骨，靠在牆上大叫大笑，用力拍桌，聲音迴盪整個米爾市，綿延不絕的「哈哈哈」更是響徹峽谷。他大叫：「帕瑞德斯！舉世無雙、無可取代的帕瑞德斯。」

我剛經過小漁港村騷沙利多，因此，我的第一句話是：「騷沙利多那裡肯定很多義大利人。」[22]

他扯大嗓門吼：「騷沙利多一定有很多義大利人！」「哈哈哈！」他猛捶自己，笑翻在床，只差沒滾到地上。「妳聽到帕德瑞斯說啥沒？騷沙利多一定有很多義大利人？哈哈哈，哈哈哈！哇！吼！

22 騷沙利多（Sausalito）義大利語，意思指柳樹叢，柳樹喜水，代表此處有活水泉源。這是騷沙利多城創建者之一William Richardson取的名字，他以淡水號召往來船隻靠岸補給，騷沙利多遂成活躍的港口，不代表此處很多義大利人。

哈！」他的臉笑得跟甜菜一樣通紅。「帕德瑞斯，你殺了我吧，你真是全世界最好笑的人，你終於來了，還真的爬窗進來，黎安，妳瞧瞧他，遵從指示爬窗進來。哈！吼！」

奇事一樁！雷米的隔壁鄰居是黑人史諾先生，我敢按著聖經發誓，此人笑聲響亮絕對是、肯定是舉世無敵手。他先是在吃晚飯，老婆不過說了一句無甚稀奇的話，他便從餐桌站起身，顯然岔了氣，他靠牆站，仰天而望，開始笑了；他蹣跚跨出門，頂著鄰居的牆大笑；他笑到昏了頭，酒醉一樣，摸黑繞走米爾市，把得意洋洋的笑聲高高送到那個刺激他如此大笑的魔鬼耳朵裡。至於他有沒有吃完晚飯，不得而知。雷米可能無意間從奇妙的史諾先生身上學到此種笑法。雖然雷米有工作問題，跟個毒舌婦同居，愛情生活亦不順遂，至少他學會笑得比任何人都棒，我已預見我在舊金山會有很大樂子。

雷米的安排如下：他跟黎安睡房間一頭的床上，我睡另一頭靠窗的行軍床。我不准碰黎安！雷米馬上就此事發表立場：「我不要發現你趁我不在時跟黎安搞三捻七，以為我沒注意。這種事情，別想在大師面前玩新花樣[23]。這句話可是我原創的。」我瞧瞧黎安。她是蠻吸引人的漂亮妞，蜜糖色甜心，但是她的眼神充滿對我們的恨意。她出身奧勒岡，野心是嫁個有錢人，懊惱死搭上雷米的那一天。那正是他花大錢的周末，在黎安身上至少花了百元，黎安以為他是有錢的繼承人。結果卻淪落到困居小棚屋，又因為她身無長物，只能繼續窩下去。她在舊金山有份工作；每天得到十字路口等灰狗巴士上工。她死也不原諒雷米。

23 原文為you can't teach the old maestro a new tune，身為大師，沒有不知道的新曲，所以你無法教導大師新曲。意指少班門弄斧。

照計畫，我得待在小棚屋給好萊塢片廠寫個超棒的原創故事。雷米則該抱著豎琴像天使，搭對流層飛機飛去好萊塢，為我們帶來鉅富；黎安應該跟雷米一起去；他會介紹好友的父親跟她認識，這人是著名導演，跟W．C．費爾茲走得很近。因此，我待在米爾市木屋的第一個星期，伏案瘋狂寫作一則有關紐約的悲慘故事，我自認它足以吸引好萊塢導演，問題是這個故事實在太悲慘了，雷米根本不忍卒讀，幾星期後，將這個劇本照原樣帶到好萊塢。黎安則是悶得要命又對我們充滿恨意，懶得一讀。無數下雨時刻，我狂喝咖啡，不停塗寫。我終於跟雷米說，此計不通；我需要一份工作；我淪落到還得跟他們伸手要菸抽。失望的陰影掠過雷米的眉梢 — 他總是為最可笑的事情失望。這人的心真是金子做的。

他安排我應徵跟他相同的工作，到工寮當警衛。經過必要手續，出乎意料，那些混蛋居然錄用了我。由派出所主管負責看我宣誓就任，領取警徽、警棍，現在，我也是特勤警察了。要是卡羅、狄恩、公牛老李看到我此刻模樣，不知會怎麼想。我必須穿海軍藍褲子搭配黑色夾克跟警帽；頭兩個星期我借穿雷米的褲子；他個頭高，又因為無聊而經常爆吃，肚子大得像酒桶，第一天上工我穿他的褲子，褲腳翻飛，活像卓別林。雷米還給了我手電筒跟他的點三二自動手槍。

「你哪兒弄來的槍？」我問。

「去年我到西岸來，半路在內布拉斯加州的北派拉特跳下火車，伸伸腿，就在櫥窗裡瞧見這把特別的小東西，當場買下，差點誤了回火車。」

我想跟他說北派拉特對我的意義，跟那些男孩一起買威士忌酒的事，他拍拍我的背，說我是全世界最好笑的人。

有手電筒照路，我爬上峽谷南邊的陡坡，穿過車輛川流夜奔舊金山的高速公路，到了峽谷另一頭，差點沒摔死，峽谷底部的小溪有個小農屋，該死的，他們的狗每天朝我吠叫。然後我快速步上一條銀色月光的塵土路，兩旁是暗黑的加州樹木——像電影《蒙面俠蘇洛》裡的路，也像所有B級西部電影裡的路。暗夜中，有時我會拔出佩槍，假裝自己是牛仔。再爬過一個山丘，就是我值班的營區。這是海外建築工的臨時住處，他們在此等待船兒入港。多數要去沖繩。也多數在跑路——通常是想逃離法網。他們當中有阿拉巴馬州的硬漢、鬼祟的紐約客，各式各樣，來自各地。他們預見在沖繩工作一整年可以多恐怖，因此死命灌酒。特勤警察的任務就是確保他們喝醉酒不會把營區拆了。我們的勤務室在主建築，也不過是牆壁鑲木的木屋辦公室。裡面放著一個掀蓋式書桌，我們就坐在桌前，不時移移屁股後面的手槍，大打呵欠，聽那些老警察說故事。

這群人特壞，除了雷米跟我，全是有「警察靈魂」的人。雷米幹這個差事只想餬口，我也是。他們則想逮人，好得到市警察局長的褒揚。還說一個月如果逮不到一個人，可能得捲鋪蓋走人。我想到要逮捕人，根本喘不上氣。實情是營區大騷動那天，我跟其他人一樣醉。

那天的值勤表調度，我獨自值班六小時，整個營區只有我一個警察；人人喝得爛醉，因為第二天上午就要開船。他們的豪飲程度就像水手起錨前一天一樣。我坐在辦公室，腳翹在書桌上，正在閱讀奧勒岡藍皮書介紹的各式冒險與北方之地。突然，素日靜謐的夜晚有了騷動。我出門查看。媽的，幾乎每棟木屋都燈火通明。男人呼盧喝雉，酒瓶碰撞。這一刻不出頭就等著成仁吧。拿起手電筒，我走去敲最吵的那戶人家門。有人將門打開約莫六吋。

「你要幹啥？」

我說：「我負責守衛營區，各位應該盡量保持安靜」──或者類似此種蠢話。當場被賞了閉門羹。我瞪著緊貼我鼻子的木板門。這簡直是西部電影；該是我建立權威的時候了。我再度敲門。這次，門兒大敞開。我說：「聽著，我不是想來打擾各位，只是你們鬧得太大聲，我就會丟飯碗。」

「你是誰？」

「我負責守衛此處。」

「沒見過你。」

「喏，這是我的警徽。」

「你屁股上掛著自動手槍，你想幹嘛？」

「這槍不是我的，」我致歉說：「跟人借的。」

「老天，進來喝一杯。」我不但如斯響應，還喝了兩杯。

我說：「現在各位兄弟，保持安靜，好嗎？你們知道，我會被丟進油鍋的。」

「小夥子，沒事啦，你繼續巡房去。回程時，想喝酒再進來喝一杯。」

我就以這種方式逐一敲房門，沒多久，我就跟他們一樣爛醉。破曉，我得去把國旗升上六十呎的旗杆，我倒掛了國旗，然後返家大睡。晚間我回來值勤時，辦公室裡那些「正規警察」愁眉對坐。

「我說啊，小兄弟，昨晚亂烘烘是啥回事？峽谷那頭的人家抱怨呢。」

「我不知道，」我說：「現在很安靜啊。」

「整團人出海去了。昨晚，你應當維持此地秩序的──頭兒在罵你呢。還有──你知不知道政府的旗杆倒掛國旗可以吃牢飯的？」

「倒掛？」我當然不知道；嚇壞了。我只是每天機械化地升旗。

「沒錯，」講這話的胖警察曾在惡魔島監獄做過二十二年警衛，他說：「這麼幹，會坐牢的。」其他人跟著嚴肅點頭。他們總是團團圍坐，對這份工作非常自豪。把玩槍枝，談論槍枝種種。迫不及待要射殺某些人，譬如雷米跟我。

曾擔任惡魔島警衛的那個人約莫六十歲，啤酒肚，雖然已經退休，卻離不開一輩子滋潤他枯乾靈魂的環境。每天晚上，他開福特三五上工，準時打卡，坐在掀蓋式書桌前，費力填寫我們每晚都要填的簡單表格——巡房次數、時間、營區狀態等等。填完表格後，他就開始講故事：「要是你早來兩個月，就會看到我跟史萊基在G號棚屋區逮捕了一個醉鬼。」（史萊基是年輕警察，成日幻想當德州騎警，目前只能屈居於此。）胖警察繼續說：「你真該看看那流血場面。今晚我帶你去看，棚屋牆壁上還有血漬。我們抓住他撞牆，撞完這面，再撞另一面。史萊基先揍他一頓，之後換我。然後他就乖乖不反抗啦。他發誓出獄後要宰了我們——他被判三十天，現在已經六十天了，沒現身。」這才是故事的重點，他們如何嚇破這男人的膽，不敢回來報仇。

老警察繼續甜蜜回述惡魔島監獄的諸種恐怖。「有時我們操犯人踢正步，像軍隊一樣行進到食堂吃早餐。沒一個敢踏錯步。那兒事事跟鐘表一樣精準。你們真該看看。我在那裡當了二十二年警衛。從沒碰過惹事的。那些傢伙知道我們來真的。有些警衛對待犯人太心軟，會惹麻煩上身的也是這種人。就拿你來說吧——我的觀察是你的態度有點太寬厚，」他拿著煙斗指著我說：「你知道，他們會佔你便宜。」

我知道。我跟他說，我不是幹警察的料。

「是的，不過你應徵的就是警察工作。你得下定決心，要就幹，要不拉倒，否則一事無成。這是你的責任，你也宣誓後才就職的。不能半吊子，你必須維持法律與秩序。」

我無話可說；他講得沒錯；我只想半夜溜出此處，消失無蹤，踏遍這個國家，看看別人都在做些什麼。

另一個警察史萊基個頭高大，渾身肌肉，黑色小平頭，脖子常因緊張而青筋勃起——像拳擊手老是喜歡雙掌互擊。他的打扮有如舊時代的德州騎警，左輪槍掛得低低的，腰繫彈藥帶，手持類似短柄馬鞭的玩意兒，身上到處是皮製配件，活像個刑求房——鞋子晶亮，低領夾克，神氣活現的帽子，渾身上下只差皮靴而已。他老喜歡對我表演摔角的固定壓制——雙手伸到我的胯下，敏捷地舉起我。我知道單論氣力大小，使出同樣的固定壓制手法，我可以將他摔到天花板去，但是我不能說破；因為搞不好他會要求來個摔角比賽。你跟這種人比摔角，結果很可能是吃子彈。我相信他的槍法較優；我這輩子連槍都沒碰過，光是給槍枝上子彈就夠嚇人的。史萊基超想逮捕人，一晚只有我跟他兩人巡邏，他臉色通紅，氣沖沖回到辦公室。

「我叫那些傢伙安靜點，結果他們還是吵吵鬧鬧。我已經說了兩遍。我永遠給人第二次機會。第三次可不行。現在你跟我走，咱們回去逮人。」

「喏，讓我去給他們第三次機會，」我說：「我去跟他們說。」

「不，先生，我只給人兩次機會。」我只能嘆氣。跟著出發。來到鬧事的房間，史萊基打開門，叫裡面的人排隊走出來。超尷尬的。大家都羞紅臉。這就是典型的美國故事。人人理直氣壯做自認該做的事。一群男人晚上喝酒，稍微吵了點，那又怎樣呢？但是史萊基必須證明自己。還帶我當備胎，以防遭到襲擊。大有可能，這幾個兄弟來自阿拉巴馬州。我們一起到警察局。史萊基領隊，我押後。

其中一人跟我說：「你跟那個招風耳的惡劣傢伙說，放我們一馬。我們很可能被炒魷魚，去不了沖繩。」

「我跟他說。」

到了警局，我跟史萊基說算了吧。他又漲紅臉，以眾人都聽得見的音量回答：「我從不給人兩次以上的機會。」

「搞啥，」阿拉巴馬兄弟說：「有啥差別？我們可是會丟飯碗的。」史萊基不說話，填寫逮捕單。他只逮捕了其中一個；叫鎮上的巡邏車來將他帶走。其他兄弟垮著臉走開，說：「這下，老媽不知道會怎麼說。」其中一人跑回來跟我說：「你告訴那個德州狗娘養的傢伙，如果我的兄弟明晚之前沒被放出來，我會好好修理他的屁股。」我平和轉述，史萊基沒說話。那個傢伙很快就被釋放，什麼事也沒發生。這批工人出海；新一批狂野傢伙住進來。要不是雷米，這份工作，我幹不了兩小時。

許多晚上，雷米跟我一起值勤，這樣的夜晚充滿刺激。第一趟巡邏，我們輕輕鬆鬆，雷米會試試每棟房門的鎖，希望找到沒上鎖的房間。他說：「多年來，我一直有個構想，要訓練一隻超級小偷狗，牠會溜進這些傢伙的房內，掏出他們口袋裡的錢。我會訓練牠只拿鈔票；其他不要拿，整日讓牠嗅聞鈔票的味道。如果有符合人道的訓練方式，我還希望訓練牠只偷二十元大鈔。」雷米滿腦子瘋狂念頭；連續數周猛講這隻超級小偷狗。雷米只有一次碰到沒上鎖的門。我因為不喜歡這個念頭，轉身在走廊踱步。雷米偷偷打開門，卻與營區大工頭面對面。雷米討厭死他的臉，有次問我：「你一天到晚說的那個蘇俄作家叫什麼來著的——那個拿報紙塞鞋子，戴著垃圾堆中找來的大禮帽四處行走的那個作家？」杜斯妥也夫斯基，雷米誇大我說的故事。「哦，沒錯，就是他，就是他。杜斯偷歐夫斯基。工頭那張臉啊，只有一個名字可以形容 — 杜斯偷歐夫斯基。」雷米闖空門的好手氣只有一次，卻碰上杜斯偷歐夫斯基的門。工頭正在睡覺，聽到門把旋轉聲。他僅著睡衣起身。現身門口，模樣比平日更惡狠兩倍。雷米拉開門，便瞧見一張恨意與憤怒腫脹到要爆膿的剽悍臉孔。

「你幹什麼？」

「我只是試試門。我—哦—以為這是打掃用具間。要找拖把。」

「找拖把，什麼意思？」

「哦—喔。」

我走上前說：「有人在樓上走道嘔吐，得去拖乾淨。」

「這不是打掃用具間，這是我的房間。再要發生這種事，我將你們兩個送辦趕出去！聽明白沒？」

「有人吐在樓上走道。」我又說了一遍。

「打掃用具間在走道尾。」他用手一指，看著我們去開門拿拖把。我們照辦，傻呼呼把拖把拎上樓。

我說：「天殺的，雷米，你害我們差點惹麻煩。你就不能罷手嗎？幹嘛一天到晚想偷東西？」

「這世界欠我的，就是如此。別想在大師面前玩新花樣。你再用這種語氣講話，我就要開始叫你杜斯偷歐夫斯基。」

雷米就像小男孩。在他孤獨的法國學童年代，他被剝奪到一無所有；繼父母把他塞給學校，不問不理；他只能戰戰兢兢過活，從這所學校被踢到另一所學校；走在法國暗夜路上，他從自己尚稱年幼清純的辭彙裡，編織出各種罵人的話；每樣失去的東西，他都要討回來；他的失落就像無底洞；這是伊於胡底。

我們最愛進攻營區餐廳。環顧四周，確定無人，尤其沒有特勤警察同僚潛伏在旁監視；我蹲下身子，雷米踏在我的肩上，站起身打開窗子，他每晚都確保餐廳窗子不會上鎖。翻窗進入餐廳後，他滾落到桿麵食的桌子。我的身手比雷米靈活，輕身一跳，便可爬窗進入餐廳。我們先到蘇打飲料機，滿足我兒時的夢想，揭開巧克力冰淇淋筒的蓋子，整隻手伸進去，挖出一大坨冰淇淋，大舔特舔。我們找出冰淇淋盒，填滿冰淇淋，再淋上巧克力糖漿，有時還加上草莓。然後我們巡視廚房，打開冰箱，看看有啥可以塞在褲袋帶回住處的。我通常是撕一大塊烤牛肉，拿紙巾包起來。雷米會說：「你知道杜魯門總統怎麼說的——我們得減少生活支出。」

一晚，雷米把食品塞到一個大箱子，我在旁等了許久。但是箱子太大，無法擠出窗子，雷米得把箱子打開，把偷來的食物一一放回去。那晚，他下班後，我單獨巡邏，發生了怪事。當時我走在峽谷的老步道上，希望能碰上一頭鹿。（雷米說他在這裡看過鹿，雖然已經是一九四七年，這裡還是野地。）暗處傳來恐怖的騷動聲。是哼聲，也是噴氣聲。我還以為會有一頭犀牛在暗處朝我衝來。連忙抓起槍。一個高大人影從峽谷陰影處現身，頭大如斗。我突然發現那是雷米，肩上扛了一箱食物。箱子的重量讓他呻吟喘氣不已。他不知道怎麼弄到餐廳的鑰匙，從正門把整箱食物弄出來。我說：「雷米，我還以為你回去了；老天爺，你這是搞什麼鬼？」

他說：「帕瑞德斯，我跟你說過好幾次，杜魯門總統說要節約生活支出。」然後我聽見他繼續喘息噴氣沒入暗處。先前，我已經說過連結營區的步道是多麼崎嶇，一會兒得朝上爬，一會兒得往下行。雷米將那箱食物藏在高高的草叢內，回來找我：「薩爾，我一人扛不動，得分成兩個箱子，你得幫我。」

「可是我在值勤啊。」

「你不在時，我會幫你盯著。日子越來越不好過，該怎麼做就怎麼做，沒法子。」他抹抹臉說：「呼！我告訴你好多次了，薩爾，我們是哥兒們，啥事都一起，沒第二條路可走。不管是杜斯偷歐夫斯基、那些警察、黎安之類的女人，或者這世間的其他惡劣魔鬼，人人想搾乾我們。我們得小心，不能讓他們奸計得逞。這些人的袖子裡除了骯髒臂膀，還多的是惡劣花樣。記住，沒人可以在大師面前玩新花樣。」

我終於問：「那，我們出海的事該如何？」我已經在營區做了十星期的警察，每周薪水五十五元，其中四十元，我寄給姑媽。過去這段時間，我只在舊金山待過一晚。我的生活完全被困在棚屋裡，陷入雷米與黎安的惡吵，以及半夜巡邏營區。

雷米沒入暗處去拿另一個箱子。我們在類似電影《蒙面俠蘇洛》裡的那條老路辛苦攀爬。拿回來的食物在黎安的廚房桌上堆得跟山一樣高。她醒來，揉揉眼。

「你知道杜魯門總統說什麼嗎？」黎安樂壞了。我突然領悟在美國，人人都是天生小偷。連我都染上這個毛病，甚至會去看看人家大門有沒有上鎖。其他警察開始起疑，在我們的眼睛裡瞧見罪惡；這是屢試不爽的直覺，總能看穿我們。多年的警察經驗讓他們熟知我與雷米這樣的角色。

白天，我跟雷米佩槍外出，到山裡打鵪鶉。雷米匍匐前進，離咕咕叫的鵪鶉不到三呎，擊發他的點三二手槍。沒打中。響亮的笑聲迴盪了整個加州樹林，涵蓋整個美國。「我們該去採訪香蕉大王了。」

那是星期六；我們好好打扮一番，一起去十字路口的巴士招呼站。到了舊金山後，我們踱步街頭。所到之處都迴盪著雷米的轟雷笑聲。他說：「你該寫香蕉大王的故事。」接著他又以警告口吻說：「別想在我這個大師面前玩花樣哦，跑去寫其他故事。我告訴你，香蕉大王絕對是你的菜。喏，那不就是他？」香蕉大王是在街角賣香蕉的老人。我煩悶欲死。但是雷米不斷戳我的肋骨，甚至抓住我的衣領拖著走。他說：「香蕉大王的故事就是一則人情趣味的故事。」我說，我才懶得理什麼香蕉大王。雷米再次強調：「如果你不能理解香蕉大王的重要性，你對這個世界的人情趣味就是一無所知。」

海灣裡有艘鏽蝕斑駁的貨船，充作浮筒。雷米老想划船上去一觀，因此某日下午，黎安準備了午餐，我們雇船划去那兒。雷米帶了一些工具。黎安脫個精光在浮橋上日光浴，我待在船尾瞪著她瞧。雷米上船後直攻下層老鼠橫行的鍋爐間，敲敲打打，希望能找到一些銅器，但是沒有。我坐在早已毀損的軍官食堂。這是一艘非常老舊的船，裝潢原本很漂亮，木頭鑲板上還有渦卷圖案，內建船員衣物箱。我坐在光線明亮的食堂懷想，這簡直是傑克．倫敦筆下的舊金山鬼魅暗影。食品儲藏室裡老鼠奔走。許久以前，有個藍眼船長曾在這裡進食。

我到下層船腹找雷米。他正在敲打每樣鬆動的東西，說：「啥個屁也沒。我原以為會有一些銅製的東西，至少老舊的扳手或者什麼。這船啊，早被一群盜匪搜刮得乾乾淨淨。」這船停在這裡很久很久了。如有銅器也早被高手偷走，而高手也可能早就作古了。

我跟雷米說：「我真想找一晚睡在這艘船上，看著霧氣滲進來，船兒吱嘎響，還能聽見浮筒的聲音。」

雷米聞之錯愕；對我更加欽佩了：「薩爾，如果你有膽這麼幹，我給你五元。你難道不知道老船長的鬼魂可能在這艘船上作怪。我不僅給你五元，還會親自划船送你，幫你準備午餐，借你蠟燭與毯子。」

「一言為定！」我說。雷米跑去告知黎安。我真想從桅杆上一躍而下，趴在她身上，不過，我得遵守對雷米的承諾，硬將視線從她身上轉開。

這段時間，我越來越常往舊金山跑；使盡書本上的招數泡妞。曾與某個女孩在公園長凳聊到天明，一無所獲。這個金髮妞是明尼蘇達人。舊金山頗多男同性戀，好幾次我進城都得佩槍，有一次在酒吧廁所碰見企圖勾搭我的男同志，我就亮槍，說：「喔？喔？你說啥？」那人拔腿就跑。我至今都不明白我為什麼如此；我在全國各地都有同志朋友。可能是我在舊金山太寂寞了，也可能是因為我有槍，有槍就想亮槍。經過珠寶店，一股衝動上來，真想射破櫥窗，搶走最值錢的戒指手鐲，拿去給黎安。然後我們去內華達雙宿雙飛。我該離開舊金山了，否則會瘋掉。

我寫長信給狄恩與卡羅，他們現在暫居德州海灣的公牛老李家。他們說一旦這事那事弄妥，就來舊金山跟我會合。同時間，雷米、黎安和我的關係開始崩解。雷米的大話伴隨九月雨傾盆而下。他拿著我的悲慘可笑電影原著故事，跟黎安飛到好萊塢，沒成果。那個著名導演喝得爛醉，壓根兒沒理會他們；雷米與黎安賴在導演位於馬里布海灘的木屋；開始在眾人面前公開吵架；之後，打包飛回來。

壓垮駱駝的最後一根草是賽馬。雷米省吃儉用大約存了一百元，讓我穿他的衣裳，打扮瀟灑，手挽黎安，一起到海灣對面雷其蒙附近的金門大橋賽馬場。先讓各位瞧瞧雷米這個人心腸有多好，他把半數偷來的食物裝在一個巨大的棕色紙袋，拿去給他認識的一個寡婦，我們跟著一起去。這寡婦住在雷其蒙的貧宅區，跟我們的棚屋區有點像，曬衣繩上的衣物在加州豔陽下啪啪翻打，小孩悲慘襤褸。這女人感謝雷米的好心，她的哥哥似乎是個海員，跟雷米僅有點頭之交。雷米以最禮貌最優雅的腔調說：「卡特太太，這真的沒什麼。這些東西多得很。」

我們前往賽馬場。雷米一注就下二十元，決心要贏大的，嚇死人，賽到第七場，我們就破產了。雷米拿著僅剩的吃飯錢兩元又去押注，結果還是輸了。我們得沿路攔便車回舊金山。我又回到僕僕風塵路。某先生開著漂亮時髦的車子載了我們一程，我坐在前座。雷米正在掰故事，說他在賽馬場大看台掉了皮夾。我說：「實情是我們賭馬輸個精光，為了預防再度從賽馬場搭便車回家，以後我們都只透過組頭下注，你說對不對，雷米？」雷米滿面通紅。那人終於鬆口說他是賽馬場的高層。他讓我們在優雅氣派的皇宮飯店下車；我們看著他消失於水晶吊燈下，志得意滿，荷包飽飽。

「喔！喝！」雷米在舊金山街頭大叫：「帕瑞德斯搭到的便車是賽馬場經營人，還發誓以後他都要透過組頭下注。黎安！黎安！」他粗手粗腳地搥打黎安：「他鐵定是全世界最好笑的人！騷沙利多一定有很多義大利人。哈哈一向向。」他抱著街柱放聲大笑。

那晚又開始下雨，黎安惡狠狠瞪著我們。屋裡一分錢都沒。雨聲如鼓打在屋頂。雷米說：「這個雨啊，至少要下一星期。」他脫掉漂亮的西裝；換回粗鄙的短褲、T恤和軍帽。哀傷的棕色大眼珠瞪著地板的木條。手槍擺在桌上。雨裡，史諾先生的豪邁笑聲不知從何處傳來。

黎安說：「我受夠那狗娘養的。」她起身。一付找麻煩的樣子，開始講話刺激雷米。雷米則忙著翻他寫滿人名的黑色小本子，多數是欠他錢的海員。名字旁是紅筆加註的詛咒。我很擔心有一天也會登上這個名簿。最近我寄太多錢給姑媽，每周只負擔四或五元的食物支出。遵循杜魯門總統的指示囉，最近又加了幾塊錢。雷米覺得我攤得不夠；開始把購物單掛在浴室牆上，細長的紙條上寫滿各式雜貨的價錢，讓我細細看想明白。黎安則深信雷米跟我背著她藏私房錢。她威脅跟雷米分手。

雷米嘴角上揚：「妳能去哪裡？」

「吉米。」

「吉米？賽馬場的收銀員？薩爾，你聽見沒？黎安要去套牢那個賽馬場收銀員。記得帶掃把呀，親愛的，有了我貢獻的一百元，這星期那些馬兒鐵定嚼了不少燕麥。」

事情越發不可收拾；外面大雨如注。這房子最早的住戶是黎安，因此她勒令雷米打包滾出去。雷米開始收拾行李。我幻想自己在大雨傾盆的夜晚與這個悍婦獨處棚屋。我試圖勸和。雷米推了黎安一把。黎安衝去拿槍。雷米把槍交給我藏起來；裡面還有八發子彈。黎安開始尖叫，終於穿上雨衣，跋涉泥濘去找警察。還有哪個警察？不就是我們那個曾在惡魔島監獄待過的老警衛。幸好他不在。黎安渾身溼透回來。我躲在自己的角落，腦袋埋在兩腿間。上帝，我幹嘛離家千萬里？我怎麼會淪落到此？我那艘開往中國的慢船呢？[24]

「還有，你這個猥瑣老傢伙，」黎安大叫：「今晚是我最後一次幫你煮那個噁心的豬腦炒蛋，還

24 原文為slow boat to China，典故來自Frank Loesser所寫的歌曲〈On a Slow Boat to China〉，據說Loesser是套用梭哈牌桌上的術語，往中國的慢船意指緩慢不滅的厄運，持續不斷的衰頹。

有噁心的羊肉咖哩，填飽你的骯髒大肚皮，當著我的面吃肥撐死算了。」

「沒關係，」雷米靜靜地說：「真的沒關係。當初跟妳在一起，我就沒期待玫瑰、月光這類浪漫的事，今天這個局面我也不訝異。我盡力為妳盤算——為你們兩個盤算，卻只換來失望。我對你們兩個十分、十分失望。」他繼續以嚴肅誠摯的口吻說：「我本以為在一起可以創造些什麼美好且永久的東西，我真的盡力了。我飛去好萊塢，也替薩爾找了一份工作，給妳買漂亮洋裝，介紹你們認識舊金山最棒的人。但是你們拒不接受，連我最小的心願，你們也拒絕追隨。我不求回報。現在我最後一次請你們幫忙，以後絕不再開口。周六晚，我的繼父要來舊金山看我。我要你們跟我一塊兒去，表現得就像我寫給他的信一樣。換言之，黎安，妳還是我的女人，薩爾，你還是我的朋友。我已經跟人家周轉了一百元，應付周六所需，確保我的繼父此行愉快，走時，一絲絲都不必掛念我。」

我太吃驚了。雷米的繼父是有名醫師，在維也納、巴黎、倫敦等地行醫。我說：「你打算為你繼父花掉一百元？他的錢多到淹腳目，你這輩子都不會有這麼多錢！你會負債累累的，老兄！」

「那有什麼關係，」雷米靜靜地說，口氣挫敗：「這是我對你最後一次開口——你至少可以假裝事情圓滿，盡力給他留個好印象。我非常敬愛我的繼父。他要帶年輕的新婚妻子過來探訪。我們一定要盡主人之道。」有時候，雷米真是全世界最窩心的人。黎安也大為感動，迫不及待要見他的繼父；如果雷米不是大魚，他老子可能是。

星期六來了。此時，我已經趁他們還沒開除我之前，先辭掉警察的工作，因為我的逮捕人數不足，這將是我在此地的最後周末。雷米與黎安先到旅館房間見他繼父，我揣著旅行的錢，在旅館一樓的酒吧喝到掛。超晚才去旅館房間跟他們會合。雷米的父親前來應門，個頭高大，態度優雅，臉上掛著夾鼻眼鏡。我一看見他就大聲說：「啊，龐固爾先生，您好嗎？我是高的（Je suis haut）！」我本意是想用法語說「我在喝酒，喝到茫了」（I am high），翻轉成法語，卻不成句子。龐固爾醫師面露不解。我又幫雷米砸鍋一次。他滿面通紅瞪著我。

我們到非常氣派的艾佛德餐館吃飯，位於北灘，五人吃飯帶飲料，可憐的雷米一共花掉五十元。接著慘劇發生。猜猜看艾佛德餐廳的酒吧裡有誰啊？不就是我的老友梅傑嗎！他剛從丹佛來此，在舊金山某家報紙找到工作。他也喝掛了。連鬍子都沒刮。我正把高杯酒倒進嘴裡，他一下子衝過來猛拍我的背。之後便跌坐在龐固爾醫師的包廂旁，隔著他的湯跟我說話。雷米氣得臉蛋跟甜菜一樣紅。

他勉強擠出笑容：「薩爾，可否介紹一下你的朋友？」

「這位是舊金山《阿古斯報》的羅南．梅傑。」我努力擺出一臉嚴肅。黎安簡直氣爆了。

梅傑開始在龐固爾老先生耳旁大聲說：「你教高中法文，還喜歡嗎？」

「對不起，我沒教高中法文。」

「哦，我還以為你在高中教法文。」梅傑這是刻意粗魯。令我想起那天他不准眾人在丹佛開派對的事；不過，我原諒他。

我原諒所有人，我放棄了，我爛醉如泥。對著龐固爾的年輕老婆大談玫瑰月光的浪漫事。我灌飽老酒，每隔兩分鐘就得到男廁解放一次，要去廁所，就得跳過龐固爾醫師的大腿。這晚，所有事情都砸鍋了。我在舊金山的日子也結束了。以後，雷米再也不會跟我說話。真是遭透了，因為我非常喜歡雷米，也是極少數知道他是多麼真誠又大度的人。大概得好幾年，他才能全然忘懷此事。想起我在派特森寫給他的信，大談我計畫走六號公路橫越美國，相較之下，眼前一切多麼喪氣。我已經置身美國最邊隅——眼前無路——只能往回走。既然如此，我當場決定此行該「繞一圈」——先去好萊塢，回程走德州，去瞧瞧我在海灣的那一幫朋友；其他的，管他去死吧。

梅傑被趕出餐館。晚餐其實也結束了，在雷米的暗示下，我跟梅傑一起滾蛋，我們就繼續去喝酒。在「鐵鍋酒吧」，梅傑以超大聲音說：「山姆，我不喜歡坐在吧台的那個兔子爺。」

我說：「啥，傑克？」

「山姆，」他說：「我覺得我該起身，賞他的腦袋一拳。」

「不，傑克，」我繼續模擬海明威小說的口吻：「繼續釘在這兒，看看會怎樣。」那夜的最後，我們在街角蹣跚搖晃。

早晨，雷米與黎安還在睡覺，我悲哀望著一大堆髒衣服，那是我跟雷米的待做事項，到棚屋後面丟進優必洗洗衣機。（洗衣服是愉快經驗，那裡總有黑人太太，以及史諾先生的瘋狂笑聲為伴。）我決定該是閃人時候了，走到露台，心裡卻有股聲音說：「不，媽的，我曾發誓要爬過這座山才離開這裡的。」峽谷有一個大邊坡，神祕地連結到太平洋。

因此我又待了一天。星期日。大熱浪降臨谷地，天氣不錯，清晨三點，太陽就已經轉紅，我開始攀爬，四點抵達山頂。山坡上全是可愛的加州棉白楊與桉樹。快到山頂處就沒有樹木了，僅剩石頭與草。牛群在山巔嚼草。再越過幾個小山丘，太平洋就在眼前，湛藍開闊，浪頭如白色高牆撲向著名的馬鈴薯田，那是金山大霧的來源處。再過一小時，滾滾白霧就會掩過金門大橋，把整個城市包裹在浪漫的白色裡。會有年輕人挽著女友，口袋裡塞著一瓶托考伊葡萄酒，緩緩爬上長長的白色人行道斜坡。這就是舊金山。漂亮的女士倚在白色門邊等待男人。還有柯伊特高塔、安巴卡德洛、市場街，以及十一座擠簇的小山丘。

我在山頭旋轉，直到暈眩，還以為我會像做夢般從山頂直墜懸崖底。我愛的女孩在哪裡？我沉思，四面眺望，就像我在山底的小世界不斷探索一樣。橫在眼前的卻只有我的美國大陸，廣袤粗獷的大地上高山猛然隆起。極遠處，陰鬱瘋狂的紐約正在噴吐煙塵與褐色蒸汽。東部自有它的棕色神聖況味，加州則雪白如曬衣繩，膚淺空無一一至少，這是我那時的想法。

12

早晨，雷米與黎安還在睡覺，我靜悄悄收拾好行李，我來時爬窗，走時也一樣，背著帆布包離開米爾市。我始終沒到那艘名叫「費比將軍號」的老舊鬼船過夜，雷米與我就此失去連絡。

到了奧克蘭，我進入門口擺著一個馬車輪的酒吧，置身一群浪人之間，喝了一杯啤酒，再度上路。我跨越奧克蘭，步行前往菲思諾的路。換了兩趟便車，到了南邊四百哩外的貝克思菲爾。第一段便車真是瘋狂，車主是個魁梧的金髮小子，開的是加大馬力的改裝車。他猛踩油門，把車（heap）催至八十哩，超越路上所有車子，一邊對我說：「瞧見我的大腳趾沒？」他的腳趾裹著繃帶。「我今早才切除了這個腳趾。那些混蛋要我住院。我收拾行囊就走了。腳趾算什麼！」我心裡暗說，沒錯，腳趾算什麼，我得小心啊，緊緊抓住門把。從沒見過開車這麼瘋狂的傻瓜。一眨眼，他就到了崔西鎮。崔西是鐵路小鎮；臭著臉的車軔手在鐵軌旁的簡餐館吃飯。火車咆哮馳過山谷。血紅太陽染遍大地，緩慢下沉。沿途有一些名字奇妙的山谷——滿地佳[25]、馬德拉[26]等。沒多久，暮色降臨，葡萄色的黃昏，潑紫的黃昏，掩蓋了橘樹叢以及綿延無盡頭的西瓜田。夕陽的顏色是榨汁葡萄又被潑上勃艮第紅

25 原文Manteca，西班牙語的牛油。
26 原文Madera，西班牙語的木頭。

酒，田野的顏色則充滿愛與西班牙迷情。我探頭出車外，猛力嗅聞芳香的空氣。這真是最美的時刻。這位瘋狂駕駛在南太平洋鐵路公司擔任車軔手，住在菲思諾；父親也是車軔手。他是在奧克蘭給火車轉轍時弄傷腳趾，我不確定受傷詳情。他載我進入菲思諾，在小鎮南邊放我下車。我跑到火車站旁邊的小雜貨鋪喝可樂；一個駕著平板拖車、面色憂愁的亞美尼亞青年走了進來，同時，你聽到火車怒吼，我心想沒錯，沒錯，這正是薩拉揚[27]所住的城鎮。

我必須往南走；再度上路。這次是個開嶄新小貨車的人載我一程。他來自德州盧巴克，做露營拖車生意。他說：「你要買拖車嗎？歡迎隨時跟我連絡。」他講了一些有關他老爸的故事：「一晚，我老爸把當天的收入放在保險箱上面，完完全全忘記。你猜怎著──那晚，小偷潛進來，乙炔火焰槍統統帶了，破壞了保險箱，亂翻裡面的文件，踢翻了好幾張椅子，之後閃人。你猜怎著，那一千元還好好擺在保險箱上頭呢！」

他讓我在貝克思菲爾南邊下車，我的探險開始了。天氣轉寒，我拿出在奧克蘭花三元買的陸軍輕薄雨衣，站在路上顫抖。那是西班牙風格豪華裝飾的汽車旅館，閃亮如暗夜明珠。車子從它門前急速駛過，全是往洛杉磯方向。我瘋狂舉手攔車。天氣實在太冷了。我在路邊足足等了兩小時，直到半夜，不斷咒罵。這簡直是我在愛荷華州斯圖瓦特市的經歷翻版。別無他法，往洛杉磯的剩餘路程，只能花兩元多搭公車了。我沿著高速公路路肩走回貝克思菲爾，進入火車站坐在長條凳上。

我已經買了車票，正在等往洛杉磯的巴士，突然間，我的視線闖入了一個全世界最俏皮、最嬌小

27 薩拉揚（William Saroyan），亞美尼亞裔的美國作家，就住在菲思諾。

的墨西哥女郎，穿著寬鬆的便褲。剛剛才有幾輛巴士大聲喘氣靠站，放乘客下車伸伸腿，她應該是從其中一輛下來的。她的胸部高聳，看起來貨真價實；兩片小屁股超可愛；黑髮長長，十分茂盛；大大的眼珠子是亮晶晶的藍，眼神有幾分羞怯。真希望我剛剛是跟她同車。心口一陣痛。每次看到心愛女孩總是在這個過分遼闊的世界裡與我背道而馳，我就心痛。廣播呼叫往洛杉磯的乘客上車，我拿著背包起身。猜猜是誰一個人孤坐車上？墨西哥女郎。我一屁股坐在她的對面，開始盤算計畫。我是如此寂寞、哀傷、疲累、哆嗦、破產且喪志，因此我鼓起接近陌生女孩所需的勇氣，開始行動。巴士已在夜色裡行駛了五分鐘，過去五分鐘，我都在敲打自己的大腿。

你必須、必須行動，否則會死掉！大笨蛋，你開口跟她搭訕啊！你是怎麼回事？不是厭倦老是一個人？不知不覺中，我便已經傾身對她說：「小姐，要不要我把雨衣借妳當枕頭。」她正打算睡覺。

她抬頭微笑說：「不用，謝謝你。」

我靠回座位，顫抖；點起一根菸屁股。等待，直到她正眼看我，哀怨的眼神裡略帶情意，我站起身，靠過去跟她說：「妳介意我換到妳身旁坐嗎？」

「隨便。」

我馬上照辦。「妳往哪兒去？」

「洛杉磯。」我喜歡她說洛杉磯的口音，凡是西岸人講起這三個字的口音，我都喜歡。再怎麼說，這也是他們唯一閃亮的黃金城。

我大聲說：「我也是要去洛杉磯！真高興妳讓我坐在旁邊。我在路上流浪許久，寂寞極了。」然後我們開始聊彼此生平。她的故事如下：已婚，有個小孩。老公常打她，因此她離開他。她原本住菲思諾南邊的薩比納爾，現在要去洛杉磯投靠她妹妹一陣子。她把孩子留在娘家，她娘家人是採葡萄工，住在園裡的工寮。她除了憂鬱沉思，生悶氣之外，也不知道該怎麼辦。我真想馬上摟住她。我們沿路一直談話。她說很喜歡跟我說話。沒多久，就說真希望她也能去紐約。我笑著說：「或許可以！」巴士喘氣爬上葡萄藤隘口，現在下坡，眼前是一大片燈海。我們心照不宣地握住彼此的手，也以這種無言的純潔美麗方式承諾彼此，一旦到了洛杉磯，我弄到了旅館房間，她將會在我身旁。我是如此渴望她，心都痛了；我將頭靠在她美麗的頭髮上。她的瘦削肩頭令我捉狂；忍不住摟了又摟。她很喜歡我這樣。

她說：「我喜歡愛。」然後她閉上雙眼。我承諾給她美好的愛。我貪婪注視她。我們知道了彼此的故事；然後陷入沉默與甜蜜的期待。就是如此簡單。你們可以擁有全世界的琵琪、貝蒂、瑪麗露、麗塔、卡蜜兒、艾內姿；這是我的女孩，我的靈魂伴侶。我跟她如是告白。她坦承在車站時就瞄見我在偷看她，「我猜想你是個乖乖的大學生。」

「喔，沒錯，我是個大學生！」我向她保證。巴士駛進好萊塢。晨色灰暗骯髒，很像電影《蘇利文遊記》（*Sullivan's Travels*）裡，喬伊・麥克里在簡餐館初識維洛妮卡・蕾克的早晨，她趴睡在我的大腿上。我貪婪觀看窗外景色：灰泥粉刷的房子、棕櫚樹、汽車餐廳、瘋狂的世界、破敗的應許之地、美洲的神奇盡頭。我們在緬街下車，眼前景象跟在堪薩斯城、芝加哥、波士頓下車沒兩樣──紅磚屋，骯髒，街頭遊蕩者，街車在無望的清晨嘎嘎而過，以及大都市都有的淫蕩氣息。

不知道為什麼，我開始胡思亂想了。不斷愚蠢偏執狂想泰莉莎（這是她的名字，簡稱泰莉）不過就是個普通的金光小妓女，專門在巴士站釣客人，像我們這樣約好在洛杉磯，她先把冤大頭帶去吃早餐，皮條客就等在那裡，飯後，她會帶我去特定的旅館，她的皮條客在那裡藏了槍或者其他埋伏。我從未跟她坦承自己有這番狂想。吃早飯時，的確有個皮條客不斷瞧我們；我則亂想泰莉跟他祕密眼神接觸。我實在很疲倦，在這個遙遠又噁心的地方，徹底覺得迷失與奇怪。恐怖的感覺橫掃我的思想，讓我舉止猥瑣小氣。我問：「妳認識那傢伙嗎？」

「甜一心，你指哪個傢伙啊？」我放棄這個話題。她吃飯速度超慢，做什麼事都慢吞吞；眼睛空茫茫望著前方，吃了許久才完畢；點起一根菸，繼續說話。我則像個枯槁的鬼魂，對她的一舉一動都起疑，認定她是在拖延時間。心頭一陣作噁。當我們手牽手走上街，我滿頭是汗。碰上的第一間旅館就有房，沒多久，我把門緊緊鎖上，她坐在床邊脫鞋。我溫柔親吻她。她最好永遠不知道我剛剛的胡思亂想。為了鬆弛神經，我們需要威士忌，特別是我。我連忙出去，沿路急奔，至少找了十二條巷弄，才在報攤上買到一品脫的威士忌。我渾身是勁，跑回旅館。泰莉正在浴室整妝，我用水杯倒了一大杯威士忌，兩人都喝了一大口。喔，這酒是多麼甜蜜與可口，不枉我一路辛苦。我站在她背後，瞧著鏡子，兩人就在浴室翩翩起舞。我開始聊起東部的朋友。

我說：「我認識一個名叫杜儷的好女孩，妳真該認識她。她一頭紅髮，足足六呎高。如果妳到了紐約，她會告訴妳哪些地方能找到工作。」

她質疑：「這個六呎紅髮女孩是誰？你幹嘛跟我提到她？」她思想簡單，無法理解我的狂喜胡語。我住口不言。她開始在浴室喝得大醉。

我不斷說：「上床來吧。」

「六呎高的紅髮女孩，啊──嘿？我以為你是個規矩的大學生，我瞧見你那件可愛的毛衣，就跟自己說，嗯，妳瞧瞧，這男孩不賴，是吧？不！不！不！你不是。你就非得跟其他男人沒兩樣，都是可惡的皮條客。」

「老天爺，妳扯什麼啊？」

「你別站在那裡裝無辜，說那個六呎高的紅髮女孩不是你的雞，我一聽就知道她是你手下的雞，而你，你就跟我認識的其他皮條客沒兩樣，全是皮條客！」

「泰莉，妳聽我說，我不是皮條客。我拿聖經跟妳起誓我不是。我幹嘛拉皮條？我只對妳有興趣。」

「這一路上，我一直以為我碰上好男孩。高興得不得了，簡直要抱住自己說，終於，這次碰到的是好男孩，不是拉皮條的。」

「泰莉，」我整個靈魂都在哀求：「拜託，請聽我說，請你理解，我不是拉皮條的。」想想看，僅僅一小時前，我還胡想她是搞仙人跳的妓女。人心啊，真是悲哀。人心的瘋狂讓我們分道而馳。噢，痛苦的人生啊，我苦苦哀求，之後，我生氣了，領悟到她不過是個愚蠢的墨西哥少婦，我竟對她百般苦求，我氣得對她醜話實說；沒能仔細思考，就拿起她的紅色女鞋，扔向浴室門，叫她滾蛋。「妳走啊，滾蛋！」反正我就是睡一覺，起來就會忘了此事；畢竟我有自己的人生，儘管我的人生恆常哀傷與衰敗。泰莉在浴室裡一陣靜默，我脫了衣裳，自顧上床了。

泰莉滿臉眼淚，眼神哀悔地走出浴室。不知怎的，她那個簡單又滑稽的腦袋認定如果我真是皮條客，絕對不會把鞋丟向浴室叫她滾蛋。她以虔敬、甜蜜、靜默的態度脫掉衣裳，嬌小的身體滑進被單下與我並躺。她的膚色棕如葡萄，楚楚可憐的肚皮上有剖腹產的刀疤；骨盆太小，不開刀，生不下來。她才四呎十吋高，兩腿細瘦如小棍子。在這個淒涼的早晨，我跟她溫柔做愛。我們就像兩個疲累至極的天使，絕望擱淺於洛杉磯的礁岩上，突然間，一起找到了生命中最親密最甜美的東西，而後我們沉沉熟睡，直至黃昏。

13

接下來的十五天，我與泰莉禍福與共。睡醒後，我們決定沿途搭便車到紐約，她將成為我的紐約女友。我想像與狄恩、瑪麗露，以及大家共處的狂野複雜狀況，這將是嶄新的季節。但是我們得先打工存夠旅費。我身上還有二十元，泰莉主張拿著這筆錢立即上路。我不喜歡這構想。然後，我像個大笨蛋，在這個問題上思索了兩天，在簡餐館、酒吧翻閱洛杉磯報紙（此地報紙的瘋狂為我生平僅見）上的徵人廣告，直到我的荷包縮水，僅剩十元多一點。待在小旅館房間，我們的日子稱得上快活，半夜睡不著，我會起床，為心愛寶貝的赤裸棕色肩膀蓋上被單，然後細細體會洛杉磯的夜晚。真是殘暴、悶熱、警車狂鳴的殘酷夜晚！對街出事了。慘劇地點是棟搖搖欲墜的破舊出租屋。巡邏車停在它的樓下，警察正在詢問一個白髮老翁。屋內傳出哭泣聲。這一切連同我的旅館霓虹燈的嗡嗡響，我都聽得一清二楚。我這輩子還沒這麼悲哀過。洛杉磯是全美國最寂寞最殘暴的城市。紐約的冬日固然天殺的酷寒，街頭還是浮盪著一股奇怪的同舟共濟情。洛杉磯根本是叢林。

我跟泰莉咬著熱狗逛南大街，這裡就像燈海與野性交織而成的嘉年華會。幾乎每一個角落都可看到穿靴子的警察在搜身。全美最落魄的角色都淪落到這裡的人行道上。洛杉磯其實像一個巨大的沙漠營區，就連溫暖的星光都被沙漠的棕色煙霧掩蓋。你聞得到空氣裡漂浮「茶」與「草」[28]的味道（我是說大麻），混合了墨西哥辣味豆與啤酒味。啤酒屋裡傳出浩蕩豪放的咆勃爵士樂聲；與各式牛仔音樂、布基烏基樂[29]交織成美國的夜之組曲。每個人看起來都像艾莫・海瑟。頂著蘋果酒帽[30]、留著山羊鬍的狂放黑人歡笑走過；接著是來自紐約、剛下了六十六號公路、囊空如洗的長髮嬉思特[31]；其後是上了年紀的沙漠居民（desert rat）拿著背包到廣場尋找可棲身的躺椅；還有捲起袖管的衛理公會傳教士，偶爾，還可瞧見趿著涼鞋、滿面鬍鬚、「自然之子」的追隨者[32]。我想認識他們，跟他們每一個人說話，但是泰莉與我忙著賺錢都來不及。

我們前往好萊塢，到日落大道與梵恩街口的藥妝店找工作。還真是個熱鬧的街角！內地人闔家開著破爛車子到此，站在人行道上，張大嘴，希望能瞧見一些根本不會出現的電影明星。一輛豪華轎車經過，他們蜂擁至路邊，探頭探腦，車裡是戴墨鏡的男子，身旁是穿金戴玉的金髮女郎。有人高喊：「唐・阿梅奇！唐・阿梅奇！」有人說：「不對，是喬治・墨菲，喬治・墨菲！」[33]他們互相推擠，

28 此處用tea and weed，兩者都是大麻的俚語。
29 Boogie woogie，美國南方早期的鋼琴即興表演，以藍調和弦為基礎行進。
30 原文用bop cap，一種男式無簷帽、色鮮、頂平、綴有絨球。
31 見第一部注釋19。
32 原文用Nature Boy，應該指涉美國歌手eden ahbez在一九四七年發表的歌曲〈自然之子〉(Nature Boy)，此曲敘述一個奇怪迷人的男孩流浪到非常遠的地方，只為學習「偉大事物」，「愛人以及被愛」。Nat Cole在一九四八年的錄音版本十分暢銷，此後〈自然之子〉遂成為流行歌曲與爵士樂的標準曲。
33 Don Ameche與George Murphy都是美國影星。

四處張望。漂亮的同性戀男孩跑來好萊塢當男妓（cowboy），四處招搖，不時裝腔作勢，以濡濕的指尖抹抹眉毛。全世界最漂亮最酷的女孩穿著便褲打你身邊走過，看也不看你一眼（cut by）；她們來此想當巨星，卻淪落到汽車快餐店打工。泰莉跟我也想到這樣的地方打工，卻到處碰壁（no soap）。好萊塢大道擠滿瘋狂按喇叭的車子；每分鐘都會發生個小車禍；人人都想衝往最遠的那棵棕櫚樹——過了這棵棕櫚樹後，就是沙漠與荒蕪。好萊塢的張三站在豪華餐館前與人爭執，跟紐約百老匯的李四站在雅各海灘與人吵架的神情，並無二樣，只是此地人穿衣比較輕薄，講話比較鄉氣。高瘦枯槁的傳教士顫巍巍走過。胖大的女士大聲叫喊，急步穿過大道，排隊參觀益智節目。我瞧見傑瑞．柯羅納[34]在別克汽車展售店買車，站在巨大的厚玻璃窗後面，捻著八字鬍。泰莉跟我跑到鬧區一家簡餐館吃飯，那家店的佈置完全仿石穴風格，牆上有朝四處噴奶的金屬乳頭，還有諸神與滑溜海神的巨大石頭屁股，毫無人氣。客人在瀑布圍繞下悶悶不樂地進食，臉色被水光襯得哀愁發綠。洛杉磯的警察看起來都像帥氣的美國舞男；顯然他們當初到此也是想一圓明星夢。來洛杉磯的人，個個想在電影圈插一腳，我何嘗不是？泰莉跟我最後淪落到南大街跟那些失意的櫃台服務員、洗碗小妹爭討生活，她們的落魄寫在臉上，毫不遮掩（make no bones about），即使如此，我們還是碰壁。我只剩十元。

「哎，我得去我妹妹那兒拿衣服，然後我們就搭便車去紐約。」泰莉說：「走吧，老兄，就這麼幹！『如果你不會跳舞，我會，我教你。』」這一句是她常唱的歌詞。我們急忙趕去她老妹家，位於阿拉米達大道後面的墨西哥裔銀色棚屋區。我躲在墨西哥人家廚房後面的暗巷，因為不能讓她妹妹瞧

34 Jerry Colonna，美國喜劇演員，歌手，作曲者。

見我。狗兒奔過。微明的燈火照亮老鼠橫行的小巷。溫暖柔和的夜晚，我能聽見泰莉跟她妹妹的細聲爭執。我有心理準備要面對各種場面。

泰莉回來了，拉著我的手到中央街，這算是洛杉磯的有色人種商業大街。超級瘋狂的所在，有些人稱雞棚的餐館[35]，小得連點唱機都放不下，而它們只播放藍調、咆勃爵士，以及跳躍爵士樂[36]。我們爬上骯髒的公寓樓梯，來到泰莉的朋友瑪格蓮娜的住處，索討她借走的一條裙子跟一雙鞋。瑪格蓮娜是可愛的黑白混血；老公則黑得像撲克牌黑桃[37]，十分友善。他馬上奔出去買了一品脫的威士忌，以盡地主之誼。我想分攤酒錢，他堅決不肯。他們有兩個孩子，在床上跳來跳去，那就是他們的遊戲區。他們抱著我，以神奇的眼神看著我。這真是嗡嗡作響的中央街之夜——是萊諾．韓普頓的〈中央街弋步舞〉[38]一曲裡的夜晚——街道上有人轟然嚎叫。走道上有人唱歌，窗戶裡也傳出歌聲。媽的，小心為上。泰莉拿了衣裳，道了再見，我們跑到一家雞棚餐館，播放點唱機。幾個黑人跑來我耳邊兜售大麻。一元。我說，OK，弄過來吧。藥頭跑進來，揮手叫我跟他到地下室的廁所會合，到了那裡，我呆呆站著，那人說：「老兄，撿起來，撿起來。」

我說：「撿什麼？」

他已經拿了我的錢，卻不敢指地板。其實也稱不上地板，只是什麼都沒鋪的地面。上面躺著一小

35 原文用chickenshacks，養雞棚，俚語，指只賣雞肉料理的小餐館。
36 Jump是jump blues的簡稱。
37 原文spade也是俚語中的黑人，不過有貶抑之意。
38 原文用Hamp，全名應為Lionel Hampton，〈中央街弋步舞〉（Central Avenue Breakdown）的作曲者。

坨看似大便的棕色東西。這人未免謹慎得可笑吧。「我得小心為上，這星期並不平靜。」我撿起那坨東西，是棕色紙捲菸，回去找泰莉，準備在旅館房間好好茫一下。結果，什麼感覺也沒。不過是布爾德罕公司的菸草罷了。真希望，我花錢可以謹慎聰明點。

泰莉與我得下定決心，不能再變來變去，要用剩下的錢，沿路搭便車到紐約。那晚她從妹妹那裡拿了五元，我們現在大約有十三元。到了中午旅館要加收一天費用前，我們收拾好行李，搭上一輛往加州亞凱迪亞的紅色車子，那裡，白雪覆頭的山下就是聖塔安妮塔賽馬場。已經入夜了。人們指點我們往內陸的方向。我與泰莉手牽手走了好幾哩，離開人口密集區。那是周六夜。我們站在公路燈柱下，伸出拇指攔車，突然一大堆滿載年輕人，旗幟飄飄的車子轟然駛過。他們齊聲大喊：「耶！耶！我們贏了！我們贏了！」對著我們狂吼，看到一對男女在路邊攔車，讓他們樂不可支。約莫十幾輛這種車子從我們面前駛過，全是年輕面孔，車內傳出所謂的「年輕低沉洪亮」聲音。我痛恨他們每一個人。就因為他們是高中小混混，他們的父母周日下午都會準備烤牛肉，他們就有權力對著攔便車的人亂吼亂叫嗎？他們以為自己是誰？憑什麼嘲笑一個處境可憐的女孩，以及一個渴望愛情的男人？我們又沒礙著別人。總之，我們沒能幸運攔到車，只好步行回到鎮上，更慘的是，我們非常需要一杯咖啡，走進唯一還開的店──高中生流連的冷飲店，那些年輕孩子都聚在那裡，也還記得我們兩人。這時他們才看清楚泰莉是墨西哥人，在外混的野妞（Pachuco wildcat）；她的男友看起來比她還落魄。

泰莉的漂亮鼻子朝天，轉身就走。我們沿著高速公路旁的水溝摸黑前進。我提著背包，冰冷夜晚裡，我們的呼吸凝結成霧氣。我決定跟她最後一次逃遁，躲開這個世界一晚，管他的，再加一個上午好了。我們走進汽車旅館，花了四元租了小小的套房──淋浴設備、毛巾、牆上收音機，一應俱全。

我們緊緊相擁，嚴肅談話，聊了許久，洗了澡，亮著燈，繼續談話，燈滅後，還在講。我們之間的感情通過驗證，我讓她深信此點，她也接受了，黑暗中，我們喘氣完成了彼此的承諾，快樂得像兩隻小羔羊。

第二天上午，我們大膽展開新計畫。我們要搭巴士去貝克思菲爾，做採葡萄工。賺幾個星期的錢，再像樣地搭巴士前往紐約。那是個美妙的下午，我與泰莉搭巴士去貝克思菲爾；我們往座椅一靠，輕鬆聊天，田野從眼前飛過，心頭無憂無慮。近黃昏時抵達貝克思菲爾。根據計畫，我們先進城接觸每一個水果批發商。泰莉說我們可以住在葡萄園的帳篷。想到可以住帳篷，每日在清爽的加州清晨採葡萄，這個畫面非常適合我。但是我們怎樣都找不到工作，一大堆人給了一大堆建議，就是找不到工作，真讓人困惑。儘管如此，我們還是吃了一頓中國菜，給身體添加燃料，再度出擊。穿過南太平洋鐵路公司的鐵道，進入墨西哥裔區。泰莉跟教友聊天，詢問何處有工作。天色已晚，小小的墨西哥街燈火輝煌；有電影院華蓋頂篷、水果攤、一毛錢遊樂場、廉價賣場，路旁還停滿數百輛濺滿泥水的爛車以及破卡車。擔任葡萄採收工的墨西哥家庭闔府在街頭遊蕩，大嚼爆米花。泰莉探詢了她認識的所有人。我開始覺得喪氣。此刻，我需要喝上一杯，泰莉也是。我們花三角五分買了一夸脫的加州葡萄酒，跑到鐵道機廠喝。我們找到遊民以前圍著篝火而坐的板條箱，就坐在那裡喝酒。左邊是紅色貨車廂，在月光下顯露悲哀的煤灰色；正前方是貝克思菲爾機場專有的燈柱；右手邊則是鋁板屋頂的巨大倉庫。這是個不錯的夜，溫暖的夜，喝葡萄酒的夜，有月光的夜，適合擁抱年輕女友攀談傾吐，朝地上啐口水，飄飄然上天堂的夜。我們正是如此。泰莉喝起酒像個小傻瓜，跟我一口接一口，不久，就喝得比我還快，喋喋講話至子夜。我們的屁股沒離開那些板條箱。偶爾一二個浪人或者墨西哥母親帶著小孩經過，警方巡邏車來了，但只是一個警察下車小便。多數時候都只有我們兩人，兩顆靈魂糾纏再糾纏，直至無法分離。子夜到了，我們起身，跌跌撞撞走向高速公路。

泰莉有新點子。搭便車到薩比納爾，那是她的家鄉，我們可以借住她兄弟的車庫。我什麼都好。到了路邊，我讓泰莉坐在我的背包上，看起來像絕望的女人，果然沒多久就有一輛卡車停下來，我們嘻笑地奔上車。駕駛是個好人；卡車很爛，爬坡時不斷喘氣。即將破曉前，我們抵達薩比納爾。泰莉睡覺的時候，我喝光了剩下的酒，此刻，正茫呢。我們爬出卡車，在落葉飄飄的加州小鎮廣場閒逛——這是南太平洋鐵路公司的暫停小站。我們先去找她老哥的好友，打探她老哥的下落。沒人在家。天色逐漸破曉，我躺在鎮上廣場的草坪，不斷說：「你不肯說他在韋德幹嘛，不肯，是吧？他在韋德幹了什麼？你不會說的，是吧？他在韋德幹什麼？」這是電影《人鼠之間》的對白，伯吉斯．梅雷迪思對農場領班說的話。泰莉咯咯笑。對她而言，我做什麼都對。我可以一直躺在草坪上，嘴裡胡說八道，直到信眾太太們走出教堂，她也不在乎。最後，我們認為有她老哥在，一切都會搞定，就先去鐵道旁的舊旅館開房間，舒服睡在床上。

陽光耀眼的早晨，泰莉早早起床去找她老哥。我一直睡到中午；朝窗外一看，赫然看見南太平洋鐵路公司的貨車駛過，平板拖車上擠了數百個遊民，快樂地搭霸王車，拿背包當枕頭，專注閱讀報上的滑稽漫畫，有人在吃沿路採來的上好加州葡萄。我大叫：「媽的！吼咿！這就是應許之地啊！」他們全來自舊金山；一星期後，將以同樣浩蕩的方式回去。

泰莉帶著她老哥、老哥的朋友，還有她的兒子一起回來。她老哥是個嗜酒如命、狂野性感的黑膚墨西哥人，不錯的傢伙。他的夥伴則是大塊頭、肌肉鬆垮的墨西哥人，講起英文一點口音也沒，聒噪得很，過度想要取悅別人。我看得出來他很中意泰莉。泰莉的兒子強尼才七歲大，黑色眼珠，個性甜美。就這樣，又是瘋狂的一天。

泰莉的老哥叫雷奇，開一輛三八年的雪佛蘭。我們全擠進去，駛往不知名之處。我問：「我們這是去哪裡？」泰莉老哥的老友 — 大家管他叫龐佐 — 負責回答。他渾身發臭。沒多久，我就發現原因。他的營生是賣糞肥給農夫；他有一輛卡車。雷奇嘛，口袋裡總有個三四元，隨遇而安，逍遙型人物。他總是說：「老兄，沒錯，就是這樣 — 噠，沒錯，噠，沒錯！」他把那輛老破車飆到七十，要去菲思諾再過去的馬德拉找幾個農夫討論肥料的事。

雷奇有一瓶酒，他說：「今天喝酒，明天幹活。噠，就是這樣，老兄 — 來一口！」泰莉跟孩子坐在後面；我轉頭看，瞧見她一臉返鄉的幸福光芒。加州十月的漂亮綠色田野從眼前瘋狂飛過。這會兒，我膽氣重生，打算再度出發。

「老兄，我們究竟要去哪裡？」

「我得去找一個牧農，他那裡有些糞肥。明天我們開卡車回去他那裡載，到時，就會口袋鼓鼓。你別煩惱。」

龐佐說：「有錢大家一起賺。」就我所見也是如此 — 我所到之處，搞啥生意，都是見者有份。我們駛過瘋狂的菲思諾街道，往山谷走，去找鄉間小徑上的農家。龐佐下車，跟幾個年邁的墨西哥農夫講話，大家表情似乎很困惑；當然，什麼結果也沒。

雷奇大聲說：「現在我們最需要灌一杯！」我們一群人到十字路口的酒棧。美國人常在周日下午跑到十字路口的酒棧喝酒；闔家大小一起光臨，隔著酒杯咕嚕喊叫，天下太平無事。夜幕下垂，孩子開始哭泣，父母則已爛醉。搖搖晃晃，闔家打道回府。在美國，我去過的每一處，只要到十字路口酒棧喝酒，就會看到這種全家出席的場面。小孩嚼爆米花與薯片，在後面玩耍。我們也這麼幹。雷奇、龐佐、泰莉跟我一邊喝酒，在音樂聲中大聲說話；小強尼則跟其他孩子在點唱機那兒胡鬧。太陽變得血紅。又是一事無成。不過，有什麼好成就的呢？雷奇說：「馬揑拉（Mañana）[39]，馬揑拉，老兄，明天再幹，再來一杯啤酒，老兄，嗟，沒錯，嗟，沒錯。」

我們跌跌撞撞出酒棧；爬上車子，呼地開往高速公路旁的酒吧。龐佐個頭高大，嗓門也一樣大，喜愛熱鬧喧囂，他認識聖華金山谷的每一個人。從高速公路酒吧出來，我跟他單獨開車去找一個農夫；卻開到馬德拉的墨西哥區，希望幫他跟雷奇搭上幾個妞。紫色夕陽緩緩沉下葡萄園，我發現自己呆坐車裡，看龐佐跟某個墨西哥老傢伙站著廚房門口，為了老傢伙後園種的西瓜討價還價。我們買了西瓜；當場吃起來，西瓜皮就丟在老傢伙的骯髒門口通道上。漂亮小妞不斷走過天色漸暗的街頭。

「我們究竟在啥鬼地方啊？」

大個頭龐佐說：「老兄，別擔心。明天我們就會賺到一堆錢；今晚就甭發愁。」我們回去接泰莉跟她老哥、孩子，從燈光明亮的高速公路駛回菲思諾。我們全都餓扁了。越過菲思諾的鐵軌，進入瘋狂的墨西哥人區。奇怪的中國人探出窗口，注視周日晚的街道；一群墨西哥妞穿著便褲，大搖大擺走過；點唱機大聲放送曼波音樂；街道燈光閃爍如萬聖節燈飾。我們進入一家墨西哥餐館，點了墨西哥捲餅，以及玉米粉烙餅捲花豆泥，美味極了。我拿出最後一張五元鈔票，那是我與泰莉奔向紐澤西海

39 西班牙語明天之意。

岸的最後五元，現在用來付帳。還剩四元，我與泰莉彼此互望。

「寶貝，今晚我們該睡在哪裡？」

「我不知道。」

雷奇已經醉了；只會滿嘴「噠，沒錯，老兄 — 噠，沒錯，老兄」，語氣溫柔疲憊。今天真是夠受的。我們不知何去何從，也不知道上帝對我們有什麼打算。可憐的小強尼在我的臂膀裡睡著了。我們開車回薩比納爾，半路急停在九十九號公路旁的酒棧。雷奇要喝最後一杯啤酒。酒棧的後面有拖車、帳篷，還有幾間類似汽車旅館的破爛房間。我詢問了價格，兩元，我問泰莉怎樣？她說好，現在有孩子跟在身邊，得讓他睡得舒服點。我們在酒吧喝了幾杯，幾個面容嚴肅的流動工人跟著牛仔樂隊歌聲跳舞，泰莉、我跟強尼到旅館房間打算睡覺。龐佐卻一直賴在旁邊；他沒地方睡。雷奇則睡在他老爸在葡萄園的工寮。

我問龐佐：「你住哪裡？」

「沒地方住，老兄。我本來該待在大茹絲那裡，可是她昨晚把我轟出來。今晚，我得回去睡卡車。」

吉他錚錚聲傳來，我和泰莉站著看星星，接吻。她說：「馬揑拉，明天一切會順利。你說是吧，薩爾 — 甜心，對不？」

「當然，寶貝，馬揑拉。」馬揑拉復馬揑拉。接下來的一星期，我每日聽到的都是馬揑拉，一個可能象徵天堂的美好字眼。

小強尼在床上亂跳，之後和衣而睡；鞋子抖落不少沙子，那是馬德拉的沙子。泰莉跟我半夜醒來，得把床單上的沙子掃下來。清晨，我起床梳洗，到外面走一圈。此地離薩比納爾約莫五哩，四周全是棉花田與葡萄園。我問出租帳篷的胖女人還有空帳篷嗎？最便宜的那種，一天一元的還有。我掏出一元，三人搬進帳篷住。帳篷裡有床，爐子，柱子上掛著一面破鏡子；好極了。我得彎著身子才能進出帳篷，裡面住著我的寶貝與她的寶貝兒子。我們等雷奇與龐佐開卡車來，結果他們載來一堆啤酒，在我們的帳篷喝得爛醉。

「糞肥的事，怎麼辦？」

「今天太晚了。老兄，明天，明天就會有一大筆進帳；今天，先好好喝幾杯啤酒。你說如何，啤酒？」喝酒，我還需要人家激勵嗎？雷奇大聲喊：「噠，沒錯——噠，就這樣。」我開始體悟用卡車載糞肥賺大錢這回事可能永遠不會實現。卡車就停在帳篷外，聞起來有龐佐的味道。

那晚，我與泰莉在沾了露水、氣味甜美的帳篷裡睡覺。我正打算入眠，她說：「你要現在愛我嗎？」

我說：「強尼怎麼辦？」

「他不在乎的。他睡熟了。」強尼並未睡著，但也不吭聲。

龐佐與雷奇第二天開著糞肥卡車來，先是去找威士忌；然後在我們帳篷裡狂飲一番。那晚，龐佐說外面太冷了，在帳篷打了一夜地鋪，用充滿牛屎味的油布當被子蓋。泰莉討厭龐佐；她說，龐佐老是跟在她老哥屁股後面，只為了把她。

再這樣下去，啥事也不會發生，泰莉與我只會餓死，因此第二天清晨，我到鄉間打探採棉花的工作。大家都告訴我從帳篷區越過高速公路，那邊一個農家在雇人。我去了，那農夫正和老婆在廚房。

他走到屋外，聽我的說法，警告我，每一百磅採收好的棉花，他只付三塊錢。我想像自己隨便一天都可以採個三百磅，馬上答應。他到穀倉拿出幾個大帆布背袋，告訴我，採收清晨就開始。我滿心喜悅奔回去找泰莉。途中正好碰到一輛載葡萄的卡車行經路障，好幾串葡萄從車上掉到熱燙的柏油路面。我撿起它們帶回去。泰莉高興極了，說：「強尼跟我會去幫你。」

「噗，」我說：「沒這回事！」

「告訴你喲，告訴你喲，採棉花非常辛苦。我去教你怎麼採。」

我們吃了葡萄，傍晚，雷奇拿了一條麵包、一磅漢堡肉現身，吃了一頓野餐。我們隔壁有個較大的帳篷，住了一家子流動棉花採收工；祖父成日坐在椅子上，太老了，不能工作。兒子、女兒、孫兒們每天一大早便魚貫走出帳篷，前往我那個農夫雇主的棉花田工作。第二天一早，我跟他們一起出發。他們說晨間露水會讓棉花比較重，上午採比下午採賺得多。儘管如此，他們可是從太陽一露面就工作到太陽下山。這家人的祖父是在三〇年代大天災時，全家擠在一輛破車，從內布拉斯加州出走，跟那個蒙大拿牛仔說的沙風暴故事一樣[40]。從那時起他們就定居加州。他們熱愛工作。十年裡，老爺爺的兒子為他添了四個孫兒女，有的已經可以採棉花了。他們也從類似飽受虐待的黑奴貧窮處境[41]，變得體面起來，可以住在比較好的帳篷，就是這樣。他們非常自豪那座帳篷。

「後來你們回去過內布拉斯加嗎？」

---

40 所謂的三〇年代大天災是指北美在三〇到三六年間遭到極大沙塵暴，肇因於長年的乾旱，加上欠缺輪作等防止土壤流失的技術，在當年造成空前農業損失。

41 原文用Simon Legree fields，Simon Legree是《湯姆叔叔的小木屋》（*Uncle Tom's Cabin*）裡的殘暴黑奴販子。

「啐，有啥好回去的？我們現在的目標是買一輛拖車房屋。」

我們彎腰開始採棉花。景象美極了。棉花田過去就是帳篷營地區，帳篷區過去是棕色谷地裡的焦褐色棉田，一直綿延無盡頭，直到山腳，往上瞧，就是清晨藍色天空下白雪覆頭的山脈。這份工作比在南大街洗碗好多了。但是我絲毫不懂採棉花。花太多時間把棉絮從裂開的圓莢弄出來；別人呢，輕輕一拔就成了。更慘的是，我的指尖開始流血；我得弄雙手套，或者更有經驗一點。田裡還有一對黑人老夫婦一起工作，南北戰爭前，慈悲上帝賦予他們的祖父母輩無比的耐心在阿拉巴馬州工作，今日他們也以同等的堅忍在棉田採收，他們沿著棉花行株行動，柔軟彎腰，背包就漸漸鼓起來。我開始背痛了。但是跪下來隱身大地裡，感覺非常好。當我想要休息就休息，將棕色溼潤的土地當枕頭，鳥兒還在旁邊伴唱。我想我找到了這輩子最想幹的工作了。泰莉與強尼頂著正午火熱太陽，揮手跑過田野來幫我的忙。天啊，連小強尼摘棉花都比我快，泰莉當然是我兩倍快。他們走在前面摘，留下乾淨的棉花讓我收進袋子——泰莉是熟練女工的量，大大一堆，小強尼是小朋友工作量，一小堆。我將棉花裝入背袋，滿懷悲哀。我算哪種老爹，養不活自己這身臭皮囊，遑論養他們？他們整個下午陪我採棉花。夕陽轉紅，我們便蹣跚回程。走到田尾，我卸下布袋秤重；五十磅，我得到一點五元的酬勞。我跟某個流動工借了一輛腳踏車，沿著九十九號公路走，到十字路口的雜貨鋪，買了罐頭義大利麵與肉丸、麵包、奶油、咖啡，還有蛋糕，裝在袋裡掛在腳踏車手把上騎回去。往洛杉磯方向的車流從我身邊疾駛而過；往舊金山的車流則在我屁股後面騷擾。我一再咒罵。抬頭看著黑暗天空，祈禱上帝讓我的生活好過點，給我一個機會為我愛的小小人兒盡力。當然，老天高高在上，才懶得理我，我早該知道。是泰莉讓我靈魂回竅的；她用帳篷裡的爐子熱食物，是我這輩子最棒的一餐。我又餓又累，像採了一輩子棉花的老黑人般幽幽嘆氣，回到床上抽菸。清涼的夜裡，遠處狗兒在吠。龐佐與雷奇已經不再夜訪。我很滿意現況。泰莉窩在我身旁，強尼坐在我胸膛，母子倆拿我的筆記本畫動物玩。外面的平原暗黑恐怖，我們的帳篷燭火明亮。路邊酒棧傳來錚錚的牛仔音樂，一種哀愁的感覺傳遍整個田野。我不在乎，我親吻我的寶貝，熄掉燈火。

第二天清晨，露水壓在帳篷頂上；我拿著毛巾牙刷到旅館的共用浴室梳洗，回到帳篷；穿上昨日因爬行田野扯得破爛，泰莉又補綴好的褲子，戴上那頂原來強尼拿著玩的破舊草帽，背上帆布棉花袋，穿過高速公路。

每天，我大約都賺個一點五元。只夠買那些掛在腳踏車手把上的食物。日子就這樣過去。我忘記了東部，忘記了狄恩、卡羅，還有天殺的公路浪遊。強尼跟我經常玩耍；他喜歡我將他拋得高高，然後摔回床上。泰莉則坐在一旁補衣服。我不折不扣是個屬於大地的人，就如我在派特森所夢想的。有人說泰莉的老公已經回到薩比納爾，要來找我算帳；我這廂已經準備好了。一天晚上，流動工人在酒棧發酒瘋，把某人綁在樹上，拿棍子揍得他大吐。當時我在睡覺，此事只是耳聞。從那時起，我帳篷裡就擺了一根大棍子，以防那些流動工以為我們墨西哥人要去惡搞他們的拖車營地。他們當然拿我當墨西哥人；某個角度來說，我也的確是了。

時序十月，夜裡逐漸變寒。那些流動工人有燒柴的火爐，打算在這裡過冬。我們什麼都沒有，而且又到了繳帳篷租金的時候了。泰莉跟我做了痛苦決定，得離開這兒。我說：「妳回娘家去吧，老天，帶著強尼這樣的小小孩，妳不可能流浪帳篷區；小傢伙會凍壞的。」因為聽起來像是在批評她欠缺做母親的本能，泰莉哭了；我其實並無此意。某個灰暗的下午，龐佐開卡車來看我們，我們決定一起到她娘家看看狀況。但是我不能露面，只能躲在葡萄園裡。我們朝薩比納爾前進；半路，車子拋錨了，同時下起了瘋狂大雨。我們坐在舊車裡咒罵。龐佐下車，在雨中辛苦修理。他畢竟是個老好人。我們說好要再狂飲一次（big bat）。到了薩比納爾的墨西哥區，便閃進一家破爛的酒吧，大大喝了一小時。我在棉花田的活兒結束了。感覺昔日生活在呼喚我回頭。我給美國那一頭的姑媽寫了一毛錢的明信片，請她再給我寄五十元來。

我們開車到泰莉家，那是坐落於葡萄園老路上的木屋。抵達時已經天黑。他們讓我在四分之一哩外下車，然後直驅家門。燈光從門口流洩出來；泰莉的另外六個兄弟正在彈吉他唱歌。老頭在喝酒。我聽到歌聲之外還有嚷叫吵架聲。他們罵她賤女人，撇下沒出息的老公，還把兒子丟給娘家，自己跑到洛杉磯去。老頭子大叫大罵。但是語氣哀傷，膚色棕黑的胖媽媽獲勝，全世界幹農活的人，總是媽媽獲勝，就這樣，泰莉獲准回娘家住。她的兄弟又開始開心唱歌，這次唱快歌。我在淒風苦雨中畏縮，眺望十月山谷的哀傷葡萄園，將一切看在眼裡。我的心裡迴盪起比莉．哈樂黛（Billie Holiday）演唱的偉大歌曲〈情人吾愛〉（Lover Man）；好像在樹叢裡舉行專屬我的音樂會。「總有一天我們會再相逢，你將拭去我所有的眼淚，在我耳邊低語甜蜜小事，擁抱，接吻，唉，我們錯失了多少東西，情人吾愛，你究竟人在何方……」，這首歌曲的感人處與其說是歌詞，不如說是和諧的音調，以及哈樂黛詮釋的方式，好像一個女人在柔和燈光下撫摸愛人的頭髮。風兒咆哮。我越發冷了。

泰莉與龐佐回來了，我們開著破卡車奔去找雷奇。雷奇現在跟龐佐的女人大茹絲同居；我們在破巷中按喇叭叫他出來。大茹絲將他趕出門。一切土崩瓦解。那晚，我們就睡在卡車上。泰莉緊緊抱住我，當然是懇求我不要離開，她說她會採葡萄養活我們；這段期間，我可以住在她娘家那條路再下去的農夫賀佛芬格家的穀倉裡。那我就成日沒事幹，坐在草堆裡吃葡萄，「妳喜歡我這樣嗎？」

上午，她的幾個表親開另一輛卡車來接我們。我突然明白這鄉下地方至少上千個墨西哥人知道我跟泰莉的關係，鐵定是他們茶餘飯後最愛的浪漫話題。泰莉的表親很有禮貌，稱得上迷人。我站在卡車上愉快笑談，聊戰爭期間我們都在哪裡，幹些什麼。這些表親一共五個，個個都很友善，是泰莉娘家的親戚，不像她的親兄弟那樣毛躁喧囂。但是我喜歡瘋狂的雷奇。他發誓一定到紐約來找我。我想像他在紐約的樣子，所有事情都推到馬捏拉。那天，他又不知醉倒何處。

我在十字路口下車，那些表親載泰莉回家。他們站在家門口跟我比手勢；泰莉的老爸老媽不在家，出去採葡萄了。因此那個下午我就好好參觀了泰莉的家。那是只有四個房間的木屋，無法想像他們一大家子人怎麼住得下。水槽上面蒼蠅飛舞。沒有紗門紗窗，就像那首歌唱的「窗子它破了，雨兒它進來了」。泰莉回到自家，忙著弄鍋碗瓢盆。她的兩個妹妹咯咯笑。小小孩則在馬路上尖叫吵鬧。

躲在雲後的紅太陽出來了，這是我在山谷的最後一個下午，泰莉帶我去賀佛芬格的穀倉。老路再下去一點，這人的農場頗興旺。我們將幾個木箱拼起來，她則從家裡拿了一些毯子，安置妥當，只是屋樑上潛伏了一隻毛茸茸的大舞蛛正對著我。泰莉說，我不去惹它，它也不會惹我。我躺下來瞪著舞蛛瞧。之後，我跑去附近的公墓爬樹，高唱〈藍天〉。泰莉跟小強尼坐在草地上；我們一起吃葡萄。在加州吃葡萄，只吸汁，不嚼皮，直接吐掉，真是一大奢侈。夜色降臨，泰莉回家吃晚飯，九點左右回來穀倉，帶來了玉米粉烙餅與豆泥。我們在水泥地板上升火點亮穀倉，就在板箱上做愛。事後，泰莉起身回家。我在穀倉這兒都能聽見她老爸大聲喝罵。泰莉留了一件斗篷給我禦寒；我披上斗篷，就著月色，偷偷摸摸越過葡萄園，去看看發生啥事。躡手躡腳走到最靠路邊的葡萄藤，跪在溫暖的泥地上。泰莉的五個兄弟在唱西班牙歌曲。星星俯瞰他們家小小屋頂；煙囪冒煙。我聞到豆泥與辣醬的味道。老頭咆哮。五兄弟繼續又唱又叫。老媽默不作聲。臥房傳出小強尼跟其他小朋友的笑聲。我躲在葡萄藤裡，仔細看著這個加州家庭，在這麼一個瘋狂的美國夜冒險，我覺得棒透了。

泰莉出來，大力甩門，我跟她在暗路上閒談：「怎麼啦？」

「哦，我們家人整天吵架的。他要我明天就上工，不要我四處晃蕩。但是薩爾，我想跟你去紐約。」

「怎麼去？」

「我不知道，甜心。我會想你。我愛你啊。」

「我非走不可。」

「我知道，我知道。讓我們再躺下來一次，你就走吧。」她跟著我回穀倉，在舞蛛注視下做愛。舞蛛在幹嘛？我們在木板箱睡了一會兒，直到篝火熄滅。泰莉半夜才回家；她老爸喝醉了，我可以聽見怒吼聲；睡著後，屋內才靜寂無聲。星星覆蓋整個沉睡的鄉野。

第二天早晨，老農賀佛芬格從馬廄探頭問我：「年輕人，你住得可好？」

「很好。希望你不介意我借住穀倉。」

「沒問題。你跟那個墨西哥小蕩婦有一腿，是吧？」

「她是個好女孩。」

「也很漂亮。我想這下麻煩可大了。她跟白人在一起[42]。」我們聊了一下他的農場。

泰莉端來早餐。我已經整理好帆布背袋，準備到薩比納爾領了錢，就可以上路回紐約。我知道那筆錢已經來了。我跟泰莉說我要走了。她顯然想了一晚，只能認命，別無他法。她在葡萄園跟我吻別，冰冷無感情，然後沿著葡萄行株離去。走了約莫十幾步，我們轉身望著對方，愛情就像兩人比武決鬥，轉身是為了看對方最後一眼。

我說：「我們紐約見！泰莉。」她預定本月內跟她兄弟開車到紐約。但我倆心知肚明，辦不到的。走了約莫百呎，我又轉頭看她，她拿著早餐托盤快步回木屋。我低下頭，望著她。哎。我又上路了。

我踏上高速公路，前往薩比納爾，沿路摘樹上的黑胡桃吃。步行於南太平洋鐵路公司的鐵軌上，在枕木間維持平衡。我經過一個水塔與一家工廠，有種某件事已到盡頭的感覺。走進鐵路局的電報室，領紐約寄來的匯票。電報室已經關門。我坐在台階前咒罵、等待。售票員回來，邀請我入內。錢，已經來了；姑媽又救了我這個懶人混蛋一次。憔悴的老售票員問：「明年的世界大賽，誰會贏啊？」我這才發現時序已入秋，而我，要回紐約了。

十月山谷，憂鬱長空，我沿著鐵軌走，希望能碰上一輛南太平洋鐵路公司的載貨火車，我就可以加入那群吃葡萄的浪人，一起看報紙上的滑稽漫畫。沒有火車的蹤影。我走到高速公路，馬上便攔到

42 此處原文為I think the bull jumped the fence. She's got blue eyes。牛兒跳過柵欄是指出了大麻煩。後面一句，照字面應是泰莉有藍色眼珠。泰莉的眼珠也的確是藍色。但是上下文變成缺乏邏輯連結。Blue eyes在俚語裡，指白人。如果是指「泰莉為墨西哥裔，卻愛上白人，這可是惹了大麻煩了」，邏輯上比較成立。

便車。這是我搭過最風馳電掣的便車。駕駛是加州某牛仔樂團的小提琴手。他的車子嶄新，時速八十以上。他說：「我開車時不喝酒。」把酒瓶遞給我。我喝了一口，把瓶子遞還給他，他說：「管他的！」也就喝了。薩比納爾到洛杉磯，兩百五十哩，我們四小時就開到了，十分驚人。他在好萊塢的哥倫比亞電影公司正門放我下來；我正好衝進去拿回遭電影公司回絕的原著劇本。然後買巴士票到匹茲堡。我的錢不夠一路坐回紐約。我想到匹茲堡再來煩惱好了。

巴士十點才發車，我還有四個小時可以獨自探索好萊塢。我先買了一條麵包、義大利蒜味香腸，做了十份三明治，長途搭車橫越美國時要吃的。現在我口袋僅剩一元。我坐在好萊塢停車場後面，靠著一面水泥牆開始做三明治。當我忙著幹這件荒謬事，好萊塢電影首映的弧光燈深入夜空，那是嗡嗡作響的西岸穹蒼。包圍我的是黃金海岸城市的各式瘋狂噪音。這就是我在好萊塢的宏圖大業——我在好萊塢的最後一夜，居然靠著停車場廁所的牆壁，給膝蓋上的麵包塗芥末醬。

14

凌晨，我的巴士急駛亞歷桑那州的沙漠——印地歐、布萊斯、莎樂美（莎樂美跳舞的地方）；這一大片荒漠一直延展到南邊的墨西哥山脈。然後我們轉向北方，前進亞歷桑那山脈、旗杆市，以及高崖邊的城鎮。我在好萊塢的報攤幹了一本書帶上路，是亞蘭—傅尼葉的《美麗的約定》（*Le Grand Meaulnes*）[43]，不過，我寧可細看沿路的美國地景。每一處隆起、高聳與延伸都引起我莫名的渴望。漆黑夜色裡，我們穿越新墨西哥州；灰色黎明時到了德州的達哈特。清冷的周日下午，我們穿過一個又一個奧克拉荷馬州平原小鎮；傍晚到了堪薩斯。巴士繼續咆哮前駛。十月了，我在十月返鄉。人人都在十月返鄉。

中午，巴士到了聖路易。我沿著密西西比河散步，看到從北邊蒙大拿州沿河漂下來的木頭——恢宏的「木頭奧德賽之旅」，美國夢的浪遊。河上汽船的螺旋雕刻花紋被天候侵蝕得更深更彎了，此刻擱置在泥濘中，唯有老鼠橫行。下午，雲兒大片覆蓋密西西比河谷。那晚，巴士呼嘯經過印第安那州的玉米田，月光照亮堆積地上的玉米殼，恍若鬼影；萬聖節快到了。我在巴士上認識了一個女孩，沿路我們卿卿我我，直到印第安那州。她有近視。下車吃飯時，我得牽著她的手走到食物櫃台。我的三

43 此小說直譯應為《高個子莫南》，改編電影後，台灣譯名為《美麗的約定》。

明治早就光了，她請我吃飯；我回報以長篇故事。女孩是在華盛頓州上車的，她整個夏天都在那裡摘蘋果，家在紐約州北方的農場。她邀請我去玩，我們約了某日在紐約某家旅館碰頭。女孩在俄亥俄州的哥倫布市下車，我呢，好多年沒這麼累過，一路睡到匹茲堡。我還有三百六十五哩得搭便車，口袋只有一毛錢。我先步行五哩出了匹茲堡，換搭了兩趟便車，一輛是蘋果卡車，另一輛是聯結式卡車，在小陽春的細雨夜裡，一路載我到哈立斯堡。下了車，我繼續趕路。我太想回家了。

我稱這晚為「薩斯奎哈那河幽靈夜」。我說的幽靈是個枯乾瘦小的老頭，拎著一個紙包，聲稱要去「加拿打」。他走路極快，要我跟他走，他說前方有座橋，我們可以穿過去。老頭約莫六十歲，沿路不斷講述他吃過的好菜，煎餅上面塗了多少奶油，他又吃了多少片額外的麵包；他在馬里蘭時，慈善之家門廊上的老人多麼熱情招呼他，留他下來過周末，臨走時，還讓他洗了一個舒服的熱水澡；他如何在維吉尼亞州的路邊撿到嶄新的帽子，此刻正戴在頭上呢；又說他每到一處，必去叨擾紅十字會，掏出他的一次大戰從軍證明，他說哈立斯堡的紅十字會真是虛有其名；以及在這個艱困的世間如何求存。就我看來，他只是一個還值得尊敬的流浪漢罷了，步行踏遍東部荒野，在紅十字會討吃的，偶爾在大街上乞錢。我們就是結伴而行的流浪漢。沿著哀傷的薩斯奎哈那河行走了七哩。這是一條恐怖的河流。兩岸的高崖長滿了樹叢，像毛茸茸的鬼怪探入不知名的河水中。夜色黑得什麼都看不見。偶爾，河對岸的機廠閃起火車的紅燈，照亮了恐怖的山崖。老頭說他的紙包裡有一條不錯的皮帶，我們就停下來等他翻找。「我這袋裡有一條好皮帶，是在馬里蘭州的菲德列克弄到的。媽的，難道我把它掉在菲德列克斯堡的櫃台上？」

「你是說菲德列克？」

「不，維吉尼亞州的菲德列克斯堡！」他老提馬里蘭州的菲德列克，或者維吉尼亞州的菲德列克斯堡。他愛行走於馬路車流虎口下，好幾次差點被撞，我則跋涉路旁的排水溝。預期那個可憐老瘋子的身體隨時可能從我眼前飛過，死翹翹。我們沒找到他說的那座橋。我在鐵軌下的甬道跟他分手，剛剛走路太熱，我換了襯衫，再套上兩件毛衣；這樣的悲涼行動，唯有路邊酒棧透出的微弱燈火瞧見。有一家人從暗路現身，搞不清我在幹嘛。不可思議的是這個賓州鄉野小棧裡居然傳出美妙的次中音薩克斯風，演奏不錯的藍調音樂；我聆聽，我呻吟。雨變大了。某男子載我一程回哈立斯堡，說我根本走錯方向。我突然瞧見老流浪漢的瘦小身影站在光線黯淡的街燈下，伸出拇指攔車 — 可憐的孤獨男人，一度顯赫的迷失者，現在是身無一文置身荒野的破碎鬼魂。我告訴駕駛有關老頭的故事，他停車跟老頭說話。

「夥伴，你現在是朝西走，不是往東。」

「咦？」瘦小的幽靈說：「這鄉間，我走過許多許多年。誰敢說我搞不清楚方向啊？我這是要去加拿打。」

「但這不是往加拿大的路，而是往匹茲堡與芝加哥。」小老頭厭煩了，逕自走開。我看到他的最後身影是小小的白色紙包上下跳動，漸漸沒入阿利根尼山脈的悲哀夜色裡。

我以前認為美國的曠野集中於西部，直到認識「薩斯奎哈那河幽靈」才知不是這回事。不，東部也有曠野，這是富蘭克林總統還是郵政局長時搭牛車跋涉過的曠野；這是剽悍的華盛頓與印第安戰士打仗時的曠野；也是丹尼爾．布恩站在賓州燈火下訴說故事，誓言找到坎伯蘭岬口的曠野[44]；這是布萊德佛造路，而鄉民在小木屋為之歡呼的曠野[45]。對小老頭來說，這不是亞歷桑那州的大荒野，只是東部賓州、馬里蘭州、維吉尼亞州的叢林野地，沿著薩斯奎哈那河、蒙那哥希勒河、波多馬克河、莫諾卡西河蜿蜒而行的小徑與黑色瀝青路。

那晚在哈立斯堡，我被迫睡在火車站的長椅上；天亮，就被站長趕出去。人生啊，難道不是這樣？甜蜜童年時，在父親的屋頂羽翼下，你相信什麼事都有可能。然後有一天，你失去熱情，發現自己悲慘、可憐、貧窮、盲目，而且赤裸無助，遠眺未來，只看見一個悲哀可怖的孤魂哆嗦步過夢魘人生。我疲憊地走出車站；接下來該如何，我已經完全無法掌控。這個蒼白的早晨就像是墓穴的白。我快餓死了，手邊僅有一樣東西勉強稱得上有卡路里，那是數個月前於內布拉斯加州謝爾登買的感冒糖漿；只剩最後幾滴，我從中汲取糖分。我不懂如何乞討。蹣跚走出城，差一點走不到城界。如果我在哈立斯堡多待一天，鐵定要進監獄。這個被詛咒的城市！我攔到一輛便車，車主非常瘦，模樣枯槁，他堅信人要禁食，身體才會健康。當車子往東行，我說我快餓死了，他只說：「好啊，好啊，這對你的身體只有好處。我呢，已經三天沒吃。我要活到一百五十歲。」他根本就是瘦骨嶙峋，只剩一層皮的布偶，宛如一根折斷的筷子，瘋子。我真該攔下一個胖車主，他會說：「讓我們在餐館停一下，吃點豬排與豆子。」不，我偏偏在這個早晨挑中一個認為禁食至瀕死狀態對身體大大有益的瘋子。車行

44 丹尼爾．布恩（Daniel Boone）是美國早年的移民探險家，一七六九年跋涉阿帕拉契山脈，發現肯塔基林地與坎伯蘭岬口（Cumberland Gap）。

45 威廉．布萊佛德（William Bradford），一六二〇年搭乘五月花號抵達美洲，曾任麻省普利茅斯殖民區的總督。

約莫一百哩後，他突然慈悲心大發，從車後座的一堆推銷樣品中掏出麵包與奶油。這個人巡迴賓州四處推銷水電用品。我大口吞嚥麵包奶油。突然間，我開始狂笑。這是艾倫鎮，推銷員下車打電話給顧客，我獨坐車上。我笑了又笑，狂笑不止。老天爺，人生真是令人噁心又厭倦啊。儘管如此，瘋漢還是送我到了紐約。

突然間，我已置身時代廣場。我在美洲大陸旅行了八千哩，現在回到時代廣場。正值交通巔峰時間，我以旅者的全新眼光瞧著瘋狂、美妙、鬧哄哄的紐約，以及數百萬個推推擠擠只為爭奪一塊錢的居民──掠奪、劫取、給予、嘆息、死亡，一切只為了一個瘋狂的夢，死後能埋在長島再過去的可怕墓園裡。長島與費城是美國東岸雙塔，也是美國這個名號首度出現在書面文件的地方[46]。我站在地鐵入口，希望能鼓足勇氣撿拾一根長一點的美妙菸蒂，每次我才一俯身，大批人群就蜂擁而過，菸蒂隨之失去蹤影，而後被踩得扁扁的。我沒錢搭巴士回家。派特森離時代廣場還有許多哩。你能夠想像我安步當車，一路穿過林肯隧道，或者穿過華盛頓橋到紐澤西州嗎？天色近黃昏。海瑟人在哪裡？我走遍廣場尋找海瑟；他不在這兒，在雷克斯島坐牢呢。狄恩呢？其他人呢？我的人生呢？我必須回家，讓腦袋靠上床，仔細思索我人生的失與得，它們就藏在我腦袋的某一處。我必須伸手乞討二十五分錢搭巴士。終於，街角的希臘牧師給了我錢，眼神卻緊張地瞧向別處。我拿到錢馬上奔上車。

回到家，我把冰箱的食物一掃而空。姑媽起床，一瞧見我就說：「可憐的薩爾托黎」，她講義大利文，「你好瘦，好瘦啊。這些日子你到底跑到哪裡去？」我身上穿了兩件襯衫、兩件毛衣；帆布背

46 美國獨立宣言於賓州費城簽署。

包有摘棉花時弄破的褲子，以及僅剩殘骸的革條幫平底涼鞋。姑媽跟我決定利用我寄回來的錢買一台電冰箱；這是我們家第一台插電冰箱。她回床去睡覺。那晚，我無法入眠，躺在床上抽菸。書桌上擺著寫到一半的手稿。這是十月，我回到家了，開始工作。冬日的第一股寒風搖動窗櫺，我終於及時回到家。我不在時，狄恩來過，在這裡睡了好幾晚等我；下午跟我姑媽聊天，她忙著拆我們家的舊衣裳，拿來重編小地毯，這個工作她搞了好多年了，現在這條地毯正躺在我臥房地板上，花色豐富複雜，一如時光的流逝；在我返家前兩天，狄恩告辭了，前去舊金山，很可能跟我在賓州或俄亥俄州的某地擦肩而過呢。狄恩在舊金山有自己的生活；卡蜜兒已經弄了一間公寓。我還在米爾市時，怎麼沒想過要去拜訪她呢。現在，言之已晚，而我也錯過了狄恩。

第二部

1

過了一年，我才又見到狄恩。這段時間我大多待在家裡，寫完我的書，拿「美國退伍軍人權利法案」資助的錢去唸書。一九四八年聖誕節，姑媽跟我帶了一大堆禮物，南下維吉尼亞州探訪我老哥。我跟狄恩一直有通信，他說要再訪東部；我說如果他來，聖誕節到新年期間，我會在維吉尼亞州的泰斯德蒙。一天，我們那些南方親戚 — 神色憔悴枯槁、眼神帶著古老南方土壤色的男女 — 全坐在我老哥的客廳，拖長鼻音低聲聊天候、收成、誰家添了小寶寶，誰家買了新房子等老調瑣事，突然，一輛濺滿泥水的四九年赫德森汽車開進屋前的泥巴路。我不知道來者是誰。一個模樣疲憊、肌肉結實的年輕人，身穿破爛T恤，沒刮鬍子，滿眼血絲，走到前廊按門鈴。我打開門，赫然發現他是狄恩。我上封信才告訴他我會在維吉尼亞州老哥家，他就在神奇的極短時間內，一路從舊金山趕來，現身門口。我看見車內有兩人熟睡，說：「老天爺！狄恩！車裡是誰啊？」

「哈一囉，哈一囉，老兄，瑪麗露跟大艾德．鄧凱爾啦。我們立馬得洗澡，累得跟狗一樣。」

「你們怎麼能這麼快就趕來？」

「哦，老兄，這輛赫德森超能跑！」

「你哪裡弄來的？」

「用存款買的。我在鐵路公司上班，一個月賺四百元。」

接下來一小時空前混亂。我那些南方親戚壓根兒搞不清楚狄恩、瑪麗露、艾德是誰，幹啥的；只會傻呆呆瞪著他們瞧。我姑媽與我老哥羅可跑到廚房密商。畢竟，這個小小的南方房子擠了十一個人。不僅如此，我老哥要搬離此處，跟妻兒搬到鄰近泰斯德蒙的鎮上，因此大半家具已經搬走。他們買了一套新的客廳家具，舊的要運到派特森我姑媽家，尚未決定如何搬運。狄恩一聽，馬上自告奮勇，他跟我開赫德森汽車分兩趟搬運，第二趟順便把我姑媽載回去。這麼一來，可省下大筆錢與許多麻煩。大家就決定這麼幹。我嫂子做了一大桌菜，三個疲累不堪的來客就坐吃飯。瑪麗露離開丹佛後就沒睡過。她看起來老了一點，但也更漂亮了。

就我所知，狄恩與卡蜜兒從一九四七年秋天起就快活共居於舊金山；他在鐵路公司找到工作，賺了不少錢；他們還生了一個可愛的小女孩，取名艾咪．莫瑞亞提。但是他有天逛街，突然抓狂；瞧見這輛赫德森待售，就衝去銀行提光存款，當場買下這輛車。當時艾德跟他一起。現在他們破產了，狄恩安撫恐懼的卡蜜兒，說他一個月內就回來：「我得去紐約，把薩爾帶回來。」卡蜜兒一點也不喜歡接下來可能發生的事。

「目的何在呢？你為什麼這樣對我？」

「沒事，沒事，親愛的，啊—嗯—薩爾一再哀求我去接他，就我來說，這事非做不可—我不打算落落長解釋—我告訴妳為什麼……甭這樣，妳聽，我告訴妳為什麼。」然後他解釋一番，卡蜜兒當然覺得他的說詞毫無道理。

大個兒艾德跟狄恩一起在鐵路公司工作，公司大舉裁員，他們因為年資被扣[1]，慘遭炒魷魚。艾德認識一個叫嘉拉泰雅、靠積蓄在舊金山過活的女孩。這兩個沒腦袋的惡棍決定帶她一起上路，讓她支付開銷（foot the bill）。艾德軟言哄騙；嘉拉泰雅堅持先結婚才上路。旋風數日內，狄恩四處奔波搞文件，艾德與嘉拉泰雅結婚了，三人在聖誕節前幾天，時速七十哩風馳離開舊金山，踏上無雪的南方路，前往洛杉磯。抵達後，他們在旅行社搭了一個水手，這人付十五元油錢，他們載他到印第安那州。另外收了四元，搭載一對母女到亞歷桑那州，那女孩白癡得很，沿途，她跟狄恩坐在前座，他盡力探索這女孩，他說：「老兄，我們從頭聊到尾！這小女孩又酷又甜蜜。我們聊火啊，沙漠變樂園啊，還有她那隻會罵西班牙髒話的鸚鵡。」這對母女下車後，他們繼續開往土桑，路上，艾德的新婚妻子嘉拉泰雅不斷抱怨好累，要去汽車旅館睡覺。如果照她的意思辦，還不到維吉尼亞，她的錢就會花光光。連續兩晚，她都逼他們停車，花十元住旅館。到達土桑時，嘉拉泰雅破產了。狄恩與艾德把她扔在旅館大廳，跟水手三人繼續上路，毫無內疚。

艾德是個高大、安靜、沒腦袋的男人，隨時準備聽狄恩的命令而行；而狄恩才沒那個時間搞內疚。當他咆哮駛過新墨西哥州的拉斯克魯塞斯，突然不可自抑，要去見他甜蜜的首任妻子瑪麗露。她住在北邊的丹佛，狄恩不理會水手的微弱抗議，掉頭往北走，晚間就駛入丹佛。他在某家旅館找到瑪麗露。兩人瘋狂纏綿了十小時。狄恩有了新決定：他們要廝守終生，她是狄恩此生的真愛。當他一

1 原文用seniority lapse，鐵路公司的員工應屬工會成員，一般的工會規則規定裁員時，年資最深的員工最晚被裁，但是年資可能被扣，譬如曠工，譬如出差後未能返回工作單位等等。依照上述，艾德與狄恩應當可以列入不被裁員的資深會員，可是曾被扣年資，遂未得到保障。

瞧見瑪麗露的臉龐，馬上懊惱莫名，變回昔日自己，在瑪麗露膝下苦苦哀求，要她跟在身邊，給他快樂。瑪麗露太瞭解狄恩了；摸摸狄恩的頭髮；徹底明白他是個瘋子。狄恩為了安撫水手，替他撮合了一個女孩，到他們那群昔日撞球夥伴喝酒的酒吧樓上開房間。水手拒絕那女孩，半夜離開，一夥人沒再見過他；顯然搭巴士前往印第安那了。

狄恩、瑪麗露、艾德沿科費克斯大道往東，風馳電掣前進堪薩斯平原。碰到大風雪。晚間在密蘇里開車時，由於車窗積冰盈吋，狄恩必須包著頭，戴著雪地護目鏡，探出車窗看路，活像僧人在研究雪地這本書稿，壓根兒沒想過自己正開車經過父母先輩的出生地。早上，汽車在雪丘上打滑撞入排水溝，還是靠一個農夫幫忙，才脫離險境。路上耽擱了，因為他們載了一個便車客，答應到了孟菲斯就會給他們一元。到了孟菲斯，此人進入家門，四處閒晃找錢，然後喝醉了，說找不到錢。狄恩一行繼續趕路，橫越田納西州；軸承因那場雪丘意外受損。原本時速九十，現在得維持在七十，否則車子會翻下山谿。他們在仲冬時分穿越大煙山。抵達我老哥家門時，除了糖果與起司餅乾外，已經三十小時沒吃飯。

他們狼吞虎嚥，狄恩一手拿三明治，站在大唱盤前，隨著瘋狂的咆勃爵士樂又跳又點頭，那是我剛買的唱片——戴克斯特．戈登與瓦岱．葛雷合奏的〈狩獵〉[2]，兩人在瘋狂尖叫的聽眾面前暢快演奏，讓這張唱片散發出美妙的狂熱音量。我那些南方親戚大眼瞪小眼，驚訝搖頭。他們問我老哥：

2 戴克斯特．戈登（Dexter Gordon），美國著名次中音薩克斯風手，瓦岱．葛雷（Wardell Gray）也是美國咆勃爵士次中音薩克斯風手，《狩獵》（*The Hunting*）是他們於一九四七年合奏的專輯，此處為專輯同名曲。

「薩爾交的都是些什麼朋友啊？」我老哥可被這問題難住了，無法回答。南方人不喜歡瘋狂，一點也不，尤其是狄恩這型的。狄恩壓根兒不理會他們，他的瘋狂種子已經萌放成盛開的詭異花朵。我原先沒發現，直到我跟他、瑪麗露、艾德一起搭赫德森出去遊車河才明白。這是他來了後，我們首度單獨相處，講話可以毫無禁忌。狄恩抓住方向盤，放到二檔，思索了一分鐘，緩緩前進，猛然間他做出決定，車子就如子彈射了出去，全速前駛。

「好了，孩子們，」他揉揉鼻子，彎身檢查緊急煞車裝置，又從置物櫃拿出香菸，身體不是往前晃就是朝後倒，開車動作卻始終沒停。「該是我們決定下星期要幹啥的時刻了。重大時刻！至為重要！阿門！」他閃過一輛慢吞吞的騾車；上面坐著一個老黑人。狄恩大叫：「探索他，是的！研究他！讓我們來想想他的靈魂——暫停一會，思索一下。」他減緩車速，讓我們都能回頭張望那個喘息呻吟緩慢跟隨的老黑人（jazzbo）。「噢，是的，好好地分析他；我就算只剩一隻手臂，剁了也想知道他在想什麼；爬進他的腦袋，挖掘這個可憐老傢伙的思想，或許是今年的蕪菁葉收成，或許是火腿。薩爾，你不知道，十一歲那年我曾在阿肯色的農場住了一整年。幹不完的恐怖活兒，有次還得剝死馬的皮。一九四三年的聖誕後，我就沒再踏進阿肯色一步，那次是我跟班．蓋文偷車，車主拿槍追我們。算算五年了，我講這麼多是要告訴你，老兄，針對南方，我有資格說話——我的意思是我瞭解南方，從裡到外摸得清清楚楚——我還研究過你寫給我那些關於南方的信。噢，是的，噢，是的。」他越說越小聲，索性整個打住，突然又將車子催到七十，趴在方向盤上，死命瞪著前方。瑪麗露沉著微笑。這是嶄新的狄恩，完整的狄恩，整個成熟了。我心底想，天啊，他變了。當他講到自己痛恨的事情，眼睛噴出怒火；突然變得快樂時，愉悅的光采取代了怒火；他的每條肌肉都在蓄勢待發。

他捅捅我說：「噢，老兄，我有太多事情要告訴你。噢，老兄，一定得找出時間—卡羅怎麼呢？親愛的各位，明天一早，第一件事就是去看卡羅。現在，瑪麗露，妳去買點麵包跟肉，準備前往紐約的午餐。薩爾，你身上有多少錢？我們將P太太的家具統統放在後座[3]，咱們四個擠前座，飛車前往紐約路上，可以親熱講故事。瑪麗露，蜜腿兒，妳坐我旁邊，薩爾坐妳旁邊，艾德靠窗坐，讓他擋風，因此那件袍子這次輪他蓋。然後我們就出發奔往美好生活。因為時機到了，你我都知道時間的奧義！[4]」他用力揉搓下巴，車子轉個大斜角，連續超過三輛卡車，瘋狂駛進泰斯德蒙鬧區，他東張西望，雖然沒轉頭，但是眼珠子左右轉一百八十度，把一切看在眼裡。砰！他馬上瞧見一個停車位，停好車。從車子彈身而出。他風風火火直衝火車站；我們像羔羊乖乖追隨。他買了香菸。狄恩的舉動看起來徹底瘋狂；好像同時間要做所有事。他又是搖頭、又是上下點頭，左右瞧；雙手激烈扭動；疾走時如風，坐在椅上呢，一下子雙腿交叉，一下坐正，一下子起身，一下子摩擦雙拳，一下子摸索褲子拉鍊，一下子把褲頭往上拉，抬頭望，然後說：「嗯！」突然瞇眼細瞧前後左右，全程抓住我的腹脅，嘴裡講個沒完。

泰斯德蒙冷得很；剛下了一場不對季節的雪。狄恩卻只穿T恤站在鐵道旁的淒冷大街，褲子鬆垮，腰帶解開，彷彿要脫褲似的。他探頭進車窗跟瑪麗露說話；身子又往後一退，兩手在瑪麗露面前亂揮舞：「是的，達令，我瞭解！我瞭解妳，我瞭解妳！親愛的！」他的笑聲簡直瘋狂；先是低聲，

3 P太太應指薩爾的嫂子，薩爾姓帕瑞德斯，P開頭。

4 詳見第二部注釋10。

而後拔尖，就像收音機裡裝瘋子的那種笑聲，只是更快，更癡傻。接著他又不時恢復公事公辦的腔調。我們根本不必到鬧區來，他卻找到目的，指揮我們跑腿；瑪麗露去買午餐食物，我去買報紙看氣象報告，艾德去買雪茄，狄恩很愛抽雪茄。他邊看報紙邊抽雪茄邊說：「喔，華盛頓那群昏瞶[5]的神聖美國人又要替我們製造麻煩了──啊呀──嗯──喝──喝！」然後他彈身而起，衝去看一個剛走過火車站的黑人女孩。他站在路上，柔軟的手指朝前指，作狀摸索，露出愚蠢笑容，說：「研究她！瞧瞧這個超酷的黑人小可愛。吼，嗯！」我們鑽回車上，飛車回我老哥家。

我在鄉間過了平靜的聖誕節，當我跨進家門，看到聖誕樹、禮物，聞到烤火雞的香味，聽到我那些親戚的談話，我突然明白自己蟲兒[6]上身，那蟲叫做狄恩．莫瑞亞提，我再度匆匆上路。

5 原文為slopjaw，正確拼法應拆開為兩字，slop jaw，俚語裡指醉到喝酒都從臉頰旁漏下去的人。

6 原文用bug，俚語指狂熱。

2

我們將老哥的家具弄到車後座，摸黑上路，向他們保證三十小時內就會回來——三十小時內一千哩南北往返。狄恩堅持如此。這段旅程其實很辛苦，但是我們都沒放在心上；暖氣壞了，擋風玻璃經常積滿霧氣與冰雪；狄恩得不時拿抹布擦出一個小圓洞，才能看到路況，還稱它為「噢，神聖之洞」[7]，同時間，他狂飆七十哩可沒停。寬敞的赫德森前座可以舒服坐四人，我們用毯子蓋住腿部。收音機壞了。五天前，狄恩買它時可是新車，現在已經壞了。順帶一句，這車他們只付了一期款，還有四期款要付。我們開上三〇一號路往北奔向華盛頓，這條筆直的雙線道高速公路車輛不多。沿路只聽到狄恩嘰嘰聒聒，我們很少講話。他說話時張牙舞爪，有時還會整個身體側到我面前強調重點，或者雙手都離開駕駛盤，但是，車子還是箭一般筆直疾駛，從未超過中間的白色分隔線，我們的左輪穩穩釘在上面。

狄恩此次前來，毫無必要，同樣的，我跟著他跑也是毫無道理。在紐約時，我不僅重返校園，還交了女友露西亞，是個蜜糖色頭髮的漂亮義大利女孩，我真的想跟她訂下終身。這些年來，我一直在尋找可以共度人生的女孩。每認識一個新女孩，我就會自問她會是個什麼樣的妻子？我跟狄恩、瑪麗

7 原文用holy hole，俚語指陰戶或者屁眼。

露提到露西亞。她很想認識麗西亞，想知道麗西亞的一切。沿路我們疾駛經過雷奇蒙、華盛頓、巴爾的摩，沿著一條蜿蜒的鄉間道路朝北奔向費城，聊天。我說：「我想找個女孩結婚，老的時候，我的靈魂才能得到休憩。這樣的生活不可能持續下去 — 不可能永遠瘋狂，到處胡鬧。我們總得有所追尋，有個地方安身立命。」

「噢，老兄，」狄恩說：「這些年來，我一直在探索你的靈魂，探索你對家庭、婚姻，以及此類好事的想法。」這是個哀傷的夜晚；也是歡樂的夜晚。到了費城，我們在街頭餐車買漢堡吃，花掉身上的最後一元。那是午夜三點。餐車的服務員聽到我們手頭緊，說要免費請我們吃漢堡，咖啡續杯，條件是我們得到後面洗碗，因為洗碗工今天沒來。我們當然抓緊機會。艾德說他很早很早以前是採珠人，長長的雙手立即伸進髒碗裡。狄恩拿著毛巾在旁邊胡鬧，瑪麗露也一樣。他們開始在鍋碗瓢盆間親熱起來；之後，跑到食物儲藏間的暗處去了。服務員沒意見，只要我跟艾德有洗碗就好。十五分鐘後，碗洗好了。破曉時，我們飛馳奔向紐澤西，大都會紐約上空的大片雲彩逐漸浮現在雪地盡頭的遠方。狄恩用毛衣裹住耳朵禦寒。他說我們是一群要去炸掉紐約的阿拉伯人。我們疾駛經過林肯隧道，直接殺到瑪麗露想看的時代廣場。

「天殺的，真想找到海瑟。各位給我睜大眼睛，看能不能瞅見他。」我們一起搜尋人行道。「酷酷老傢伙海瑟。你真該看看他在德州的樣子。」

現在，狄恩從舊金山越過亞歷桑那，朝北經過丹佛，跑了四千哩來到此處，僅僅花了四天，裡面還夾雜了說不完的冒險故事，這不過是開始而已。

3

我們到我在派特森的家睡覺。我最早醒來，已將近黃昏時刻。瑪麗露與狄恩睡我的床，我跟艾德擠我姑媽的床。狄恩那隻鎖不起來的破皮箱放在地上，露出襪子。樓下的藥妝店說我有電話。我急忙奔下樓；紐奧良來的長途電話；是已經搬去那兒的公牛老李。他以高亢的鼻音嘮叨抱怨說，有一個叫嘉拉泰雅．鄧凱爾的女孩跑去他那裡找一個叫艾德．鄧凱爾的傢伙；公牛老李不知道這些人是誰。嘉拉泰雅還真是個死不認輸的女孩。我要老李轉告她艾德此刻跟我與狄恩一起，返回西岸時，應該會繞去紐奧良接她，讓她安心。嘉拉泰雅接過話筒，她想知道艾德過得好嗎？艾德的幸福是她唯一的掛念。

我問：「妳從土桑怎麼去紐奧良的？」她說打電報回家要錢，搭巴士到紐奧良的。她立定決心要追上艾德，因為她愛他。我上樓跟艾德說這事。他跌坐在椅上，滿面憂慮。這男人有一顆天使心，真的。

狄恩突然醒來，跳下床說：「OK，現在我們得吃東西，立刻。瑪麗露妳給我快快跑去廚房，看看有啥吃的。薩爾，你跟我下樓打電話給卡羅。艾德，你瞧瞧該怎麼清理這房子。」我跟著狄恩急忙下樓。

藥妝店老闆說：「剛剛又接到電話——舊金山打來的——要找一個叫狄恩．莫瑞亞提的人，我說這裡沒這個人。」那是最最甜蜜的卡蜜兒要找狄恩。藥妝店老闆山姆是我朋友，高大冷靜，他看看我，抓抓頭說：「奇！你們搞啥生意？國際淫窟？」

狄恩瘋狂吃笑：「老兄！你很合我味口。」他奔至電話亭打到舊金山，對方付費。然後我們打電話到卡羅位於長島的住處，要他過來。兩小時後，卡羅抵達。同時間，我跟狄恩準備返回維吉尼亞載運其他家具跟我姑媽。卡羅到了，腋下夾著詩集，坐在安樂椅上，圓而晶亮的眼睛望著我們。前半個小時，他都不說話，拒絕投入。丹佛陰鬱後，他已經沉靜下來；達卡陰鬱取而代之。他在達卡時留了滿臉鬍子，跟小孩浪蕩該市的黑街後巷，他們帶他去找一個會算命的巫醫。那段時間他拍了一些快照，嘈亂的街頭佇立著草棚屋，那是時髦人士最愛去的達卡暗巷。他說從達卡回國時，他差點像哈特・克萊恩[8]一樣跳船。狄恩坐在地上玩音樂盒，每當音樂盒奏起短曲〈美好的情事〉（A Fine Romance），他就無限驚奇。他說：「骨溜溜旋轉的小鈴鐺！啊！你們聽！我們全彎下腰來注視音樂盒的中央，直到看出它的祕密——叮噹響的小鈴鐺，喲！」艾德也坐在地上，拿著我的鼓棒開始敲起搭配音樂盒的節奏，聲音很小，幾不可聞，大家得屏息才能聽見。「滴—答—滴滴—答答。」狄恩遮著耳仔細聆聽，嘴巴張得老大，說：「吼！喲！」

卡羅瞇著眼看這場瘋狂鬧劇。終於，他一拍大腿說：「我有事宣佈。」

「怎樣？怎樣？」

8 哈特・克萊恩（Hart Crane），美國詩人。

「這趟紐約行意義何在？你們這些傢伙搞些什麼齷齪把戲？我的意思是，老兄，汝往何處去[9]？汝在暗夜搭上亮晶晶的汽車，欲往亞美利堅何處？」

狄恩張大嘴附和：「汝往何處去？」我們呆坐，不知該如何應答；沒什麼好說的，只能繼續走。狄恩站起身說，我們該回維吉尼亞了。他去洗澡，我拿家裡剩下的東西炒了一大盤米飯，瑪麗露幫狄恩補襪子，一切就緒，該走了。狄恩、卡羅跟我飛車到紐約。我們答應卡羅三十小時後，除夕夜再見面。此時已是晚上。我們放卡羅在時代廣場下車，穿過造價昂貴的隧道進入紐澤西，再度上路。我們輪流開車，不到十小時，就抵達維吉尼亞。

狄恩說：「這麼多年下來，我們第一次單獨相處，可以傾心相談。」他也足足講了一個晚上。宛如夢境，我們往回奔馳，經過沉睡的華盛頓，回到維吉尼亞州的野地，破曉時穿越阿波馬托克斯河，準上午八點抵達我老哥家門口。這一路上，無論看到什麼、聊到什麼，每一分鐘的每一個細節都讓狄恩興奮到要命。他簡直像個信仰堅定的瘋子：「當然，人們再也不能說上帝並不存在，我們已經過許多形態的蛻變。薩爾，你還記得嗎？我初到紐約是想跟查德學習有關尼采的學問[10]。你瞧瞧，那是多久以前的事啦。現在萬事美好，上帝存在，而我們也明白時間的奧義[11]。希臘人以降的所有預測都

9 典故出自聖經約翰福音13:36。

10 尼采說，上帝已死。狄恩現在的信仰偏向神祕學，只要接受，上帝就存於萬物間。

11 《在路上》一書裡，狄恩屢屢提到「我們明白時間的奧義」（we know time）。根據John Lardas的*The Bop Apocalypse: the Religious Visions of Kerouac, Ginsberg and Burroughs*一書所述，垮世代的哲學觀受到神祕學、禪學與爵士樂，甚至量子力學的影響，否定時間是「線形、按序」的結構，時間是有機的，人類唯有重新調整自己，配合

是錯誤的，你無法用幾何學或者幾何學的系統來思索時間。時間就是這一切！」他緊握拳頭；車子還是牢牢沿著白線而行。他說：「不僅如此，你我也都瞭解我沒時間解釋為何你知道、我也知道上帝存在。」一路上，我一度慨嘆生活的困頓 — 家裡多窮，我多想幫助露西亞，她也是窮得要命，還有一個女兒。狄恩說：「你知道，橫逆煩惱是概括性名詞，乃上帝常駐之處。重點是不能讓它絆住你。我的腦袋嗡嗡響啊！」他大叫、敲頭。像葛丘・馬克斯[12]一樣衝出車外買菸 — 同樣下盤沉重、生猛有力的步伐，只是不像葛丘那樣外套後襬飄飄，因為他的外套沒有後襬。他說：「薩爾，離開丹佛後，好多事情我想了又想。我以前老被送進感化院，我是個少年混混 — 偷車只是肯定自我，用來炫耀、表達自我的心理作用罷了。如今我的監獄問題已經擺平，我絕對不會再進監牢。如果還有其他事，那也鐵定錯不在我。」路旁一個小孩正拿石頭砸路邊汽車。狄恩說：「想想看，有一天他的石頭會砸破擋風玻璃，駕駛因而車禍死亡 — 都只因為一個小孩。你明白我的意思嗎？上帝存在，毫無疑問。這一路來，我深信上帝會照顧我們，縱使是輪到你這個畏懼車子的人駕駛，我也不擔心，」 — （我討厭開車，開起車來小心翼翼） — 「我都相信一切會自然順當，你不會開出路面，我可以大睡特睡。此外，我們深知美國；這是我們的家；無論在美國哪個角落，我都能得到自己想要的，因為每個角落都相同。我深知美國人民，我知道他們的作為。我們施予，我們也承受，施與受之間是條反覆往返的甜蜜複雜途徑，我們也踏上了。」雖然狄恩說得不清不楚，他想吐露的意義卻異常清晰與純淨。他經常

生命的自然節奏，才能了解時間的真正奧義。詳見John Lardas, *The Bop Apocalypse*, Urbana and Chicago: University of Illinois Press (2000), pp.96-107。

12 葛丘・馬克斯是美國著名諧星馬克斯兄弟的一員，以機智、善諷、說話有如機關槍聞名。

使用「純淨」這個字眼。我從未想過狄恩會成為神祕主義者。這是他的神祕主義初期，到了末期，他陷入詭異落魄，有如W．C．費爾茲那樣的聖潔狀態。

連我姑媽都半好奇地聆聽狄恩說話。當天晚上，我們將剩餘家具放在車後座，北返紐約。有我姑媽同車，狄恩只能聊聊他在舊金山的工作。他解釋車軔手的所有工作細節，經過調車場，就示範一番，有一次，他甚至跳出車外表演火車在岔線會車時，車軔手如何做出「全速行進」（highball）的手勢。我姑媽回到車後座睡覺。清晨四點到了華盛頓，狄恩打對方付費的電話給舊金山的卡蜜兒。之後，我們開出華盛頓，一輛巡邏車鳴警笛攔下我們，開了超速罰單，我們的時速才三十而已。這個警察不爽的是加州車牌。他說：「你們以為加州人在這裡，可以愛開多快就開多快嗎？」

我們跟那個警官回到警局，解釋我們根本沒錢繳罰款。他們說如果湊不出錢來，狄恩那晚就得蹲牢房。當然我姑媽有錢，二十元，足夠繳十五元罰款，不會有事。我們跟警察大聲理論時，其中一人跑出去偷瞧我姑媽，她正裹著毯子坐在後座。姑媽瞧見那個警察。

她說：「你放心，我不是黑道情婦（gun moll），如果你想搜索車子，儘管搜。我是跟姪兒一起回家，這些家具不是偷來的。是我姪媳的，她剛生了孩子，要搬去新家住。」這番話讓「福爾摩斯」大吃一驚，轉身返回警局。我姑媽替狄恩繳罰款，否則大家就得困在華盛頓；因為我沒駕照。狄恩保證會還這筆錢。整整一年半後，他還真的還了，讓我姑媽十分驚喜。我姑媽是體面正經女人，只是困在這個她知之甚深的悲哀世界。她跟我們講那個警察的故事：「他躲在樹後面，想偷窺我的模樣。我告訴他，想搜車，直接搜。我可沒什麼見不得人的事。」她很清楚狄恩有見不得人的事，我又跟狄恩一掛，顯然也有見不得人的事。雖然悲哀，我與狄恩也不得不接受這個事實。

姑媽說過，除非男人都願意跪在他們的女人腳邊祈求原諒，這個世界不可能有平靜的一天。狄恩深深瞭解這點；他提過好多次。「我一再哀求瑪麗露，請她拋開這一切吵吵鬧鬧，我們才能永遠處於平靜甜蜜的氣氛，理解我們的愛情是多麼純淨。她也明白，不過她另有打算——總是挑剔我；她不會瞭解我多麼愛她，她這是在編織我的滅亡。」

我說：「事實是我們不瞭解我們的女人；錯在我們，卻推到她們身上。」

狄恩警告說：「事情沒有那麼單純，和平也會突然而至，只是我們不知道何時——老兄，你懂嗎？」懷抱陰鬱的心情，狄恩頑強操著破車，一路開到紐澤西；接著他到後座睡覺，換我駕駛，破曉時，抵達派特森。八點時開到家門口，赫然發現瑪麗露與艾德坐在屋內，抽菸灰缸裡的菸屁股；我跟狄恩離開後，他們就斷糧沒吃飯。我姑媽出外買食物，做了豐盛無比的早餐。

4

該替西部三人組在曼哈頓找個像樣的新住處了。卡羅在約克道有個窩；那晚他們要搬過去。我跟狄恩睡了整個白天，醒來時，超大的暴風雪正帶領一九四八年除夕夜降臨。艾德坐在我的安樂椅上訴說去年除夕的故事，「當時我在芝加哥。囊空如洗。坐在北克拉克街的旅館窗台上，突然樓下的麵包店飄來超級香味，竄進我的鼻孔。我一毛錢都沒，便下樓與麵包店的女孩聊天。她免費送我麵包與咖啡蛋糕。我回到房間，吃掉它們。整個晚上待在房內。有一次在猶他州法明頓，我跟艾德．沃爾一起工作──你知道，就是那個丹佛牧場主人的孩子──當時我在床上，突然瞧見我死掉的老媽站在角落，渾身是光。我說：『媽！』她就消失了。我常看見顯像。」艾德邊說邊點頭。

「你要拿嘉拉泰雅怎麼辦？」

「噢，屆時再看。等我們到了紐奧良再做打算。該這麼做，你說是吧？」他現在也開始找我打商量，狄恩一人，不夠他用。他現在愛上了嘉拉泰雅，仔細思索此事。

我問：「你未來要幹啥呢？」

「我不知道，」他說：「就順著走吧。我探索生命。」他反覆如此，這是狄恩的台詞。艾德根本沒有人生方向。坐著懷想芝加哥的那個晚上──寂寞旅館房間裡的熱騰騰咖啡蛋糕。

屋外，雪花翻捲。紐約有場大派對，我們都要去參加。狄恩收拾他的破皮箱，放進車內，我們一起奔向盛大的夜晚。我姑媽心情不錯，因為我老哥下星期要來造訪；她就坐在那兒讀報紙，等著聽收音機轉播時代廣場的除夕夜盛況。我們轟然駛進紐約，車子在冰地打滑。只要是狄恩開車，我從不操心；任何狀況他都能操控。車上音響修好了，現在他能在咆勃音樂聲中奔向這個夜晚。我不知道這一切將有何結果；但是，我毫不在乎。

突然，有件怪事一直纏著我 — 那就是我忘記了某件事。狄恩來找我以前，我正要做一個決定。現在它已逸出腦袋，卻在舌尖打轉。我不斷彈指，企圖回想，甚至說出口來。我不知道它真是個「決定」，還是掠過腦海旋即忘記的念頭。它一直纏繞腦海，令我吃驚又哀傷。它好像跟「裹尸布的旅者」有關。卡羅有一次跟我分坐兩張椅子，面對面促膝而談，我告訴他一個夢，夢裡一個奇怪的阿拉伯人一直在沙漠追趕我；我想要擺脫他；卻在即將抵達「庇護城」時，被他逮到了。卡羅問：「此人是誰？」我沉思。我說，那人可能是我自己，穿了裹尸布。不是！人生的荒漠裡，我們都會被某件事、某個人，或者某個鬼魂追逐，抵達天堂門口前，我們一定會被逮到。當然，現在回想，這個人物就是「死亡」；死神會比天堂早一步逮到我們。在我們有生之年，最能讓我們哀歎、呻吟、經歷各種甜蜜暈眩，最能讓我們重新體驗離開子宮後即已失去的極樂幸福者，就是死亡（雖然我們都不願承認）。但是，誰會想死呢？近來諸事紛沓而至，此事一直在我腦海深處。我告訴狄恩，他馬上說那是我對純粹死亡的欲求；由於純粹死亡，不會再生，理所當然，他絕對不要跟這個欲求有任何瓜葛。我也同意。

我們去找我的紐約幫朋友。瘋狂的花朵也在那兒盛開。我們先去找湯姆．賽布爾克，他是個哀傷美男，甜蜜、大方、可親；只是偶爾會陷入憂鬱狂潮，不跟任何人說話，衝出門去。今晚，他快樂無比：「薩爾，你去哪裡找到這些絕妙人物？我從未見過這樣的人。」

「在西岸時認識的。」

狄恩正在那兒自爽；他放上爵士唱片，抓住瑪麗露，緊抱她，隨著節拍貼著她上下跳躍。瑪麗露也馬上貼著他蹦跳回去。這是真正的求愛之舞。伊恩．麥克阿瑟也帶著大群朋友光臨。紐約新年周末開鑼了，連續三天三夜。大批人潮跨越赫德遜河，在大雪紛飛的紐約街頭四處竄派對。我帶露西亞跟她妹妹參加最大的派對。露西亞看到狄恩與瑪麗露，頓時臉色一沉——她能感覺這兩人讓我變得瘋狂。

「我不喜歡你跟他們在一起。」

「沒關係，我們只是找樂子而已。人只能活一次。我們是在及時行樂。」

「不，這樣很悲哀，我不喜歡。」

瑪麗露開始挑逗我；她說，狄恩要回去跟卡蜜兒同居，她要我跟她一塊走：「你跟我們回舊金山吧。咱們同居。我會做你的好女孩。」但是，我知道狄恩深愛瑪麗露，我也知道瑪麗露此舉只是為了讓露西亞吃醋，我不想淌渾水。不過，想到肉感金髮女孩，我還是忍不住舔嘴唇。當露西亞看到瑪麗露把我推到角落，跟我說話，強吻我，她馬上接受狄恩的邀約，跟他逛車河；他們其實沒幹什麼，只是聊天，喝掉我放在置物箱裡的南方私酒。所有事都攪成一團，開始崩毀。我知道我跟露西亞這段情維持不了多久。她要我照她的意思行事。她老公是碼頭工人，對她壞透了。要是她能離婚，我很願意娶她，收容她猶在襁褓的女兒；但是她沒錢搞離婚，諸事無望，此外，露西亞永遠不可能真正瞭解我，因為我愛的東西太多，永遠處於困惑狀態，總是在追逐這顆流星那顆流星，直到不支倒地。這就是夜晚對人的影響力。今晚，除了困惑，我沒啥好奉獻的。

派對非常盛大，至少一百人進出那間西九十街的地下公寓，潮水般湧進位於鍋爐旁的地下室小單位。每一個角落、每一張床、每一張沙發都有活動——不是性狂歡，只是個收音機播放狂野音樂、吵嚷聲不絕於耳的紐約新年派對。來客裡甚至還有個中國女孩。狄恩像葛丘．馬克斯穿梭人群，仔細研究每個人。我們不時得衝出去開車，載回更多人。狄米昂也來了。他是我們紐約幫的大英雄，就像狄恩是西部幫的頭兒一樣。誰知兩人一見面就不對眼。狄米昂的女友突然大揮右拳猛擊他的下巴。狄米昂左搖右晃。女友把他扛回家。我們有些瘋狂記者朋友揣著酒瓶，直接從辦公室趕來。外面，美妙的大風雪飄舞。艾德碰上露西亞的妹妹，兩人相偕消失；我忘了說艾德把妞很溫柔。他身高堂堂六呎四，卻很溫和、可親、討喜、和藹，個性愉悅，是那種會幫女士拿大衣的人。這才是辦事的方法。清晨五點，我們全奔去某個出租公寓的後院，爬窗進去，那裡正在舉行大派對。破曉時，我們又回到湯姆的住處。有人塗鴉畫畫，有人喝已經走味的啤酒。我抱著一個叫蒙娜的女孩睡在沙發上。哥倫比亞大學酒吧那兒的人大批湧進。生命裡的點點滴滴，生命裡的每張臉孔，全湧進這個潮溼滲水的房間。伊恩．麥克阿瑟住處的派對持續進行。伊恩是個甜蜜好人，眼鏡下的雙眸總是愉悅望著你。這時他已經跟狄恩一樣，碰到任何事都點頭說「好」，沒個停。伴著戴克斯特．戈登與瓦岱．葛雷狂放吹奏的〈狩獵〉樂聲，我們隔著沙發跟瑪麗露玩抓迷藏；她可不是洋娃娃一樣的嫩妞。狄恩沒穿汗衫，只著褲子，赤腳亂跑，直到輪他開車去載人為止。簡直啥事都發生了。我們找到狂野興奮的羅洛．葛普，在他長島的家混了一晚。羅洛跟阿姨住在一棟還不錯的洋房；她如過世，這房子就會留給他。他阿姨痛恨他所有的朋友，沒有一件事肯遂他的意。他帶著狄恩、瑪麗露、艾德跟我這群落魄朋友，開起喧鬧派對。他阿姨在樓上踱步；威脅打電話叫警察。羅洛大叫：「閉嘴，妳這個老貨！」我懷疑他們怎能共同生活？羅洛的藏書之豐乃我生平僅見，他有兩個書房，從地板到天花板，四壁都是書，還有那種皇皇十大冊的經外書[13]。他播威爾第的歌劇，穿著後背撕裂一大條縫的睡衣，跟著音樂演啞劇。他對什麼都不在乎。是那種會在腋下夾著珍貴的十七世紀音樂手譜，跑到紐約濱水區大吼大叫的偉大學者。他像大蜘蛛攀爬過街，眼中射出的興奮之色宛若惡魔之光。狂喜時，他扭動脖子如抽筋，口齒不清，蟲兒般蠕動，搖晃，呻吟，嚎叫；沮喪時，則朝後倒下。他簡直話不成語，對人生過度興奮。狄恩站在他面前，低頭不斷複頌「是的，是的，是的」。他將我拉到角落說：「那個羅洛‧葛普是你朋友中最棒、最妙的。我一直想告訴你，我就是要做這樣的人。他這人絕不會困居一處，他射向四面八方，袒露自己的一切。他知道時間的奧義，無啥可做，只能前後搖晃。天，這個人就是一切的終結！你瞧，要是你總能跟他一樣，你也會理解那個。」

「理解什麼？」

「那個！那個！那個！[14]將來我再跟你說——現在沒時間，沒時間。」狄恩奔回去多瞧羅洛幾眼。

13 經外書（Apocryphal）類似次經，一六一一年，詹姆士王版聖經出版後，基督新教教會陸續將部份經文自聖經中刪除，用意為大眾提供比較短小、經濟的聖經版本。多數基督新教信徒認為此部分遭刪除經文屬天主教，並稱為經外書。詳見http://zh.wikipedia.org/zh-tw/%E7%B6%93%E5%A4%96%E6%9B%B8

14 原文用It，詳見第三部注釋3。

狄恩說史上最偉大的鋼琴手喬治・席林[15]就跟羅洛一模一樣。這個漫長瘋狂的周末，我跟狄恩一起去鳥園（Birdland）[16]看席林表演。那場子簡直門可羅雀，十點了，我們還是唯一的客人。盲眼席林上場，由人扶著坐到鋼琴前。他是相貌尊嚴的英國人，白領子燙得僵硬，微胖，金髮，當他彈奏第一個曲目，流洩出英國仲夏夜的細膩氣氛，貝斯手微微傾向他，以尊崇的態度輕輕刷出節奏。鼓手丹佐・貝斯特靜坐不動，只是輕揮手腕輕刷鼓面。席林開始撼動出擊；狂喜的臉龐綻放笑容；身體在鋼琴椅上前後搖晃，初時緩慢，然後加速，左腳跟著拍子抬起又放下，歪著脖子猛點頭，整張臉貼近琴鍵，他將頭髮往後撥，原本整齊的髮型現在亂了，他開始流汗。音樂速度加快，貝斯手整個人往前彎，猛力重擊，加快，更快，快快快，就是如此。席林開始彈奏和弦；像大雨從鋼琴傾瀉而下，讓你以為他根本沒時間處理和弦的順序。一波又一波，好像海浪襲擊。觀眾大叫：「加油！」狄恩渾身是汗，衣領溼透：「耶！席林就是這樣！這就是席林！上古之神！上古之神席林！耶！耶！耶！」席林知道他背後有個瘋狂樂迷，聽得見狄恩的每個驚呼與詛咒，雖然眼盲，卻能感知一切。「就是這樣，」狄恩說：「耶！」席林笑了，繼續震撼聽眾。演奏完，站起身，汗水淋漓；這是一九四九年，席林的巔峰年代，之後，他成為酷的代表，變得商業化。席林走了後，狄恩指著空盪的鋼琴椅說：「這是上帝坐過的空椅。」鋼琴上頭擺著一支小號；鼓座後面是沙漠行旅的壁畫，上面浮現小號的金色投影。上帝已走；這是上帝走後的寂靜之聲。那個晚上下了雨，這是雨夜的神話。狄恩瞪大敬畏的

15 喬治・席林（George Shearing），英裔美國爵士鋼琴家，生平寫作超過三百多首作品。

16 鳥園，紐約著名爵士樂表演場所，店名根據駐店頭牌爵士樂手、外號「菜鳥」（Bird）的查理・帕克（Charlie Parker）而來。

雙眼。這樣的瘋狂能臻至什麼呢？我不知道自己怎麼了，突然頓悟那是因為我們吸了大麻；狄恩在紐約買了一些。大麻的作用讓我覺得所有事情都將發生——就在那樣的時刻，你頓悟一切，知道世事已定。

5

我跟大家分手，回家休息。姑媽說我跟狄恩那夥人混是浪費時間。我也知道這是錯誤。但是，人生就是人生，德性就是德性[17]。我只想再到西部好好旅行一次，趕在學校春季開學前回來。結果，此行果然精彩！我只不過是搭順風車，主要是看狄恩還要幹些什麼，此外，我知道狄恩會回去舊金山跟卡蜜兒復合，我想趁機跟瑪麗露來段情。我們已經準備好再度橫越這個悲哀呻吟的大陸。我領出退伍軍人支票，給狄恩十八元寄給他老婆；卡蜜兒還在苦等他回家，已經破產。瑪麗露做何打算，我不知道。艾德呢，照例跟隨狄恩其後。

啟程前，我們在卡羅的公寓混了漫長又有趣的幾天。卡羅成日穿著浴袍，發表半譏諷的訓誡：「我不想剝奪你們的甜蜜幻想，但是時候到了，你們該決定自己是誰，要走哪個方向。」卡羅現在擔任辦公室的打字員。「我想知道你們成日呆坐屋內，究竟想要成就何事？光說不練又是要幹嘛？你們究竟打算做什麼？狄恩，你為什麼離開卡蜜兒，搭上瑪麗露？」沒回答——只有輕笑。「瑪麗露，妳幹嘛跟著奔波全國？身為女人，妳這樣的遮遮掩掩，究竟有何意圖？」同樣的回應。「艾德，你為何

17 此句原文為life is life, and kind is kind，意指「人生就是這樣，我的德行就是這樣」。中文翻譯是盡量配合原文的對仗，感謝陳儀芬、盧慧貞、韓尚平的討論。

把老婆丟在土桑？你這個大屁股幹嘛成日杵在這裡？你的家在哪裡？你的工作是什麼？」艾德低頭，一臉真誠困惑。「薩爾 — 你為何受這種落魄生活吸引？你要拿露西亞怎麼辦呢？」他扯扯身上的浴袍，面對我們說：「最後的審判尚未降臨。帶領你們飛翔的氣球撐不了多久。不僅如此，它還只是抽象概念的氣球。你們要全部飛去西岸，到頭來，還是得蹣跚回來尋求基石。」

那段日子，卡羅創造一種講話腔調，希望聽起來像他所謂的岩石之聲；目的在使聽者吃驚，體會石頭的感覺。他警告說：「你如果帽沿上別著一條龍，就小心飛升到閣樓與蝙蝠為伍。」他的瘋狂雙眼灼灼望著我們。達卡陰鬱之後，他又經歷一段惡劣日子，他稱之為神聖的陰鬱，或者哈林大陰鬱。那年仲夏他住在哈林，半夜孤獨醒來，聽見「巨大的機器」從天而降的聲音；走在一百二十五街時，他其實是與其他魚兒行走於「水底世界」。一大堆燦爛念頭啟發了他的腦袋。他叫瑪麗露坐在他的大腿上，命令她靜下來。他問狄恩：「你為什麼不坐下來，鬆弛一下？你為什麼總要奔來跳去？」狄恩忙著亂竄，給咖啡加糖，說：「遵命！遵命！遵命！」晚上，艾德拿椅墊睡在地上，狄恩跟瑪麗露霸佔卡羅的床，他只好站在廚房，煮腰子燉鍋，嘴裡喃喃岩石的預言。我上那兒好幾天，仔細觀察一切。

艾德告訴我：「昨晚我去時代廣場，一到那裡，我突然領悟自己原來是鬼魂 — 漫步於人行道上的是我的鬼魂。」他的語氣平淡，不帶批判，只是用力點頭。十小時後，別人正在談話，艾德突然說：「沒錯，走在人行道上的是我的鬼魂。」

狄恩突然湊過身來，懇摯地說：「薩爾，我有事要求你，這事對我挺重要，我不知道你的想法會是如何 — 我們是好哥兒們，對不對？」

「當然，狄恩。」他幾乎漲紅臉。終於出口，他要我跟瑪麗露親熱（work Marylou）。我沒問為什麼，我知道他想看瑪麗露跟其他男人做愛的模樣。他是在雷茲酒吧提出這個建議；在這之前，我們踱步時代廣場足足一小時找尋海瑟。雷茲是混混聚集的酒吧，位於時代廣場旁的街上；它每年換個名字。走進酒吧，瞧不見一個女孩，就連包廂裡都沒，只有一大群年輕男人穿著各式混混服裝，從紅襯衫到上衣及膝、高腰窄褲管的打扮（zoot suit），不一而足。這也是男妓出沒之地——就是夜晚混跡第八大道，在悲哀的老同性戀群裡混碗飯吃的年輕男孩。狄恩走進酒吧，瞇著眼將每張臉龐盡收眼底，裡面有狂野的黑人同性戀，身上藏槍臉色嚴肅的男人，也有揣著彈簧刀的水手，態度曖昧的瘦削毒蟲，偶爾有穿著體面的中年警探喬裝組頭，寄娛樂於工作，在酒吧裡鬼混。狄恩在這個地方提出建議，還真典型。雷茲酒吧是各式邪惡計畫的溫床——簡直是瀰漫空氣中——伴隨蘊生的是各式瘋狂性花樣。專門撬保險箱的竊賊不僅提議到十四街某個閣樓下手，還提議大家一起打炮。金賽[18]在雷茲酒吧待了不少時間，訪問那裡的幾個男孩；一九四五年，他的助手蒞臨此處，那晚我也在場。受訪者是卡羅與海瑟。

狄恩跟我開車回住處，瑪麗露在睡覺。艾德跟他的鬼魂正在紐約某處邁步。狄恩告訴瑪麗露我們的決定。她說歡迎。我則沒那麼肯定。我得證明自己挺得過這個計畫。瑪麗露睡覺的那張床曾有死人躺過，此人甚胖大，床墊因而中間下陷。瑪麗露躺在上面，狄恩與我各站床的一邊，對著兩頭上翹的床墊深思，不知該說什麼。我說：「見鬼，我辦不到。」

18　此處講的應為性學博士金賽（Alfred Charles Kinsey）。

狄恩說：「拜託，老兄，你答應的！」

「瑪麗露怎麼想呢？」我說：「拜託，瑪麗露，妳的想法呢？」

「儘管來啊。」

她擁抱我，我努力忘記狄恩就在旁邊。每當我想到狄恩就躲在暗處，聆聽我們的種種舉動，我就忍俊不住，無法行動。太恐怖了。

狄恩說：「我們都得放輕鬆。」

「我恐怕辦不到。你可否避到廚房一分鐘？」

狄恩照辦。瑪麗露真是可愛，可是我輕聲說：「我的心不在這件事上；等我們到了舊金山成為愛侶之後再說。」瑪麗露也知道這才是正途。我們就像三個小孩，半夜裡要做重大決定，數千年的沉重歷史束縛卻像氣球自暗處浮起。公寓安靜得奇怪。我去找狄恩，拍拍他的肩頭，要他去瑪麗露那兒；我回去睡沙發。我聽得見狄恩的舉動，幸福的胡言亂語，身體的瘋狂撞擊。唯有蹲過五年牢獄的人才會將自己推到這樣瘋狂無助的極致；在柔軟的女性入口聲聲哀求；他的肉體完全體悟生命至福的泉源始於此，為此瘋狂；盲目地尋求重返他的生命來處。這是數年蹲在鐵窗後面瞪視性感照片的結果；瞪視大眾刊物上的女性大腿與胸部；評估鐵籠走道有多堅牢；不在眼前的女體又有多柔軟。監獄讓你暗下決心，你有權盡情地活。狄恩從未見過母親。每認識一個新女孩，每結一次婚，每生下一個孩子，都越發凸顯他生命的慘澹匱乏。至於他的父親——人稱老錫匠的流浪漢狄恩．莫瑞亞提呢？搭霸王火車四處流浪，在鐵道旁小吃鋪做洗碗工，灌飽老酒蹣跚頹倒於夜晚暗巷，黃板牙逐顆掉落到西部的陰溝，終將在煤渣堆上斷氣的老莫瑞亞提呢？狄恩絕對有權擁有瑪麗露全部的愛，甜蜜死亡[19]。我不想干擾，只想追隨。

卡羅天亮時回來，穿上浴袍。近來，他幾乎不睡覺了。看到地上一團亂，又是果醬、褲子、亂丟的衣服、菸頭、髒碟子、翻開的書，他驚聲尖叫：「噁！」，簡直抓狂 — 這是昨晚盛大討論會的遺跡。世界每天呻吟運轉，我們則對夜晚盡情研究觀察。瑪麗露不知為了什麼，跟狄恩吵了一架，身上又青又紫；狄恩臉上則有抓痕。該上路了。

我們一群十個人開車回我家拿行李，順便到樓下酒吧打電話給紐奧良的公牛老李，就是數年前狄恩跑來我家請教寫作時，我們首次聊天的酒吧。我們聽見公牛老李鼻音濃重的聲音從一千八百哩外傳來：「喂，你們這些傢伙到底要我拿嘉拉泰雅怎辦？她已經在這兒待了兩星期，成日躲在房裡，不肯跟珍或者我說話。艾德．鄧凱爾這號人物有跟你們在一起嗎？看在老天份上，把他帶來，請走這個女孩。她睡我們最好的臥房，身上半文錢都沒有。我又不是開旅館。」狄恩在話筒旁回以歡叫吶喊，來向公牛老李保證。我們這夥人有狄恩、瑪麗露、卡羅、艾德、伊恩．麥克阿瑟跟他老婆、湯姆．賽布爾克、我，天知道還有誰，全擠在電話旁歡呼大叫、大灌啤酒，公牛老李備感困惑，他這個人最恨渾沌不明。他說：「總之，你們南下到了這兒，或許會理出個頭緒，假如你們到得了的話。」我跟姑媽告別，答應兩周內一定回來，再度前往加州。

19 此處用die the sweet death，意思類似little death，達到高潮的俚語。

6

旅程一開始，下著毛毛雨，前路迷濛，這是大霧的前兆。狄恩大叫：「耶！出發囉！」他趴向駕駛盤，死命催速；看得出來，他得其所哉。眾人也開心，感覺我們將困惑與荒謬之感拋諸腦後，執行我們在時間大河裡的唯一高貴功能——行動！就是這話！夜裡，我們飛速經過紐澤西州某一處，神祕的白色標誌寫著往南（箭頭所指）與往西（箭頭所指），我們選擇往南。紐奧良！想起來就腦袋沸騰。我們從堆滿髒雪「凍死人的娘娘腔城市紐約」（這是狄恩的說法），一路奔赴綠野處處、充滿河流氣味、位於美國最底端、飽經沖刷侵蝕的紐奧良；然後往西行。艾德坐後座；瑪麗露、狄恩跟我坐前面，熱烈討論人生的美好與快樂。狄恩突然變得溫柔。他說：「媽的，大家聽我說，我們必須承認一切美好，沒道理煩憂，事實上，我們得體悟不需要為任何事煩惱代表何種意義。我說的對吧？」同意。「就是這樣，我們是一體……我們在紐約究竟幹了什麼？原諒了吧。」那段時間我們有些齟齬。「距離加上意願，我們的確可以將那些事拋諸腦後。現在，我們是要去紐奧良見公牛老李，鐵定刺激又好玩。你們聽聽這個老次中音薩克斯風手還真是掀翻屋頂」——他將音響轉到最大聲，車子為之震動——「現在我們聽他演奏，直到新聞時段（story）為止。好好鬆弛一下，見識一下。」

我們全隨音樂震動，同意他的說法。公路有種純淨之美。我們的左前輪好像塗了黏劑，白色分隔線緊緊貼著我們的韻律朝前開展。狄恩伸長結實的脖子，冬天夜裡，他只穿T恤，瘋狂急駛。他堅持行經巴爾的摩城時，換我駕駛，練習在巔峰車流開車；這個沒問題；只是他開車時，還要全程跟瑪麗露接吻親熱。真是瘋了；收音機震天價響，狄恩猛打拍子，儀表板都敲出一個大洞；我也這麼幹。這輛可憐的赫德森慘遭虐毆，還真是駛往中國的慢船呀。

「哇，真爽！」狄恩放聲大叫：「瑪麗露，聽我說，甜心，妳知道我這人最有本事（hotrock），能同時間做好幾件事，精力無限——現在，到了舊金山，我們得繼續同居，我知道有個好地方可以安頓妳——就在外役監（chain gang run）[20]再過去一點。每隔一小陣子（a cut hair）[21]，不到兩天，我就會來陪妳，一連十二小時。啊呀，親愛的，妳知道十二個小時我們可以做多少事。同時間，我繼續跟卡蜜兒同居，不漏風聲，她不會知道的。這樣絕對可行，我們以前就幹過的。」瑪麗露並不反對，她真的想搶下卡蜜兒的戰利品。原先我們的共識是到了舊金山，瑪麗露就移交給我，不過我逐漸明白這兩人是分不開的，我又要孤伶伶被扔在美洲大陸的這一頭。但是有什麼好想的，金色大地就在眼前，各式未曾見過的新鮮事潛伏在旁，等著讓你驚喜，讓你覺得活著真好。

破曉時，我們來到華盛頓。這是哈利．杜魯門第二任總統的宣示就職日。賓西法尼亞大道上軍備大展示。我們開著「破船」緩緩駛過，B-29戰機、大砲、魚雷快艇，各式戰備停放在積雪的草地上，殺氣騰騰；隊伍最後面是一艘普通的救生艇，看起來可憐又愚蠢。狄恩減慢車速，仔細端詳，不斷驚奇搖頭：「這些人搞啥？哈利今晚就住在這個城裡……老好人哈利……密蘇里州來的哈利，跟我

20 犯人用腳鐐銬在一起從事勞動。

21 A cut hair應該是A cunt hair的訛誤，現已被廣泛使用，代表非常短的時間。

一樣……我猜這艘救生艇是給他用的。」

狄恩到後座睡覺，換艾德駕駛。我們都叮囑他開慢點。我們一開始打呼，艾德就把車子催到八十，才不管它軸承有問題，不僅如此，經過某處，警察正在盤問摩托車駕駛，他還要連超三輛車，這是四線道高速公路，艾德開在第四車道上，也就是逆向駕駛。警察當然大鳴警笛追上來。要我們停車。跟他上警局去。警局裡有個壞心警察第一眼看到狄恩就不喜歡，能嗅出狄恩身上的監獄味道。他請同事私下到外面盤問瑪麗露跟我。想知道瑪麗露幾歲，是否適用曼恩法案[22]。但是瑪麗露有結婚證書。他們又將我帶到一旁問話，想知道誰跟瑪麗露有性關係。我簡單回答：「她老公啊。」他們覺得可疑，非常好奇。使出業餘的福爾摩斯手法，同一問題問兩次，看看會不會露出破綻。我說：「那兩個男的要回去加州工作，在鐵路公司上班，這女的是那個矮個子的老婆，我是他們的朋友，大學放假兩星期，來度假的。」

警察微笑說：「咦？這皮夾可真是你的？」

最後，壞心眼警察罰了狄恩二十五元。我們說僅剩四十元，要一路撐到西岸；他們說，不干他們的事。狄恩抗議，壞心眼警察就威脅把他帶回賓州，給他安上特別罪名。

「什麼罪？」

「你別管什麼罪名，不用煩惱，自作聰明的傢伙！」

我們只好給他二十五元。不過，惹禍的艾德自願坐牢，狄恩也在考量。惹惱壞心眼警察；說：

22　曼恩法案（Mann Act）是美國打擊色情行業與人口販賣的法案。

「如果你讓夥伴坐牢，我馬上押你回賓州。聽見沒？」我們只想趕快閃人。壞心眼警察又來一記回馬槍：「如果你們在維吉尼亞州再吃一張超速罰單，我們就沒收你的車子。」狄恩氣得漲紅臉。我們默默開車離去。他們簡直是擺明攔路搶劫我們的旅行費。知道我們囊空如洗，沿路又沒有親戚，可以打電報請求匯款。美國警察對那些拿不出嚇人文件或者鎮嚇不住他們的美國百姓，就會施以心理戰術。這是一群懷抱維多利亞時代思想的警察，從霉漬斑斑的窗戶朝外張望，樣樣事都要盤問，如果你的犯行不如他們的期望，他們就會「欲加之罪，何患無辭」。賽琳說：「十誡九條是罪，一條是窮極無聊。」[23]狄恩氣瘋了，準備一弄到槍，就回來維吉尼亞州殺掉那個警察。

他蔑笑說：「賓西法尼亞！我倒想知道罪名是什麼？大概是流浪罪；搜光我的錢，然後判我流浪罪。這些傢伙還真是方便行事。膽敢抱怨，就出來給你一槍。」我們又能如何？只能隨遇而安，忘掉算了。經過雷其蒙時，我們已經淡忘此事，一切OK了。

現在我們只剩十五元，要撐到目的地。只好招徠便車客，從他們身上榨出幾個銅板來加油。經過維吉尼亞大曠野，突然瞧見某男子在路邊行走。狄恩開過了頭，煞停。我回頭看，說，這人不過是個流浪漢，可能身無分文。

「那還是載他吧，當作娛樂！」狄恩笑著說。這男人一身襤褸，戴眼鏡，像個瘋子，邊走路邊閱讀他在路邊涵洞撿到、滿是泥巴的平裝書。上車後，他繼續閱讀；這人髒得要命，滿身疥癬。他叫海曼·索羅門，跑遍全國，有時去敲（甚至踢）猶太人家的門討錢：「給我錢吃飯，我是猶太人。」

23 賽琳（Louis-Ferdinand Céline），法國小說家。這句原文為Nine lines of crime, one of boredom。感謝陳儀芬的指導。

他說這方法很可行，對他來說，樂趣無窮。我們問他讀什麼書？他說不知道。他根本懶得看書皮，只讀裡面的字，一副他在曠野找到真正的猶太律法書一樣。

「瞧見沒？瞧見沒？瞧見沒？」狄恩咯咯笑，戳戳我的肋骨，說：「我早跟你說會是個樂子。天，每個人都是個樂子！」我們一路載海曼到泰斯德蒙城。我老哥已經搬到城裡另一頭的新屋。我們再度回到鐵道穿越馬路中央的慘澹長街，嚴肅滄桑的南方人打從五金行、廉價折扣店前快步走過。

海曼說：「看來你們需要一點錢，才能繼續往下走。等等我去找個猶太人家，弄個幾元，然後跟你們坐到阿拉巴馬州。」狄恩不敢置信，樂歪了；我們連忙衝去買麵包與起司抹醬，在車上吃午餐；瑪麗露與艾德在車上等。我們在泰斯德蒙足足等了兩小時，海曼不見人影；他在城裡某處誆騙飯錢，但是我們找不到他的人。太陽逐漸變得血紅，天晚了。

海曼始終沒現身，我們疾駛離開該城。「薩爾現在你明白了吧，上帝的確存在，因為每次到這個城鎮，不管我們是要幹嘛，到頭來都會被耽擱。瞧瞧它有這麼一個奇特的聖經名字[24]，還有這麼一個活像聖經裡的奇怪人物，讓我們再度於此停留，所有事情都連在一起，就像大雨過處，雨滴將所有人聯繫在一起……」狄恩如此滔滔不絕；樂不可支，歡欣無比。我們突然覺得世界是顆牡蠣，等著我們打開，發現裡面的珍珠，珍珠就在裡面。我們朝南奔馳，又載了一個便車客，是個哀傷的年輕男孩，說他姑媽在北卡羅萊納州的唐恩鎮開雜貨鋪，就在菲特維爾外圍。「我們到了之後，你能從她那裡弄到一塊錢嗎？就這樣！好極！走！」不到一小時，暮色初降，我們就到了唐恩。照著男孩的指示，我

24 泰斯德蒙的英文為Testament，新約聖經的意思。

們開到他姑媽的雜貨店。那是一條悲哀小街，走到底無路，就是工廠的牆壁。的確有雜貨鋪，但是沒有姑媽。不知道這男孩在扯些什麼；我們問他的旅程還有多遠；他說不清楚。這事是個騙局；或許好多年前，他曾跑到黑街暗巷冒險，看到唐恩鎮有這麼一家雜貨鋪，因此他那個紊亂發熱的腦袋第一個冒出來的瞎掰就是這個雜貨鋪。我們幫他買了一支熱狗，狄恩說不可能繼續載他上路，因為我們需要空間睡覺，還得保留空間給出得起汽油錢的便車客。悲哀，卻是事實。天黑之際，我們將那男孩拋在唐恩。

狄恩、瑪麗露、艾德睡覺，換我開車，穿過南卡羅萊納州，越過喬治亞州的麥肯。這一路都是夜裡，無人打擾我的思緒，我讓車輪緊緊壓著神聖公路的白色分界線。我在幹啥？我要往何處去？我即將得到答案。過了麥肯，我累到不行，搖醒狄恩換他開車。我倆下車呼吸新鮮空氣，突然間一呆，開心極了，因為雖被夜色包圍，卻聞得到綠草、新鮮堆肥與溫暖溪水的芳香。「我們已經到了南方！我們已經遠離冬天！」微微的晨曦照亮路邊的綠色植物。我深呼吸；一輛火車咆哮駛過夜色，朝莫比而行。那也是我們要去的方向。我脫掉襯衫，快樂極了。往前開了十哩，狄恩彎進一個加油站，切掉引擎，瞧見加油站值班員工趴在桌上睡覺，他連忙跳出車子，靜悄悄加滿油箱，注意不讓加油槍發出「噹」聲，我們連忙閃人，油箱裡滿滿五元的油，像富有的阿拉伯人繼續朝聖之旅。

我繼續睡覺，被瘋狂熱鬧的音樂聲吵醒，狄恩與瑪麗露在聊天，遼闊的綠色田野從窗邊飛過。

「我們在哪裡？」

「剛剛越過佛羅里達州的尖端，老兄——那城市叫佛滿頓。」佛羅里達！我們這是朝海岸平原與莫比而行；前方就是從墨西哥灣升起的大片雲霧。三十二小時前，我們才跟髒雪覆蓋的北方，以及那裡的朋友道再見。我們停到加油站，狄恩跟瑪麗露在油罐車旁玩背人遊戲，艾德進到裡面，毫不費勁就幹了三包菸，我們的菸抽光了。沿著波濤洶湧的長長海岸公路進入莫比，我們都脫掉冬衣，享受南方氣候。狄恩開始訴說他的生平故事，剛過了莫比，就碰上十字路口車陣糾結，狄恩並未繞它們而行，反而直接穿過加油站的車道，跑到車陣之前，一路維持州際道路的時速七十，將一張張瞠目結舌的臉孔拋在後面。狄恩繼續未完的故事：「我是說真的，我九歲就幹過那事，那女孩叫蜜莉．麥菲爾，地點是葛蘭特街後面的羅德修車廠，就是卡羅在丹佛時住的那條葛蘭特街。那時我老頭還在做鐵匠。我還記得我姑媽站在窗戶前大叫：『你們在修車廠後面搞什麼名堂？』噢，瑪麗露甜心，要是我那時認識妳就好了！哇！妳九歲時的模樣鐵定甜透了。」他瘋狂地吃吃笑，手指伸進瑪麗露的嘴裡，然後抽出來舔，又抓住她的手撫摸自己全身。瑪麗露只是安詳地坐著，微笑。

大個兒艾德眺望窗外，自言自語說：「先生，沒錯，我想那天晚上是我的鬼魂。」他也在想到了紐奧良見到嘉拉泰雅，她會說什麼。

狄恩繼續說：「有一次我搭載新墨西哥州直達洛杉磯的載貨火車——那年我才十一歲，在某條岔線跟我老爸失散了。那時，我們都在遊民收容地（hobo jungle），我跟一個叫大紅的男人一起，我老爸醉倒在貨車廂裡——突然間，貨車開動了——我跟大紅沒趕上，接下來數個月，我都沒看到我老爸。我搭上一輛載貨火車直奔加州，那火車飛快，一等一的，堪稱沙漠飛快車。沿路，我都待在車鉤上——你可以想見多危險。我只是個小孩，根本不知道危險，一手夾著一條麵包，另一隻手攀住制動桿。我沒胡扯，這是真實經歷。到了洛杉磯，我超想喝牛奶吃奶油，就跑到一家製酪廠工作，上工第一件事就是一口氣喝了兩夸特的鮮奶油，喝到吐為止。」

「可憐的狄恩，」瑪麗露親親他說。狄恩驕傲瞪視前方，他愛她。

突然間，我們沿著藍藍的海灣行駛，收音機開始抓狂，那是紐奧良的「雞肉爵士佐秋葵唱片DJ秀」[25]，播放爵士唱片、黑人音樂，DJ大聲喊「啥事都甭煩惱。」我們瞧見紐奧良歡樂夜就在不遠處。狄恩撫摸方向盤，大叫：「現在，我們要好好樂一下！」黃昏時，我們抵達熱鬧的紐奧良街頭。狄恩探頭出窗外狂嗅，大聲說：「你們聞聞人群的味道！啊！耶！上帝！人生！」他飛快超越一輛電纜街車，大叫「喲」，環顧四方尋找女孩蹤跡，「瞧瞧她！」紐奧良的空氣如此甜蜜，好像輕柔的包頭巾包裹你；你聞得到河流的氣味、人的氣味，泥巴、糖蜜和各式熱帶氣息鑽進你的鼻子，瞬間將你脫離北方冬日的冰雪乾冷。我們在座位上蹦跳。狄恩指著另一個女人大叫：「瞧瞧她！」「噢，我愛，愛，愛，超愛女人！我認為女人妙不可言！我愛女人！」他朝窗外吐痰；呻吟；抓腦袋。興奮與疲累讓豆大的汗珠滾下他的額頭。

我們連人帶車上了艾爾及爾渡輪，橫渡密西西比河。狄恩說：「現在我們該全部下車，見識見識這條河，看看人群，嗅聞這個世界。」他急呼呼抓了太陽眼鏡與香菸，像個整人玩具彈出車外。我們跟隨其後。靠著渡輪欄杆看這條眾河之父的棕色壯闊河水，像破碎的靈魂急匆匆往下奔騰流過美洲中心，上面漂浮蒙大拿州的流木，夾帶著達科塔州的泥巴、愛荷華州的溪水，以及從三岔口沖刷而下的各式東西，密西西比河的諸種奧祕就是始於三岔口的冰雪山頭下[26]。煙霧迷濛的紐奧良在渡輪這面緩

25　原文為Chicken Jazz'n Gumbo DJ Show，是廣播節目名，雞肉燉秋葵是美國南方名菜。

26　三岔口（Three Forks）位於蒙大拿州，是密西西比河的發源地。

緩退去；迎渡輪另一面而來的是睡意朦朧、綠林彎曲的艾爾及爾市。大熱天下午，黑人不斷朝渡輪的鍋爐添柴火，燒得通紅，連我們的車輪胎都有燃燒味。狄恩不顧炎熱，跳來跳去，仔細觀察他們。寬大的褲腰頭都掉到肚皮下，狄恩一下子奔去甲板，一下子跑到渡輪上層。突然間，我看見他跑到船橋，還以為他要展翅而飛，嘻一嘻一嘻一的瘋狂笑聲傳遍整艘渡輪。瑪麗露一直跟在他身邊。他能瞬間觀遍四方，盡納眼底，然後編出完整故事。一直到其他車輛猛按喇叭，他才跳回車內，在極端狹小的空間裡連超兩、三輛車，一溜煙進了艾爾及爾市。

狄恩大叫：「上哪兒，上哪兒？」

我們決定先到加油站梳洗，詢問公牛老李的住處怎麼走。河邊慵懶暖和的黃昏，幾個小孩正在玩耍；裹著印花包頭巾，穿棉織襯衫，沒穿絲襪裸露雙腿的女孩從我們面前飄過。狄恩衝到街上瀏覽一切。他東張西望；不時點頭；揉搓肚皮。艾德坐在車後座，帽子遮眼，對著狄恩微笑。我坐在擋泥板上。瑪麗露在女廁。遠處，綠意盎然的水灘有許多小小人兒在釣魚，巨大的河流像駝峰隆起在夕陽暈紅的昏睡大地上，奔騰的主流有如大蛇蜿蜒盤繞艾爾及爾，發出無以名之的轟隆聲。艾爾及爾是個三面環水、昏昏欲睡的城市，好像總有一天，市內的棚屋以及忙碌如蜜蜂的市民都要被沖刷到下游去。此刻太陽西斜，蟲兒飛舞，惡水呻吟。

我們去公牛老李位於城外堤岸邊的住處。那房子就在公路旁，周遭是沼澤。老朽破爛，四邊都有陽台，全場陷了，庭院種了垂柳；野草高達一碼，年久失修的柵欄東倒西歪，古老穀倉整個崩塌。我們的車開進前院。瞧不見人。後陽台有個水槽。我下車走近紗門。珍．李站在紗門後，遮著眼睛瞧太陽。我說：「珍，是我，我們來了。」

她知道是我，說：「我知道。李老現在不在，那邊是不是失火啊？」我們全瞪著太陽瞧。

「妳是說太陽？」

「我當然不是說太陽 — 我聽見那邊有警笛聲。你看不出那邊有股奇特的光？」那是紐奧良方向；雲彩顏色很怪。

「我沒瞧見。」

珍哼了一聲：「帕瑞德斯，你還是那個死樣子。」

四年不見，這就是我們互相招呼的方式；珍曾跟我還有前妻共住紐約。我問：「嘉拉泰雅在嗎？」珍仍在注視她的火災；那時候，她一天要嗑掉三管苯齊巨林製劑紙[27]。她的臉一度豐腴漂亮，條頓民族長相，現在變成木然、赤紅且憔悴。她在紐奧良染上小兒痲痹，走路微跛。狄恩一夥尷尬下車，在屋內安頓下來。嘉拉泰雅從後面房間莊嚴現身，迎接她的煎熬者。嘉拉泰雅生性嚴肅，臉色蒼白，看似滿臉淚痕。艾德抓抓頭，說「嗨」。

她盯著艾德說：「你去哪裡了？為什麼這樣對待我？」然後惡狠狠瞪狄恩；她並非不解世事。狄恩視若無睹；他現在只想填飽肚子；問珍有啥可吃的。混亂於焉開始。

可憐的老李開著德州車牌的雪佛蘭回來，發現一堆瘋子侵入了他的家；他還是以許久未見的熱情迎接我。他跟某個大學老友在德州合資種植黑眼豆，賺了錢，買了紐奧良這棟房子。他老友的父親是

27 此處原文用three tubes of benzedrine paper，苯齊巨林（benzedrine）是安非他命製劑名，以前用來治療氣喘，作成吸入器，無須處方簽即可取得。癮君子從藥房取得苯齊巨林，將裡面沾滿安非他命的紙泡在茶或咖啡裡飲用。一九五九年，苯齊巨林才改為處方用藥。

腦梅毒患者，留下不少遺產。老李呢，家人每周給他五十元，理當不錯，不過，只夠他買毒品的一何況他老婆癮頭也不小，一星期就要嗑掉十元的苯齊巨林。全美國，這對夫婦的飯錢最少，他們幾乎不吃飯；小孩也一樣，老李夫婦並不在乎。他們有兩個可愛小孩：大的朵蒂八歲；小的雷伊才一歲。雷伊光屁股在後院跑來跑去，是個金髮彩虹小孩。老李叫他「小禽獸」（Little Beast），典故來自W·C·費爾茲[28]。老李把車開進後院，慢吞吞移動他的每一根骨頭，走過來，一臉疲憊，戴眼鏡及氈毛帽，西裝皺巴巴，又高又瘦，模樣奇怪，話語簡潔：「嗨，薩爾，你終於來了；進屋去，咱們喝一杯。」

公牛老李的故事，一夜也說不完；這麼說吧，他是老師，再夠格不過了，因為他的一生全用來學習；學的每樣東西都符合他所謂的「人生的事實」，此種學習不僅出於必要，也是他心甘情願。他拖著瘦長的身體遊遍全美，以及多數歐洲與北非國家，只為見見世面；三〇年代，他跟南斯拉夫一個白俄羅斯女爵結婚，純粹是幫助她逃離納粹迫害；有些照片顯示三〇年代時，他跟不少國家的古柯鹼毒蟲鬼混——照片中，他們緊緊相偎，頭髮蓬亂；有些照片裡，他戴巴拿馬草帽，環視阿爾及爾街頭；他後來沒再見過那位白俄羅斯女爵。他在芝加哥做過滅蟲員，在紐約做過酒保，在紐華克替法院送過傳票。他曾坐在巴黎咖啡座，注視面容嚴肅的法國人來來去去。到了雅典，他埋首茴香酒，凝視他所謂「全世界最醜的人」。到了伊斯坦堡，他與鴉片煙鬼、掛毯販子在街頭摩肩接踵，尋求他的人生真

28 此處疑為作者筆誤，典故應出自英國劇作家W. S. Gilbert的名言「沒有人對他的評價比我更高，我認為他是隻齷齪的小禽獸」（No one can have a higher opinion of him than I have, and I think he's a dirty little beast）。

相。他在英國旅館閱讀史賓格勒與薩德。在芝加哥時，他多耽擱了兩分鐘，喝了一杯酒，因此籌劃的土耳其澡堂搶案只撈到兩塊錢，還得為此亡命天涯。他做這些事只為經驗其中滋味。他的最後研究是毒癮，落腳紐奧良，與寒傖落魄人共行街頭，尋找藥頭出沒的酒吧。

他大學時代的一則故事頗能勾勒他的另一面：一天，他邀請朋友到他設備完善的房間喝雞尾酒，突然，他的寵物雪貂衝出來，咬了某個身材瘦小、態度優雅的男同性戀的腳踝，眾人激動尖叫奪門而逃。老李跳起來抓住獵槍說：「牠又聞到那隻老鼠。」舉槍把牆壁射了一個大洞，足夠五十隻老鼠出入。牆上掛了一幅畫，是鱈魚角的醜惡老屋。朋友問：「你幹嘛把那個醜玩意兒掛在牆上？」老李回答：「就是醜，我才喜歡。」這句話可以總結他的一生。有一次，我到紐約六十街的貧民窟造訪他，他戴了一頂圓頂紳士帽來應門，上身除了背心，未著一物，下身穿了時髦人物的條紋褲：手拿炒菜鍋，裡面是鳥食，他打算碾碎拿來捲菸抽[29]。他的另一項嘗試是燜煮含有可待因的咳嗽藥水，提煉成黑泥狀——不怎麼成功。他花很多時間閱讀莎士比亞——他口中的「不朽的吟遊詩人」——腿上總擱著一本莎翁書籍閱讀。紐奧良時期，他改成長時間閱讀馬雅法典，就算跟你談話，法典也攤在腿上。有次我問：「我們死了以後會如何？」他說：「死了就死了，如此而已。」他的房裡有一條鎖鏈，是他跟精神分析師的實驗用品；透過麻醉分析法[30]，他發現老李有七個分裂人格，越靠近意識底層的人格越壞，最下層的人格是個狂暴白癡，必須鎖鏈加身。老李的最上層人格是英國王公，最底層人格是

29 此處原文用birdseed，以前的鳥食裡混合有大麻籽，碾來捲菸，會有類似吸食大麻的效果。
30 讓病人在輕量麻醉劑作用下進行心理分析。

白癡，中間人格是個老黑人，與其他人格排排站，他說：「某些人格是混蛋，某些不是，結論就是如此。」

舊美國對老李具有傷感的吸引力，特別是一九一〇年。那時，毋需處方簽就可以在藥房弄到嗎啡，夜裡，中國人靠著窗子抽鴉片。那時的美國狂野、粗獷、自由奔放，你想要什麼樣的自由都有，豐饒得很。老李最恨華府的官僚體系；第二痛恨自由主義份子；第三是警察。他成日說話，教導別人。珍坐在他腳邊聆聽；我也是；狄恩與卡羅自不例外。我們都從他身上學習。他的長相灰濛無特色，走在街上，沒人會注意，直到你近看，才會發現他那張瘋狂的嶙峋臉蛋散發一股奇特的年輕感覺——一個充滿異國情調，熱力四射，神祕異常的堪薩斯神職人員。他曾在維也納攻讀醫學；也讀過人類學，無所不讀；現在則專注於畢生最大志業——親身參與街頭生活與夜生活，研究其中種種。他坐在椅上；珍端來馬丁尼。不管日夜，他座椅旁的窗簾始終拉上；那是屬於他的角落。他的大腿上攤著馬雅法典，還有一支空氣槍，偶爾他就會拿起來瞄準射擊屋子另一頭的苯齊巨林管劑。我不時跑來跑去，擺上新的。我跟他輪流射擊，一邊聊天。老李好奇我此行的目的。他瞄瞄我們，打鼻孔「哼」一聲，像空桶裡的回聲。

「狄恩，我要你安靜坐下來一分鐘，說說你幹嘛這樣橫越美國。」

狄恩只會臉紅，說：「喔，就是這樣，你也知道的。」

「薩爾，你為啥要去西岸？」

「只是待個幾天，馬上要回學校。」

「這個艾德．鄧凱爾又是啥回事？哪種人物啊？」這時，艾德正在房內與嘉拉泰雅賠不是；兩三下就搞定。有關艾德，我們都不知道該說什麼。老李看我們根本搞不懂自己，就掏出三根大麻菸，說，享受吧，晚飯過一會兒就好。

「世上沒啥東西比這個更開胃了。有次我抽大麻搭配難吃的餐車漢堡，結果它變成人間至上美味。我是上星期才從休士頓回來的，我去看岱爾跟我們的黑眼豆。在休士頓時，有天上午我正在汽車旅館睡覺，突然被一聲巨響嚇到跌下床。原來隔壁房的大笨蛋射殺了老婆。大家還站著發呆，那人就一溜煙開車跑了，獵槍丟在地上，等警長來料理。他們在霍馬逮到這傢伙，爛醉如泥。這年頭啊，男人身上如果沒佩槍，行走這個國家很不安全。」他拉開外套，秀出他的左輪槍。接著打開抽屜，讓我們看其餘武器配備。他住在紐約時，一度在床底下藏了衝鋒槍。他說：「現在我有更棒的傢伙——德國製沙因托特瓦斯槍；你瞧瞧這美麗的玩意兒，我只有一管彈藥筒。它可以撂倒一百人，還有足夠時間逃走。可惜我只有一管彈藥筒。」

「希望你開槍時，我不在左右，」珍的聲音從廚房傳來：「你怎麼知道那個是瓦斯彈藥筒？」老李哼了一聲；他對珍的突擊毫不在意，不過，他聽進耳裡。這對夫妻的關係再奇怪不過了；他們徹夜聊天；老李喜歡用極端恐怖的單調聲音滔滔不絕，珍想插嘴，從未成功；破曉，老李累了，就輪到珍講話，他聆聽，不時嗤鼻哼哼。珍愛他，幾近瘋狂；他們絕不卿卿我我，也不裝模作樣，只是講話，那種深刻的伴侶情誼是我們無法想像的。他們的互動看似非常無情又冷淡，其實是一種幽默，用以溝通他們專有的細緻共鳴。他們之間只有愛；珍永遠在老李跟前，不超過十呎，不漏過他講的每句話。何況，他講話聲音低微。

狄恩跟我嚷嚷要在紐奧良狂歡，請老李帶路。他潑冷水：「紐奧良很乏味，官方禁止你出入有色人種區。這裡的酒吧恐怖到令人髮指。」

我說：「城裡一定有些理想的酒吧。」

「美國沒有理想的酒吧。何謂理想的酒吧，根本超乎美國人的知識範圍。一九一〇年代，酒吧是男人上班時或者下工後聚會的場所，只有一條長長的吧台、銅製扶手、痰盂、幾面鏡子、數桶啤酒跟威士忌，唯一的音樂就是自動鋼琴，那時，威士忌酒一杯十分，啤酒一大杯五分。現在呢？酒吧充斥鋁合金製品、爛醉的女人、同性戀，酒保充滿敵意，焦慮的老闆在門口流連，擔心裡面的皮製座椅會損壞，也擔心觸法；客人總是挑錯時機起鬨，一瞧見陌生客踏進去，卻又馬上鴉雀無聲。」

我們針對酒吧爭論不休。他說：「好吧，今晚就帶你們上城去，讓你們看看我說的事實。」他故意帶我們上最乏味的酒吧。晚飯過後，珍在家看孩子，閱讀《紐奧良皮卡于時報》的徵人廣告。我問她在找工作嗎；她說不，只是整份報紙，徵人廣告最有趣。老李跟我們共乘一車進城，沿路不斷講話：「開慢點，狄恩，我們總會到的，希望如此。瞧，渡輪在那兒，你沒必要把整車人開進河裡。」他繼續嘮叨。老李跟我說他覺得狄恩的狀況越來越差：「他正邁向他的理想宿命，那就是強制性精神病加上一點病態的不負責任，還有暴力。」他以眼角瞄瞄狄恩說：「如果你要跟這個瘋漢去加州，你永遠到不了。你幹嘛不跟我待在紐奧良，我們可以去葛瑞納賭馬。你可以在我的後院休息。我剛搞到一套不錯的刀，要做個刀靶子。城裡也有不少正點妞兒，如果這是你最近的心頭好的話。」他哼了一聲。我們上了渡輪，狄恩跳出車子，倚著欄杆。我也跟著去，老李獨自坐在車上「哼哼」。那晚，棕色河面浮起神祕憤怒的大霧，對岸的紐奧良閃亮橘色燈火，岸邊靠著幾艘黑色船隻，像被濃霧困住的奴隸船[31]，模樣鬼魅，甲板像西班牙露台，還有裝飾性船尾。渡輪開近了，我們才發現不過是瑞典與巴拿馬的老舊貨船。渡輪的火光照亮夜色，還是同一批黑人給鍋爐添柴火，一邊唱歌。大瘦個兒海澤德以前在艾爾及爾的渡輪擔任過甲板水手；讓我聯想到密西西比金恩；當河水在星空下流過美國中部，我突然有了瘋狂體悟，此時我所知的一切以及未來將知道的一切，都是一體的。說來奇怪，我們和老李搭渡輪的那晚，有個女孩跳甲板自殺；可能在我們搭渡輪之前或之後，我們第二天閱報才知道的。

我們跟老李跑到法語區，逛遍所有無聊酒吧。直到半夜才回家。那一夜，瑪麗露嗑遍所有藥物；抽了大麻，嗑了傻瓜丸[32]，苯齊巨林，酒精，甚至要老李讓她試試嗎啡（M），老李當然不肯；倒是幫她買了一杯馬丁尼。她實在嗑了太多藥，整個人僵直，跟我呆呆站在門廊。老李家的陽台很棒，繞屋子一整圈；還有柳樹，月光下看起來真像古老南方大宅院，看過風光歲月。珍在起居室看報紙徵人廣告；老李在浴室注射毒品，黑領帶咬在牙縫間當壓血帶，拿針戳刺早已千瘡百孔的恐怖手臂；艾德與嘉拉泰雅躺在主臥房的床上，老李與珍都不用這間房的；狄恩捲大麻菸；瑪麗露跟我假裝南方貴族語氣說話。

「怎，露小姐，妳今晚真是可愛迷人呀。」

「怎，謝謝你，克勞富，真感激你的讚譽。」

---

31 此處原文用Cereno ships，典故應出自梅爾維爾的短篇小說*Benito Cereno*，小說主角Benito Cereno是西班牙船長，負責載運黑奴。

32 傻瓜丸（goofball）是俗稱，海洛因混合古柯鹼的藥物。

破爛的門廊，門兒不斷開闔，這齣美國悲劇的成員頻頻進出，看看其他人在幹啥。終於，我獨自去堤岸散步，想坐在泥濘岸邊，好好觀察密西西比河；結果鐵絲網就擋在我的鼻子前。當人們不准親近他們的河流，得到的什麼？老李大喊：「就是官僚！」卡夫卡的小說躺在他的大腿上，油燈在頭頂燃燒，他嗤之以鼻，哼哼。他的破爛房子吱嘎響。暗夜裡，蒙大拿州的木頭還是順著黑色河水而下。老李說：「就是官僚，沒別的。還有工會！特別是工會！」但是，黑色笑聲[33]即將再來。

33 黑色笑聲典故出自美國知名作家Sherwood Anderson一九二五年的小說《黑色笑聲》（*Dark Laughter*）。

7

第二天上午，我一大早就起床，老李跟狄恩在後院。狄恩穿加油站的連身工作服，正給老李幫手。老李搞到一大塊腐爛的厚木頭，死命要用扳手拔出深埋在木頭裡的小釘子。我們瞪著釘子瞧；至少幾百萬個；看起來像蟲。

老李說：「等我拔完這些釘子，就拿這塊木頭做一個千年不壞的架子！」他的每根骨頭都因孩子氣的興奮而蹦跳：「怎，薩爾，你可知道今日的木架只要放點小東西，六個月後就出現裂縫，多數到頭來整個壞掉？房子這樣，衣服也是。這些混蛋發明了塑膠，可以建造永遠不壞的房子。還有輪胎。美國光是因為爛橡皮輪胎遇熱爆胎，一年就有數百萬人形同自殺呢。他們其實可以製造永不爆胎的輪胎。牙膏粉也一樣。有人發明一種口香糖，只要你小時候咬過，這輩子永遠不蛀牙，但是他們不會讓這個發明亮相。還有衣服。人們其實可以製造永不破損的衣服。但是他們寧可製造便宜貨，這樣人們就被迫得工作，打卡上班，組織嚴肅的工會，苦苦掙扎，同時間，那些大腕繼續在華盛頓與莫斯科賺大錢。」他拿起那塊爛木頭說：「這可以做出漂亮的架子，你說是吧？」

這是一大早，老李一天的巔峰。這可憐傢伙的體內有太多毒品，一天多數時候，他只能坐在椅上，就著中午就點亮的油燈，勉強度日，但是上午，老李的精神可棒透了。我們開始射刀靶。他說在突尼斯時看過一個阿拉伯人可以四十呎外飛刀射中人眼。這話題又讓他想到他的姑媽，這位女士三〇年代時曾到摩洛哥舊城區遊玩，老李說；「那可是有導遊帶隊的觀光團，我姑媽的小指頭戴了鑽石戒指，她靠牆休息一會兒，一個阿拉伯人衝上前割走她的小指，我的天，她都還來不及叫，這才發現自己的小指頭不見了。嘻—嘻—嘻—嘻！」老李總是抿嘴笑，從腹部發聲，聽起來像是遠處傳來，他還彎腰靠著膝蓋，笑了許久。他開心大叫：「珍，我剛剛跟狄恩、薩爾說我姑媽在摩洛哥舊城區的事。」

珍妮在廚房門口說：「聽見了。」這是美麗溫暖的海灣清晨，大朵漂亮雲彩在天上浮動，山谷的雲總讓你感受到神聖又頹唐的美國是——從這頭到那頭，從此端到彼端——廣袤無限。老李精神抖擻、渾身是勁（all pep and juices），說：「我跟你說過岱爾老爸的故事嗎？真是平生難得一見的滑稽老人。他罹患腦梅毒，侵蝕他的前腦，這種病人到了某種程度，就無法為自己的行為負責。他在德州有棟房子，木匠日夜不停工作，擴建新的廂房。然後他半夜突然醒來說：『我不要蓋天殺的廂房了；挪到那邊去。』木匠就得拆掉工程，重新來過。天亮時，他們在新廂房敲敲打打。老傢伙突然對整件事膩了，說：『天殺的，我想去緬因州！』上車，時速百哩，絕塵而去——沿途數百哩，卡車掉落的雞毛滿天飛。他會在德州的城鎮中央停車，下來買威士忌。四周車子狂按喇叭，他急匆匆跑出酒鋪，大叫：『逼上擬們的鳥椎，擬們這群混膽！』[34]他講話口齒不清；罹患腦梅毒就會這樣，你會口齒不清，我說真的。一晚他跑來我辛辛納提的家，猛按喇叭，說：『出來，咱們一起到德州瞧岱爾去。』他剛從緬因州回來，宣稱在那裡買了一棟房子——哦，大學時代我以他為主角寫了一篇小說，描述一

34 腦梅毒患者口齒不清，原句應為「閉上你們的鳥嘴，你們這群混蛋。」

個恐怖船難，大家緊抓救生艇的邊緣不放，艇上的老人卻揮舞彎刀，砍斷他們的手指。『滾開，擬們這群混膾，離開這個天傻的串。』[35]噢，這人恐怖極了。他的故事一天一夜都講不完。你說，今天天氣真是不錯，對吧？」

沒錯。堤岸吹來最最溫柔的風；光是這個，就讓此行值回票價。我們跟老李進屋量牆壁準備做架子，也瞧瞧他親手做的餐桌。那是約莫六吋的厚木。老李瘦長的臉靠近我們，語氣瘋狂地說：「這桌子可以撐上千年！」然後猛敲桌子。

晚上他坐在餐桌前，挑剔食物，扔骨頭給貓啃。他養了七隻貓：「我喜歡貓，特別是那種被我抓去洗澡就狂叫的貓。」他堅持表演給貓洗澡；但浴室有人佔用。「哪，現在不行。告訴你啊，我和隔壁鄰居吵架。」他跟我們說鄰居的事；一大窩粗魯無禮的小孩，隔著老李家東倒西歪的木圍籬，朝雷伊、朵蒂，甚至他扔石頭。他要那些小孩住手；他們的老子卻衝出來大聲叫嚷葡萄牙語。老李轉身回屋，拿著獵槍出來，一本正經靠著獵槍站，等待，長長的帽簷下露出難以想像的恐怖假笑，渾身蠕動，像蛇扭曲，他是站在白雲底下的小丑，瘦削、恐怖又寂寞。葡萄牙人看到他，鐵定以為他是從古老邪惡夢境裡跑出來的東西。

我們梭巡院子，想找點事幹幹。老李正在進行一個圍籬大工程，要將討厭的鄰居阻隔在外；工程太浩大了，他永遠不可能完成。他搖晃籬笆，炫耀它的牢固。突然間，他倦了，安靜了，轉身回屋，到廁所去注射午餐前的那一劑。出來時，他的眼神呆滯平靜，坐在點燃的油燈前。窗簾緊閉，陽光微

35 正確文句應為「滾開，你們這群混蛋，離開這個天殺的船。」

弱。他說：「嗨，各位，要不要試試我的生命力儲蓄器？[36]讓你們的那根（bone）充電一下。每次我用完生命力儲蓄器，就會以時速九十哩奔向最近的妓院，响一响一响！」這是他的「那種笑」——就是皮笑肉不笑。所謂的生命力儲蓄器不過是一個普通箱子，大小可容一個人坐在椅上；箱子是一層木頭、一層金屬，再加上一層木頭，用來收集大氣中的生命力，讓它不至瞬間消失，可以停留夠久，足為人體吸收，如此人們便可吸收到超乎正常量的生命力。根據海希的說法，生命力是一種震盪的大氣原子，是生命的元素。人們之所以罹患癌症，就是因為生命力不足。老李認為如果最外層的木頭能夠保持有機狀態，就可以捕捉更多的生命力，因此他為這個神祕箱子插上茂密的海灣植物枝葉。它矗立在炙熱平坦的後院，表面剝落，裡面有許多瘋狂裝置，老李脫光衣服，坐進去，呆望自己的肚臍。他說：「我說薩爾啊，午餐過後，我們到葛瑞納的簽注站賭馬吧？」他看起來好極了。午飯後坐在椅上小寐，空氣槍擺在大腿上，小娃兒雷伊趴在他脖上，熟睡。這是一幅美妙的景象，父子圖，這位父親顯然永遠可以找到新鮮事可幹、可說，絕對不會悶壞兒子。老李突然驚醒，瞪著我。一分鐘後才認出我是誰，說：「薩爾，你跑去西岸幹嘛？」馬上又睡著。

下午，我們出發去葛瑞納，只有老李與我，坐那輛老舊的雪佛蘭。狄恩的赫德森車身低，駛起來滑順；老李的雪佛蘭車身高，沿路嘎嘎響。這跟一九一〇年沒兩樣。簽注站就設在水岸旁的酒吧，裡面是鉻合金裝飾與皮製座椅，酒吧通往寬闊的大廳，參賽馬匹的名稱與號碼都掛在牆上。幾個路易斯安那州的賭客拿著《簽注報》，懶洋洋走動。老李跟我點了啤酒，他隨即漫不經心玩起吃角子老虎，

36 生命力（orgone）是奧地利精神病醫師海希（Wilhelm Reich）所提的理論，一種充滿宇宙的生命力。

投五毛錢進去，機器轉動，賓果一賓果一賓果，最後一個賓果畫面停留個幾秒，靜止於櫻桃的畫面。才一下子，老李就輸了上百元。老李啐幹：「他們給機器動了手腳。你也瞧見了。我中了賓果，機器卻把它彈回。現在你要幹啥？」我研究《簽注報》。我好幾年未賭馬，許多新馬參賽，看得我發呆。其中一匹叫「大老爹」，讓我一陣昏眩，想起我老爸，以前他常帶我去賭馬。我還沒來得及跟老李說，他便說：「嗯，我想試試這匹黑檀木海盜。」

我忍不住說：「大老爹這名字讓我想起我老爸。」

老李沉思了一會兒，澄藍雙眼緊瞪我的眼睛，催眠似的，搞不清他是在想，抑或神遊何處。然後他起身押注黑檀木海盜。大老爹贏了，賠率一比五十。

「該死！」老李說：「我早該知道，早有過前車之鑑。我啥時才會學乖？」

「什麼意思？」

「我是說大老爹。老天，你剛剛得到神啟，神啟啊，只有大笨蛋才會忽略神啟。誰知道剛剛是不是你那個玩賽馬的老爸企圖跟你溝通，告訴你大老爹會贏。那匹馬的名字勾起你的感覺，你老爸就藉這個名字跟你溝通，當時我就這樣想。我表親有一次在密蘇里賭馬，有匹馬的名字讓他想起他老媽，他就押了那匹馬，贏很多呢。剛剛發生的就是同樣的事。」老李搖搖頭說：「唉，走吧，這是我最後一次跟你一起賭馬；那些神啟幻象讓我分心。」開車回他老屋的路上，老李說：「人類總有一天會明白我們其實能與死者或另一個世界溝通，要是人類肯全力開啟自己的精神意志，我們就可以預測未來一百年的事，各式大災難就可避免。一個人死亡，他的腦袋進入突變狀態，什麼樣的突變，目前我們不得而知，要是那些科學家肯好好加把勁，總有一天我們會明白。可惜這些混蛋目前只在乎能否炸毀全世界。」

我們告訴珍大老爹的事。她嗤之以鼻：「聽起來傻得很。」她不斷清掃廚房地板。老李進廁所注射他的午後一劑。

狄恩與艾德拿著朵蒂的籃球，用個籃子架在電線桿上，就在馬路上打起籃球。我也加入。不久，就變成運動炫技。狄恩徹底令我瞠目。他要我跟艾德把一根鐵杆拉至腰部高，毋需助跑，他握住腳板，一下子就跳過去。他說：「來呀，加高點。」我們一直升高鐵杆，直至胸口，他還是輕鬆躍過。之後，他嘗試急行跳遠，隨便一跳就是二十呎多。接著，我跟他在馬路上賽跑。我的百米紀錄是十秒零五。他像一陣風超越我。跑步時，我的腦海出現瘋狂畫面，狄恩一輩子都要這樣跑步——瘦骨嶙峋的臉蛋死命朝前，兩隻臂膀揮舞，額頭汗下，一雙腿如葛丘·馬克思輕靈滑動，大聲叫嚷：「耶！就是這樣！老兄，你還真能跑！」沒人跑得過狄恩，這是實話。老李拿著幾把刀出來，表演在暗巷遇到歹徒，如何空手入白刃。我表演一個很棒的招式，那就是倒在對手腳邊，用腳踝絆倒他，讓他雙手著地，然後使出全尼爾森式擒拿招扭住他的手腕。老李說我這招不壞，他也表演了幾招柔術。朵蒂叫她老媽到露台來看：「瞧瞧這些可笑的男人。」她真是可愛俏皮的小東西，狄恩對她簡直目不轉睛。

「哇，你等著看她長大吧！想像她那雙可愛眼睛可以通殺（cut down）運河街上的行人。啊！噢！」他嘖嘖說。

我們跟艾德夫婦跑去紐奧良鬧區逛了一天。狄恩簡直瘋了，他看到「德州與紐奧良線」（T & NO）貨車停在機廠，恨不得一古腦把火車的知識全部傳授給我。他說：「不必等我教完，你就夠格做車軔手。」我們三人奔跑穿越鐵軌，從三個不同點跳上載貨火車；瑪麗露跟嘉拉泰雅在轎車裡等。

我們搭火車前進了約莫半哩，進入碼頭，朝扳道工、司旗手揮手。艾德與狄恩教我如何正確跳火車，先懸空後面的那條腿，讓火車離開你的身體，然後你在空中轉身，用另一隻腳著地。他們帶我去看冷凍貨櫃、冰庫，冬日裡，搭霸王車如果碰到貨車櫃沒裝貨，那可是很舒服的。狄恩說：「還記得我跟你提過新墨西哥到洛杉磯的鐵路線？我就是這樣攀住的……」

我們回到轎車，晚了一小時，兩個女人當然氣壞了。艾德與嘉拉泰雅決定在紐奧良找個住處，在此地打工。老李沒意見，他已經開始厭倦我們這一大夥，因為原先他只邀請我一個人來。狄恩與瑪麗露睡在前面的房間，滿地是果醬與咖啡漬，以及苯齊巨林空管；更糟的是這原本是老李的工作房，現在卻沒法進去釘架子。而狄恩總是跑跳不停，搞得可憐的珍頻頻分心。我還在等姑媽轉寄退役軍人福利金支票。到了後，我、狄恩、瑪麗露三人就會上路。支票來了，我突然發現自己捨不得離開老李這麼棒的家，但是狄恩已經渾身是勁，準備上路了。

一個天色泛紅的哀傷黃昏，我們終於坐上車，珍、朵蒂、雷伊、老李、艾德、嘉拉泰雅站在高草旁，微笑。這就要告別了。分手前不久，狄恩與老李為了錢鬧不愉快；狄恩要借錢；老李說門都沒有。這跟當年在德州的狀況一模一樣，狄恩總是惹惱人，讓人慢慢與他疏遠。現在，他坐在車上咯咯笑，毫不在意；磨蹭自己的褲子拉鍊，手指伸到瑪麗露的洋裝下拍她的膝蓋，嘴角冒泡，說：「親愛的，妳知道，我也知道，我倆的關係已達到最直接純粹的境界，遠遠超過形上學辭彙裡最最抽象的定義，或者任何妳想要具體說明、甜蜜強加、反覆回歸[37]的名詞所能定義的……」在狄恩的如是喃喃

37 此處原文用harken back，是hark back常見的訛用，意指回歸原有的主題。

中，車兒飛駛前進加州了。

8

駕車與人告別，看著對方在平原上漸行漸遠變成散落的小黑點，那是什麼滋味？──這就是告別了，覆蓋我們的蒼天是如此無限遠大。不過，我們引頸期待穹蒼下的另一次瘋狂冒險。

我們駛過燈光黯淡、氣溫燠熱的艾爾及爾市，回到渡輪，穿越河裡那些沾染爛泥、模樣莫辨的舊船，航向運河街，下了渡輪；在紫色夜幕中駛上通往巴頓魯治的雙線道；在一個叫艾倫港的地方左轉，橫越密西西比河。車頭燈刺破墨黑夜色，迷濛中可以看到河裡的雨滴與岸邊玫瑰，我們在黃色霧燈照明下，轉了一個大彎，突然瞧見大橋底下的巨大黑色河流再度於此穿越永恆。密西西比河究竟是什麼？──是雨夜裡沖刷下的大泥團，是從密蘇里河岸軟垂而下的柔軟噗通聲，是在永恆河床上消溶、然後駕著潮流奔騰、激起許多棕色泡沫、經過無數溪谷、樹木、堤岸的旅程，一直往下又往下，經過孟菲斯、格林維、尤多拉、維克斯堡、納奇茲、艾倫港、奧爾良港、三角洲港、波達許、威尼斯、黑夜裡的巨大墨西哥海灣，然後出海。

收音機正在播放推理劇，我瞧見車窗外有個廣告招牌說「請愛用古柏牌油漆」，回說「沒問題，我會的。」我們穿越夜色蒙蓋的路易斯安那平原──經過洛泰爾、尤尼斯、堪德、達昆西，越靠近沙賓，破落的西部小鎮就越具海灣風味。到了古老的奧珀盧瑟斯城，我到雜貨鋪買麵包與起司，狄恩去找加油站。雜貨鋪只是個小棚屋；我能聽見屋後人家吃晚餐的聲音。我等了一會兒；他們還在繼續聊天。我偷了麵包與起司，悄悄溜出去。我們的錢只夠勉強到舊金山。狄恩則在加油站摸走一條香菸，現在我們存糧充足──汽油、香菸與食物。這些鄉巴佬毫無知覺。狄恩將車筆直對準馬路，走了。

快靠近史塔克斯時，我們看到遠方天邊有紅光；不知道是什麼；不一會兒，經過紅光處，發現它來自樹林後面；高速公路旁停了許多車子。可能是在舉行炸魚野餐會（fish-fry），可能是其他事兒，什麼都有可能。越靠近督伊維爾，鄉間景色就越奇怪與幽暗。突然間，我們置身沼澤。

「老兄，你可以想像我們在沼澤區裡發現一家演奏爵士樂的地方，裡面有高大的黑人演奏嗚咽哀鳴的藍調吉他，大口喝烈酒，對我們比手勢？」

「是的！」

此地充滿神祕。我們開的小泥巴路架高在沼澤上，兩邊是陡坡，長滿藤蔓，直墜水中。我們瞧見了異象；那是個穿白襯衫的黑人，行走間，雙臂高舉對著墨黑的穹蒼。他鐵定是在祈禱或者召喚魔咒。我們飛車經過他身旁；我從後車窗探頭，還能見到他閃亮的眼白。狄恩說：「呼！小心點。我們最好別在這鄉間多逗留。」途中，我們卡在十字路口，索性熄火。狄恩切掉車頭大燈，廣大的藤蔓樹叢森林包圍我們，簡直聽得見數百萬條銅頭蝮蛇沙沙穿越。漆黑中，只有赫德森轎車儀表板上的電流燈閃亮。瑪麗露害怕驚叫。我們故意瘋狂大笑驚嚇她。其實，我們也很害怕。想要儘速逃離這一片屬於毒蛇的廣廈豪宅，逃離讓我們陷入泥淖的黑暗，飛奔至我們熟悉的美國土地以及鳥不拉屎的小鎮（cowtown）。空氣裡混合著油氣與死水味。這是我們不想閱讀的「美國夜一頁」。一隻貓頭鷹咕叫。我們冒險選擇一條泥巴小路，沒多久，車子就跨越古老邪惡的沙賓河，因為它，這兒才處處沼澤。我們驚喜發現前方就有大片燈光。「德州！德州！那是產油大城博蒙特！」大如城鎮的儲油槽與煉油廠矗立於油味濃重的地平線上。

「真高興離開那個鬼地方，」瑪麗露說：「現在再來聽推理廣播劇。」

我們急駛穿過博蒙特，穿過自由城的三一河，朝休士頓而去。狄恩開始聊起一九四七年他在休士頓的軼事。「都是海瑟！瘋子海瑟！我到處找他都不見蹤影，他讓我們卡在休士頓，哪兒也不能去。我們跟老李開車去買雜貨，海瑟搞失蹤。我們得尋遍城裡所有毒窟(shooting gallery)。」此時車子進入休士頓。「多數時候，我們得殺到城內黑人聚集區（spade part）。他啊，跟什麼樣的瘋漢（crazy cat）在一起，都能來一管（blast）。有一晚，他又不見了，那時大夥住汽車旅館，我們本來是出門給珍買冰塊，菜都快餿了。結果，足足搞了兩天才找到海瑟。我自己也耽擱了不少時間，下午，我在釣那些外出購物的女人，就在這裡，鬧區的超市——」此時車子在空蕩蕩的黑夜疾駛——「結果泡到一個超酷的傻妞，她根本瘋了，在超市胡逛，想要偷柳橙。這女孩是懷俄明州人。白癡智商與美麗胴體恰成反比。我瞧見她胡言亂語，就將她帶回旅館。那時，醉醺醺的老李正在給某個墨西哥年輕男孩灌酒。卡羅在寫一首關於海洛因的詩。海瑟直到半夜才現身，睡死在吉普車後座。冰塊都融光了。海瑟說他大概吞了五顆安眠藥。老兄啊，要是我的記憶力跟我的腦袋一樣靈光，我可以複述每一個細節。哎，我們都知道時間的奧義，凡事自有解決。此刻啊，我可以閉上雙眼，這輛老車就會自己駕駛。」

清晨四點，休士頓街頭空蕩蕩，一個飛車小子突然從旁邊呼嘯而過，全身亮晶晶，行頭十分華麗，閃亮的鈕扣，墨鏡，搭配光滑的黑色夾克，像德州的黑夜詩人。後座女孩像小嬰兒抱住他，秀髮飛揚，身軀向前，唱著「休士頓、奧斯汀、沃夫茲堡、達拉斯，有時在堪薩斯市，有時又在安東市，哈一哈哈！」摩托車逐漸遠去，只剩丁點。「哇！瞧那個掛在駕駛腰間的酷妞！讓我們加勁追上去！」狄恩想追上他們：「要是我們能跟所有甜蜜、美好、愉快的人混在一起，搞一下[38]，事後，彼此不牽連，不會亂發小孩脾氣，也不會因為錯誤的概念而搞得痛苦之類的，該有多好？噢！不過，我們都了解時間的意義。」他用力催車，油門踩到底。

過了休士頓，狄恩就算精力無限，也不行了，換我駕車。我接手方向盤後，就開始下雨。行駛於廣袤的德州平原，就如狄恩所說的：「你一直開、一直開，開到明晚，還沒法走出德州平原。」雨勢突然變成傾盆。我開入一個鳥不生蛋的破敗小鎮，沿著泥濘的大街往下開，到底卻變成此路不通。我說：「喂，我該怎麼辦？」他們都熟睡了。我將車子掉頭，沿前來之路緩慢出鎮。夜裡，路上不但沒人，還連一盞燈都無。突然間，一個騎馬的人出現在我的車燈前。那是郡警，戴了一頂牛仔帽，暴雨不斷從帽簷滴下。「奧斯汀怎麼走啊？」他禮貌回答，我就走了。出了小鎮，突然間我看到暴雨中有兩盞車前燈正對著我。哇！我開錯邊了；方向盤連忙轉右，結果整輛車在混泥中打轉，我緩緩回到車道上。那兩盞車前燈還是照著我，終於，我理解是對方來車開錯車道而不自知。我用龜速三十在混泥中轉彎，幸好，爛泥下是平路，不是陰溝，感謝上帝。那輛犯規車子在大雨中倒車，是四個面色陰沉的農工，放下活兒不幹，在野外爛醉吵鬧。他們四人都穿白襯衫，露出骯髒的棕色手臂，在黑夜中傻呼呼地看著我。駕駛呢，跟這夥人一樣爛醉。

他說：「哪條路通休士頓啊？」我用拇指朝後一指。煞那間，我氣呆了，他們故意開錯方向，好讓來車停下來，他們可以問路，就像乞丐故意在人行道上擋住你的路。他們懊悔地目光朝下，車廂底

38 此處用goofbang，應是作者自創的字，goof是胡鬧，bang是俚語的性交。

空酒瓶亂滾，然後鏗鏗鏗開走了。我發動車子，它陷入一呎深的泥巴；我在大雨傾盆的德州荒野嘆氣。

我說：「狄恩，你醒醒。」

「幹嘛？」

「我們卡在泥巴裡了。」

「怎麼發生的？」我如實告知。他幹聲連連。我們穿上舊鞋與毛衣，下車，衝入大雨裡。我的背頂著車屁股的擋泥板，抬高車子；狄恩將鐵條塞到空轉的輪胎下。才一下子，我們就滿身是泥。我們叫醒瑪麗露，她嚇呆了，我們推車時，請她踩住油門。備受虐待的赫德森轎車大聲喘氣，終於拔泥地而起，斜斜衝向馬路的另一邊，幸好瑪麗露及時拉起手煞車，我跟狄恩跳上車──這番苦鬥耗時三十分鐘，我們全身溼透，慘到極點。

我渾身是泥，睡著了；早上醒來，泥巴已結成塊，窗外下雪。我們很靠近高原地區的菲德列克斯堡。這是德州與西部地區史上氣候最惡劣的冬天，舊金山與洛杉磯地區的牛隻在暴風雪中大批倒地而亡。我們三人慘透了。真希望此刻還跟艾德待在紐奧良。現在是瑪麗露開車；狄恩睡覺。她一手操控方向盤，一手伸到後座撫摸我。她低語我們到了舊金山之後的良辰美景。我對她垂涎三尺，痛苦不堪。十點，換我開車──狄恩已經昏睡好幾個小時──我一口氣開了數百哩，沿途景觀惡劣，全是樹叢覆滿白雪、山艾草參差不齊的山丘。牛仔戴著棒球帽、禦寒耳罩尋找牛隻。每隔一陣子，路邊就會出現煙囪冒著白煙的溫暖小房子，真希望我們能進入裡面，坐在火爐前喝奶酪吃豆子。

到了索諾拉，我再次趁老闆在店裡另一頭跟大塊頭牧場工人聊天時，不告而取麵包與起司。狄恩聽了大聲叫好；他餓扁了。我們根本沒多餘的錢買食物，一毛都沒。狄恩說：「是啊。是啊。」瞪著索諾拉大街上閒逛的牛仔，然後說：「他們可都是他媽的百萬富翁，擁有上千頭牛，無數工人，豪華住家，銀行裡有鈔票。如果我住在這兒，鐵定要變成山艾草叢裡的白癡（idjit），我會是一頭長耳大野兔，啃樹枝吃，到處尋找漂亮的女牛仔，嘻—嘻—嘻！媽的！砰！」他猛捶自己：「就是這樣沒錯！噢！我！」我們已經完全不知道他在說些什麼。他接手開車，一路飛車穿越德州，傍晚抵達厄爾帕索，足足五百哩，中途只在翁索納市附近稍停，他脫光衣服，裸身在山艾草叢中狂叫狂跳。路上車流飛馳，沒人瞧見他。他匆匆跑回車，上路了。「現在，瑪麗露，薩爾，我要你們學我的樣，解脫衣服的束縛——這身衣裳究竟有啥用處？這就是我的意思——你們跟著我一起讓太陽晒晒漂亮的肚皮。來啊！」此刻，車行朝西，正對落日；陽光穿透車前窗。「讓我們袒腹駛進夕陽裡。」瑪麗露聞言照辦；我也毫不古板保守。我們三個坐在前座，瑪麗露拿出面霜給我們抹身，找樂子。偶爾，就會有大貨車駛過我們車旁；駕駛瞄到一個漂亮金髮女郎跟兩個男人裸身坐在車上：你可以瞧見他們的車身不禁左搖右晃，之後，在我們的車後窗消失。廣闊的山艾草平原已無積雪，在我們眼前飛馳而過。沒多久，我們就進入橘色岩石的派克斯峽谷。遠方天際湛藍開闊。我們下車細觀印第安廢墟遺址。狄恩還是光溜溜的，瑪麗露跟我則披上外套。我們沿著古老的岩石漫步，狂吼狂叫。幾個觀光客瞧見狄恩裸身在平原行走，不敢置信，搖搖擺擺走開。

狄恩把車停在凡杭山下，與瑪麗露車震起來，我則自顧睡覺去。醒來時，我們的車子正沿著廣袤的里約格蘭谷地而行，穿越克林與伊斯列塔，前往厄爾帕索。瑪麗露跳到後座，我則跳進前座，車子繼續前行。左邊，廣大的里約格蘭山谷上聳立著長滿紅色石南的山脈，那是美、墨邊界，塔拉胡馬山脈之地：柔和的霞光照耀在山頂上。正前方遠處是厄爾帕索與華瑞茲的燈火閃爍。我們所在的谷地是如此廣闊，幾乎每一個方向都可以同時看到火車噗噗而過，似乎這是整個世界的山谷。我們緩緩下降駛入其中。

狄恩叫：「德州克林！」他把收音機鎖定在克林電台。每十五分鐘他們播一首曲子：其餘時間都在廣告高中函授課程。狄恩興奮大叫：「這個節目覆蓋整個西部。天，我在感化院與監獄時一天到晚聽這個節目。我們全部獄友都寫信申請入學。如果你通過考試，就會收到郵寄的高中文憑副本。全西部的年輕牛仔啊，不管是誰，都曾有一段時間上過這個函授課；因為你成日聽到的只有這個；不管你是在斯特寧、科羅拉多、盧斯克，還是懷俄明，打開收音機，就是德州克林、德州克林。音樂呢，不是牛仔山歌就是墨西哥音樂，絕對是這個國家有史以來最爛的電台節目，你就是拿它沒辦法。他們的發射功率超大；整個西部地區都被它五花大綁。」我們瞧見克林鎮木屋後面有個高大的天線。狄恩興奮大叫，差點落淚：「老兄啊，我能告訴你的事情多得很！」他緊盯舊金山與海岸方向看，我們進入厄爾帕索時已經天黑，身無分文。一定得設法弄點加油錢，否則永遠到不了。

我們試了所有途徑。打電話到當地的旅行社，但是那晚沒人要往西行。在西部，你可以到旅行社找人搭便車，分攤油錢，這是合法的。那裡常可見到拎著破舊皮箱的落魄人物在等便車。我們也跑到灰狗巴士站，想要說服哪個乘客把巴士錢拿來搭我們的便車到西岸。但是我們太害羞，開不了口。只能悲哀地四處亂逛。外面很冷。一個大學男生瞧見性感妖嬈的瑪麗露，當場額頭冒汗，故作不在乎。狄恩跟我商量了一下，肯定我們都幹不了皮條客。突然間一個蠢笨瘋狂、剛從感化院釋放出來的年輕小夥子緊緊跟隨我們，他跟狄恩衝去喝啤酒，提議說：「老兄，這麼幹，我們找個人砸他腦袋，搶他錢包。」

狄恩大叫：「我喜歡你，兄弟！」兩人衝出去。我緊張了好一陣子：不過，狄恩只想跟這個小子一起探索厄爾帕索的街頭，找找樂子。瑪麗露跟我坐在車上等，她抱著我。

我說：「該死，露，到了舊金山再說。」

「我不在乎，狄恩反正會扔下我。」

「妳何時要回去丹佛？」

「我不知道。我不在乎自己在幹嘛。我可以跟你回東部嗎？」

「那得在舊金山弄點錢。」

「我知道你在哪裡可以找到工作，你可以到餐車櫃台工作，我去端盤子。我認識一家旅社，可以先賒帳住宿。我們不要分開吧。天，我難過透了。」

「小鬼，妳難過什麼？」

「樣樣事。該死，要是狄恩不那麼瘋狂就好了。」狄恩踏著輕快腳步回來，嘻嘻笑跳上車。

「這傢伙有夠瘋狂，哇！我超喜歡他！我認識不計其數的此類人物，全是一模樣，他們的心智跟手表一樣，全是同一種運作方式，還有不可勝數的分支，沒時間講了，沒時間……」然後他彎身趴近方向盤，車子疾行駛離厄爾帕索。「我們只需要載幾個便車客。鐵定能找到一些。赫！赫！走囉。我們來了！」他對著從我們車旁旋風而過的摩托車騎士吶喊，然後超速閃過一輛大卡車，飆過城界。河對岸是燦爛如珠寶的華瑞茲城燈火，哀傷的乾枯大地，以及赤瓦瓦閃亮如珠寶的星空。瑪麗露用眼角瞧著狄恩滿城亂跑又回來——她的眼神嚴肅又哀傷，彷彿想割斷他的頭，藏在壁櫥裡，那是一種既豔羨又悔恨的愛，因為狄恩是如此神奇，充滿怒火、自命不凡又行事詭異。瑪麗露的笑容是溺愛也是邪惡忌妒，令我不寒而慄，她知道這份愛不會有結果，因為當她看著狄恩瘦削又驚奇的臉龐流露男性的獨立自強，卻又是如此心不在焉，她知道狄恩瘋了，太瘋了。狄恩認定瑪麗露根本就是個妓女：私底下對我說她是個病態騙子。但是當瑪麗露如此看著狄恩，那是愛，毋庸置疑；當狄恩注意到瑪麗露在注視，就會轉過臉面向她，露出虛假挑逗的大笑臉，睫毛閃動，貝齒雪白，其實上一秒鐘，他還沉浸在永遠做不完的夢裡。瑪麗露跟我都笑了——狄恩不露困惑，只以傻瓜似的大笑臉回應，那代表「總之，我們這一路樂得很，對吧？」的確也是。

厄爾帕索城外，漆黑夜色裡，我們瞧見縮成小小一坨的人對我們伸出拇指。這是我們想望中的便車客。我們把車子靠邊，倒車到此人身旁。「小子，你有多少錢？」這小子囊空如洗。他年約十七，蒼白詭異，一隻手萎縮殘障，沒拎皮箱。狄恩驚奇地瞧著我說：「可愛的男孩，是吧？小傢伙，上車來，我們載你到——」這小子看到機不可失，說他在加州托雷利有個姑媽，開雜貨店，到了那裡就可以拿錢給我們。狄恩簡直笑到打跌，這活脫脫是北卡州那個小子的翻版。狄恩大叫：「是哦！是哦！人人都有姑媽；上車吧，讓我們沿路探望開雜貨鋪的姑姑與舅舅!!」就這樣，我們多了一個乘客，不過這小子頗不錯。他不愛說話，只管聽。聽狄恩講話，大概不要一分鐘，這小子就會判定全車人都是瘋子。他說從阿拉巴馬州一路搭便車，要回奧勒岡的家。我們問他去阿拉巴馬幹嘛？

「我去找叔叔；他說伐木廠有工作。工作沒談成，我這要回家了。」

「回家，」狄恩說：「是的，回家，我知道，我們會帶你回家的，至少送你到舊金山。」但是我們身上都沒錢。這時我想起老朋友海爾．辛漢就在亞歷桑那州土桑，應該可以跟他借個五元。狄恩說那就萬事底定，去土桑。說幹就幹。

夜裡，我們通過新墨西哥州的拉斯克魯塞斯，清晨抵達亞歷桑那州。我從熟睡中醒來，發現全車人都像羔羊深睡，停車的地點，上帝才知道，車窗都是水氣，啥也瞧不見。我下車，發現置身山中：天堂似的日出景象，清涼紫色的空氣，紅色的山壁，翠如祖母綠的山谷草地，金色且形狀多變的雲，以及露水；地上滿佈仙人掌、牧豆樹，以及囊鼠洞。該輪到我開車了。我推開狄恩跟那個小鬼，踩住離合器，關掉引擎，節省汽油。就這樣緩緩下山，一路到達本森。我突然想起羅可不久前才送了我一支懷表，生日禮物，值四元。到了加油站，我問本森附近可有當鋪。正好就在隔壁。我跑去敲門，一人睡眼惺忪來應門，才一下，我就一元入袋。全進了油箱。現在，我們有足夠汽油到土桑。就在我打算開出加油站，一個佩槍的大塊頭巡警突然現身，要瞧我的駕駛執照。我說：「後座那傢伙有駕照。」狄恩與瑪麗露還在睡，共裹一條毯子。警察要狄恩下車，突然拔槍大喊：「你，雙手舉起來！」

「噢，呦，」我聽見狄恩用最油滑最可笑的聲音回答：「呦呦，我只是在關水庫門啦。」就連警察都差點笑了。狄恩走下車，渾身泥巴，襤褸，上身只穿T恤，他一邊揉肚皮，一邊咒罵，翻找他的駕照跟車籍資料。警察翻遍我們的後車廂，一切文件合法。

「只是檢查檢查，」警察露出大笑容說：「你們可以走了。本森鎮其實不錯；你們可以去吃個早餐，體會一下。」

「是的，是，是，」狄恩嘴裡如此說，根本懶得看警察，開車走了。我們全鬆了一口氣。一群年輕人口袋空空，當掉懷表，居然駕著新車，他當然會起疑。「他們總是亂干涉，」狄恩說：「不過比起維吉尼亞州那個鼠輩，他還算是個好警察。維州警察一天到晚想逮人上報紙頭條；他們以為來往車輛全是芝加哥幫派黨徒。吃飽飯沒事幹。」我們開去土桑。

土桑位於長滿漂亮牧豆樹的河床地帶，積雪的加泰里納山脈俯瞰。整個城市就是個巨大的建築工程；人來人往，充滿野性、野心、忙碌與歡欣；到處可見曬衣繩，拖車住屋；鬧區街頭掛滿標語，整體氣氛非常類似加州。辛漢住在洛威堡路，那條路在平坦沙漠中，沿著河床樹木蜿蜒而去。我們瞧見辛漢正坐在院裡沉思。他是作家；搬到亞歷桑那，尋求安靜的寫作環境。辛漢個頭高瘦，個性害羞，是諷刺作家，講話呢喃，無法直視對方，但總是言談有趣。他跟老婆小孩住在這棟印第安繼父搭建的小小泥磚屋。老媽住在後院那頭的房子。她是個性格開心的美國女人，喜愛陶藝、珠串與書。辛漢從紐約朋友寄給他的信中得知狄恩此號人物。我們像片雲不告而至，個個餓腸轆轆，手兒萎縮殘障的便車客艾佛瑞也是。辛漢穿著一件老舊毛衣，在冷冽的沙漠空氣中抽煙斗。他母親出來迎接我們，帶我們去她住處廚房吃飯。我們燒了一大鍋麵。

之後，我們開車到十字路口的酒鋪，辛漢在那兒用支票換兌了五元現金，交給我。

告別場面很短暫。辛漢說：「真是幸會。」然後轉頭他視。沙漠過去的樹叢後面，一家酒棧的巨大霓虹燈閃亮紅光。辛漢寫作累了，就去那兒喝一杯。他在這兒很寂寞，非常想回紐約。當我們驅車離去，看著他高大的身影慢慢退去，就跟我們在紐奧良與紐約的告別場面一樣，不禁有點心酸——他們徬徨站在巨大穹蒼下，被周遭環境吞沒。上哪兒去？做什麼？目的為何？——睡覺！但是，我們這群蠢蛋要繼續上路了。

9

土桑城外，暗路上有個攔便車的人。他是貝克思菲爾來的流動工人，故事如下：「真是媽的，我在旅行社那裡搭了便車，離開貝克思菲爾，吉一他放在另一個人的後車廂裡，結果，我的吉一他跟那個穿得像牛仔的傢伙（cowboy duds）一直沒現身；各位，我是個約（樂）一手，要到亞歷桑那州跟強尼麥考的山艾草叢男孩樂團一起演出。見鬼，現在我到了亞歷桑那，一毛錢也沒，吉一他被摸走了。小夥子，你們載我回貝克思菲爾，我去找我老哥拿錢，你們要多少？」我們只要了從貝克思菲爾到舊金山的汽油錢，三元。現在我們一車擠了五個人，這人上車後碰碰帽簷，對瑪麗露致敬：「女士，晚安。」然後我們就出發了。

半夜裡，我們開在可以俯瞰棕櫚泉燈火的山路上。破曉時抵達蓋滿白雪的山隘口，奮力朝莫哈未前進，那是通往提哈查匹山隘的入口。流動工人醒來，開始講些有趣的故事；甜蜜的小艾佛德坐著傻笑。流動工人說他認識一個男子，原諒老婆對他開槍，將她從監獄搭救出來，誰曉得老婆開槍射他第二次。這是途經女子監獄時他說的故事。前方，提哈查匹隘口開始攀升，狄恩接手開車，載我們攀越世界之頂。穿越峽谷時，經過一個綿延覆蓋的大型水泥廠。然後，山路開始往下。狄恩放掉油門，踩住離合器，在極窄小處轉彎、超車，使盡課本上所有開車招數，完全沒用到油門。我呢，緊緊抓住把手。有時道路會突然上升，他就全靠車子本身的動力超車，無聲無息。講到超車，他可是一流，懂得其中的節奏與所有技巧。到了一堵俯瞰山底的矮小石牆，狄恩必須往左迴轉，他整個人歪向左邊，雙手緊握方向盤，兩臂僵直，就這樣撐著迴轉完；突然間，道路又蜿蜒向右，此時，左邊車身外即是懸崖，他整個身體往右靠，壓得我跟瑪麗露一起往右邊倒。就這樣，我們幾乎是騰雲駕霧地到了聖華金谷地。再往下一哩，山谷就整個攤現眼前，這裡堪稱是加州的最底層了，從這個半空中的岩棚往下看，谷地真是翠綠美妙。剛剛這三十哩路，我們沒用到一滴汽油。

突然間，我們全興奮了。即將抵達貝克思菲爾城界，狄恩迫不及待要告訴我們此城種種。他指出曾待過的出租公寓、鐵路旅館、撞球間、便餐店，以及他跳車下來採葡萄的鐵路支線。還指出他去過的中國餐館，釣女孩的公園座椅，以及他閒坐沒事幹，瞎混時間的一些地方。狄恩的加州是如此狂野、費力辛苦、自尊自大，也是寂寞者、放逐者、怪癖之人如鳥兒偶遇的地方。在這裡，人人都像一貧如洗、相貌英挺、性情腐敗的過氣明星。「天，我曾在那家藥粧店前的椅子坐過許久！」他記得此處的點點滴滴 — 他玩過的每場皮納克爾牌局，遇見的每個女人，每個哀傷的夜晚。突然間，我們經過我跟泰莉在月光下坐在流浪漢板條箱上喝酒的那個機廠，那是一九四七年的十月，我想告訴狄恩。但是他太興奮，不容插口：「這是我跟艾德一上午都在喝啤酒的地方，想要釣一個瓦森維來的嬌小俏麗女士 — 不對，好像是崔西鎮來的，對，沒錯，崔西鎮 — 她的名字叫愛絲摩瑞達 — 哦，或者類似如此的。」瑪麗露在盤算到了舊金山第一件事要幹啥。艾佛德說到了托雷利，姑媽會給他很多錢。流動工人指路我們到城外的平地區找他老哥。

約莫中午，我們到了一間攀滿玫瑰的棚屋，流動工人進去跟幾個女人說話。我們等了十五分鐘。狄恩說：「我開始認為這傢伙跟我一樣破產。等他只是多耽擱。這屋裡才不會有人施捨他一分錢，根本就是惡作劇。」那人模樣柔順地出來，叫我們開進城裡。

「真是該死，希望能找到我老哥。」他向人打探。可能覺得他是我們的犯人。終於，我們找到一家蠻大的麵包廠，流動工人進去，一會兒後，跟他老哥一起現身，後者穿連身工作服，應該是裡面的卡車機械工。流動工人跟老哥講了幾分鐘，顯然是在講他的冒險故事以及丟掉吉他的事。我們在車上等。不過他好歹弄到了錢，夠我們到舊金山的了。我們跟他道謝，然後出發。

下一站是托雷利。我們轟隆爬上山谷，我渾身脫力癱在後座，完全放棄希望，下午，我盹著了，赫德森轎車呼嘯經過薩比納爾鎮外的帳篷區，那是我住過、愛過、工作過的地方，都是幽冥往事了。狄恩整個人僵硬趴在方向盤上，猛催車子疾行。抵達托雷利時，我還在睡覺；醒來卻聽到瘋狂故事。「薩爾，你醒醒！艾佛德找到他姑媽的雜貨鋪了，你猜發生啥事？那娘兒槍殺了老公，坐牢去了，雜貨鋪關門大吉。我們一毛錢都沒拿到。想想看！竟有這樣的事；不就是那個流動工人說的故事？麻煩還真是無所不在啊，你瞧瞧事事均有牽連啊——噴，真是的！」小艾佛德在咬指甲。我們到了馬德拉跟他說拜拜，那是往奧勒岡的路，我們祝他順利，往奧勒岡一路順風。他說這是他搭過最棒的便車。

感覺沒多久，我們還在奧克蘭的山腳下奔馳，突然就爬高了，看見白色美妙的舊金山就在前頭，十一座霧氣迷離的山丘，藍色的太平洋，以及馬鈴薯田大霧如牆，時值黃昏，舊金山除了煙霧，還有太陽薰染的金光。狄恩大叫：「瞧這美妙的！我們到了！哇！終於到了。汽油剛好夠！讓我擁抱海水！不要再給我陸地！我們沒法朝前走了，再過去已無大陸！現在，瑪麗露，妳跟薩爾馬上住進旅館，我跟卡蜜兒一有個決斷，明日一早就給你們消息，我也會打電話給那個法國佬談談我那支鐵路局手表的事[39]，明日第一份進城的報紙，你們就買下來，看看徵人廣告，擬定工作計畫。」然後他彎上奧克蘭海灣大橋，駛入城內。城內的辦公大樓燈光閃耀；讓你連想起山姆．史拜德[40]。我們在歐法洛街蹣跚下車，嗅聞空氣，伸展身體，就像長期海上旅行，終於上岸；陡斜的街道在我們腳下展延；唐人街炒雜碎氣味神祕飄散空中。我們從車上拿下自己的東西，擱在人行道上。

突然間，狄恩就說拜拜了。他急呼呼要去見卡蜜兒，看看他走後發生何事。瑪麗露和我傻呼呼站在街頭，眼睜睜看他揚長而去。瑪麗露說：「現在你瞧見他是個大混蛋，是吧？只要擋到他的好處，他隨時可以將你丟在寒冷街頭。」

「我知道，」我嘆氣朝東望。我們身無分文。狄恩壓根沒提錢的事。我們拎著破爛行李，在浪漫的小巷弄漫無目標行走，該住哪裡啊？這裡，人人都像破產的臨時演員、年華逝去的女伶、失去魅力的特技演員、迷你賽車手，個個都是滿肚子窮途末路心酸故事的悲哀加州角色，俊美墮落的大情聖男人，眼泡發腫的愛情賓館金髮女郎，男妓，皮條客，賣春女，男按摩師，侍者——一群無用爛人，身處這類人中，一個男人要怎麼餬口？

39 railroad watch，由Webb Ball設計，以前專供鐵路局所有員工校準時間的手表，以精準聞名。

40 山姆．史拜德（Sam Spade）是達許．漢密特（Dashiell Hammett）小說《馬爾它之鷹》（*The Maltses Falcon*）裡的硬漢偵探，後來改編為電影《梟巢喋血戰》。

10

不過，瑪麗露可是在騰德爾洛區不遠處跟這類人物混過，一個臉色灰暗的旅館員工讓我們賒帳住房。這是第一步。我們還得填飽肚子，直到半夜才弄到吃的，找到一個在夜店駐唱的女歌手，她在旅館房間，將一個衣架架在垃圾桶上，倒扣熨斗，溫熱了一個豬肉豆子罐頭。我瞧著窗外的霓虹燈眨眼，不禁自問，狄恩在哪裡，為何不管我們死活？就在那一年，我整個對狄恩失去信心。我在舊金山待了一星期，堪稱此生最困頓潦倒的日子。瑪麗露跟我經常跋涉數哩，只為找點錢弄吃的。我們甚至跑去密辛街的破爛旅館找她認識的某些酒鬼水手，他們分了點威士忌給我們。

我們在那旅館待了兩天。逐漸明白一旦狄恩淡出我的生活，瑪麗露對我也失去真正興趣；我只是狄恩的哥兒，是她通往狄恩的一個途徑！我們在旅館房間吵架，也曾整夜躺在床上跟她訴說我的夢。我說地底蜷伏了一條大蛇，就像蘋果裡面的蟲，有一天，大蛇會從某個土丘竄出，那個山丘之後就被稱為「蛇丘」。這條大蛇盤踞整個平原，長達數百哩，所到之處，萬物均被吞噬。我說那條蛇就是撒旦。她尖聲問：「後來呢？」一邊緊緊抱住我。

「有個叫薩斯博士的聖人[41]會用祕方藥草殺死牠，此刻，他正窩藏在美國某處地下，祕密炮製藥

41 薩斯博士（Doctor Sax）是作者凱魯亞克一九五二年寫就、一九五九年出版的小說，故事發生於一個叫蛇丘的地

草。也有人說那條大蛇其實是群飛的鴿子；當大蛇死去，大批淡灰色的鴿子會撲翅從牠的身體飛出，到世界各地散佈和平的訊息。」我饑渴又愁苦，失去理智了。

一晚，瑪麗露跟某個夜店老闆消失了。我根據約定在拉金與葛里街口的對面等她，飢餓難耐，她突然跟女友踏出一棟豪華公寓的門廳，身旁還有那個夜店老闆，以及一個腦滿腸肥、口袋麥克麥克的老頭子。原先，她告訴我只是進去找女友。現在我看清她根本就是個妓女。她雖然清楚瞧見我站在對街，卻不敢跟我比手勢，小碎步快跑，坐進一輛凱迪拉克，揚長而去。現在，我只剩一人，一無所有。

我在街頭瞎逛，撿菸屁股抽。經過市場街一個炸魚薯條店，店裡的女人突然現出驚恐眼神；她是女店東，顯然認定我要持槍進去打劫。我往前走了幾呎。突然明白兩百年前在英國，她曾是我的母親，我是她的強梁子，結束身陷囹圄的歲月，回來糾纏她，索取她在小店的誠實勞動所得。我因狂喜呆立於人行道上，前行不得。我審視市場街，搞不清它究竟是市場街還是紐奧良的運河街，這街通向水域——面目模糊、舉世皆同的水域，就像紐約的四十二街也通向水域，因此，讓你分不清楚身在何方。我想起艾德說他在時代廣場上有如幽靈。我陷入錯亂，我想回頭走，瞧瞧我那個在小店工作、宛如狄更斯筆下人物的奇怪母親。我從頭到腳渾身直顫。一七五〇年的英國，我有完整的記憶，此刻站在舊金山的我，不過是另一生另一世另一個身體。那女人的恐懼眼神似乎在對我說「不要，不要回來

方，那裡有個神祕古堡，下面睡著大蛇。各式吸血鬼、怪物、鬼怪、狼人、暗黑魔法者群聚於此，企圖喚醒此蛇吞沒世界。但是有一小群人（被稱為「鴿份子」）深信大蛇其實只是大群鴿子所聚之處，一旦大蛇醒來，就會肚破腸開，飛出無可計數的鴿子。

殘害你含辛茹苦的誠實老媽。你不再是我的兒子——你跟你老爹，也就是我的前夫一模一樣。幸好這慈悲的希臘人憐憫我。」（小店主人是個雙臂毛茸茸的希臘人。）「你不是善類，性喜酗酒、鬧事，還想忝不知恥地掠奪我在這家小店的辛勤所得。噢，我的兒！你從不會雙膝跪地祈求救贖，洗清你的罪惡與惡棍行為嗎？迷失的孩子！走吧！不要糾纏我的靈魂；我已經忘了你，才得平安過日。不要揭開舊傷口，請你就當沒回來過，沒來探望我一樣。你瞧見我的工作多麼卑微，辛苦所得只有幾文錢。不要貪婪掠奪、下手即搶，我哀傷的兒，沒有人愛、心地齷齪的兒。我親生骨肉的兒！兒啊！」這讓我想起跟公牛老李去葛瑞納賭馬，那匹「大老爹」的神啟。霎那間，我達到一向渴欲的狂喜境界，就是最後這一步，我從有序的時間跨進永恆的陰影，訝異於有生就有死的世界多麼荒涼嚴峻，死亡的感覺刺激我的腳後跟，一直往前走，我像個雙腳自有意志的幽靈，快步走向天使聚集的長跳板，躍向開天闢地前的無垠虛空，明亮的心性（Mind Essence）放射出無比燦爛、難以想像的光芒，群星如蛾聚集的神奇天空，無以計數的蓮池盛開墜下。我能聽見無以名之的嘶嘶沸響，不在我耳內，而是無所不在，那甚至與聲響無關。我意識到自己已經死而復生不知多少次，我無法清晰記憶，因為從生到死，從死到生，竟是如此簡單，神奇卻不值，只是睡了醒、醒了睡，睡睡醒醒幾百萬次，其中並無奧祕，簡單隨意至極。我之所以理解此點，是因為生死如漣漪，我的本質心卻堅定，宛如清風拂過平靜如鏡的水。甜蜜搖擺的至福感降臨我身，彷彿血管注射了一大劑海洛因；也像黃昏時刻吞下的一大口酒，令你顫抖；我的雙腳刺痛。我以為下一秒鐘就會死亡。但是沒有，我繼續前行四哩，撿了約莫十根的長菸蒂，回到我與瑪麗露居住的旅館，將菸絲聚集起來，塞到老舊的煙斗裡。我太年輕，不明白剛剛的體驗是怎麼回事。站在窗前，我能聞到舊金山各種食物的味道。窗外有海鮮餐廳，餐包熱騰騰，連麵包籃看起來都很好吃；那兒的菜單柔軟，有如浸過熱肉汁而後烤乾，可以下肚。給我一條藍魚，放在菜單上任其跳躍，我就能吃了它；讓我聞聞無水奶油與龍蝦爪的香氣吧。此地有餐館擅長鍋烤厚片紅牛肉，或者紅酒烤雞。也有餐館鐵架上漢堡滋滋響，咖啡一杯只要五分錢。噢，平鍋炒麵的香氣從唐人街飄到我房間，跟北灘的義大利麵醬、漁人碼頭的軟殼蟹一爭高下——何止如此，菲爾摩那兒的牛肋排還噴汁呢。再把市場街的紅辣墨西哥豆加進來，搭上安巴卡德洛街上炸薯條與紅酒飄香的夜晚，加上騷沙利多鎮隔著海灣飄過來的蒸蛤蠣味，這就是我的舊金山夢。還有，催人饑腸的霧，陰冷的霧，柔和夜晚裡悸動的霓虹燈，噠噠踏過街頭的高跟鞋美女，棲在中國雜貨店窗口的白鴿……

11

當狄恩決定我還有救的那一天，他來找我，我就是這付慘狀。他帶我去他跟卡蜜兒的家。問：「老兄，瑪麗露呢？」

「那婊子跑掉了。」經歷了瑪麗露那樣的女人，遇見卡蜜兒可真是一大慰藉；她出身良好，年輕有禮，而且知道狄恩寄給她的十八元是我的。但是，噢，甜蜜的瑪麗露，汝（thou）在何方？我在卡蜜兒的住處休息了幾天。他們住在自由街的一棟木造出租房，站在起居室窗口，就可看到雨天的舊金山全景，紅綠霓虹燈閃閃發亮。我住在那裡短短幾天，狄恩做了最不可思議的職業生涯決定，找上一份推銷員差事，要挨家挨戶在廚房裡展示新型壓力鍋。他的上線給了他一堆樣品與使用手冊。頭一天，狄恩幹勁十足，活像龍捲風，我也跟著開車送他跑遍全城去展示。他的想法是如果能應邀到晚會派對，他就當場跳出來展示壓力鍋。狄恩興奮地說：「天，這簡直比我跟著席納工作那次還瘋狂。席納在奧克蘭推銷百科全書。沒人能夠拒絕他。他發表長篇演說，跳上跳下，又哭又笑。有次，我們衝進一個流動工人的家，他們正要出門參加葬禮。席納當場下跪，祈禱死者的亡靈獲得解救。那家人開始哭了。那次，他賣出一整套百科全書。他是我見過最瘋狂的傢伙。不知現在人在何處？推銷百科全書時，我們會鎖定那家人的漂亮女兒，在廚房勾搭她們。今天下午，我去展示壓力鍋，那家的主婦漂亮極了，我在小廚房展示時，哈，就好好摟了她。哈！吼！哇！」

「繼續加油，狄恩，」我說：「說不定有一天你會成為舊金山市長。」他研發了整套推銷詞；晚上，拿我與卡蜜兒當練習對象。

一天上午，旭日東升，他赤身露體站在窗前眺望全舊金山。那模樣，好像有一天他會成為一個不信神的舊金山市長。但是他的衝勁沒了。一個下雨的午後，推銷員跑來看看狄恩的成果。狄恩正趴在沙發椅上。那人問：「你有去賣這些東西嗎？」

「沒，」狄恩說：「我馬上要換工作了。」

「那這些樣品要怎麼辦？」

「我不知道。」一陣死寂後，推銷員收拾了那堆可悲的鍋子，走了。我對眼前的一切厭倦又噁心，狄恩也一樣。

不過，一晚，我們突然又一起跑去瘋；到一家小夜店看瘦子蓋拉德表演。蓋拉德是又瘦又高的黑人，一雙大眼睛滿是哀愁，口頭禪是「對啊，歐嚕呢」，或者「來一點波本歐嚕呢如何？」在舊金山，總有一堆半調子、年輕又饑渴的知識份子盤坐他的腳邊，聆聽他彈奏鋼琴、吉他與邦加鼓。瘦子蓋拉德熱身完畢後，就會脫掉襯衫汗衫，火力全開。腦袋想到什麼就說些什麼、表演什麼。他會唱「水泥混拌機，噗踢，噗踢」，突然放慢拍子，指尖輕拍鼓皮，沉思默想，每個人都屏氣傾身聆聽，你以為他會如此一二分鐘，他卻持續一小時，只用指尖敲出幾不可聞的小小樂聲，越來越小聲，越來越小聲，直到你完全聽不見，反而是從敞開店門流入的車流聲越來越大。然後，蓋拉德緩緩起身，握住麥克風，以緩慢的語調說：「很棒的歐嚕呢……不錯的歐瓦地……哈囉歐嚕呢……波本歐嚕呢……統統歐嚕呢……前排男孩跟女友歐嚕呢搞親熱……歐嚕呢……瓦地……歐嚕歐嚕呢……」如此持續十五分鐘，他的聲音越來越柔，越來越柔，直至不可聞。哀傷的大眼睛掃描觀眾。

狄恩站在觀眾後面，說：「天啊！棒！」——雙手合十祈禱，滿頭大汗。「薩爾，瘦子這傢伙知道時間的奧義，他知道時間。」瘦子坐到鋼琴前，彈了兩個音，那是兩個C音，他又彈了兩個C，之後一個C，兩個C，魁梧的貝斯手突然從冥思中醒來，發現瘦子蓋拉德在彈奏〈C之對飆藍調〉（C-Jam Blues）[42]，他的粗大拇指遂在弦間敲擊，砰砰的低鳴聲響起，眾人跟著搖晃，瘦子的表情依舊哀傷，整段爵士樂足足進行半小時，瘦子陷入瘋狂狀態，抓住邦加鼓，敲出極快速的古巴節奏，以西班牙語、阿拉伯語、祕魯方言、埃及語，以及他知道的所有語言大吼大叫，他知道多種語言。這一整套表演終於結束；兩小時。蓋拉德下台，靠著欄柱，依然哀傷望著圍住他說話的聽眾。有人拿了一杯波本給他。他說：「波本歐嚕呢——感激—您—歐瓦地……」沒有人知道瘦子蓋拉德究竟魂在何處。狄恩有次夢見他懷孕了，肚子腫脹發青，躺在加州醫院的草坪上。大樹下坐著蓋拉德，身旁圍繞黑人。狄恩以絕望母親的眼神望著他。瘦子說：「加油，歐嚕呢。」狄恩接近瘦子，就像接近上帝；狄恩認為瘦子就是上帝；在上帝面前，狄恩哈腰又扭捏身體，邀請瘦子跟我們同桌。瘦子說：「OK歐嚕呢。」任何人邀約，他都不拒絕，卻不保證他的魂兒也會在。狄恩弄到座位，點了酒，僵直坐在瘦子面前，瘦子則不知神遊何方。每次他說「歐嚕呢」，狄恩就說「棒！」我這是跟兩個瘋子同桌。啥事也沒發生。對瘦子蓋拉德而言，整個世界就是個巨大的歐嚕呢。

同一天晚上，我跑到菲爾摩跟吉瑞街交口，去聽藍普雪德表演。藍普雪德是個高大黑人，總是穿

42 爵士樂手Duke Ellington的名曲，現已成為爵士標準曲。

著大外套、戴帽子與圍巾出入舊金山的音樂場子，跳上台就開始唱歌；額頭猛爆青筋，他往後退，使盡靈魂的每一絲肌肉用力吹奏藍調，響亮如霧號。唱歌時，他會對觀眾大叫「何必死了才上天堂，現在就可以以胡椒博士[43]開始，以威士忌結束。」他的聲音轟然蓋過一切。他擠眉弄眼、扭曲身體，演盡一切。他過來我們這一桌，傾過身說「棒！」然後，搖搖晃晃走上街頭，再去探下一家音樂場子。還有一個瘋狂傢伙叫康尼．喬丹，唱歌時猛揮手臂，汗水都飛濺到客人身上，他猛力搖晃麥克風，尖叫如女人；深夜，你在「詹姆森的店」還可看到他聆聽狂野爵士，疲憊至極，眼睛睜得老大，雙肩軟垂，大呆瓜一個空茫瞪視前方，面前放了一杯酒。我從未見過這樣的瘋狂樂手。舊金山的樂手都像狂風。這兒是大陸的尾端；大家啥都不鳥。我跟狄恩就這樣成日在舊金山鬼混，直到退伍福利金支票寄到了，我才準備回家。

這一趟舊金山行，究竟有什麼收穫，我也不知道。卡蜜兒要我滾蛋；狄恩不在乎我的去留。我買了一條麵包與肉，做了十份三明治，準備橫跨大陸再次以此果腹；還沒到達科他州，就全餿了。我在舊金山的最後一晚，狄恩整個瘋了，不知道在鬧區何處找到瑪麗露，我們三個擠上車，到灣區雷其蒙鑽油平台區那兒，看看演奏黑人爵士的破爛小店。瑪麗露走進去一屁股要坐下，一個黑人走過來，抽走她的椅子。上廁所時，有女人勾搭她。也有人勾搭我。狄恩滿頭大汗跑來跑去。這就是盡頭了；我該走了。

破曉，我搭上往紐約的巴士，跟狄恩、瑪麗露說拜拜。他們要我留下一些三明治。我說不。那一

43 胡椒博士（Doctor Pepper）是著名軟性飲料廠牌名。

刻，大家都不爽。我們都認為此後永不再見，我們也毫不在乎。

第三部

1

一九四九年春天，我從退伍軍人教育補助金省下幾元，跑去丹佛，打算落腳那裡。我想像自己定居美國中部，做父親。我非常寂寞。他們統統不在——貝碧．羅林斯、雷．羅林斯、提姆．葛雷、貝蒂．葛雷、羅南．梅傑、狄恩．莫瑞亞提、卡羅．馬克斯、艾德．鄧凱爾、羅伊．強森、湯姆．史納克，一個也沒有。我在克帝思街與拉里莫街遊蕩，在水果批發市場工作了一段時間，就是一九四七年我在丹佛時差點雇用我的店家——這是我這輩子最辛苦的工作；最慘時，我跟日本小夥子必須徒手把整個貨櫃車廂挪下鐵軌，移動一百呎，全程使用千斤頂，每壓一下，貨車廂就前進四分之一吋。我從冷凍貨櫃車廂的結冰地面將整箱的西瓜扛到豔陽下，猛打噴嚏。以上帝之名，星空作證，我這是所為何來？

我在暮色中行走。覺得自己有如紅色哀傷大地上的一個小黑點。我經過溫莎旅館，那是狄恩跟他老爸在三〇年代經濟大蕭條時住過的地方，一如往昔，我四處搜尋我心中塑造出來的那個哀傷洋鐵匠。人啊，不是在蒙大拿那種地方瞧見跟自己老爹長得一樣的人，就是在人事全非之處尋找朋友的老爹。

紫丁香色的夜晚，我在二十七街與韋登街燈下行走，渾身肌肉發疼，這是丹佛的黑人區，真希望自己是個黑人，我覺得白人世界最棒的那一面，對我而言不夠狂喜，欠缺足夠的活力、喜悅、刺激、黑暗、音樂，甚至連黑夜都不夠長。我在一個賣墨西哥辣豆的小攤子駐足，買了裝在紙盒裡的辣豆來吃；踱步黑暗神祕的街頭。真希望我是個丹佛墨西哥人，甚至是操勞過度的可憐日本人，什麼都勝過我最恐懼的——一個幻滅的「白人」。這一輩子，我只有白人式的野心；因此，我才會在聖華金山谷拋棄像泰莉那麼好的女人。我經過墨西哥與黑人住家的黑暗露台；這兒傳出柔細的聲音，偶爾還能瞥見某個神秘性感女孩的微黑膝蓋；以及玫瑰涼亭後面的黑色男性臉龐。小朋友坐在老舊的搖椅上，就像個小聖者。一群黑人女性從旁走過，某個年輕女孩刻意跟那群歐巴桑保持距離，快步跑向我說——「嗨，喬伊」——突然發現我不是喬伊，紅著臉轉身就跑。真希望我是喬伊。我只是我自己，我只是薩爾．帕瑞德斯，哀傷，踱步於這個暗如紫蘿蘭、甜蜜到令人窒息的夜晚，希望我能跟這些快樂、極喜、真心誠意的美國黑人交換身分。這個破舊社區讓我想起狄恩與瑪麗露，這是他們自小就熟悉的街頭。真希望能找到他們。

二十三街與韋登街交接口有人打壘球，泛光燈照明了比賽，也照亮旁邊的瓦斯儲存槽。一大群觀眾隨著比賽不時熱烈大喊。這是一群特異的小英雄組合，有白人、黑人、墨西哥裔，還有純種印第安人，認真比賽到叫人胸口泛疼。他們不過是在公園沙坑玩耍的小朋友，穿上制服罷了。我這輩子的運動生涯從沒機會晚上就著街燈，在鄰居人家、女性朋友、街坊小朋友面前比賽；都是在大學，場面浩大，個個嚴肅；絕無這種孩童式的人性趣味。現在抱憾已晚。我旁邊的老黑人顯然天天晚上都來看比賽。他旁邊是個白人老流浪漢；然後是一個墨西哥家庭，再過去還有一群女孩、男孩——全是凡人一群。噢，那晚的燈光多麼哀傷！年輕投手模樣很像狄恩。觀眾中一個漂亮金髮女孩像瑪麗露。這是丹佛夜；我卻「雖生猶死」。

人在丹佛，人在丹佛
我，雖生猶死。

對街的黑人坐在家門口台階聊天，一面抬頭望望樹梢的星夜，在溫和的夜裡休息，偶爾看看比賽。街上有不少車子，停在那裡等綠燈。空氣中有股興奮，以及真實快樂生活散發出來的躍動感，不知道失望以及「白人的憂傷」為何物。老黑人從外套口袋撈出一罐啤酒，打開；旁邊的老白人羨慕注視酒罐，摸索口袋，看看能否撈出幾個子兒買罐啤酒。我真是形同死人！我轉身離開那裡。

我去見我認識的一個有錢女孩。那天上午，她從絲襪裡撈出一張百元大鈔，說：「你老講要去舊金山一趟；如果是這碼子事，這錢給你，好好玩吧。」我的問題全解決了，在旅行社找到便車，分攤十一元加油費，就可以載我到舊金山。就這樣，我們疾駛穿越大地。

兩個男人輪流開車；他們自稱是皮條客。另外兩個男人也是搭便車的。我們坐直身體，目標朝前，經過柏邵德山隘，盤旋而下到大高原，經過塔博納什、特博桑、克姆林；往下到兔耳隘口，經過史登堡泉，出高原；接下來的風塵僕僕五十哩都是繞道而行；之後進入克雷格與美國大沙漠。當我們穿越科羅拉多與猶他州界，我看到上帝以大片金色雲彩的形態現身，熱辣辣地掛在沙漠上空，似乎指著我說：「穿越這裡，繼續走，此乃天堂之路。」不過，悲哀的是，我比較感興趣的是內華達沙漠裡有個賣可口可樂的攤子，旁邊擺了幾輛老舊生鏽的遮蓋篷車，還有數張撞球桌。幾間破爛的木屋掛著久經風吹雨打的告示，隨著撲天蓋地的鬼魅沙漠陣風飄盪，一個寫「響尾蛇比爾在此」，還有「破嘴安妮避居於此多年」。是啊，衝啊！到了鹽湖城，兩位皮條客下車察看旗下的女孩。之後，繼續前行。沒多久，我就再度瞧見延展整個海灣、名氣響亮的舊金山市。時值半夜，我立刻衝去找狄恩。他現在有一棟小小的獨立屋。我迫不及待要知道他的想法，以及會發生什麼事，我已是過河卒子，沒有後路了。但是我不在乎！半夜兩點，我敲了狄恩的家門。

2

狄恩赤身露體來應門，管他敲門的可能是總統。他赤裸裸迎接這個世界。他見到我真的很吃驚：「薩爾！不敢相信你真幹了，你終於來找我。」

「是啊，」我回說：「我的生活一團亂。你呢？」

「不怎麼好，不怎麼好。我們有幾百萬件事要談。薩爾，時候到一了，這次我們真的該好好談談，馬上開始。」我也同意時候到了，跟他進屋。我的抵達如同最邪惡詭異的天使降臨純潔白羊的窩，我跟狄恩在樓下廚房興奮聊天，引起樓上陣陣的啜泣聲。我跟狄恩說的每一句話，他的反應都是顫抖的狂亂低語「是的！」卡蜜兒知道接下來會發生何事。顯然狄恩已經安份了好幾個月；現在天使降臨，他又要抓狂了。我低語：「她是怎麼啦？」

他說：「她的狀況越來越糟，天，不是哭就是鬧，不准我去看瘦子蓋拉德表演，我只要晚回家，她就發脾氣，我乖乖待在家裡，她又不肯跟我說話，罵我是徹頭徹尾的禽獸。」他跑上樓安撫卡蜜兒，我聽到她大叫：「你是個騙子，你是個騙子，你是個騙子！」我趁此欣賞這個很棒的家。這是一棟老舊歪斜的兩層小木屋，被出租公寓包圍，矗立於俄羅斯山丘上，俯瞰灣區；一共四個房間，三個在樓上，樓下一間非常大，配有類似地下室的小廚房設備。廚房門通往後院草坪，掛了晾衣繩，廚房後面是儲物間，擱了狄恩的舊鞋，上面還有一吋厚的德州乾泥巴，來自那一晚我們的赫德森轎車陷入布拉索斯河。當然，赫德森已經不見蹤影；狄恩繳不起後面的分期付款。現在他根本沒車。卡蜜兒意外懷了第二胎。她的哀哀啜泣真是慘不忍聽。我們實在受不了，便出門去買啤酒，帶回廚房喝。卡蜜兒終於睡了，也可能是整晚在黑暗中瞪著天花板。我不知道他們之間發生什麼事，只知道狄恩令她抓狂。

自從我上次離開舊金山，狄恩重新瘋狂愛上瑪麗露，連續好幾個月在她位於帝衛沙德羅街的公寓外徘徊，看到她每晚招待不同水手。他從瑪麗露的信箱縫往內瞧，可以瞥見她的床，瞧見她清晨跟一個男孩共眠。他尾隨瑪麗露在城裡亂晃。想要掌握她賣春的百分百證據。他愛她，為了她痛苦不堪。之後，他不小心弄到了不好的青叢 — 青叢是行內黑話，意指未烘培過的青大麻 — 他抽了太多。

「頭一天，」他說：「我身體發僵，像塊木板躺在床上，沒法動，沒法說話；只會瞪大雙眼瞧天花板。我聽到腦袋嗡嗡作響，眼前閃現七彩影像，感覺很棒。第二天，一切湧回眼前，我做過、我所知的、讀過、聽過、臆測過的一切，全部回來了，在我的腦海裡以全新的邏輯排列，我的腦袋無法想別的，只想抓住、投向這種美好與感激，我不斷說『是的，是的，是的，是的』。不是大聲喊叫，而是細細聲。青叢大麻引發的幻象一直持續到第三天。那時我已經澈悟所有事情，我的人生就此決定，我知道我愛瑪麗露，我知道我得去找我父親，不管他人在何處，我都得拯救他。我知道你是我的好夥伴，我知道卡羅有多棒，我知道所有人與所有角落的千百件事。然後我開始做噩夢，恐怖至極，黑暗發綠，我只能躺在床上，雙手抱膝，身體弓成兩節，喊著『噢！噢！噢！噢！……』鄰居聽到我的喊叫，連忙叫了醫生。那時卡蜜兒帶孩子回娘家探望父母。所有鄰居都十分擔憂。進屋來瞧我，發現我直挺挺躺在床上，伸長雙手，似乎永恆不動。薩爾，我跑去瑪麗露那兒，叫她也試試這種大麻。

你猜如何？她在那個小小的蠢公寓裡也發生相同的事 — 同樣的幻象，同樣的邏輯，同樣為人生下了最後決定，一口氣認知所有事實，之後馬上墜入痛苦與噩夢 — 啊！那時，我明白我真的太愛她，愛到想殺了她。我跑回家，猛拿頭撞牆。我去找艾德；他跟嘉拉泰雅回到舊金山了；跟他打探一個共同朋友，這人有槍，我去他那裡弄到槍，跑到瑪麗露的住處，從信箱縫往內瞧，她跟一個男的在睡覺，我猶豫了，只好打退堂鼓；一個小時後，我闖進她家，這次她獨自一人 — 我把槍塞給她，要她殺了我。她握住槍許久。我要求她一起殉情。她不肯。我說，我們之中一人非死不可。她也說不。我拿頭猛撞牆。老兄，我整個瘋了。她會告訴你，是她說服我放棄的。」

「之後呢？」

「那是好幾個月前的事 — 你走後的事。後來，她嫁了一個二手汽車商。那個笨蛋畜生發誓瞧見我，必定殺了我。如有必要，我當然得自衛，殺了他，然後進聖昆丁監獄，因為只要再有任何犯行，我就得在聖昆丁待一輩子 — 加上這隻爛手，我這輩子就徹底完蛋了。」他要我瞧他的手。見面時太興奮，我沒注意到他的手出了恐怖意外。「二月二十六日晚上六點，我打了瑪麗露的眉頭 — 精確地說，是六點十分，因為我記得再過一小時又二十分鐘，我就得去搭特快貨車 — 那是我們最後一次見面，也是我們最後一次做決定。你聽啊；我的拇指不過輕輕滑過她的眉頭，她連瘀傷都沒，還笑了，我的大拇指卻從手腕處折斷，然後一個爛醫師幫我接骨，那地方的骨頭不好弄，做了三次石膏才固定，算起來一共在硬長凳上坐了二十三小時，最後一次打石膏，指骨牽引針還穿透我的拇指尖，因此到了四月，他們拆掉石膏，牽引針感染了我的骨頭，我得了骨髓炎，後來還演變成慢性，我又動了一次手術，失敗了，再打了一個月石膏，結局是他們得切掉我的拇指尖。」

他解開繃帶讓我看。拇指的指甲下方大約有半吋肉被切掉。

「每下愈況。我得養活卡蜜兒跟艾咪，在汎世通輪胎的工作講究速度，是當鑄模工，負責輪胎翻新的硫化處理，之後，還得將一百五十磅重的輪胎從地板抬到車頂上 — 只能用好的那一隻手，但是壞掉的那隻手還是經常碰撞 — 又斷了，再度接合，再度發炎腫脹。所以現在我負責照顧孩子，卡蜜兒去工作。你明白嗎？恐慌極了。我，莫瑞亞提，是3A級的優秀人物，酷愛爵士，現在有了膿腫的爛指尖，老婆每天得幫他受傷的拇指注射盤尼西林，因為他對盤尼西林過敏，又造成了蜂窩組織炎。他啊，一個月起碼用掉六萬個單位的盤尼西林（Fleming's Juice）。從這個月開始，他每隔四小時就得吞一顆藥，對抗盤尼西林引發的過敏。他得吞可待因阿斯匹靈給拇指止痛。他得開刀切除右腿的發炎囊腫。下星期一，他早上六點就得起床去洗牙。每兩星期他得看一次醫師，治療腿疾。他每晚都得吞咳嗽藥水。他不時得擤鼻涕，保持鼻孔暢通，因為幾年前的一次手術導致他的鼻竇塌陷。他曾是新墨西哥州立感化院有史以來最偉大的美式足球傳球員，可以長傳七十碼，現在傳球的那隻手拇指卻受傷了。儘管如此 — 儘管如此，我從未對這個世界如此滿意，開心又美好，只要看到可愛的小孩在陽光下玩耍，我就覺得快活，看到超酷超棒的老友薩爾，真是開心，我知道，我知道一切將否極泰來。明天你就可以見到她，我可愛的美麗女兒，現在不需人扶，就可連續站立三十秒，她二十九吋高，二十二磅重。我剛剛計算出她的血統：百分之三十一點二五的英格蘭，百分之二十七點五的愛爾蘭、百分之二十五的德國，百分之八點七五的荷蘭，百分之七點五的蘇格蘭，不過，百分之一百的美妙。」他恭喜我的書終於寫完了，而且有出版社願意出版。狄恩說：「我們認識生活的真相，薩爾，伴隨年歲漸增，你跟我，一點一滴，越來越能洞察事物。你講的你的生活種種，我都懂，我一向都能瞭解你的感受，事實上，現在你已經夠格找個好女孩安頓下來，要是你能找到這個女孩，好好培養她，讓她的心智與你的靈魂合一，就像我總是努力培養我那些該死的娘兒們。爛！爛！爛！」他高聲吶喊。

第二天上午，卡蜜兒把我們兩個連人帶行李攆了出去。事情是這樣開始的，我打電話給丹佛老友羅伊・強森，要他過來一起喝啤酒，狄恩則照顧小貝比、洗碗碟、沖洗後院，因為過於興奮，這些家事他都草草應付。強森答應載我們去米爾市找雷米・龐固爾。卡蜜兒從診所下班回來，拿那種飽受干擾的哀怨眼神瞪著我們，我企圖讓這個不勝其煩的女人知道我無意干擾她的家庭生活，我跟她打招呼，用最熱情的語氣跟她說話，她馬上看穿我的假情假意，搞不好，還是跟狄恩學的，只回我淡淡一笑。早上，場面糟透了：她躺在床上啜泣，而我突然間非上廁所不可，上廁所又得經過她的房間。我大聲問：「狄恩，狄恩，這裡最近的酒吧是哪家？」

狄恩訝異回答：「酒吧？」他正在樓下的廚房洗手。以為我要去喝個爛醉。我跟他解釋我的尷尬，他說：「你去上啊，沒關係，她總是這樣。」但是，我辦不到。衝上街找酒吧上廁所；在俄羅斯山丘不斷上下坡，跑了鄰近四條街，只看到自助洗衣店、乾洗鋪、冷飲店、美容院。我回到歪歪倒倒的小屋，他們正吵得不可開交，我臉上掛著淺笑，溜過他們身旁，把自己鎖在浴室裡。幾分鐘後，卡蜜兒就把狄恩的家當扔在起居室地板上，要他打包走人。我訝然發現沙發上方掛著一幅嘉拉泰雅的全身肖像。我突然明白這些女人都是經年累月獨守空閨，姐妹淘彼此作伴，聚在一起碎嘴自己的瘋狂男人。狄恩在屋子另一頭瘋狂咯咯笑，夾了娃娃的哭鬧聲。接著我就看到狄恩像葛丘・馬克斯一樣地在屋內滑行，斷裂的拇指裹著大大的白色繃帶，直直伸出來，像狂浪中屹立不搖的燈塔。我又瞧見那個可憐老舊的大皮箱，露出骯髒的內衣與襪子；他彎身把找得到的家當都扔進去。然後他拿出手提箱，它其實是紙板做的，故意設計成皮件的模樣，連鉸鏈都是黏上去的，堪稱是全美最爛的提箱。箱子從頂裂開一條大縫；狄恩拿繩子捆緊。又拿出他的帆布袋，繼續把家當扔進去。我也開始塞自己的帆布袋。卡蜜兒則躺在床上叫「騙子！騙子！騙子！」我們奔出那棟房子，掙扎走向最近的電車站——狼狽的男人與箱子，以及裹了巨大繃帶、翹得高高的手指。

那根拇指成為狄恩最後階段的象徵。他不再關心任何事（以前他會），現在，他是「原則上」對事事都認真；換言之，對他來說，兩者無差，他屬於這個世界，對這個世界卻無能為力。站在街心，他要我停步。

「老兄，現在，我想你一定很煩惱，才剛到這城市，頭一天就被攆出門，你一定在想我究竟幹了什麼好事，得到這種待遇，還附帶其他種種恐怖遭遇，嘻—嘻—嘻，但是你瞧瞧我。拜託，薩爾，你瞧瞧我。」

我瞧他。他上身T恤，破舊的長褲鬆垮掛在肚子上，一雙爛鞋；沒刮鬍，頭髮蓬亂，雙眼都是血絲，裹著巨大繃帶的拇指伸直與胸部同高，翹在半空中（他必須維持這樣的姿勢），臉上掛著我見過最蠢的笑容。他站著轉圓圈，環顧四方。

「我的眼珠瞧見什麼？哦—藍天，朗—費羅！」[1]他搖擺身體，眨眨眼，又揉揉眼。「還有窗子——你研究過窗子嗎？現在我們來談談窗子。我看過一些最瘋狂的窗子，它們會對我扮鬼臉，某些

1 此處指美國詩人朗費羅（Henry Wadsworth Longfellow, 1703-1882）詩中常提到的藍天。

窗子的窗簾拉上，因此眨眼。」他從帆布袋撈出歐仁・蘇葉（Eugène Sue）的《巴黎的神祕》（*The Mysteries of Paris*），整整身上的T恤，以炫耀學問的姿態站在街角讀了起來。「說真格的，薩爾，讓我們無論到哪裡都得研究一切……」話聲才落，他隨即忘記自己說了什麼，露出空茫的眼神。我這次真的來對了，狄恩需要我。

「卡蜜兒幹嘛把你趕出家門？你有什麼打算？」

「啊？」他說：「啊？啊？」我們想破腦袋，該去哪裡，幹些什麼？我發現這件事得由我拿主意。可憐的狄恩，可憐啊——這個魔鬼本尊從未如此落魄；癡茫，手指發炎，被破舊箱子圍繞，點出了他這個無母小孩無數次穿越往返美國的狂熱日子，這隻被毀的飛鳥。「我們走路到紐約吧，」他說：「一邊仔細研究沿路的一切——就這麼幹。」我拿出身上的錢，數了數；亮給狄恩看。

「我一共有，」我說：「八十三元跟一點零頭，如果你願意跟我走，我們到紐約去——之後，我們去義大利。」

「義大利？」他眼睛一亮說：「義大利，好——怎麼去？親愛的薩爾？」

我想了一會兒：「我會弄點錢，出版社那兒，我可以弄個一千元。我們要好好研究羅馬、巴黎跟其他地方的漂亮妞兒；我們會坐在人行道的咖啡座；住在妓院，幹嘛不去義大利？」

「對，幹嘛不！」狄恩發現我是認真的，頭一次拿眼角瞄我，在這之前，我從未表態要投入他麻煩多多的生活，他的表情就像下注前最後一次忖度自己的勝算。他的眼裡有種邪惡的光芒，是勝利，也是傲慢，他注視我許久。我回瞪他，不禁臉紅。

我說：「怎麼？」覺得自己的語氣可憐兮兮。他沒回話，眼角繼續傲慢又謹慎地望著我。

我努力回想他的一生，他幹的事情，有哪些經歷令他此刻如此狐疑。我不放棄，以堅定的語氣說——「跟我一起到紐約；我有錢。」我望著他；因尷尬與淚水而雙眼汪汪。他依然瞪著我。現在是以空茫的眼神望著我的身後。這是我倆友誼的最關鍵時刻，他終於瞭解我的確花了一些時間思索他和他的困境，他正努力將這個想法塞進原本就極端忙碌又受苦的心靈，為它找到合適的分類位置。此刻，他跟我的內心都有了變化。我是突然開始關心一個比我年輕五歲，過去幾年裡，命運不斷與我交織的人；他的觸動則得透過他後來的行動，我才明白。他變得極端開心，說，一切底定。我問：「你那是什麼表情？」聽到我如此說，他很痛苦，蹙緊眉頭。狄恩極少皺眉。我們都很困惑，對某些事沒把握。陽光閃亮的美麗星期天，我們站在舊金山山丘上；人行道上是我們的長長身影。卡蜜兒租處的隔壁人家魚貫走出十一個希臘男女，立刻在陽光燦爛的人行道上排排站，另一人站在狹小的對街，拿著相機對他們笑。我們目瞪口呆望著這個來自古老民族的人家為女兒舉辦婚宴，可能是這個瓜瓞綿綿的黑膚家族第一千次站在豔陽下綻放笑容。他們穿著很講究，神祕難解。此刻，我與狄恩就像置身塞浦路斯。海鷗飛翔於我們頭頂的晶亮天空。

狄恩以靦腆甜蜜的口吻說：「嗯，該走了吧？」

「是的，」我說：「走，到義大利去。」我們撿起行李，他用未受傷的那隻手拿提箱，其他行李都歸我提，我們蹣跚走向電車招呼站；沒多久，我們兩個落魄英雄就踏在晃蕩的電車踏板，雙腳懸空於人行道，在西部夜裡緩緩下山。

3

我們先到市場街的酒吧，決定一切──我們將永不分離，到死都要做好兄弟。狄恩很安靜，心有旁騖，瞧著酒吧裡的老流浪漢，想起他的父親。「我想他在丹佛──這一次我們非得找到他不可，有可能被關在郡立監獄裡，也可能回到拉里莫街，只等著我們找到他。對吧？」

是的，我們都同意；我們還決定要幹盡以往沒幹過的事，以及以前認為過於愚蠢以致不幹的事。我們許願上路前要在舊金山狂歡兩天。也同意去旅行社找共同分擔油錢的便車，盡量節省開支。狄恩說他雖然還愛瑪麗露，但已經不需要她。我們認為他在紐約可以混出名堂。

狄恩穿上運動衫搭配條紋西裝，我們花一毛錢把行李寄放在灰狗巴士車站寄物櫃，然後出發去和羅伊．強森會合，他在電話裡同意擔任我們舊金山兩日狂歡的司機。沒多久，他就到市場街與第三街交口接我們。羅伊現在住在舊金山，擔任文職僱員，娶了漂亮金髮女郎朵拉絲。狄恩私下跟我說朵拉絲鼻子太長──不知為啥，這是狄恩討厭她的一大理由──但是朵拉絲的鼻子根本不長。羅伊是個瘦削、黑膚、帥氣的小子，五官尖銳，頭髮整齊，不時把兩鬢髮絲朝後梳攏。他的態度非常誠懇，掛著大大的笑容。顯然，他來做我們的司機，朵拉絲跟他起了爭執──為了顯示他才是一家之主（雖然只是個小小房間），他堅守對我們的許諾，卻勢必得付出代價；心中的兩難讓他全程陷入苦澀無言。從白天到晚上，他載我跟狄恩在舊金山到處跑，卻不說一句話；不是闖紅燈，就是大角度轉彎，整個車子只靠一邊的兩輪行駛，以表示我們為他的生活帶來多大變動。他夾在兩股挑戰勢力間，一個是他的新婚妻子，一個是他昔日在丹佛鬼混撞球間的老大。狄恩很高興，對羅伊的開車方式面不改色。我們根本不在意，只顧在後座喋喋不休。

接下來我們得去米爾市一趟，看能不能找到雷米．龐固爾。我有點訝異「費比將軍號」老船已不在港灣；雷米當然也不住在峽谷棚屋區倒數第二間宿舍了。一個漂亮黑人女孩來應門；我與狄恩跟她聊了好一會兒。羅伊在車上等，閱讀歐仁．蘇葉的《巴黎的神祕》。我看了米爾市最後一眼，體悟在這裡挖掘往事並無意義；我們決定去找嘉拉泰雅．鄧凱爾，解決住宿問題。艾德．鄧凱爾再度拋棄她，跑去丹佛，但是該死的，嘉拉泰雅還在使盡方法讓他回來。她住在密辛街頭的一間四房公寓，我們見到她時，她正盤腿坐在東方織毯上拿牌算命。真是個好女孩。一些悲哀的蛛絲馬跡顯示艾德曾在這兒住過一陣子，再度離開只是因為麻木無聊。

「他會回來的，」嘉拉泰雅說；「沒有我，這傢伙根本不會照顧自己。」她火大瞪著狄恩與羅伊：「這一次是湯姆．史納克來招惹，他沒來以前，艾德很快樂，有工作，我們經常出去玩，開心享受。狄恩，這事你也清楚的。湯姆來了後，他們成天待在浴室，艾德躺在浴缸，湯姆坐在馬桶上，兩人講、講、講個沒完——真是蠢事。」

狄恩笑了。這麼些年來，他一直是這群人的先知，現在有人偷師他的技巧。湯姆留了鬍子，帶著一雙哀傷的藍色大眼珠來到舊金山尋找艾德；實情是（絕對不蓋你）湯姆在丹佛出了意外，小指頭被切斷，領到一大筆補償金。毫無理由，他們決定拋棄嘉拉泰雅，溜去緬因州波特蘭，湯姆有個姑媽住在那兒。所以，他們現在不是已經到了波特蘭，就是正行經丹佛。

「湯姆錢花光了，艾德就會回來，」嘉拉泰雅瞪著算命牌說：「真是個大笨蛋——他根本啥都不懂，一直都是這樣。他真正該做的是了解我愛他。」

嘉拉泰雅坐在織毯上，長髮垂地，不停翻著算命牌，好像那個希臘人家的出閣姑娘，站在陽光下拍照。你不得不喜歡她。我們甚至決定晚上一塊兒出去聽爵士，狄恩會帶這條街上另一頭的金髮美女——身高六呎的梅麗。

晚上，嘉拉泰雅、狄恩跟我去接梅麗。她住在地下室的公寓，有個年幼女兒，還有一輛幾乎跑不動的老車。我跟狄恩還得推車，兩位女士負責踩啟動器。我們到嘉拉泰雅家，梅麗跟她的女兒、羅伊跟老婆朵拉絲，還有嘉拉泰雅——大家面目森嚴地坐在過度擁擠的家具上，我站在角落，對舊金山這些紛擾採取中立態度，狄恩則站在房間正中，裹得像氣球一樣大的拇指舉至胸口高，笑嘻嘻地說：「天殺的，我們全失去手指——呴，呴，呴。」

「狄恩，你幹嘛像個傻瓜一樣？」嘉拉泰雅說：「卡蜜兒打電話說你離開她了。你難道沒想過你已經有女兒嗎？」

「不是他離開卡蜜兒，是卡蜜兒將他掃地出門！」我打破中立。他們全惡狠狠瞪我；狄恩露出微笑。我繼續說：「他的拇指傷成這樣，你們期待這個可憐傢伙能做啥？」他們全瞪我，朵拉絲的眼神尤其惡毒。這簡直是婦女縫紉聚會，只不過中間站著被告狄恩——所有問題都是他的錯。我瞧著窗外熱鬧的密辛街夜景；超想離開這兒，去聽舊金山超棒的爵士樂——請記住，這不過是我在舊金山的第二夜。

「我認為瑪麗露離開你還真是非常、非常明智之舉，狄恩，」嘉拉泰雅說：「這麼些年下來，你對任何人都沒有一絲責任感。幹了這麼多爛事，我都不知道該怎麼說你。」

沒錯，這的確是關鍵，在座每個人都垂下充滿恨意的眼睛，狄恩只是站在眾人中間咯咯笑，如此而已。還跳了一小段舞。拇指上的繃帶越來越髒；開始散開脫落。我突然明白，因為他的連續重大惡行，狄恩已經成為他們這夥中的白癡、蠢物、聖者。

「你只在乎你自己，還有該死的樂子，對誰也不尊重。成日只想著兩腿間的那根東西，以及你從別人身上能撈到多少錢，得到多少樂子，用完就丟。不僅如此，你的想法還很愚蠢。你從未想過生命是嚴肅的，有人還想活得像樣，而不是成日傻氣胡混。」

原來這就是他們眼中的狄恩，一個「神聖的傻瓜」。

「卡蜜兒今晚哭得心碎了，可是你別妄想她希望你回去，她說永遠不想再見到你，這次她是鐵了心。可是瞧瞧你，站在那裡扮蠢臉，我認為你一絲絲兒都不關心。」

實情並非如此；我知道得比他們多，可以全盤告訴他們。但是我不覺得這有任何用處。我很想離開，很想攬著狄恩對他們說，你們給我聽著，請記住一件事：這傢伙也有自己的痛苦煩惱，你們從未聽過他抱怨，何況，他的本色不是也曾為各位帶來天殺的歡愉？如此還不夠，乾脆送他上刑場算了，顯然你們都躍躍欲試……

不過，這群人當中只有嘉拉泰雅絲毫不畏懼狄恩，能夠拉長臉鎮定自在地當眾數落他。以前在丹佛，狄恩可是有本事讓眾人及他們的女友坐在黑暗中，說，說，說個不停，他的聲音奇特又富催眠效果，有人說光是靠他講話的內容以及強大的說服力，就能把女孩勾引過來。那時他才十五或者十六歲。他當年的門徒現在都已結婚，他們的妻子現在讓他站在地毯中央，因他啟蒙的性慾與生活態度而數落他。我繼續聽下去。

「現在你要跟薩爾跑去東部，」嘉拉泰雅說：「你以為能幹出什麼大事？你這一走，卡蜜兒就得回家帶孩子 — 怎麼保得住飯碗？— 她永遠不要再見到你，我一點都不怪她。如果你們這路上瞧見艾德，叫他回家，否則我剁了他。」

就這麼直截了當。這真是再哀傷不過的夜晚了。我覺得好像與陌生手足同處可悲的夢境。接下來，眾人默然無語；以前，狄恩可以靠口才為自己開脫，現在他也只是不說話，站在眾人面前、燈泡之下，襤褸、落魄、癡愚，瘦削的瘋狂臉蛋汗珠直落、青筋搏動，嘴裡不斷說「是的，是的，是的」，好像他現在時時刻刻都能得到重大神啟，我深信如此，旁人也懷疑如此，因此害怕了。他就是「垮」（BEAT）— 至福（beatific）的根源與靈魂[2]。他究竟得知什麼奧祕？他使盡一切方法想讓我知道，眾人因而豔羨我得以站在他身旁，捍衛他，盡情吸納他，這是他們曾有過的企圖。現在他們只能望著我。我，這個陌生人，究竟想在這個美好的西岸夜晚做什麼？想到這點，我不禁有點退縮。

我說：「我們要去義大利。」徹底結束這個紛擾。然後，空氣中洋溢了一股奇怪的母性滿足感，

2 凱魯亞克在艾倫（Steve Allen）訪問秀中說：BEAT代表至福（beatitude）、沐恩，也代表消沉頹廢（down）、邊緣之外（out），沒有財富與歸宿，像吉普賽人永遠在路上（on the road）；BEAT也意含滾蛋走人（beat it），置身美國社會卻是局外人，以當時的情境來說，就是美國黑人。垮世代一直深受美國黑人文化影響，尤其是爵士，閱讀凱魯亞克的《在路上》，你不時看到有關城市黑人角落的描述，或者黑人抽大麻（tea）的路邊酒棧與酒吧。垮世代容易受到美國邊緣文化的吸引，也在其中茁壯開花。以上引自白大維（David Barton）著、何穎怡譯，〈布洛斯、垮世代、病毒〉，《裸體午餐》（*Naked Lunch*）繁體中文版導言，台北：商周出版（2009），頁六。

因為女孩看狄恩，就像母親看見最心愛卻又最不馴的兒子，對此，狄恩、他的哀傷拇指，以及那些神啟完全洞察，因此，他才可以一言不發，在落針可聞的靜默中離開這間公寓，到樓下等待。我與他已經對時間的意義達成共識。就是我們都體會過「走在人行道上的鬼魂」。我瞧窗外，他獨自站在門口觀看街頭。人們對他的勸告、尖刻、反控、憎惡、道德教訓、悲哀——他早已拋諸腦後，坦現在他面前的是純粹存有（pure being）的落魄與狂喜。

「來吧，嘉拉泰雅、梅麗，咱們去逛逛爵士樂場子，忘了這一切吧。狄恩總有一天會死，屆時你們對他又有什麼好說的？」

「早死早好，」嘉拉泰雅說，她的回答代表了屋內所有人。

「好吧，好吧，」我說：「不過，現在他還活著，我打賭你們全想知道他的下一步是什麼，因為他掌握了你們都渴望知道的奧祕，這讓他的腦袋裂成兩半，要是他瘋了，甭擔心，不是你們的錯，是上帝的錯。」

他們齊聲抗議；說我不瞭解狄恩的真面目；說他是有史以來最大的壞蛋，總有一天我會懊惱發現。他們的抗議如此激烈，我真覺得好笑。羅伊捍衛女士的觀點，說他再瞭解狄恩不過了，從頭到尾，他只是一個非常有趣甚至好玩的「騙子」。我出去找狄恩，討論了一下狀況。

他揉揉肚皮，舔舔嘴唇說：「哦，老兄，甭煩惱，一切美好，沒事。」

4

女孩下樓了，盛大夜晚就要開始，我們再度推車。狄恩大叫：「吼咿！出發囉！」我們跳上後座，車子鏗噹噹駛向佛森街的小哈林區。

下了車，我們躍進溫暖而瘋狂的夜晚，隔街就能聽見次中音薩克斯風手的號角狂嚎「咿—呀！咿—啊！咿呀！」以及人們隨著節拍擊掌，高喊「加油！加油！加油！」的聲音。狄恩早就高舉拇指衝向對街，大喊：「吹啊，老兄，吹啊！」一群穿著周末外出服的黑人擠在前頭叫囂。那是一間鋪木屑地板的酒店，幾個戴帽的樂手擠在小小的舞台上對著觀眾的頭頂吹奏，瘋狂的地方；不時可以看見體態鬆垮的瘋婆子穿著浴袍閒逛，後巷傳來酒瓶碰撞聲。經過滿地濺水的廁所，酒店後方有個黑暗通道，一群男女靠著牆啜飲波本威士忌葡萄雞尾酒，對著星空閒嗑牙。戴帽的次中音薩克斯風手正在吹奏非常美妙的自由即興，正值高潮段落，攀升而後急墜的反覆樂句從「咿呀」轉為瘋狂的「咿—低哩—呀！」伴隨滾動的鼓聲震耳轟隆。鼓手是長相野蠻、脖子粗壯如牛的大個子，啥也不理，好像跟那個爛鼓有仇似地猛捶，爆撞，喀嚓，砰！音樂聲高揚，薩克斯風手得到了那個（IT）[3]，觀眾也知

3 垮世代文人深受爵士樂影響，尤其是咆勃爵士。根據John Lardas在*The Bop Apocalypse:the Religious Visions of Kerouac, Ginsberg, and Burroughs*所述，對凱魯亞克等人而言，咆勃爵士遠離歐洲音樂形式傳統，它是一種酒神式的野性美國音樂，純粹的感情與狂熱傳給觀眾極大的震撼與共鳴。就像「集體狂歡」（orgy），爵士樂讓每個人爆發，最終合

道。狄恩站在人群中猛抓頭，真是一群瘋狂的觀眾。他們張著瘋狂雙眼，大聲吶喊要薩克斯風手挺住、撐住這一刻神妙，薩克斯風手先是彎腰蹲伏，直起身，又蹲下去，吹出響亮的循環，高高壓過群眾的吶喊聲。一個六呎高的皮包骨女黑人對著喇叭口旋轉，薩克斯風手則把喇叭對準她「咿！咿！咿！」。

所有人都在搖晃吶喊。嘉拉泰雅與梅麗拿著啤酒，站在椅上又搖又跳。一群群黑人從街上衝進來，簡直你推我擠互相踐踏。一個嗓門有如霧號響亮的男子大聲吶喊「老兄，你撐住啊！」我想這聲吶喊，全沙加緬度人都聽見了，啊哈！狄恩說：「哇！」他搓揉胸部，肚皮；臉上汗水噴濺。蹦！踢！蹦！鼓手用力，簡直要把鼓敲到地下室去，但是兩支具有殺人魔力的鼓棒又把滾雷般的鼓聲傳到樓上去，蹦！蹦！一個大胖子跳上舞台，地板沉陷發出嘎嘎聲，「唷」。每當薩克斯風手要換氣，準備下一輪如雷攻勢時，就輪到鋼琴手表現，他有如展翅之鷹五指全張猛敲琴鍵，敲出中國式的和弦，撼動鋼琴的每一片木材、每一條琴弦與每一個縫隙。蹦！薩克斯風手從舞台跳入觀眾群，對著四面八方吹；他的帽子滑落蓋住眼睛；有人幫它推回原位。他朝後仰，面朝天，跺腳，吹出響亮又沙啞的震耳樂聲，深吸一口氣，將薩克斯風高高舉起，吹出開闊、震耳、在空氣中尖鳴的聲音。狄恩就站在他

而為一。樂手有能力「洞察」他自己與眾人「當下」的心理狀態。咆勃爵士的即興讓獨奏樂手可以一邊搭配整個樂團，一邊追求自己的狂喜飛揚。這是在「群體裡仍得以表達自我」的最終自由形式。換言之，咆勃爵士樂手進入精彩狀態時，台上與台下既有共感（communal），又是一種極端直覺的存在。這種感覺，主角狄恩．莫瑞亞提無以名之，只好稱為「那個」（It）。詳見John Lardas, *The Bop Apocalypse*, Urbana and Chicago: University of Illinois Press (2000), pp.108-110。並參考第一部注釋7。

面前，朝喇叭口內張望，拍擊雙掌，汗水濺到薩克斯風的按鍵上，那人瞧見了，就吹出長串狂笑似的抖音，大家也跟著笑，搖晃又搖晃；最後薩克斯風手決定來個大爆發，他彎腰，吹出一個長長的高音C，撐得有夠久，其他樂音加入撞擊，觀眾瘋狂怒吼，我覺得鄰近管區的警察鐵定要一擁而入了。狄恩陷入玄幻入神狀態。薩克斯風手的眼睛牢牢瞪著他；這個瘋子樂迷不僅瞭解、關心他的音樂，還想穿透表象，更深入、更深入地瞭解它，他們開始對決；薩克斯風傳出的不再是樂句，而是吶喊、吶喊，從「咆」到「嗶！」再攀高至「咿咿咿咿」，接著往下降，故意走音，再吹出主音外的共鳴聲[4]。他玩盡各種花招，攀高爬低，側偏，倒置，橫躺，三十度，四十度，終於整個人倒到旁人的臂彎裡，不再吹奏，觀眾互相推擠吶喊：「好耶！好耶！這段棒透了。」狄恩掏出手帕猛擦臉。

薩克斯風手又爬上舞台，要求來首慢歌，他的眼神飄過觀眾頭頂，哀傷望向敞開的大門，開始唱〈閉上你的眼〉（Close Your Eyes）。眾人沉寂下來。薩克斯風手穿著破舊的麂皮夾克，紫色襯衫，裂了口的鞋子，沒熨的高腰窄褲，他一點都不在乎。他就像黑人版的海瑟！一雙棕色大眼睛滿是哀傷，緩慢唱歌，中間夾著長時間的沉思停頓。不過到了第二個主題樂段，他突然興奮起來，抓住麥克風，跳下舞台，彎下身，開始火力全開。每唱一個音，他就得彎身摸鞋尖，然後仰身，不斷延長此音，炫技演出，因為拉得太長，身體都偏斜顫抖了，直到下一個緩慢長音前才恢復正常。「音—音—音—樂，奏—奏—奏—奏—起。」他身體往後傾，面朝天，麥克風位置放低。他震顫，他搖擺！然後他朝

4 此處原文為sideways-echoing horn-sounds，飆自由爵士時，管樂手利用一些技巧吹出主要聲音之外的共鳴聲，製造效果。感謝沈鴻元指導。

前傾，臉蛋碰到麥克風「讓—它—顯—得—夢—幻—舞—動」，嘴角揚起嘲諷的笑容，眼光拋向外面的街道，那是比莉．哈樂黛（Billie Holiday）的時髦諷笑——「當—我—倆—陷——入—愛—河」唱到這裡，身體歪到一邊——「愛—就是—假—期」。他一副對世界極端厭煩與憎惡的表情，搖搖頭，「會讓世界看起來——」看起來怎樣，觀眾都在屏息以待；他喃喃唱出——「還O—K」。鋼琴敲出和弦，「因此，寶貝，來吧，閉上你的美麗雙—眼—」他的嘴角顫抖，看看狄恩與我，那個表情彷彿在說——咱們都在這個悲哀的骯髒世界幹嘛？——接著，他要進入歌曲尾聲，進入尾聲前，他必須有充分準備。時間長到你可以送信給全世界的賈西亞[5]，環繞十二周，觀眾又有啥好在乎的？因為我們面對的是糟糕無比的街頭，以及貧窮潦倒生活裡的陷阱與酸澀，「閉上——你的——」高高飆起，衝破天花板，奔向星際——「咿—耶—是—的」，他蹣跚跨下舞台，陷入沉思，坐在角落，被一群男孩圍繞，他根本懶得理睬，低望地下，哭泣。他真是最偉大的表演者。

狄恩與我走向他，邀他上車。在車上，他突然大叫「耶！沒錯！有什麼比得上好樂子！我們去哪兒？」狄恩在座位上跳蹦，咯咯狂笑。薩克斯風手說：「等會！等會！先讓我的人載大家去詹姆森的店，我得在那兒唱歌。兄弟，我活著就是為了唱歌，我已經連唱了兩個星期〈閉上你的眼〉——不想

5 典故來自十九世紀，艾勃特．哈伯（Elbert Hubbard）所寫的小冊書《送信給賈西亞》（*A Message to Garcia*）。講述美國和西班牙戰爭時，美國總統必須和躲在大山裡的古巴起義軍領袖賈西亞將軍取得聯絡，沒有人知道賈西亞的正確位置。書中主角安德魯．羅文不提疑問，接受任務，經過三個星期的驚險歷奇，成功將信送至賈西亞將軍處。這本書後來暢銷多年，廣為企業採用，強調能力與學問之外，員工最需要的是敬業精神，對上級的託付能立即採取行動，全心完成。

唱別的。你們哥兒倆有啥打算？」我們說兩天後就要去紐約了。「天，我從未去過紐約，人們說那是個很酷的城市，但是住在這裡，我也沒啥好抱怨。畢竟，我已經結婚了。」

「是嗎？」狄恩滿臉發光：「你的愛人今晚在哪裡？」

「這話什麼意思？」薩克斯風手用眼角瞄他：「我不是說，我們結婚了嗎？」

「噢，是的，噢，是的，」狄恩說：「我只是問問。或許她有姊妹、手帕交？你知道的，可以狂歡一下。我只是想找樂子而已。」

「咄，狂歡有啥好，人生太悲哀，不應該時時作樂。」薩克斯風手望著街頭說：「狗——屎！我身上沒錢，可是管它的，今晚豁出去了。」

我們回去再喝幾杯。兩位女生很氣狄恩跟我脫軌又太興奮，早就步行去詹姆森的店；反正那輛破車也不能跑。我們在酒吧看到恐怖景象：一個穿夏威夷衫的時髦白人同性戀走進來，問打鼓的大個子，他可否插花一下？樂手們狐疑地望著他，「你能演奏嗎？」他說他會，作勢唰了兩下。樂手們你瞧我我瞧你，最後說：「是啦，是啦，打鼓就是這樣。狗——屎！」因此那個娘娘腔就坐到套鼓前，他們開始演奏一首跳躍爵士，他以毛茸茸的柔軟鼓刷開始刷小鼓，心滿意足地搖頭晃腦，彷彿臻至海希式精神分析的狂喜之境[6]，沒別的原因，這傢伙可能抽多了大麻，吃多了軟爛食物，幹多了蠢樂子，這類所謂的酷事。不過他不在乎，他對著空氣快樂微笑，跟住節拍，帶著咆勃爵士的細膩，輕輕刷打，對照其他黑人樂手演奏響亮尖銳的紫實藍調，他的鼓聲像背景音樂，淙淙流水或者咯咯輕笑。沒

6 見第二部注釋36。

人理他。那個脖子粗壯的黑人鼓手正等著上場，說：「這人搞啥鬼？正經玩音樂呀！媽的！狗——狗屎！」他厭惡地轉頭他視。

要接薩克斯風手的人來了：是個模樣整潔的矮小黑人，開一輛大型凱迪拉克，我們全部跳上車。那人攀住方向盤極力催速，橫越整個舊金山，連一次都沒停，時速高達七十哩，他直切車陣，沒人注意他，真是開車高手。狄恩樂壞了：「你瞧瞧這人，媽啊！你瞧他坐在那兒，連骨頭都沒動，就能把這車操到最高點，一整個晚上邊說話邊開車都沒問題，只是啊，他不愛說話，哈，老兄，真希望——我——哦——也能這樣！耶！衝啊！別停——現在就衝！沒錯，就這樣！」駕駛彎過街角，放我們在詹姆森的店下車，然後去停車。一輛計程車駛近，跳下一個瘦小枯萎的黑人傳道士，他丟了一塊錢給司機，大叫「正點啊！」然後衝進店裡，直直穿過一樓的酒吧，嘴裡大叫「奏起來！吹起來啊」，接著蹣跚爬上樓，衝開二樓門，摔入充滿爵士樂聲的房間，差點跌個狗吃屎，連忙兩隻手朝前尋找支撐，他恰恰跌到藍普雪德身上，那一季，藍普雪德在這裡當服務生，音樂不斷轟隆轟隆，這人牢牢釘在敞開的門口，大喊：「為我吹啊，老兄，吹啊！」台上是一個矮個子黑人，吹中音薩克斯風，狄恩說這人跟湯姆·史納克一樣，與祖母一起住，白日睡覺，晚上玩音樂，最起碼得吹百來個主題樂段才能進入巔峰狀態，他正準備如此。

「他簡直是卡羅·馬克斯！」狄恩高喊，壓過噪音。

沒錯！這個祖母的乖孫子握著貼了膠布的中音薩克斯風，雙眼如珠閃亮；腳板彎曲；腿兒細長；他拿著樂器，又跳又蹦又踢腿，眼睛始終沒離開觀眾（這家店僅九百平方呎，天花板很低，只有十來張桌子，所謂的觀眾不過是坐在座位上嘻笑的客人），演奏也始終不停歇。他的創意很單純。喜歡在主題樂段玩些簡單的新變奏，來點驚喜。他以「踏—凸—踏躂—啦啦……踏—凸—踏躂—啦啦」開始，重複又重複，跟著節拍跳躍，輕吻他的中音薩克斯風，對著它微笑，然後轉入「踏—凸—咿—躂—滴—滴啦—拉普！踏—凸—咿—躂—滴—滴啦—拉普！」觀眾都明白他們聽到的是什麼，真是會心而笑的美妙時刻。他的吹奏如鐘清亮，單純又高飄，音符直撲離他僅兩呎遠的觀眾臉上。狄恩站在他面前，完全不在乎周遭世界，低著頭，兩手互相猛擊，踮著腳抖動全身，上下跳動，汗珠（他總是流汗）淋漓，從可憐的領口噴濺到地板，真的在他腳邊形成水灘。嘉拉泰雅與梅麗也在那裡，我們足足五分鐘才發現。哇，舊金山的夜晚。大陸的盡頭，也是疑問的盡頭。拜拜，疑問，拜拜，愚行。藍普雪德捧著啤酒托盤在人群穿梭；一舉一動都配合音樂的節奏；搭著節拍對女侍吶喊「各位，現在，寶貝寶貝，讓路，讓路，藍普雪德要過路！」啤酒盤高舉空中，他旋風經過女侍身旁，衝過旋轉門，進入廚房，跟廚師起舞，又渾身大汗回到外場。那個次中音薩克斯風手坐在角落桌子，一動也不動，沒碰面前那杯酒，眼神呆滯望著前方，兩手下垂，幾乎碰到地面，雙腿懶洋洋朝外伸，像懸掛的舌頭，他因為極度疲倦、失神哀傷，或者其他念頭而顯得委頓。這人，夜夜操垮自己，讓眾人為他宣判「瀕死」。周遭一切有如飛雲。而那個與祖母同住、身材宛如小號卡羅·馬克斯的中音薩克斯風手，拿著神奇號角亂蹦又亂跳，一口氣吹上兩百個藍調主題樂段，一個比一個瘋狂，彷彿精力源源不絕，永遠不願結束此夜。整個場子為之顫抖。

一小時後，我跟舊金山的中音薩克斯風手艾德·佛涅耶站在佛森街與四街交口，等狄恩到酒吧打電話給羅伊來接我們。沒什麼事，只是隨意聊聊，突然間，我們瞧見了一個瘋狂詭異景象。是狄恩。他要給羅伊酒吧的地址，叫羅伊不要掛電話，他去看門牌，急匆匆穿過坐滿穿白襯衫、喧鬧酒客的長條吧台，到街中心看門牌。他蹲低身體，就像葛丘．馬克思，雙腳矯捷無比，鬼魂一樣地飄出酒吧，腫如氣球的拇指翹在半空中，然後在路中心旋風急停，抬頭四處張望門牌。夜色裡不易看清，他在街中心轉了十幾圈，手指高翹，焦慮瘋狂的靜寂中，這個頭髮蓬亂、手指有如巨大飛雁停在半空中的男人，在暮色中轉了又轉，另一隻手心煩意亂地插在褲袋裡。佛涅耶說：「我到哪兒都吹這條甜蜜的曲子，客人不喜歡，我也沒辦法。老兄，你瞧，你那個朋友還真是瘋子，你瞧瞧他——」我們瞪著狄恩。周遭無聲。狄恩瞧見門牌號碼後，衝回酒吧，蹲低身體，從離開酒吧的酒客腳邊鑽過，速度之快，客人得多瞧一眼才看得見。幾分鐘後，羅伊現身，狄恩以同樣的迅捷動作穿過街，上車，一句話也沒說。我們再度上路了。

「喂，羅伊，我知道你跟老婆為了我們的事不開心，不過我們絕對真的要在不可思議的三分鐘內，趕到四十六街與葛理街交口，否則，啥都沒了。阿門！是的！（咳咳）天一亮，我跟薩爾就要走人，去紐約，這肯定是我們最後一晚找樂子，我知道你不會在意的。」

是的，羅伊不在意；只是每逢紅燈必闖，為我們的蠢事趕死趕活。天亮，他回家睡覺。我們則遇見一個叫華特的黑人，他正在點酒，把酒杯排列成行，說：「波本威士忌葡萄雞尾酒（spodiodi）！」那是紅葡萄酒上面加一層威士忌再加一層紅葡萄酒。華特高喊：「為爛威士忌穿上漂亮外衣。[7]」

他邀請我們去他家喝啤酒，那是位於霍華街後面的出租公寓。到家時，他老婆正在睡覺，整個屋

7 意思應指爛威士忌加上兩層紅葡萄酒，爛酒就變好喝了。

裡只有一枚燈泡，掛在臥床上方。我們得站到凳子上，轉下燈泡，整個過程，他老婆都躺在床上微笑；狄恩負責轉燈泡，睫毛一搧一搧。華特的老婆至少比他大十五歲，全世界最窩心的女人。我們還得拆下她床頭的延長線，她也只是笑了笑。她沒問華特剛剛去哪兒了？現在是幾點？什麼都沒問。終於我們拿了燈泡與延長線，在寒傖的廚房小桌前喝啤酒，談天說地。黎明。該走人了，我們把延長線拿回臥房，把燈泡裝回去。瘋狂事兒再演一遍，華特的老婆也只是笑了笑。從頭到尾沒開過口。

站在破曉街頭，狄恩說：「現在你瞭了嗎？這才是你需要的真女人。從不說重話，不抱怨，或者糾正你，她的男人晚上愛什麼時候回家都可以，可以在廚房跟人聊天喝啤酒，高興什麼時候散就什麼時候散。這才叫男人，而這是他的城堡。」他指指華特的租屋。我們蹣跚走上街頭。瘋狂夜晚已經結束。一輛巡邏車狐疑地尾隨了我們幾條街。我們在三街的麵包店買了剛出爐的甜甜圈，站在灰色的破爛街頭就吃了起來。一個戴眼鏡、衣著體面的高個子伴著一個戴卡車司機帽的黑人，晃蕩走來。真是奇怪的一對。一輛大卡車駛過，那黑人興奮指點，想要表達自己的心情。高大的白人瞧瞧有沒有人在偷窺他，然後開始數鈔票。狄恩咯咯笑：「這人活脫脫就是公牛老李！總愛數鈔票，杞人憂天，而他的夥伴只想聊卡車跟他所知道的事。」我們尾隨這一對好一會兒。

聖潔的花朵在空中飄移，像是爵士夜過後的美國，街頭上的疲憊臉孔。

我們得睡覺；嘉拉泰雅的公寓是甭想了。狄恩認識一個鐵路車軔手，厄尼斯．柏克，跟他老爸住在三街的旅館。狄恩跟他們原本交好，現在不，因此由我去說服他們讓我們睡地板。恐怖極了。我得從早餐店打電話。老頭接電話，語氣狐疑。不過，他還記得兒子以前提過我。出乎意料，他現身旅館門廳，開門讓我們進去。那是哀傷、老舊、棕色的舊金山旅館，老頭帶我們上樓，把整張床慷慨讓給我們，說：「反正我也該起床了。」然後他到小廚房煮咖啡，聊當年在鐵路公司上班的事。他讓我想起我老爸。我沒睡，聽他說故事。狄恩沒聽，只管刷牙，忙著到處張望，老頭說啥，他都回應「是呀，沒錯。」終於，我們上床睡覺了；上午，厄尼斯結束西部支線的班，返家，我跟狄恩起來，輪他用床。這時，老柏克先生打扮得十分花稍，出門跟他的中年甜心約會。他穿上綠色粗花呢外套，搭配相同的綠色花呢布帽，衣領上別著花朵。

「舊金山這些浪漫的落魄退休車軔手，日子雖難過，卻熱中追求自己的生活，」我在浴室裡跟狄恩說：「他讓我們在這裡睡，真是好心。」

狄恩根本沒聽，敷衍說：「是啦，是啦。」衝去旅行社找共乘的便車。我的任務是趕去嘉拉泰雅家拿行李。她坐在地板上玩算命撲克牌。

「這就說再見囉，嘉拉泰雅，希望妳一切順利。」

「艾德回來後，我會每天晚上帶他去『詹姆森的店』，讓他發洩瘋性。薩爾，你認為可行嗎？我已經不知道怎麼辦。」

「算命牌怎麼說。」

「黑桃A遠離他，紅心牌始終在他左右——紅心皇后從不遠離他。你瞧見這張黑桃老J嗎？這是狄恩，他也總是在左右。」

「嗯，我們一小時內就要出發去紐約。」

「總有一天，狄恩會踏上不歸的旅程，不會再回來。」

她讓我在那裡洗澡刮鬍子，然後我跟她道別，拎起行李下樓，攔共乘計程車。這是普通計程車，不過行駛固定路線，沿途載客，你在街角攔車，前往你想去的地方，只要一毛五分，不過得跟其他乘客共擠，跟搭公車一樣，卻又像私家車，可以任意談笑。我在舊金山的最後一天，密辛街正在做大工程，吵鬧得很，小孩玩耍，剛下班的黑人開心回家，煙塵，興奮，這真是美國最令人興奮的城市，處處轟鳴——抬頭是湛藍天空，夜裡，海中霧氣滾入城市，讓人饑渴，想要更多的美食，更多的興奮刺激。我真不想離開；這次在舊金山我只待了六十幾個小時。有瘋狂的狄恩為伴，我被拉著到處跑，沒能好好觀看這個城市。到了下午，我們已經噗噗前進沙加緬度，再度往東行。

5

車主是個高瘦的男同性戀，要回堪薩斯州，戴深色眼鏡，開車超級小心；那是狄恩所謂的「玻璃們才開的普利茅斯」（Plymouth）；缺乏瞬間加速力，沒有真正的馬力。他對著我的耳朵低語：「娘兒們的車！」車上還有兩個乘客，是一對夫婦，典型的半吊子觀光客，走到哪裡都要停下來，在那裡過夜。最起碼得開到沙加緬度才算第一站，那甚至構不上我們前往丹佛的起點。狄恩跟我在後座，把趕路的事交給他們，自顧聊天。「老兄，我說啊，咋晚那個中音薩克斯風手還真的得到了『那個』（IT）——一旦找到，就抓住不放，我還沒看過有人可以將那種感覺撐那麼久的。」我想知道他所謂的「那個」是什麼。「吶，」——狄恩笑了——「你問的是不一可一解一釋的事，嗯！那場子有他，還有觀眾，是吧？他必須拿出本事，抓住觀眾的所思所想，表現在音樂上。他開始第一個主題樂段，組織排列自己的概念，感受底下的人們，沒錯，沒錯，他必須抓住『那個』，他奮起迎接天賜的命運，使出最高本事，主題樂段演奏到一半，他抓住了那個——觀眾也感受到了，紛紛抬頭望；仔細聆聽。表演者抓住這股動力，不斷撐住。霎時，時間停止了，他以生命的本質填補所有空間，那是以胸腹力量吹出滔滔告白，回憶舊創意，改編舊曲式。他得從主題樂段吹到過門，再回到主題，一再反覆，對曲調做無盡的靈魂探索，就在那一刻，觀眾明白了曲子本身並不重要，是『那個』才重要——」狄恩說不下去了，剛剛那段話就讓他渾身大汗。

然後我開始說話；我這輩子還沒一口氣講過這麼多話。我說小時坐車，我常幻想自己手上有把大鐮刀，可以砍掉沿路的樹與電線桿，甚至將飛快經過的山丘劈成兩半。狄恩大叫：「耶！對！我小時候也這樣，只不過鐮刀不同。我告訴你為什麼。坐車穿越西部，筆直路線很長，我的鐮刀必須是無限、無限長，碰到遠山還要會轉彎，削掉山頂，更高桿的是這鐮刀不僅會削遠山，還同時可以砍掉沿路的電線桿——每隔一段距離就會浮現眼前的電線桿。因為如此——噢，我得跟你說，老兄，現在，我也得到了『那個』——非得告訴你不可，大蕭條中期，有一次我老爸、我，還有一個拉里莫街的落魄老流浪漢，一起到內布拉斯加賣蒼蠅拍。我得告訴你，我們怎麼做蒼蠅拍的。我們買普通的老式紗網，將鐵絲網對拗，縫上藍色與紅色的布邊，材料都是從廉價店買來，成本不到幾分錢，我們做了幾千支，坐上老流浪漢的破車，一路開到內布拉斯加，敲每一個農家的門，一支蒼蠅拍賣五分錢——多數人看到兩個落魄漢帶一個小孩，出於同情心，就買一支。那段日子真像天上掉下餡餅，我老頭樂得每日哼唱『哈利路亞，我又成了流浪漢，流浪漢』。老兄，你聽啊，我們辛苦工作了兩周，大熱天，四處奔波賣七拼八湊的爛蒼蠅拍，他們開始爭論盈餘的分配，在路邊大吵了一架，和好後就去買葡萄酒喝，這一喝就沒停，連續五天五夜，我只能在他們後面畏縮哭泣，他們把賺來的錢喝到一毛不剩，我們又回到原點，就是在拉里莫街乞討。我老爸被捕，我還得在法庭乞求法官釋放他，因為他是我爸，而我沒有媽。薩爾，我跟你說，我那時才八歲，卻發表了一篇頗成熟厲害的演說，連律師都看得津津有味……」我們情緒高昂；興奮無比；我們要去東部了。

「我再告訴你，」我說：「權當你談話的墊檔插曲，也為我剛剛的思緒下個結論。小時我躺在父親的汽車後座，還會看到另一個影像，我瞧見自己騎白馬跟著汽車跑，超越各種可能的障礙；包括避過電桿、繞過房子，有時我看到障礙物已經太晚，只好用跳的，奔過山丘，穿越突然出現擁擠車潮的廣場，我都能不可思議地避過——」

「沒錯！沒錯！沒錯！沒錯！」狄恩興奮地大聲喘氣說：「我跟你唯一的差別是沒騎馬，我用跑的。你是東部孩子，夢想騎馬；自然，你我都不會把這些事情視為理所當然，因為它們全是文學概念與糟粕，跟著汽車奔跑的我可能是分裂人格中較為狂野的那個自我，可以加速到九十，跳過所有草叢、藩籬與農舍，有時瞬間就奔到山丘再回來，時速絲毫未減……」

我們大聊這些事，渾身是汗。完全忘記前座還有人，他們開始狐疑後座究竟發生何事。一度駕駛還說：「看在老天分上，你們這是要翻船嗎？」他說的沒錯；當狄恩與我複述在我們靈魂深處潛藏了一輩子、既狂亂又天真的無數細節，彷彿又重新經歷了一遍這些事，直至最後陷入絕對的迷幻，不禁順著它的節奏，以及終極喜悅興奮帶來的「那個」而狂擺身體，車子也就跟著晃動了。

「噢！老天！老天！老天！」狄恩呻吟：「我們的旅程根本還沒展開呢——不過我們終於一起東行。我們從未一起東行過呢，薩爾，你想想，到了丹佛，我們要一起好好研究它，瞧瞧大家都在幹啥，雖說他們怎麼過活，對我們而言已經毫不重要。重要的是我們已經得到那個，又明白了時間的真義，知道凡事到頭都美好。」然後他開始低語，拉住我的衣袖，滿頭大汗說：「你瞧瞧前座這些人。他們心頭有負擔，計算哩數，想著今晚該睡哪裡，汽油得花多少錢，天候如何，該如何抵達目的地——你瞧，其實他們到頭來都會抵達目的地。但是他們非要自尋煩惱不可，看似迫切，其實虛幻，辜負了時間的真義，純粹只是焦慮與抱怨。除非他們能找到確切而且證實不虛的煩惱，他們永遠得不到安寧，一旦找到這樣的煩惱，表情也跟著變成認命，你瞧，這叫做不幸不快樂，在此同時，時間如風疾逝，他們也知道，因此更操心個沒完沒了。你聽！你聽！」他以滑稽的模仿語氣說：「哦，我不知道耶　一　或許我們不該在這個加油站加油。最近啊，我才在《全國汽油新聞報》讀到，這種汽油含有大量的狗屁辛烷，不僅如此，還有人說它裡面有什麼半官方、高音頻的雞巴毛呢，我不知道，總之，我就是不想在這裡加油……老兄，你瞧瞧這個。」[8]他用力戳我的肋骨，看看我是否明白。我使出自己最狂野的一面。砰！乓！滿口是的！是的！是的！前座的人極度恐懼，頻頻拭去眉頭的汗水，真希望他們沒在旅行社搭上我們。而旅途才開始而已。

到了沙加緬度，那個玻璃相公狡猾訂下旅館房間，邀請我跟狄恩一起喝一杯，那對夫婦則去親戚家過夜。到了旅館房間，狄恩跟我使盡各種手段要從那個娘娘腔身上榨錢。簡直瘋了。那傢伙先是說很高興有我們同行，因為他喜歡我們這樣的年輕人，我們相信嗎，他其實不喜歡女人，最近才跟舊金山某男子結束關係。那段關係裡，他扮男的，那男人扮女的。狄恩不斷以做生意口吻問東問西，熱切點頭。娘娘腔說他最渴望知道狄恩對這件事的看法。不過，他事先警告狄恩，說他年輕時也跑過江湖騙吃騙喝。狄恩問他有多少錢。我起身進浴室。那個玻璃後來搞到很怒，我也懷疑狄恩究竟有何企圖。那人當然沒掏錢，含糊說到了丹佛才給。他不斷數錢，檢查錢包。狄恩雙手一拋，放棄了。他跟我說：「老兄，你瞧，這件事拉倒算了。你投合他們心頭的祕密渴望，他們反而當場恐慌了起來。」不過他倒是成功說服這位普利茅斯車主第二天讓他開車，對方並無異議，這下，我們才叫真正上路了。

8　以上的《全國汽油新聞報》跟半官方的高頻雞巴毛，都是狄恩的胡扯淡。

我們黎明離開沙加緬度，中午橫越內華達沙漠，飛車經過大山隘口，娘娘腔跟那對夫婦在後座緊緊抓住對方。我們在前座，掌控一切。狄恩又開心了。他只需要方向盤在手，四輪著地，一切就好。他還說公牛老李是個超爛駕駛，順便表演——「只要有大卡車浮現前方，老李總是搞到最後一秒鐘才看見，他啊，就是不會看，就是瞧不見，」他猛揉眼睛表演：「我會說『哇，小心，老李，有卡車。』他會說：『啊？你說什麼，狄恩？』『卡車啊！卡車啊！』他會迎面朝卡車開過去，直到最後一秒才這樣——」狄恩將普利茅斯猛力轉向，對上迎面而來的卡車，左抖右晃，你可以瞧見卡車司機臉色發白，後座乘客震驚喘氣，然後他在最後一秒鐘扭轉方向盤避過。「就是這樣，你瞧，就是這樣，老李開車就有這麼爛。」我一點也不害怕；我知道狄恩的本事。後座的人則鴉雀無聲。事實上，他們不敢抗議；如果抗議，天知道狄恩會幹出啥事？他沿路就是以這種方式表演各式各樣不足取的開車方法，以及他老爸以前如何開破車，厲害的駕駛如何轉彎，爛駕駛又是如何一開始轉彎弧度過大，如何手忙腳亂收尾。就這樣，他一路飆過沙漠。那是陽光猛烈的大熱天下午，雷諾、巴托山、埃爾科市陸續從我們眼前飛過，黃昏時，我們抵達鹽湖平原，鹽湖城的燈光在地平線上形成海市蜃樓，我們看到兩次，都是綿延百哩長，一個在地平線上，一個在下，一個清晰，一個模糊。我跟狄恩說人在世間，聯繫我們的都是看不見的東西，為了證明所言不虛，我指著在百哩鹽地綿延轉彎不見的長排電桿。他已經鬆開的拇指繃帶早就骯髒，在空氣中抖動，狄恩滿面發光：「沒錯，老兄，老天！沒錯！沒錯！」突然間煞住車，整個人軟癱。我傾過身，發現他弓著身體在座椅角落睡著了。沒受傷的手撐著臉，綁著繃帶的那根拇指自動盡職地豎在半空中。

後座乘客如釋重負。我聽到他們小聲密謀叛變：「不能再讓他開車，這人徹底瘋狂，一定是有人把他放出療養院。」

我為狄恩抱不平，轉身對他們說：「他不瘋，過一會兒就沒事，他開車，你們甭操心，他是全世界最棒的駕駛。」

那女的以壓抑又歇斯底里的低語聲說：「我就是受不了他。」我朝椅背一靠，欣賞沙漠夜景，等著可憐小天使狄恩醒來。我們停車的山丘可以俯瞰鹽湖城整齊的燈火，許多年前，渾身溼漉又無名的狄恩在這城市呱呱墜地，頭一次張開眼瞧見的就是這個鬼魅世界。

「薩爾，薩爾，你瞧，這是我出生的地方，想想看！人都會改變，年復一年塡飽肚皮，每吃一頓飯就有改變。咿！瞧！」他的興奮令我啜泣。這一切的盡頭會是什麼呢？後座那一對堅持換他們開車，一路到丹佛。好的。我們不在乎。換到後座猛聊天。到了天亮，他們實在累得不行，狄恩在科羅拉多州東邊沙漠的克雷格城接手。在這之前，他們小心翼翼龜速爬行猶他州的草莓隘口，耗掉一整個晚上，浪費不少時間。他們睡著後，狄恩就加足馬力，朝百哩外位於世界山脊的雄偉柏邵德山隘疾駛，巨大的直布羅陀海峽門戶被雲霧包圍。狄恩像隻金甲蟲越過柏邵德山隘，跟上次越過提哈查匹山隘一樣，他關掉引擎，任由車子下滑，沿途超越所有車子，順著山勢的節奏前行，一直到我們瞧見丹佛炙熱的廣大平原──狄恩到家了。

我們在二十七街與聯邦街下車時，那行人面露愚蠢的如釋重負表情。破爛手提箱再度堆放路旁；我們還有好長的路要走。不過，沒關係，道路就是生命。

6

這次我們在丹佛面臨幾個狀況，跟一九四七年那次丹佛行的狀況完全不同。我們可以馬上到旅行社找便車，也可以在丹佛混幾天找樂子，還有找狄恩的老爸。

我們又累又髒。在餐館上廁所時，我站的尿斗擋住了狄恩去洗手台的路，我沒尿完就讓開，到另一個尿斗繼續尿，對狄恩說：「你瞧瞧我這招。」

「是啊，老兄，」狄恩邊洗手邊說：「這招很屌，不過很傷腎臟，每次你耍這一招就會老一點，幾年後，等你老到坐在公園長椅上，就知道腎臟不好有多慘。」

我聽了大怒，說：「誰老了？我只比你大幾歲！」

「我的意思不是這樣，老兄！」

「你一天到晚嘲笑我的年紀。我可不像那個玻璃那麼老，用不著你來警告我對腎臟不好。」回到卡座後，女侍送上熱騰騰的烤牛肉三明治 ― 通常狄恩會馬上狼吞虎嚥 ― 但是我盛怒未消，繼續說：「我以後再也不要聽到這些話。」突然間，狄恩雙眼浮上淚水，起身離開餐館，扔下熱氣蒸騰的食物。我不知道他是不是一去不回。不過，我才不在乎，我氣瘋了 ― 一時失控，拿狄恩出氣。但是看到他沒吃的食物，我又難過得要命，好多年來都沒這麼難受。我不該講那些話……狄恩熱愛食物……從不會扔下食物走人……管他的。總之，我得給他一點顏色瞧瞧。

狄恩在餐館外面足足站了五分鐘才回來就坐。「怎，」我說：「你在外面幹嘛？緊握雙拳？咒罵我，還是想些有關我腎臟的新笑料？」

狄恩默默搖頭：「不，老兄，不是這樣，你全搞錯了。如果你真想知道，那麼——」

「儘管說啊，告訴我，」我沒抬頭瞧他，覺得自己簡直是禽獸。

「我在哭。」狄恩說。

「見鬼，你從來不哭的。」

「你說啥。你為何認為我從不哭？」

「因為你還沒死透！」我講的每一句話都像扎在自己的心口。我對這個哥兒們的隱密不滿全都爆了出來：我真是醜陋，而深埋在我污穢不純的心底又是何等的齷齪景象。

狄恩搖搖頭：「不是，老兄，我真的在哭。」

「繼續講啊，我猜想你氣瘋了，想要閃人。」

「相信我，薩爾，如果你曾相信我說過的任何話，就讓它是這一次吧。」我知道他講的是實話，但是我不想碰觸真相，我抬頭看他，覺得自己因五內扭曲滿肚壞水而眼光偏斜了。我知道我錯了。

「噢，天，狄恩，我真抱歉。我從來不會對你這樣。現在你看清我的真面目了。你知道我不再跟人關係緊密——不擅長這類事。就像兩手捧了大便卻不知道該怎麼放下。我們忘了這件事吧。」這位神聖的大騙子開始吃東西了。「這不是我的錯！不是我的錯！」我跟他說：「這個爆爛世界的一切都不是我的錯，你看不出來嗎？我不想這樣，不該這樣，也永遠不會這樣。」

「是的，老兄，沒錯。不過請你恢復舊樣，你得相信我。」

「我相信你，真的。」這是那個下午發生的悲哀故事。晚上，我們去借住一個流動工人的住處，就發生了各式複雜的事了。

兩星期前我在丹佛獨居，認識了這些鄰居。那家女主人穿牛仔褲，冬天在山區駕駛運煤卡車養活孩子，一共四個。她是好女人，幾年前，跟丈夫開著拖車四處跑，老公一聲不響落跑了。當時，他們由印第安那州一路開到洛杉磯，在拖車裡度過不少歡樂時光，某個星期天下午，他們在十字路口的酒棧飲酒作樂，晚上聽人彈吉他，突然間，那個大廢物走入黑暗田野，從此不見蹤影。她的孩子都很棒，老大是男孩，夏天不在，在山上的營地；老二是十三歲女兒，喜歡寫詩，到田野摘花，立志長大後要到好萊塢當女星，名字叫珍娜；下面兩個孩子還小，小吉米晚上坐在營火堆旁，吵著要吃還沒烤熟的「媽零屬」，小露西喜歡養昆蟲當寵物，包括蚯蚓、有角的蟾蜍，甲蟲，凡是會爬的東西她都愛，給牠們取名字，找地方飼養牠們。這家人有四條狗，住在新開發的小街，生活雖困苦卻歡樂。在這個尚稱體面的鄰里，他們家算是最底層的，不僅因為這女人被老公拋棄了，也因為他們總在院子裡亂丟垃圾。到了晚上，山下的丹佛平原燈火閃亮，好像一個大車輪。她家位於高處，西部此處的山頭緩緩切向平原，遠古時代，像大海一樣寬闊的密西西比河一定緩緩侵蝕兩岸的山，讓它們形成完美的圓缽形，只有艾文思、派克、龍思等山頭像孤島矗立。狄恩跟著我去借住，興奮得滿頭是汗，尤其瞧見珍娜時，我警告他別想入非非。這警告可能純屬多餘，因為那女人可是男人最愛的真女人，一見到狄恩就看對眼，但是兩人都很害羞。她說狄恩讓她想起落跑的老公：「一模一樣，我跟你說啊，都是瘋子。」

結果就是我們在亂糟糟的起居室喧嘩喝啤酒，吃晚飯時大聲聊天，「獨行俠」廣播劇在旁轟轟響。引發的混亂後果就有如群蝶飛舞。這女人——大家叫她法蘭姬——多年來一直嚷著要買一輛老爺車，這次真的要幹了，因為近來有些進帳。狄恩馬上扛起挑選車輛、講價殺價的責任，他當然想要借用這輛車，才能像昔日一樣跑去高校釣女生，載她們去山上約會。可憐、天真的法蘭姬個性隨和，樣樣都說好。但是到了賣車場，站在推銷員面前，她突然又畏懼跟手中的鈔票說拜拜。狄恩氣得一屁股坐在阿拉米達大道的塵土路上，用力敲腦袋。「一百元，妳再也找不到這麼棒的交易了。」他發誓不跟法蘭姬說話了，大聲咒罵，氣得臉色發紫，甚至打算跳上車，管他的，開走算了。「噢，這些流動工人真是笨！笨！笨！一輩子都不可能改變，他們簡直笨到無法想像，徹底白癡，一碰到要付諸行動，他們頓時嚇得渾身麻痺，歇斯底里，他們最畏懼的事情莫過心中的願望要實現——簡直就是我老爸老爸老爸的那種德行！」

狄恩那晚很興奮，因為他的表親山姆．布萊迪約了他在酒吧碰頭，狄恩換上乾淨T恤，容光煥發，說：「薩爾，我必須跟你說說這個山姆，他是我表哥。」

「順便問一下，你有去找你老爸嗎？」

「下午有去，老兄，我先去吉格便餐店，我老頭以前常醉醺醺地去上工，幫忙倒生啤酒，老闆氣瘋了，他只好蹣跚離開——不——他不在那裡。我跑到溫莎旅館隔壁的理髮店找他——不——他也不在那兒。有個老傢伙跟我說——你聽哦——我老頭跑去新英格蘭的『波士頓與緬因鐵路公司』，在養護工人（gandy-dancing）餐廳還是什麼的幹活。我不相信，這些人為了一毛錢，什麼樣的瘋狂故事都掰得出來。現在你聽我說。小時，山姆是我最親近的表哥，我的英雄偶像。他從山間運走私酒賺錢。有一次他跟他老哥大打一架，在後院纏鬥了兩小時，所有女生都嚇壞了，尖叫不停。以前，我都跟他睡一床。他是家族裡唯一關心我的人。今晚是我七年來頭次見到他，他剛從密蘇里回來。」

「你背後有啥名堂？」

「老兄，沒有名堂，只想知道我們家族的近況 ── 請記住，我也是有家族的 ── 更重要的，我想聽他說些我已經忘懷的童年往事。我想記住，真的！」我從未見過狄恩如此開心興奮。我們在酒吧等他表哥時，他跟一群市中心來的年輕嬉思特，還有混街頭的人聊了許久，瞭解一下有哪些新幫派，外面有啥新聞。然後他打探瑪麗露的下落，因為她不久前還在丹佛。「薩爾，我小時常來這個街角，偷報攤上的零錢，買廉價燉牛肉吃。你瞧街角那個顧攤子的男人，這人胸中充滿殺人的恨意，一天到晚和人打架，我現在還記得他身上的疤痕。但是一年又一年佇立街頭下來，他變柔和了，個性大幅修正，對誰都和氣甜蜜，耐性十足，他已經成為街頭一景，瞧瞧世事變化有多大？」

山姆來了，年約三十五，個子瘦削結實，雙手都是勞動而生的繭，一頭捲髮。狄恩傻呼呼地站在他面前，山姆．布萊迪說：「不，我已經不喝酒了。」

「你瞧，你瞧，」狄恩在我耳邊輕聲說：「他以前是最大咖的威士忌走私販，現在信了教，不喝酒了，他在電話裡跟我說的，你瞧瞧他，瞧瞧這巨大的轉變 ── 我的英雄變成如此奇怪。」山姆懷疑表弟的動機，開著小破車載我們四處逛逛，開宗明義表達他的立場。

「狄恩，我跟你說，你想講的任何話，我都不再相信了。今晚我來跟你碰面，是要你代表你家簽文件。我們早就不提你老爸的名字了，跟他已經沒有任何瓜葛。很抱歉，我得明說，我們也不想跟你有瓜葛。」我瞧瞧狄恩，他臉兒垮了，神色黯淡。

「明白，明白，」他說。山姆繼續載我們四處逛，甚至請我們吃甜筒冰淇淋。狄恩不死心，不斷詢問童年往事種種，山姆也一一回答，一度，狄恩又興奮到快流汗了。噢，他的落魄老爸今晚又在何方呢？山姆讓我們在阿拉米達大道與聯邦街口下車，遊樂場的哀傷燈火正流轉。他們約了明日下午簽文件。我跟狄恩說，很遺憾這個世界沒有人相信他。

「請記得我相信你。昨日下午我對你的愚蠢懷恨，我真的懊惱到不行。」

「沒事，老兄，我們已經同意事過境遷了，」狄恩說。我們一起到遊樂場逛逛。有旋轉木馬、雲霄飛車、爆米花攤、輪盤、地上鋪著鋸木屑，數百個穿牛仔褲的丹佛年輕人漫遊其間。伴隨著全世界最憂傷的音樂輕揚，灰塵也跟著揚起遮住星光。狄恩穿著褪色的Levi's緊身牛仔褲，上身是T恤，突然間，他看起來又恢復丹佛人本色。幾個戴墨鏡、留鬍子、穿鑲珠夾克的飛車小子，拖著穿Levi's牛仔褲、玫瑰花襯衫的漂亮女孩到帳篷後面親熱。遊客中有不少墨西哥女孩，其中一個女孩是僅三呎高的侏儒，有全世界最美麗溫柔的臉蛋，她轉身對同伴說：「老兄，我們打電話給戈梅茲，一起走人吧。」狄恩瞧見她，當場震懾，宛如暗夜裡利刃穿心。「天啊，我愛她，噢，我愛她……」我們跟著這女人團團轉許久。她終於跨越高速公路到汽車旅館的電話亭打電話，狄恩假裝翻電話簿，其實，眼睛牢牢釘住她。我想跟這個漂亮洋娃娃的同伴攀談，她們卻懶得理我。戈梅茲開著破卡車來了，載走那群女孩。狄恩站在路中，抓緊胸口：「噢，老天，我差點沒掛了……」

「天殺的，你幹嘛不跟她說話？」

「沒法，辦不到……」我們決定買點啤酒，到法蘭姬住處聽唱片喝酒。拎著一袋啤酒在路邊攔車。法蘭姬的十三歲女兒珍娜是我見過最美麗的女孩，馬上就要變成漂亮的酷女人了。最特別的，她十指細長而尖，纖柔又感性，講話時雙手揮舞，真像埃及豔后的尼羅河舞。狄恩坐在房間最遠的角落，瞇著雙眼瞧她，嘴裡說：「是的，是的，是的。」珍娜察覺他的用意；跑來找我保護。幾個月前，我跟她相處過不少時間，聊她看過的書跟她有興趣的小事物。

7

當夜無話；我們上床睡覺。第二天則禍事一大堆。下午，狄恩跟我到丹佛市中心辦瑣事，並去旅行社看有沒有便車可到紐約。近黃昏時，我們打算返回流動工人法蘭姬的住處，經過百老匯街時，狄恩從容走進一家體育用品店，鎮定地拿起櫃檯上的一顆壘球走出店門，上下拋丟。沒人注意他；人們根本不注意這類事情。那是悶熱到令人昏昏欲睡的下午。我們邊走邊拋接壘球說：「明兒，在旅行社鐵定找得到往紐約的便車。」

我的一個女性朋友送我一夸特的「老爺爺牌」波本。我們在法蘭姬家暢飲開來。法蘭姬住家後面有片玉米田，住了一個漂亮妞，狄恩到此的第一天就想勾搭她。麻煩開始醞釀了。他朝這妞兒的窗口扔了太多小石頭，嚇著她。當我們在滿地垃圾、狗兒跑進跑出，到處都是玩具的起居室喝酒，惆悵聊天，狄恩不時從廚房後門跑出去，朝女孩窗戶扔石頭吹口哨。偶爾珍娜會跑出去瞧瞧。突然，狄恩臉色蒼白回來。「兄弟，麻煩大了。那妞兒的老媽拿霰彈槍追殺我，她還有一幫高中孩子埋伏在路邊追打我。」

「搞啥？人在哪裡？」

「兄弟，玉米田那頭。」狄恩醺醉，毫不在乎。我們一起出去，穿越月光下的玉米田，瞧見一群人站在黑暗泥巴路上。

我聽見：「他們來了！」

「等一等，」我說：「究竟發生什麼事？」

那女孩的老媽抱著霰彈槍，站在暗處說：「你那個該死的朋友騷擾我們夠久了，我不愛驚動警察。不過，他要是再跑來我家，我鐵定開槍，開了槍就要他畢命。」那群高中男孩緊握拳頭，包圍我們。我自己也爛醉了，並不在乎，不過還是好言安撫一番。

我說：「我保證他不會了。我會看緊他；這人是我兄弟，聽我說。你們可以收起槍，甭煩惱了。」

「下不為例！」她在暗處發聲，堅定又嚴肅：「等我老公回家，我叫他來找你。」

「不必不必；他不會再招惹你們了，明白嗎。現在請平平氣，沒事了。」狄恩站在我背後低聲咒罵，女孩躲在臥房窗後偷窺。我上次來這兒就認識這群人，他們還算信任我，多少平了氣。我拉著狄恩的手沿著玉米桿，在月光下回去。

「喔一咿，」狄恩大聲叫：「今晚，我可要大醉一番。」我們回去找法蘭姬跟她的小孩。突然間小珍娜放的某張唱片讓狄恩抓狂，拿起來就在大腿上一砸兩半：那是白人山歌音樂（hillbilly）。法蘭姬的收藏裡有一張狄恩非常珍愛的迪吉．葛拉斯彼（Dizzy Gillespie）早期錄音〈康加藍調〉（Congo Blues），馬克斯．韋斯特（Max West）擔任鼓手。我之前送給珍娜的。我叫哭泣的珍娜找出那張唱片，朝狄恩的腦袋砸下去。她聞言照辦。狄恩傻呼呼張大嘴，但是心裡清楚明白。我們全都笑了。沒事了。法蘭姬媽媽突然想去路邊酒棧喝啤酒，狄恩大叫：「大夥走啊！媽的，要是妳星期二買了那輛我叫妳買的車，這會兒就不必走路了。」

「我不喜歡那輛天殺的車子！」法蘭姬大叫。娃兒們開始嚎嚎哭鬧。可悲的壁紙、粉紅色的燈罩、激動的臉龐，瘋狂的棕色起居室浮起一股濃重的蠹蟲氣息，無邊無盡。小吉米嚇壞了；我抱他到沙發上睡覺，把狗兒綁在他身旁。法蘭姬醉醺醺打電話叫計程車，等車期間，突然有通電話找我，是我那位女性朋友。她有個中年表親超級討厭我，那天下午我寫信給搬去墨西哥市的公牛老李，提及我跟狄恩的冒險，以及我們在丹佛的狀況。我寫：「我有個女性朋友給我威士忌、錢，還請我們吃大餐。」

吃了炸雞晚餐後，我居然笨到拜託她的中年表親代為寄信。他拆開來看了，馬上拿去獻寶，證明我是個大騙子。現在她打電話來罵我，哭哭啼啼，說她再也不要見到我。得意洋洋的表親接過電話，大罵我是混蛋。計程車在外面鳴喇叭，孩子哭鬧，狗兒狂吠，狄恩跟法蘭姬跳舞，我對著電話大聲狂罵各式髒話，還加上幾句自己的新發明，瘋狂爛醉中，我對著電話說，你們統統去死吧，然後用力摔電話，出門尋醉去。

我們跌跌撞撞出了計程車，那是一間靠近山邊、全是鄉巴佬光顧的酒棧，我們進去點了啤酒。我的世界整個崩塌了，接著變成不可思議的瘋狂，酒吧裡有一個超級興奮的痙攣痲痹患者，摟著狄恩的脖子對著他呻吟低語，狄恩興奮得滿頭大汗，又開始失去理智。這一整個混亂本來就已經亂受不了，狄恩還要火上加油，衝出去，兩下子就偷了路旁一輛車子，火速開往市中心，換了一輛較新較好的車開回來。我在酒吧裡，一抬頭，突然瞧見警察與看熱鬧的人在路邊擠來擠去，就著巡邏車的燈光，談論那輛失竊車子。警察說：「有人在這兒大肆偷車。」狄恩就站在警察背後，聽了此話拚命點頭說：「沒錯，哦，沒錯！」警察去查失車，狄恩走進酒吧，跟痙攣小子一起搖前又晃後。這人今天才結婚，喝得大醉，新娘不知在哪兒呆呆等他呢。「噢，老天，這小子真是全世界最棒的！」狄恩大叫：「薩爾，法蘭姬，現在我要去弄一輛真正好車，之後，大夥一塊走，湯尼也一樣。」（那個痲痹症聖人的名字）「到山區兜風去。」說完，他就衝出去。同時間，一個警察衝進來說，丹佛鬧區丟了一輛車，此刻贓車正停在門口呢。人們圍聚成群討論。從窗戶望出去，我瞧見狄恩跳進最近的一輛車絕塵而去，沒人注意他。幾分鐘後，他開了一輛不同的車子回來，是嶄新的敞篷車。他對我耳語：「這輛可是漂亮寶貝，剛剛那輛太會噴廢氣，我將它扔在十字路口那兒，瞧見某個農戶門口停了這輛漂亮寶貝，就開著它到市區繞了一圈。老兄，走吧，大家一塊兜風去。」他在丹佛過往所受的窩囊氣與瘋狂，一古腦兒像匕首射向四面八方。他的臉蛋赤紅、汗水淋漓、表情惡狠。

「不要，我不想跟贓車扯上關係。」

「噢，甭這樣，老兄！湯尼，你要來，對吧？神妙親愛的湯尼？」瘦個子湯尼、黑頭髮湯尼、眼神神聖、口裡呻吟、嘴角冒泡、靈魂迷失的湯尼靠在狄恩身上，不斷呻吟又呻吟，因為他突然發病了，不知基於什麼直覺，開始對狄恩萬分畏懼，高舉雙手，臉色扭曲恐懼地朝後退。狄恩低下頭，滿頭大汗。衝出去，開車走人。法蘭姬跟我攔下路上的計程車，決定回家了。司機先生將我們載到烏漆抹黑的阿拉米達大道，這是夏天那幾個月我在無數迷失夜裡走過無數遍的道路，唱歌、呢喃，盡飲星光，胸口汗水一滴滴落在滾燙的柏油路上。狄恩駕著那輛偷來的敞篷車突然跟在我們後面，猛按喇叭，將我們的車子擠到路旁，還尖聲大叫。計程車司機臉都白了。

我說：「只是我的朋友。」狄恩跟我們玩膩了，咻地以時速九十朝前直駛，留下鬼魅煙塵與廢氣。然後他轉進法蘭姬住處的那條路，停在門前；就在我們下車付車錢的那刻，他又瞬間迴轉，朝市區飛馳而去。我們站在黑暗的前院焦急等待，幾分鐘後，他換了一輛破舊的小轎車開回來，一陣煙塵，停在門前，蹣跚走出車外，直奔臥房，因酒醉倒頭就睡死過去。因此，我們就有了一輛贓車停在門口。

我得叫醒狄恩；因為我沒法發動那輛車駛去遠處拋棄。他跌跌撞撞下床，只穿三角內褲，跟我一起上車，法蘭姬家的小鬼躲在窗後咯咯笑。我們的車子簡直是飛過道路盡頭的苜蓿硬地，震得都要散開了，磕磕碰碰，終於承受不了這樣的奔馳，在舊磨坊旁的一棵棉白楊樹下熄火了。狄恩簡單地說：「沒法開更遠了。」下車往回走，月光下的狄恩，身上只穿了內褲，就這樣穿越玉米田，走了半哩路。回到屋內，他跑去睡覺。眼前一切糟透了。丹佛的總總，我的那個女性朋友，贓車，喧鬧的孩子，可憐的法蘭姬，到處是啤酒瓶與空罐的起居室地板。我試著入睡，但是蟋蟀吵得我好一會兒不成眠。西部這一帶的夜晚跟我以前看過的懷俄明州一樣，星星碩大如火焰筒，寂寞如失去祖傳果園的達摩王子，遊蕩天空，在北斗七星的兩個角徘徊，企圖找回果園[9]。所以，它們緩慢推動黑夜，太陽尚未升起，大大的紅光早就閃現在延伸至堪薩斯州北邊的慘澹大地上，鳥兒也開始在丹佛天空囀鳴了。

---

9 此處原文為as lonely as the Prince of Dharma who's lost his ancestral grove。不知典故出於何處，ancestral grove在人類學上另有特殊解釋，是指埋葬祖先的聖地。至於佛教經典中提到達摩王子與果園，可查出典故的是《宋高僧傳》卷二十一「唐五臺山竹林寺法照傳」提到：「文殊言。汝可往詣諸菩薩院次第巡禮。授教已次第瞻禮。遂至七寶果園。其果纔熟其大如碗。便取食之。食已身意泰然。」七寶果園顯然不是祖傳果園。垮世代作家熱中禪學，可能是從偽典或經外書看到達摩王子失去果園的故事。謝謝周本驥、賴隆彥、見介師、見澈師的討論。

8

早上醒來，我們都噁心得要命。狄恩第一件事就是去玉米田那頭察看那輛車是否還能載我們到東部。我說不要去，他還是去了。他臉色蒼白奔回：「老兄，那是一輛警探的車子，那一年我在丹佛偷了五百輛車，現在全城各分局都有我的指紋。可是你也知道我偷車不過想兜風罷了，天！我得閃人。不馬上開溜，鐵定被掃進監牢。」

「媽的沒錯！」我說。我們忙不迭打包。領帶隨便掛在脖子上，襯衫沒塞進褲腰，急呼呼跟這個小小的甜蜜家庭告別，踏上沒人認識我們、能夠庇護我們的道路。小珍娜不知道是看到我（還是我們或者其他原因）要走，就哭了，法蘭姬依舊殷勤，我跟她道歉，吻別。

「這傢伙真是個瘋子，」她說：「還真讓我想起跑掉的老公。一模一樣。還真希望我的小麥基長大後不會變成這樣。不過這年頭，男人都是這德性。」

我跟手捧寵物甲蟲的小露西說拜拜，小吉米還在睡覺。這是可愛的周日黎明，上述總總不過是轉眼幾秒的事，我與狄恩拎著破爛行李蹣跚出門。匆匆上路。每一秒，我們都預期巡邏車會從鄉間道路轉彎處現身，駛上坡來追逐我們。

「如果那個拿霰彈槍的女人發現了，我們就死定了。」狄恩說：「得叫輛計程車，這樣就安全了。」我們正打算叫醒一個農家借電話，卻被看門狗追著跑。每拖過一分鐘，情況就更險峻；早起的鄉民會瞧見廢棄在玉米田裡的小轎車。終於，一個可愛的老太太答應讓我們用電話，我們叫了一輛丹佛市區的計程車，但是沒來。只好又跋涉上路，清晨車潮開始湧現，每輛車看起來都像巡邏車。突然間，我們瞧見一輛車朝我們駛來，我知道我所習慣的生活就此結束，將進入恐怖的新階段，那是鐵窗後面的懊惱人生。只不過，那不是警車，而是我們叫的計程車，跳上車後，我們往東飛馳。

旅行社有個超好機會，那是四七年的凱迪拉克加長型禮車。車主帶著家人從墨西哥一路北上，累了，改搭火車。他需要有人把車開回芝加哥，只要看個人證件，以及保證把車開回去就好。我的證件完全沒問題，我跟他說甭擔心。又告訴狄恩：「你少動這車的念頭。」狄恩瞧見這輛車，興奮地上下蹦跳。我們得等一小時，便躺在教堂外面的草坪等。這是一九四七年我送麗塔·貝登考特回去後，跟幾個乞丐流浪漢廝混許久的地方。此刻，我望著午後的鳥兒，因極度恐懼後的疲倦昏然睡去。不知哪裡傳來風琴聲。狄恩在城裡亂晃，勾搭簡餐店女侍，混熟了，答應下午要開凱迪拉克載這妞兒兜風，他回來搖醒我，跟我講這件事。現在我覺得好多了，起身面對新的狀況。

凱迪拉克才開來，狄恩便忽地開走了，說是「去加油」，旅行社的人看著我說：「他何時才會回來？同車的人準備要走了。」那是兩個就讀東部耶穌會學校的愛爾蘭男孩，拎著行李坐在長條凳上。

「他只是去加油，馬上回來。」我跑到街角，瞧見狄恩引擎沒熄火，等候回旅館房間換衣服的女侍；其實，從我站的地方就可看到她站在穿衣鏡前梳頭，拉絲襪，真希望能跟他們一起去兜風。她奔出旅館，跳上凱迪拉克。我踱步回旅行社，跟老闆和那兩個男孩保證沒事。站在門口，我能瞥見穿T恤的狄恩，開心駕著凱迪拉克飛馳克里夫蘭廣場，兩手揮舞跟女侍聊天，身體趴在駕駛盤上，女侍面容哀傷又驕傲。他們開去停車場，停在尾端的磚牆前（這是狄恩曾上過班的停車場），據狄恩的說法，光天化日之下，他們就在車上成其好事，沒別的廢話；他還說服這女孩周五領了薪水，就搭巴士到紐約跟我們會合，到伊恩．麥克阿瑟在勒星頓大道的公寓碰頭。這個叫碧佛麗的女孩同意了。半小時後，狄恩開車回來，放女孩在旅館下車，親吻、告別、信誓旦旦，然後直駛旅行社載人。

百老匯山姆旅行社的老闆說：「你可回來了！我還以為你開著凱迪拉克跑掉呢。」

「有我負責，」我說：「別擔心。」——這麼說是因為狄恩處於狂熱狀態，誰都看得出他瘋了。他突然擺出正經模樣，幫那兩個耶穌會的學生拿行李。他們還沒坐穩，我還沒跟丹佛說拜拜，他就忽地飛馳了，馬達轟響，像隻無朋巨鳥，馬力十足。出了丹佛市不到兩哩，時速表就壞了，因為狄恩把這車催到一百一十哩。

「噢，沒有時速表，沒法知道速度多快。只好把這車死命催到芝加哥後，以哩數除時間來算了。」感覺起來，我們的時速似乎不到七十，但是在這條筆直通往葛里力的高速公路上，沿路車子就像死蒼蠅紛紛被我們掃到後頭去了。「薩爾，咱們朝東北開，因為我們非得去史特寧拜訪艾德．沃爾不可，去瞧瞧他的牧場。這車開起來飛快，不一會兒就到史特寧，絕不麻煩，鐵定比那人的火車更早到達芝加哥。」好吧，我贊成。雨水開始落下，狄恩的速度一絲未減。這輛大轎車真是漂亮，是最後一批大型禮車風華的車子，黑色的加長車身，白色輪胎，搞不好，窗玻璃還防彈哩。那兩個耶穌會學校（聖文德學院）的男孩坐在後面，很高興終於上路了，樂得嘻嘻笑，根本不知道車行速度有多快。他們想要攀談，狄恩不理睬，脫掉T恤，打赤膊開車。「我說啊，那個碧佛麗真是個甜蜜的酷女孩——要去紐約跟我會合——只要我拿到卡蜜兒的離婚文件，馬上跟碧佛麗結婚。薩爾，我這下整個活過來了，耶！走吧。」越快離開丹佛，我越高興，而我們的速度不是「快」可形容的。我們在交流道下了高速公路，天色已黑，駛上一條泥巴路，帶我們直直穿越喪氣的東科羅拉多平原，到艾德・沃爾位於「鳥不拉屎土狼地」[10]中心的牧場。仍在下雨，泥路溼滑，狄恩減速至七十，我要他再慢一點，省得車子打滑，他說：「甭擔心，老兄，你知道我的技術的。」

「這次不一樣，」我說：「你真的開太快了。」車子在溼滑的泥路上飛馳，我話還沒講完，前方就出現大左彎，狄恩猛打方向盤，龐大的車身卻因道路濕黏，大大地左搖右晃。

「小心！」狄恩大叫，他天不怕地不怕，跟這輛寶貝搏鬥了一會兒，後車身還是掉進路旁水溝，上半車身橫在路上。四周一片靜寂，聽得見風兒低鳴。我們這可是在草原荒野的中心，四分之一哩外有個農舍，我嘴裡咒罵不停，這個狄恩真是氣死我，討厭至極。他沒回話，穿上外衣，頂著雨跑去農舍求救。

後座男孩問：「他是你兄弟嗎？開起車來真像魔鬼，對吧？還有，根據他的故事，他對待女人也一樣。」

「他瘋了，」我說：「是的，他是我兄弟。」我瞧見狄恩跟農戶開著牽引車回來。他們給車子上鐵鍊，拖出水溝。車身全是棕泥，整塊檔泥板毀了。農戶要價五元。他的女兒站在雨中看熱鬧。最漂亮、最害羞的那個躲在田野遠處，她的提防沒錯，因為她絕對是、百分百是我跟狄恩這輩子看過最漂亮的女生。年莫十六，平原孩子的面容，就像野玫瑰，還有最最湛藍的雙眼，最最可愛的秀髮，野羚羊一樣羞澀敏捷。碰到我們的眼神就縮一下。朔風野大，由薩斯喀徹溫直吹而下，讓她可愛腦袋上的

10 原文為Coyote Nowhere，雖兩字字首都為大寫，卻非真實存在的地方，意指只有土狼出沒的鳥不拉屎之處。

秀髮紛飛，每個髮卷都活了過來。她不斷羞紅臉。

我們跟農戶的交易結束，再看一眼我們的草原天使，就開車走了。現在車速慢得多，直到夜色降臨，而狄恩說沃爾的牧場就在前方，我們才加速。「噢，那樣的女孩令我害怕，」我說：「我願意放棄一切，只求她的恩澤，如果她不肯要我，我還不如走到天涯海角，跳下去算啦。」兩個耶穌會學生咯咯笑。他們除了滿口陳腐俗語與東部大學生調調，鳥兒一樣的腦袋根本空空如也，如果說他們的學問就像釀青椒，裡面也只有一知半解的阿奎奈（Aquinas）神學主義。狄恩和我根本懶得搭理他們。車子飛行泥巴平原時，狄恩敘述他的牛仔歲月故事，他指著綿長的路，說他以前在那兒騎馬，一騎就是整個上午；一進入沃爾的廣闊無邊牧地，他便指出哪些圍欄是他當年修的。老沃爾先生又在牧場哪些地方鏘噹噹開車駛過牧草地，追逐小母牛，大喊：「逮住她！逮住她！天殺的！」狄恩說：「他每半年就得換輛新車，才不在乎。牛兒走失，他會一路追到最近的水窪，下車徒步追趕。他啊，賺的每一毛錢都放在甕裡，仔細清數。瘋狂的老牛仔。我帶你到工寮附近，瞧瞧他那堆破爛不要的車子。上次我蹲監，假釋後，就住在這裡，我就是在這裡寫信給查德．金恩，你後來看到的那些信。」我們駛出馬路，轉入冬日牧草地的小徑，一群白臉的牛突然現身車燈前，橫越小徑。「這就是了！沃爾的牛！沒法穿過牠們，不可能，得繞出去，還得出聲驅趕，咄！咄！咄!!」其實不必，只要龜速前進即可，有時，車子輕碰到牛身，牠們就在車旁打轉，哞哞叫，好像一片海。牛群後面是沃爾的農舍燈光，包圍孤燈的是綿延數百哩的平原。

東部人很難體會草原可以如何「漆黑」。沒有月亮，沒有星星，沒有燈火，只有沃爾太太廚房的燈光。庭院的背後是破曉後才看得見的無垠世界。我們敲了門，在黑暗中大聲呼喚艾德．沃爾，他正在牛舍擠奶。我小心翼翼在漆黑中前行幾步，大約只有二十呎，便止步不前。我彷彿聽見土狼的叫聲。艾德說可能是他老爸的野馬在遠處鬼叫。艾德跟我們年紀相當，又高又瘦，一口尖牙，說話簡潔。他跟狄恩以前常站在克帝思街口對來往女孩吹口哨，現在他優雅帶領我們進入陰暗、很少使用的棕色起居室，摸索半天才點亮桌燈，對狄恩說：「見鬼，你的拇指是怎啦？」

「我揍了瑪麗露，手指發炎得厲害，得切掉指尖。」

「見鬼，你做啥幹這種事？」看得出來艾德一度就像狄恩的老大哥。他搖搖頭，牛奶桶還放在腳邊。「你啊，反正一直就是個腦袋不正常的狗娘畜生。」

同時間，艾德的年輕老婆在寬敞的牧場廚房準備大餐，她抱歉桃子冰淇淋不夠好：「沒啥，就是奶油與桃子凍在一起罷了。」當然，這可是我生平第一次吃到真正的冰淇淋。她先上小菜，後上豐富的大菜；我們的嘴還在嚼，新菜就不斷送上桌。艾德的太太是個健壯的金髮女郎，跟所有居住在曠地的女人一樣，她也抱怨生活無聊，列舉平日這個時辰她都聽些什麼廣播節目。艾德光坐在那裡瞪著雙手。狄恩狼吞虎嚥。他要我配合他扯大話，說凱迪拉克是我的，我是有錢人，他是我的友人兼司機。艾德一點也不信。牛舍只要傳來一點聲響，他便抬頭細聽。

「總之，我希望你們順利抵達紐約。」他壓根兒不相信我是凱迪拉克車主，認定是狄恩偷來的。我們在他的牧場待了約莫一小時。就像山姆．布萊迪，艾德對狄恩也失去信心——偶爾瞅一下狄恩，眼神也是謹慎。以往曬完稻草，他們會手挽手到懷俄明州雷諾密市大街閒逛，喧鬧取樂，不過，那種日子已經過去了。

狄恩突然在椅子上跳了一下：「哦，是的，是的，現在我們最好閃人了，明晚之前得抵達芝加哥，我們已經浪費了好幾個小時。」兩位大學男孩文雅地謝謝沃爾的招待，我們再度上路。回過頭，我能瞧見廚房的燈光慢慢隱退於無邊夜色裡。然後我轉身朝前行。

9

沒多久，我們就回到主幹道，那一晚，整個內布拉斯加州在我眼前展開。筆直如箭的道路，一百一的時速，沿途沒有車潮，只有昏睡的城鎮，月夜裡，「太平洋聯合鐵路」的流線型火車被我們遠遠甩在後頭。那晚，我一點都不害怕，因為在內州開車，時速一百一並不違法，我們邊聊天邊催速，奧加拉拉、哥森堡、喀尼、葛蘭島、哥倫布等城鎮如夢飛逝。這輛車超棒；抓地力之強有如船行水面，緩速轉彎時簡直輕鬆如唱歌。狄恩讚嘆：「天，真是尤物！想想看，要是我們有這麼一輛車，能幹多少事。你可知道有一條路直通墨西哥，往下到巴拿馬 — 或許還能一路通到南美洲底端，那兒的印第安人身高七呎，住在山邊，成日猛嗑古柯鹼？是的！薩爾，你跟我有這樣的車，鐵定能探索全世界，因為道路啊到頭來必能通往全世界，除此，它們還能走去哪？對吧？我們要開這輛寶貝穿越芝加哥！想想看，薩爾，我這輩子還沒到過芝加哥呢，連停都沒停過。」

「開凱迪拉克進芝加哥，我們鐵定看起來像黑幫份子。」

「耶！還有女孩！我們還可以釣女孩。薩爾，我決定要開得超級快，爭取時間，才能騰出一整晚，開這輛車在芝加哥兜風。現在，你休息吧，我會一路催速的。」

「你現在時速多少？」

「應該是維持一百一上下 — 你根本沒感覺。這個白天，我們得穿越愛荷華州，不多久，就能到伊利諾。」後座男孩在睡覺，我們則整夜聊天。

想來驚人，狄恩可能上一秒鐘瘋瘋癲癲，下一秒鐘就突然回魂，彷彿啥事都沒發生。就我來看，他的靈魂可以總結為快車、目的地，以及等在目的地的女孩。狄恩說：「每次到了丹佛，我就這樣，再也受不了那個城市了。骯髒，見鬼，惹人發毛的狄恩！衝啊！」我說四七年曾經過內布拉斯加這條路。他也是。「薩爾，一九四四年，我謊報年齡，在洛杉磯新時代洗衣店找到一份工作。跑去印第安納波里賽車場，沒別的目的，就是看陣亡將士紀念日那天的著名賽車。我白天搭便車，晚上偷車追趕行程。那時我在洛杉磯有一輛破車，二十元買來的別克，是我的第一輛車，沒通過車燈與煞車檢查，因此我決定偷些外州車牌，之後開車就不會被攔下，這也是目的之一。我搭便車經過類似一個這樣的城鎮，夾克裡藏著偷來的車牌，一個多管閒事的郡警覺得我太年輕，不應該搭便車，就在大街上攔住我盤問。他發現那些車牌，逮捕我，扔進只有兩房的看守所，我跟一個鄉巴佬罪犯關在一起，照我看，他根本就該送進養老院，沒法自己進食（郡警的老婆還得餵他），光坐在那兒流口水，嘮叨。他們仔細盤問我，一下子扮慈祥老父，一下子翻臉恐嚇威脅，還比對我的筆跡，諸如此類。我發表了生平最棒的演說，結尾時坦承我以前就有偷車紀錄，這次是來找我老頭，聽說他在這一帶幫農。郡警就放我走了。賽車呢，自然是沒趕上。那年秋天，我又跑到印地安那州南灣看聖母大學與加州大學的比賽，這次沒惹麻煩。薩爾，當時我的錢只夠買車票，一毛錢都沒多，所以我來回都餓肚子，只能跟我路上認識的各種怪胎乞討，順便勾搭女孩。只有美國啊，才會有我這種為了看球賽不辭千辛萬苦的人。」

我問他一九四四年在洛杉磯的狀況。他說：「我在亞歷桑那州被捕，那是我待過最爛的監牢。我非越獄不可，那可是我生平最大的一次逃亡，我說的是真正的逃亡。你知道，就是得在山間荒野的林子裡爬行，穿越沼澤。要逃過被塑膠水管抽打、押去做苦工，以及所謂的意外死亡，我得遠離步道、山徑、馬路，沿著山脊穿越山林，還得換掉一身囚衣。我在旗杆市外面的加油站偷了一套襯衫與褲子，手腳乾淨俐落。兩天後，我穿著這身衣裳到達洛杉磯，走進我瞧見的第一家加油站，當場被雇用，弄到一個住房，取了假名李．布里葉，在洛杉磯過了刺激的一年，認識新朋友，還有一些很棒的女孩。那一季結束時，一晚，我們開車到好萊塢大道，我忙著親吻女友，要朋友幫忙握住方向盤——當時是我在駕車——他沒聽見，車子就這樣撞上電線桿，時速才二十，我的鼻樑卻撞斷了。你該瞧瞧我鼻樑沒斷前的樣子，是彎曲的希臘鼻呢。之後，我去丹佛，那年春天，在一家冷飲店認識了瑪麗露。老天，她才十五歲，穿牛仔褲，就等男人來釣她。我們住進愛司旅館，三樓，東南角落的房間，聊了三天三夜，那真是值得紀念的地方，也是我生命的神聖一幕——那時候，她好年輕，好甜美，嗯，哎！你瞧瞧那邊，呀！呀！一群老流浪漢圍在鐵道的火堆旁，媽的，」他差點減速了。「你知道，我永遠不知道我老頭是不是就在那群人裡。」鐵道旁，有幾人在篝火前徘徊。「我不知道該不該問他們。我老頭可能在任何地方。」我們繼續開車。毫無疑問，在這個無邊夜裡，我們車後方或者前方，狄恩的老頭正昏醉躺在某個樹叢下，下巴流涎，褲子沾著水漬，耳裡全是耳屎，鼻樑上有傷疤，或許，頭髮上還有乾掉的血，月光撒落他的身上。

我抓住狄恩的手說：「兄弟，我們這會兒就回家了。」頭一次，紐約將成為他的固定住所，他的家。他渾身顫抖；迫不及待。

「想想看，薩爾，一旦我們進入賓州，就可以聽到廣播DJ播放東部的咆勃酷爵士了。耶，加勁兒跑吧，我的美人兒，跑！」這輛棒透的汽車讓穿過的風兒狂吼；讓平原像衛生紙卷長長攤開；讓輪下的熱燙瀝青乖乖噴濺 — 好一副皇家風範。我睜大眼，黎明如扇展開；我們迎頭撞上。一如平日，狄恩的堅毅嶙峋臉孔往方向盤傾，彷彿瘦削的臉骨自有主張。

「老爹，你想些什麼？」

「啊一哈，啊一哈，還不是那一套，你知道的 — 妞兒妞兒妞兒。」

我睡著了，醒來，迎接我的是愛荷華州的七月周日上午，空氣炙熱乾燥。狄恩仍在開啊開，速度絲毫未減；當他繞行彎曲的愛荷華玉米田山谷地，最起碼也是時速八十，上了直路，則如常飆到一百一，碰到雙向都有來車，他只好被卡在可憐兮兮的六十龜速。只要逮到機會，他便急如弩箭，一口氣超上六輛車，將它們拋在煙塵滾滾的車屁股後面。一個駕著嶄新別克汽車的瘋漢目睹此景，決心跟我們火拚。狄恩正打算一口氣超過數輛車，這傢伙突然無預警地從我們車旁咻地超前，還大聲鳴按喇叭，後車燈一閃一閃示威。我們像一隻大鳥尾隨其後。「等等，」狄恩笑著說：「接下來十幾哩，讓我好好戲弄這個狗娘養的。你等著看。」他讓別克超前一大段，然後猛然加速，粗魯貼近。別克主人氣瘋了；加速到一百。超車時，我們有機會瞧見他的臉孔。看起來像是芝加哥的時髦人物，旁邊坐著一個老到足以當他老媽的女人（等等，搞不好真是他老媽）。天知道老女人有沒有抱怨，但是瘋漢依然跟我們競速。他一頭黑色亂髮，身穿運動衫，看來是老芝加哥地區的義大利後裔。或許他認為我們是打算入侵芝加哥的洛杉磯黑幫，搞不好還是米奇・柯罕[11]的手下，因為我們的車子看起來就是黑

11　米奇・柯罕（Mickey Cohen）全名為Meyer Harris "Mickey" Cohen，三〇到六〇年代是洛杉磯呼風喚雨的黑幫人物。

幫開的，掛的還是正宗加州車牌。不過，飆車取樂才是他的重點。為了保持超前，他亂挑時機，在道路轉彎處超車，等到他看到大卡車龐然迎面而來，差點就來不及回到右車道。進入愛荷華州，連續八十哩，我們都是這樣開車，競飆實在太有趣，我根本沒機會害怕。後來，別克瘋漢放棄了，駛進加油站，可能是老女人下令如此，我們呼地駛過時，他還開心跟我們揮手。我們繼續飛馳，狄恩打赤膊開車，我兩腳翹在儀表板上方，兩個大學男孩在後座呼呼大睡。我們停車在一家簡餐館吃早飯，白頭髮的老闆娘給了我們一份特大號的馬鈴薯，鄰近城鎮的教堂鐘響遠遠傳來。我們繼續上路。

「狄恩，白天不要開這麼快。」

「老兄，你別擔心，我自有分寸。」我開始感到退縮。狄恩像個恐怖天使超越車隊，鑽縫子時差點沒把它們撞扁。有時，他會輕撞前車的擋泥板，減速又催前，歪脖子探看前方的彎道，貼著前方大車，忽地超越，這時看見對面車道車輛魚貫而行，他馬上回到原來車道，總是間不容髮，嚇得我直發抖。再也受不了。愛荷華的公路很少像內布拉斯加的道路那樣又直又長，終於碰到了，狄恩馬上飆到一百一，我瞧見車外幾個熟悉的場景飛馳而過，那個直線長道是一九四七年我跟艾迪受困兩小時的地方。舊日的公路回憶在我眼前眩然展開，好像生命的水杯傾覆了，樣樣事變得瘋狂。這個白日夢魘讓我眼睛發疼。

「媽啦，狄恩，我要到後座去，受不了，看不下去。」

「嘻─嘻─嘻！」狄恩吃吃笑，在狹小的橋上跟人錯車，在塵煙中打轉，怒吼飛馳。我跳到後座，弓起身體睡覺。一個大學男孩跳到前座享受刺激。那個上午，我一直處於極大的恐懼，擔心就要車毀人亡，我爬到後座地板，閉上雙眼，企圖睡覺。以前當船員，我老想著衝擊船身的海浪，以及海浪下深不見底的海洋——現在躺在車地板，我能感覺身體下方二十吋就是馬路，在瘋狂的亞哈[12]執掌方向盤下，馬路以無法想像的高速不斷展開、飛馳、嘶響，橫越呻吟的大地。當我閉上雙眼，我只能瞧見馬路展開，伸進我的體內。睜開眼睛，則瞧見樹影在車地板上跳躍。無路可逃。我認命了。狄恩繼續開車，顯然到達芝加哥前，他並不打算睡覺。下午，我們穿越古老的第蒙市。當然，深陷車陣，被人大按喇叭，只好慢速龜行，我這才爬回前座。這時發生了可悲的奇怪意外。前方轎車坐了一家子老黑，胖大的男主人負責開車，後車廂擋泥板上方掛了一個專門賣給觀光客的沙漠帆布水袋。這車突然煞停，狄恩正在跟後面的大學小子聊天，沒注意看，便以時速五哩撞上水袋，它當場像膿瘡爆開，水花四濺。車子沒損傷，只是擋泥板凹陷了。狄恩跟我下車與對方協商，互相交換地址，狄恩雙眼緊盯那人的老婆，她的棕色美麗雙峰差點要從寬鬆的棉質上衣裡爆出來。狄恩點頭說：「是啦！是啦！」我們給了那個芝加哥大人物的地址，就繼續上路了。

到了第蒙市另一頭，一輛巡邏車跟上來，啟動警笛，要我們靠邊停。「這又是啥事？」

一個警察下車：「你們進城時是不是出了事故？」

「事故？我們只是在交流道那兒撞破了一個傢伙的水袋。」

「他說被一群開贓車的人撞車後逃逸。」我跟狄恩很少碰上這種疑心重重的黑人老糊塗，不禁大驚失笑。我們只好跟著巡警回派出所，在外面的草坪枯坐一小時，等警察打電話給芝加哥的凱迪拉克車主，證明我們是受雇開車。根據警方的說法，那位大人物說：「沒錯，那是我的車，至於那些年輕

12 《白鯨記》裡的船長。

人幹的事，我不敢擔保。」

「他們在第蒙市出了小事故。」

「我知道，你說過了 — 我的意思是我沒法擔保這些年輕人以前有沒幹過壞事。」

誤會釐清，我們繼續飛車上路。經過愛荷華州牛頓市，那是我一九四七年黎明散步的城市。下午，我們穿越昏昏欲睡的老戴文港，以及水位降低河床滿是木屑的密西西比河；接著是羅克島，碰到幾分鐘交通壅塞，太陽變得嫣紅，我們進入美國中部的伊利諾州，突然間瞧見可愛的小支流緩緩流過奇妙的樹叢與綠地。景觀開始變得像柔和甜蜜的東部；宏偉乾燥的西部已經結束。廣袤的伊利諾州在我們眼前展開，像是長達數小時的大樂章，狄恩依然高速催車。因為累到不行，他開起車來更加冒險。我們行經一條可愛的小河，橫跨小河的是一條窄橋，狄恩突然陷入不可思議的麻煩情境。前方是兩輛龜速車子，在橋上磕磕碰碰；對面是一輛大聯結車，司機正在研判那兩輛車何時才會駛過橋，等他駛到橋頭時，那兩輛車應該過完了。這橋極狹窄，絕對容不下兩線並行。跟著大卡車後面的是一大排轎車，車主紛紛開到中線外，看看有無機會超車。我們這邊則是龜速車前方還有慢車，突突前進。道路實在擁擠，大家都恨不得插翅飛。狄恩以一百一的時速奔到此處，毫無意願減速，他超過那兩輛慢車，打個彎，車子差點擦上左橋墩，然後直直衝到大聯結車的陰影下，對方也沒減速，狄恩猛地右轉，差一點點就碰上大聯結車的左前輪，又再差一點撞上它後面的慢車，因為對方正超過中線，打算超車，在它後面，又有一輛車子快速越過中線，我們及時切回自己的車道。這一切發生於兩秒內，我們飛閃而過，只留下煙塵，而不是在這個致命午後，於夕陽染紅、大地如夢的伊利諾州造成慘不忍睹的五車連環車禍，肇事車子衝向四方，聯結車則翻倒在地。最近才有一個著名的咆勃黑管樂手死於車禍，地點就在伊利諾州，或許就像這樣的午後。我無法將這種畫面驅出腦海，只好再度爬回後座。

那兩個男孩也回到後座，狄恩一心想著在天黑前開到芝加哥。我們在鐵道中繼站附近撿了兩個流浪漢，他們湊了五角，分攤汽油錢。上一秒鐘，他們還坐在枕木上，啜飲最後的一點葡萄酒，下一秒卻發現自己置身一輛雖沾滿汙泥，卻堅忍不屈、美妙無比的凱迪拉克大轎車，以驚險高速飛奔芝加哥。事實上，我跟你們說啊，坐在狄恩旁邊的那個老傢伙，視線簡直不敢離開馬路，喃喃念著他的流浪漢禱詞。他們說：「嗯，沒想過超飛快就可以到芝加哥。」我們經過沉悶的伊利諾州城鎮，那裡的居民天天瞧見芝加哥黑道乘坐大轎車駛過，我們卻是奇景：一車乘客全部沒刮鬍子，駕駛打赤膊，車上還有兩個流浪漢，我呢，一手緊抓安全帶，靠著椅背，眼神傲慢眺望鄉野，就像跑來芝加哥搶地盤的加州新黑幫，又像一群趁月夜逃出猶他州監獄的不法份子。當我們在小鎮的加油站停車，加油、喝可樂，人們跑出來瞪著我們瞧，一句話也沒說，不過，我想他們偷偷記下我們的長相與高矮，或許用得著。狄恩即使要跟負責加油的小姐打交道，也只是把T恤當圍巾掛在脖上，展現他的粗魯唐突本色，上車後，呼嘯而去。沒多久，夕陽從紅轉紫，最後一條可愛的小河從我們眼前閃過，車道後方就是芝加哥的黑煙。我們從丹佛繞道沃爾的牧場來到芝加哥，全程一千一百八十哩，只花十七小時，還要扣掉車子陷入陰溝的兩小時，在牧場混掉的三小時，以及在愛荷華牛頓市被警察攔下的兩小時。算一算，這是每小時飆七十哩，全程只有一個駕駛。稱得上是瘋狂的紀錄。

10

大芝加哥在我們眼前閃著紅光。忽焉，我們便已置身麥迪遜街的流浪漢群中，他們有人四仰八叉躺在馬路上，腳兒擱在人行道邊石，還有數百個流浪漢在暗巷與酒吧門口亂轉。「喔！喔！放亮眼珠子找老狄恩．莫瑞亞提，或許今年他恰巧在芝加哥。」我們放流浪漢便車客在這裡下車，前進芝加哥鬧區。尖銳刺耳的電街車，報童，擦身而過的女孩，油炸食物與啤酒的氣味漂浮，霓虹燈閃爍——「我們置身大城市了，薩爾！咿！」我們得先為凱迪拉克找到一個陰暗好位置，然後梳洗換裝，迎接夜晚。基督教青年會的對街有條夾在建築間的紅磚巷，我們將車子停在那裡，車頭朝大街，隨時可以開走，跟著那兩個大學男孩到基督教青年會，他們弄了一個房間，讓我們使用設備一小時。狄恩跟我梳洗刮臉，我把皮夾掉在大廳，狄恩撿到，正準備偷偷揣進懷裡，才發現那是我們的，極為失望。我們跟大學男孩道再見，他們很慶幸能毫髮無傷平安抵達。我們到簡餐店吃飯。棕色的老芝加哥處處可見半西部風格、半東部風格的奇怪人物，嘴裡啐口水，忙著上工。狄恩站在簡餐店前揉肚皮，一切盡攬眼底。一個奇怪的中年黑婦走進餐廳，說她身上沒錢，但是有麵包，店家可否賞她一點奶油？狄恩很想跟她說話。這婦人扭著屁股進門，被店家拒絕後，又扭著屁股走開。「哇！」狄恩說：「咱們來尾隨她，帶她到巷子裡的凱迪拉克。鐵定可以樂一番。」不過，我們隨即忘記這檔事，直奔北克拉克街，在露普區繞了一圈，走訪表演性感豔舞的場子（hootchy-kootchy joint），聆聽咆勃爵士。真是屌極了的一晚。站在酒吧門前，狄恩說：「喔，老兄，你瞧瞧這活力十足的街道，瞧瞧來來往往的中國人。芝加哥真是個奇怪城市——哇，你看上面窗邊的女人，一對大奶從睡袍裡蹦出來，一雙大眼睛朝下瞪著街頭。咿哇，薩爾，我們得繼續走，到達那兒前，絕不停止。」

「老兄，那兒是哪兒？」

「我不知道，但是我們非走不可。」一群年輕咆勃樂手拎著樂器下車。他們魚貫進入某家酒吧，我們跟著進去。樂手坐定舞台，開始吹奏。正是我們該來的所在！團長是個纖細、頹唐、卷髮、嘴兒緊抿的次中音薩克斯風手，雙肩瘦削，運動衫鬆垮垮掛在身上，溫熱夜裡卻一派酷姿，眼裡滿是自溺神色，他拿起樂器，皺皺眉頭，吹出既酷又複雜的音樂，優雅頓足，捕捉靈感，又不時彎身，彷彿在躲開迎面襲來的其他靈感——當其他樂手準備獨奏時，他會輕喊「吹吧」。台上還有一個「總統」[13]，是個高大壯碩的金髮帥男，像長了雀斑的拳擊手，穿著講究的雪克斯金細呢外套，長領口，領口後翻，沒打領帶，製造一種新潮又隨意的風格，他額頭冒汗，抓緊號角，身體跟著蠕動，吹出的曲調活似李斯特·楊[14]。「老兄，你瞧，『總統』有那種暢銷樂手的技術焦慮症，一整團人就是他穿著最講究，吹岔了音，就一臉憂慮，但是那個酷團長卻叫他別擔心，儘管吹啊——他只在乎樂音與蓬勃生氣。這人是藝術家。他這是在傳授拳擊手『總統』幾手呢。現在其他人也明白了!!」第三個樂手吹奏中音薩克斯風，年約十八，黑人，沉思默想，模樣很酷，像還沒踏出高中校門的查理·帕克，個

13 原文用Prez，是指這名樂手以李斯特·楊為模仿對象，李斯特·楊的綽號為Prez，俚語裡的總統president縮稱，意指他在爵士樂圈威風八面。謝謝孫秀蕙的提醒。

14 李斯特·楊（Lester Young, 1909-1959），美國著名爵士次中音薩克斯風手，以複雜的和聲見長，穿著十分講究。

頭比其他團員都高，闊嘴，嚴肅。他舉起號角，以深思的態度靜靜吹出音符，那是菜鳥帕克的句法加上邁爾斯．戴維斯講究架構的邏輯[15]。他們跟咆勃爵士的偉大創新者還真是一脈相傳。

在這之前有路易斯．阿姆斯壯，在紐奧良泥濘地裡吹出響亮漂亮的樂音；之前更有瘋狂樂手在官方紀念日的遊行隊伍裡，把軍樂變成散拍樂[16]。之後，搖擺樂誕生[17]，還有雄赳赳氣昂昂的羅伊．艾德瑞吉[18]使勁吹奏小號，將這項樂器的力道、邏輯與細膩發揮得淋漓盡致——帶著可愛笑容、晶亮雙眼，把樂音高高送出去，震撼整個爵士世界。之後，我們有了查理．帕克，這個堪薩斯城孩子在母親的柴棚裡與柴薪為伴[19]，吹奏膠布黏貼的中音薩克斯風，雨天他練習，天晴就出外看老搖擺樂手貝

15 此處原文用birdlike phrase，bird應是指綽號為菜鳥（Bird）的查理．帕克。有關查理．帕克與邁爾斯．戴維斯，請見第一部注釋8。

16 此處原文用Sousa，指的是擅長編寫軍樂的John Philip Sousa。散拍樂（ragtime）對早期爵士有極大影響力，切分音是它的最大特色，旋律行進則融合古典音樂與軍樂。散拍樂多數為鋼琴曲，少數為管絃樂曲。

17 搖擺樂（swing）誕生於一九三〇年代，它是一種講究照譜演奏的大樂隊風格，強調節奏部門（低音大提琴與鼓），使用大量管樂器，還有弦樂器（小提琴與吉他）。曲式結構上，不斷重複反覆樂句（riff），獨奏部份則容許樂手即興發揮，講究繁複與技巧。這種可以隨之起舞的爵士樂在一九三五到一九四五年間幾乎在美國樂壇獨占鼇頭。

18 羅伊．艾德瑞吉（Roy Eldridge）是搖擺樂時代最令人興奮的小號手，也是咆勃樂的先鋒。

19 此處原文用his mother's woodshed。這則有關帕克在母親柴棚練曲的故事可能純屬軼聞，因為只出現在《在路上》此書，難以證實真假。較可靠的說法是帕克有次到某樂團的場子插花（sit in），表現不佳，鼓手憤而扔下鈸，帕克羞愧下台，回家苦練。Woodshed在爵士用語裡就是指「苦練」，典故可能來自鼓棒連續數小時敲打，會迸裂出小木片。因為woodshed一字，遂有了帕克母親家的柴棚故事。

西伯爵，以及擁有熱唇佩吉等好手的班尼．莫頓樂團表演[20]。查理．帕克離開家鄉，到紐約哈林區發展，遇見瘋狂的瑟羅尼斯．孟克，還有比孟克更瘋狂的迪吉．葛拉斯彼[21]。早年的查理．帕克在舞台上會駭到翻，邊吹邊繞圈子轉。他比同樣來自堪薩斯城的李斯特．楊略微年輕，這個陰鬱的神聖瘋子就代表了爵士樂的歷史；因為當他高舉薩克斯風，與嘴兒平行，吹出來的是最棒的爵士；當他頭髮變長，人也懶了，疲倦了，薩克斯風位置便降了一半；最後直線下降，現在他穿上厚底鞋，再也感受不到人生道路上的律動，薩克斯風也只是無力地靠在胸前，吹些看似很酷，但是輕鬆好混的樂句。不過，今晚在這兒表演的樂手可是美國咆勃爵士夜的真子嗣。

還有更奇怪的人物呢——因為當那位黑人中音薩克斯風手莊嚴沉思，目光越過眾人的頭頂，來自丹佛克帝思街、身穿牛仔褲、搭配飾釘腰帶、個頭又瘦又高的金髮年輕人便含著管樂器吹口，等待其他人結束演奏；輪到他吹奏時，你忍不住轉頭尋找這聲音究竟來自何方，因為這段中音薩克斯風獨奏是如此溫柔甜蜜，宛如童話，來自吹口上那兩片天使微笑般的嘴唇。這是穿喉而出的夜之籟，寂寞如美國。

其他樂手跟他們的樂音又是如何呢？貝斯手一頭剛硬紅髮，眼神狂野，伴隨每一次激烈拍擊，他的臀部也跟著往琴身衝，演奏到狂熱時刻，他就張大嘴，陷入玄幻出神狀態。「天，這傢伙還真能讓

20 原文用Basie，指的是爵士樂大師貝西伯爵（Count Basie），班尼．莫頓（Benny Moten）是美國爵士貝斯手，熱唇佩吉（Hot Lips Page）則是美國小號手，擅長獨奏與演唱。

21 此處分別指咆勃爵士教父級的鋼琴手孟克（Thelonious Monk），以及現代爵士創建者之一的美國小號手葛拉斯彼（John Birks "Dizzy" Gillespie）。

他的樂器乖乖聽話。」而陰沉的鼓手就像我們在舊金山佛森街見到的白人嬉思特，徹底癡狂，呆望前方，嚼口香糖，眼睛睜得大大，因為海希式的快感與自滿狂喜不斷搖晃脖子。鋼琴手是個大塊頭、義大利裔、卡車司機一樣的年輕人，雙手肥厚，樂音裡的愉悅紮實又引人深思。他們演奏了一小時。觀眾沒人在聽。北克拉克街的流浪漢在酒吧內閒蕩，妓女憤怒尖叫。神秘兮兮的中國佬打面前走過。外頭傳來的豔舞音樂不時干擾。他們繼續演奏。一個幽靈般的人物從人行道走進來—年約十六歲的年輕人，留著山羊鬍，提著伸縮號盒子。瘦得活似得了佝僂症，面色瘋狂，他想加入合奏。樂手認識此人，不想搭理。他溜進酒吧內，鬼祟打開盒子，把伸縮號湊近嘴邊。沒有開場，也沒人理他。樂團表演完畢，收拾傢伙，前進下個酒吧。這個瘦小的芝加哥男孩想要炫一下。戴上墨色眼鏡，舉起伸縮號靠近嘴，獨自在酒吧內「叭叭」吹起來。接著又火速衝出去追隨樂團。樂團不想跟他一起演奏，就像加油站後方的沙地上，小朋友的足球隊不想跟你玩一樣。狄恩說：「這些傢伙就像我們的湯姆．史納克，或者卡羅．馬克斯，還跟祖母住在一起，只不過吹奏中音薩克斯風罷了。」我們衝出去，尾隨樂團進入阿妮塔．歐戴演唱過的俱樂部[22]，他們打開樂器盒，一直演奏到上午九點。狄恩跟我就待在那裡，喝啤酒。

每逢中場休息，我們衝回凱迪拉克轎車，跑遍全城，企圖釣女孩。她們瞧見這輛傷痕累累、不祥惡兆般的大車，就怕了。瘋狂激動中，狄恩倒車撞上消防栓，吃吃狂笑。到了九點，它已經變成破銅

22 原文為Anita O'Day's Club，字面上看應為阿妮塔．歐戴經營的俱樂部。阿妮塔是美國著名白人爵士女歌手，她的生平資料顯示她並未經營過俱樂部，但是曾在芝加哥的Three Deuces俱樂部駐唱過。謝謝孫秀蕙提醒。

爛鐵；煞車失靈；擋泥板凹陷；排氣管搖搖欲墜。碰到紅燈，狄恩根本煞不住車子，沿路，引擎還不斷回火。夜生活讓它付出代價。不再是閃亮禮車，而是泥濘破鞋。「哇！」那幾個團員還在「納茲的店」演奏。

突然，狄恩猛瞪舞台後方的黑暗角落，說：「薩爾，上帝降臨了。」

我抬頭瞧。那是喬治·席林。跟往常一樣，蒼白的手支著盲眼的臉龐，像大象張開雙耳仔細聆聽美國的聲音，將它們引為己用，化為屬於他的英國仲夏夜風格。人們拱他起身上台表演。他答應了。一口氣彈了許多主題樂段，都是極為美妙的和弦，樂音越爬越高，汗水飛濺到鋼琴上，所有觀眾為之敬畏震懾。一小時後，人們牽他下台。天神一樣的老席林回到黑暗角落，台上的年輕樂手說：「在他之後，還有什麼好表演的嗎？」

瘦削的團長皺眉說：「我們還是吹吧。」

永遠會有新東西，尚未出現而已，它會將現有境界往前推一點——這是沒有止境的追求。樂團希望在席林的一番探索之後，還能找到新樂句；他們死命努力，蠕動扭轉身體，盡力吹。偶爾，一句響亮和諧的樂聲顯示新曲調即將誕生，有一天，它將成為世間唯一的曲調，讓人類的靈魂飛升至極樂的境界。他們似乎找到了，卻又失去它，死命尋找，再度尋獲，團員露出微笑，嗚咽吹奏——狄恩坐在桌旁大汗淋漓，要團員加油，加油，加油啊。上午九點——樂手、穿著便褲的女孩、酒保，還有那個瘦削、悶悶不樂的伸縮號手——全蹣跚踏出俱樂部，步入喧囂的芝加哥白日，返家睡覺，等待狂野的咆勃夜再度降臨。

狄恩與我襤褸瑟縮。該把凱迪拉克還給車主了，他住在湖灘道一棟華麗的公寓，樓下有個巨大車庫，由幾個身上濺了油汙的黑人管理。我們開到那裡，把這輛泥濘破貨停入車棚。技工認不出它的模樣。我們交出車籍文件。他迷惑地猛撓頭。我們得趕快閃人。就是這麼辦。我們搭了巴士回到芝加哥鬧區。事情就此告一段落。儘管那位芝加哥大亨有我們的地址，大可投訴，我們卻沒再聽到他以及那輛凱迪拉克的續聞。

11

該繼續前進了。我們搭巴士前往底特律。口袋幾近空空。拉著破爛行李穿越車站。狄恩的拇指繃帶已經黑得像煤炭，還整個散開來。我們形容狼狽，經過我們這番經歷的人，大概都會是這個模樣。狄恩極度疲憊，當巴士咆哮駛過密西根州，他陷入沉睡。我則跟一個漂亮的鄉下女孩聊天，她穿著低胸棉質上衣，露出迷人的古銅色上半部雙峰。這女孩沉悶至極。跟我聊起晚間在鄉間如何在門廊上爆玉米花。以往，這類話題會讓我雀躍，但是她說來並無開心之意，我頓時明白她的心裡空蕩蕩，只知何謂循規蹈矩。「你們平日還做哪些消遣？」我企圖引導她談談男友與性。她的一雙黑色大眼睛仔細審度我，裡面只有空虛以及世世代代存積下來的懊惱，那份「想做卻沒做」的追悔奔流在她的血液裡——不管那份渴欲是什麼，其實人人皆知。「妳對生命有什麼期望？」我真想一把抓起她，扭擠出她的欲望。她對自己的人生期望毫無想法，喃喃說著工作、電影、暑期到外婆家、真希望能到紐約瞧瞧羅西俱樂部，屆時她又該穿什麼樣的衣服——就是去年復活節穿的那一套，白色帽子，上面綴著玫瑰花飾，搭配玫瑰紅的無帶淺口鞋、薰衣草色的軋別丁外套。我問：「妳周日下午都幹啥？」她就是坐在前廊。男孩騎單車經過，會停下來聊聊天。她閱讀報上的連環漫畫。她在吊床上休息。我問：「溫暖的夏日夜晚，妳都做啥？」坐在前廊，瞧來往車輛。她跟老媽一起爆玉米花。「妳老爸夏日晚間做啥？」工作。他在當地的鍋爐廠值晚班，一輩子盡心扶養老婆，以及她肚裡蹦出的孩兒，卻得不到一絲讚美與崇敬。「妳的老哥夏日晚上幹啥？」他騎單車到處晃，泡冷飲店。「他最渴望的是什麼？我們最想做的是啥？我們想要的是什麼？」她不知道。張口打哈欠，昏昏欲睡。這話題太沉重。沒人能回答。誰也沒有答案。聊天結束。她不過是個十八歲女孩，可愛至極，迷失。

狄恩與我襤褸骯髒，活像靠蝗蟲填肚的饑民，在底特律蹣跚步下巴士。我們決定到貧民區的不打烊戲院混一晚，睡公園，太冷了。海瑟也待過底特律的貧民區，一雙黑色眼睛不知多少次細細觀察所有的毒窟、不打烊戲院與吵鬧的酒吧。他的鬼魂緊追我們。我們不可能再在時代廣場遇見他了。卻可能在此處意外找到老莫瑞亞提先生，但是沒有。我們一人花了三毛五，進入一家破舊的戲院，在包廂混到天亮，才被趕下樓。窮途末路者才會到這種戲院看通宵電影。裡面有誤信謠言、從阿拉巴馬州來到此地想去汽車廠工作的落魄黑人；有年邁的白人流浪漢；有留長髮、流浪已到盡頭、在此啜飲葡萄酒的年輕嬉思特；也有妓女、一般情侶，以及沒事幹、沒地方去、沒人可推心置腹的家庭主婦。就算你用鐵絲篩子來篩整個底特律，也無法濾出這麼核心的殘渣廢物，齊聚於此。今晚的電影是兩部聯映，第一部由會唱歌的牛仔艾狄·迪恩主演，騎著漂亮的白馬布拉普；第二部由喬治·拉夫特、席尼·格林史屈、比德·萊利聯合主演，場景在伊斯坦堡。那晚，這兩片我們大約各看了六次。我們醒時看電影，睡時聽電影，連夢裡也是，清晨降臨時，我們已經被西部的灰色神話與東部的黑色神話完全滲透。之後，這個恐怖的滲透性經驗主宰了我的下意識，自動控制我的一舉一動。我聽到大塊頭格林史屈的鄙夷笑聲至少一百次；也聽到萊利的邪惡召喚；當拉夫特陷入偏執恐懼，我在他身旁；但我也陪著迪恩騎馬唱歌，幾百次擊斃偷馬賊。剛從酒瓶爬出來的人在漆黑的戲院環顧四方，想找點事做，找個人說說話。我們的腦袋只有內疚沉寂，無人開口。當灰色黎明有如鬼魅撲向戲院窗口，擁抱屋簷，我正枕著座椅的木頭扶手睡覺，垂頭打鼾，六個戲院員工從各個方向，把一整夜的垃圾集中掃到我面前，堆到我鼻尖一樣高 — 差點沒連我一起掃進去。這是狄恩告訴我的，他的座位比我高十排，目睹這一幕。所有的菸蒂、酒瓶、火柴盒，來來去去的一切東西，全被掃成一堆。要是他們把我也掃進去，狄恩便永遠見不到我。他得漫遊整個美國，從東岸到西岸，翻遍所有垃圾堆，才能找到我像個胎兒蜷曲在我的一生、他的一生、與我們有關者的人生、跟我們毫無瓜葛者的人生所排泄堆積出來的廢物堆裡。在這個垃圾堆出來的子宮，我該對狄恩說些什麼？「老兄，別煩我。我得其所哉呢。一九四九年的八月某夜，你在底特律失去了我。現在你有什麼權力跑來打擾我在這個嘔吐物垃圾桶裡的冥思生活呢？」一九四二年，史上最噁爛的一齣戲上演，我是男主角。當時我還在跑船，在波士頓斯科雷廣場的皇家簡餐館喝酒；大約喝了六十杯啤酒，進到廁所，抱著馬桶便睡著。那天晚上至少有一百個船員與一般老百姓進來，大剌剌朝我身上盡情排放[23]，直到我渾身屎尿，幾不可辨。反正有啥差別呢？在凡間藉藉無名，勝過在天堂當名人，因為何謂天堂？何謂人間？意念而已。

黎明時，喃喃胡言的狄恩與我蹣跚踏出這個恐怖洞窟，去旅行社找便車。大半個上午都待在黑人酒吧，追女孩，聽點唱機裡的爵士歌曲。之後，我們帶著所有瘋狂家當，搭巴士到五哩外的車主家，他收我們一人四元，送我們到紐約。這個金髮中年男子戴眼鏡，有妻有子，還有一棟不錯的房子。我們在前院等他準備妥當。他的可愛妻子穿著棉質家居服，請我們喝咖啡，但是我們忙著聊天。此時，狄恩已經筋疲力盡，理智盡失，看到什麼景象都會大樂，進入另一個近乎虔誠的瘋狂狀態。他渾身大

23 原文用sentient debouchement，英文並無debouchement一字。有可能源自法文debouche，打開水管之意。

汗，淌流不停。我們一坐進那輛嶄新的克萊斯勒，前往紐約，車主馬上發現他載了兩個瘋漢，但是他努力面對，逐漸習慣，當車子經過布格斯球場時，他還談起底特律老虎隊明年的勝算。

在這個霧濛濛的夜晚，我們穿過托利多，前進古老的俄亥俄州，我突然發現我一次又一次經過這些城鎮，活像巡迴推銷員——風塵僕僕、貨品滯銷，在我的戲法袋裡只有爛豆子，沒人要買。快到賓州時，車主累了，狄恩接手，一路開到紐約，收音機開始傳出「諧聲席德」（Symphony Sid）節目，播放最新的咆勃樂，現在，我們正進入美國最尾端也是最偉大的城市。還是清晨，時代廣場便已經沸騰，因為紐約永不歇息。車行此處，我們的目光便自動搜尋海瑟。

不到一小時，我跟狄恩就站在我姑媽的長島新公寓前，當我們從舊金山返來，蹣跚爬上樓梯，她正跟油漆工朋友討價還價。她說：「薩爾，狄恩可以待個幾天，之後，他就得搬出去。你明白沒？」旅行結束了。那晚，狄恩與我出外閒逛這個有瓦斯儲存槽、鐵橋與霧燈的長島。我還記得他站在街燈下的模樣。

「薩爾，當我們經過下一個街燈，我會告訴你另一件事情，不過此刻，我的腦袋暫時插入新事，當我到下一個街燈，我就會回到原有的話題，可以嗎？」我當然同意。我們是如此習慣浪遊，走著走著就踏遍整個長島，再過去已無陸地，只有大西洋，最遠只能至此。我們緊握對方的手，承諾永遠要做好朋友。

還不到五天，一晚，我們到紐約參加派對，遇見一個叫艾內姿的女孩，我說她該認識一下我同行的朋友。當時我已喝醉，竟說狄恩是牛仔。艾內姿說：「啊，我一直想認識個牛仔。」

「狄恩！」我朝派對人群另一頭的狄恩大喊。那場派對有詩人安偕．路斯．賈西亞、華特．伊凡斯、委內瑞拉詩人維克多・比恩維拉[24]，我的舊情人珍妮・瓊斯，以及卡羅・馬克斯，金・戴斯特，還有許多人。我大叫：「老兄，你過來一下。」狄恩靦腆地走過來。一個小時後，在這場派對的爛醉與矯揉氣氛下（當然，派對是慶祝夏天即將結束），狄恩跪在地板上，下巴靠著艾內姿的肚皮，訴說一切，允諾一切，渾身大汗。艾內姿棕髮，高大性感，整體是巴黎風騷女人味。就像賈西亞說的：「活像從竇加畫裡走出來的人物。」幾天後，他們便打長途電話跟舊金山的卡蜜兒討價還價，搞所需的離婚文件，如此兩人才能結婚。不僅如此，幾個月後，卡蜜兒為狄恩生下第二個孩子，那是年初兩人纏綿數夜的結晶。又過幾個月，艾內姿也生了小孩，加上另一個不知道在西部何處的私生子，現在狄恩已經有四個小孩，而且一文不名，只會不斷惹麻煩，如以往一般處於狂喜狀態，來去如風。因為如此，我們沒去義大利。

24 原文為Angel Luz García, Walter Evans, Victor Villanueva，均查無此人，應是作者姑隱其名，有其影射對象。

第四部

1

我的書賺了一點錢，跟姑媽結算房租到年底。每次春天降臨紐約，我便無法抗拒從紐澤西跨河吹來的大地呼喚，非走不可。所以我上路了。這是我與狄恩首次在紐約告別，把他獨自扔在那裡。他在麥迪遜與四十街口的停車場工作。跟以前一樣，一雙破鞋、T恤、掉到肚皮下的鬆垮褲子，一個人跑來跑去，一一搞定午間湧進的車潮。

當我黃昏時去找他，他通常閒著沒事幹，在收費亭數停車票，揉肚皮。收音機一定都開著。他說：「老兄，你聽過這個馬提．葛里克曼轉播籃球賽嗎—跑到一中場—假動作—跳—投，咻，兩分入袋。這傢伙絕對是我聽過最棒的籃球賽轉播員。」他現在淪落到只求這種簡單的快樂。他跟艾內姿住在東八十街的一個冷水公寓。晚上他下班，就脫光衣服，換上只遮到屁股的中國絲短上衣，坐在休閒椅用水煙管抽大麻。加上一套春宮撲克牌，這就是他的下班後娛樂。「最近我專心研究這張方塊二。你瞧瞧她的另一隻手放在何處？我打賭你猜不出來。仔細瞧久一點，看看能瞧見否。」他要借我那張方塊二回去研究，上面是一個高大的哀愁男子，跟一個肉感悲哀的妓女躺在床上，正在試某種體位。「拿去，老兄，我試過許多次了。」艾內姿在廚房做菜，探頭瞧我們，一臉幽默微笑。她覺得一切都棒。「你瞧瞧她，你瞧瞧她，老兄。艾內姿就是這樣，只會從門口探頭，微笑。噢，我跟她深談過，一切搞定，棒透了。這個夏天我們要到賓州的一個農場住 一 買一輛客貨兩用車，讓我可以回來紐約找樂子。我們要買很棒的大房子，接下來幾年，要生一堆孩子。阿門！萬歲！咿！」他從椅上彈起，放威利．傑克森[1]的唱片〈鱷魚尾巴〉（Gator Tail）。他站在唱機前，雙拳互擊，搖擺身體，跟著節拍拍打雙膝。「哇！這雜種！我第一次聽他表演，還以為他第二天就會掛點，但是他到現在還活著。」

當年他跟卡蜜兒住在美洲大陸另一頭的舊金山，也是這樣。同一只破爛行李箱塞在床下，隨時展翅欲飛。艾內姿常跟卡蜜兒通電話，講很久，甚至提到狄恩坐牢的事，至少，狄恩是這麼說的。她們通信訴說狄恩的怪行種種。當然，他每月賺的錢都得寄一點給卡蜜兒度日，不付贍養費，就得去蹲勞役監半年。他在停車場耍花招貼補家用，找零偷錢的技術一等一。有一次我瞧見他大聲預祝某個有錢人聖誕快樂，趁機拿五元替換對方的二十元。我們之後就去「鳥園」聽咆勃爵士，花個精光。那晚，表演者是李斯特．楊，永恆就存在他那雙大眼皮裡。

一天清晨三點，我們漫步四十七街與麥迪遜交口，他說：「哎，薩爾，我真希望你不要走，真的，這將是我第一次在紐約沒有老朋友陪伴。」他繼續說：「紐約，我只是過客，舊金山才是我的家鄉。我在紐約這麼久，除了艾內姿，沒交過其他女孩，這種事啊，只會發生在紐約！媽的！不過想到要再度橫越這塊恐怖大陸，我就 — 薩爾，我們好久沒嚴肅對談了。」在紐約的日子，我們總是跟一大夥人到處竄爛醉的派對。不知道為什麼，這不對狄恩的胃口，他似乎更喜歡在深夜無人、寒冷細雨的麥迪遜大道上縮著身體獨行，這比較像他自己。「艾內姿愛我；她說我愛幹啥都可以，保證不會給

1 威利．傑克森（Willie Jackson），美國搖擺爵士薩克斯風手。

我一丁點麻煩。老兄，你要知道，人啊年紀越大，麻煩就堆得越高。總有一天啊，你跟我會在黃昏時跑到暗巷翻垃圾桶。」

「你是說我們老了會變成流浪漢？」

「有何不可，老兄？如果我們願意，怎麼不行？下場如此也沒什麼不好。終其一生，你都可以不照他人的期許過活，政治人物與有錢人都無法干涉你，沒人管你，你順著人生過活，讓它成為自己的道路。」我同意。他以最簡單直接的方式下了道家哲學的決心。「你的道路在哪裡，老兄？——聖童之路，瘋子之路，彩虹之路，孔雀魚之路，任何人以任何方式都能踏上任何路。任何路，任何人，任何方式。」[2]我們在雨中點頭同意。「嗟，你得照顧兄弟。你這個兄弟啊，如果哪天不活蹦亂跳，就不是男人了——到時只能聽醫生的話了。薩爾，我老實告訴你，無論我住在哪裡，我的皮箱總是放在床下，隨時準備被掃地出門或者閃人。我已決定凡事不再強求。我不是沒努力過，你也瞧過我幹死幹活。不過你知道這一切都無所謂，因為我們知道時間的意義——我們知道如何讓時間放慢步伐，邊走邊看，享受黑人的老派樂趣，除此，世間還有什麼真正樂子嗎？我們明白得很。」我們在雨中嗟歎。那晚，整個哈德遜河谷浸在雨中。這條廣闊如海的河流是迎接世界的碼頭，那一夜全是雨，昔日小汽船登岸的地點波啟普契浸在雨裡，源頭的裂岩湖也浸在雨中，汎德威克山亦復如此。

「所以，」狄恩說：「我這生就隨遇而安啦。你知道嗎？我最近寫信給我老頭，他在西雅圖監獄——前兩天，我收到他的回信，好多年來的第一回。」

2 原文為where, body, how。承上文應是anywhere, anybody, anyhow的意思。

「真的？」

「是啊。是啊。他說等他能夠來舊金山，他想看看小『比比』，貝比寫成『比比』。我在東四十街找到一個冷水公寓，月租十三元；如果我能寄點錢給他，他就來紐約跟我過活 — 要是他說得出辦得到的話。我很少跟你提我妹妹，我有一個可愛的小妹妹；我也希望她能搬來跟我住。」

「她在哪裡？」

「問題就在這，我不知道她的下落。我老頭說要去找我妹，可是你知道他其實都幹些什麼。」

「所以他跑去西雅圖？」

「直接被掃進骯髒監獄。」

「他本來在哪裡？」

「德州，德州 — 老兄，我說啊，我的心靈、我的現狀、我的處境 — 你瞧見我變得比較安靜了。」

「沒錯，真的。」狄恩到了紐約，變得安靜。他想繼續談天。但是我們在雨中幾乎凍死。約了我出發前在我姑媽家聚一聚。

周日下午他來了。我有一台電視機。我們看電視轉播球賽，開收音機聽另一場球賽，並不時轉到第三場比賽，同時間追蹤比賽的分秒變化。「薩爾，記得，海奇斯在布魯克林道奇隊球場的二壘，費城人隊的救援投手正要上場，現在我們轉去聽巨人對波士頓的比賽，同時間注意狄馬喬打擊，球數是三壞球，投手正在抹止滑粉袋，趁現在來看看三十秒前我們中斷的比賽，看巴比．湯森表現如何，那時三壘上有人。耶！」

近黃昏時，我們到長島鐵道機廠旁的煤渣地跟年輕人玩棒球。我們也玩籃球，玩得超猛，搞得年輕孩子說：「放輕鬆點，犯不著搞自殺，是吧？」他們在我們身旁流暢跳躍，輕鬆擺平我們。狄恩跟我則滿身大汗，他還在水泥地上跌了個狗吃屎。我們氣喘如牛，想要抄球，他們一轉身又把球抄走。有人切進來跳投，球就在我們的頭頂滑進籃網。我們像瘋子一樣跳投，年輕男孩隨便一伸手，就從我們汗溼的雙手抄走球，運球走了。跟他們拚籃球，就像美國黑街暗巷出身的黑肚皮瘋狂次中音薩克斯風手，狂想挑戰史坦．蓋茲[3]與酷查理．帕克。那些年輕人認為我們瘋了。回家路上，狄恩與我分站兩邊人行道玩傳接球。玩些超級特別的接球，衝到矮樹籬裡，差點撞上電桿。只要有車子經過，我就跟它競跑，傳球給狄恩，險些撞上車屁股的保險桿。他衝刺、接球、在草地上翻滾，把球投給站在對街麵包車後面的我，我徒手接球，又傳回去，狄恩得轉身朝後跑，屁股著地，躺在樹籬旁接球。回到我姑媽家，狄恩拿出皮夾，清清喉嚨，還了她十五元，那是上次在華盛頓超速的罰款。姑媽大吃一驚，很高興。我們吃了豐盛晚餐。姑媽說：「是這樣的，狄恩，我希望這一次啊，你能好好照顧即將誕生的孩子，而且不要再離婚。」

「是的。是的，是的。」

「你不能全國到處亂跑生孩子。這些可憐小東西沒個依靠，你得給他們機會好好活下去。」狄恩盯著雙腳，點頭稱是。血色黃昏時，我們站在橫越高速公路的橋上道別。

「我希望回來時，你還在紐約，」我說：「我只希望有一天我們兩家人可以同住一條街，一起變

3 史坦．蓋茲（Stan Getz），美國爵士薩克斯風手。

老。」

「沒錯，老兄，那也是我的衷心期待，但我也完全清楚你我的困境，還有即將來臨的麻煩，就是你姑媽提醒我的那碼事。你知道我不想要這個娃兒，是艾內姿堅持要的，我們還吵了一架。你可知道瑪麗露嫁給舊金山的一個二手車商，也快生孩子了？」

「是啊，我們都到了那個年紀了，」其實我該說的是上下顛倒的虛空池塘居然起漣漪。這個世界的底端是黃金，而世界顛倒過來了。他拿出卡蜜兒跟小女兒在舊金山的照片。燦爛陽光的人行道上，有一雙腿的陰影橫過小娃，那是一雙穿了西褲、躲在哀愁暗處的腿。「這是誰？」

「哦，只是艾德．鄧凱爾啦。他回到嘉拉泰雅身邊，現在落腳丹佛，走以前花了一整天拍照。」

艾德．鄧凱爾，他的憐憫心就像聖人，乏人注意。狄恩掏出其他照片，都是快照。我頓悟將來我們的孩子看到這些照片，一定以為爸媽過著照片中那樣井然有序的穩定平順生活，清晨起來，驕傲踏上生命的人行道，絕對難以想像我們的生活其實落魄、瘋狂、放蕩，而真實的夜裡，我們踏上的其實是見鬼的瘋狂夢魘路。我們的生活內在實是無盡又無始的空虛。只是一種可悲的無知。「再見，再見。」狄恩踏上長長的紅色黃昏路。上方，火車冒煙駛過。他的身影跟隨他，模仿他的走動、思想，以及存在。他轉身，扭捏害羞地揮手，做出浪人常用的全速通過手勢，然後上下跳動，吶喊幾句，我聽不清楚。他又轉了一圈，越來越靠近天橋的轉角水泥地。他做出最後一個手勢。我揮手回應。突然間，他回去自己的生活，快步消失於我的視線。我則呆看我的慘澹生活。眼前還有好長好長的路。

2

第二日午夜，吟唱這首短曲。

家在密蘇納，
家在楚基，
家在奧佩魯沙斯，
統統不是我的家。
家在米多拉，
家在傷膝河，
家在奧加拉拉，
永遠到不了的家。

我搭前往華盛頓的巴士；花了一點時間四處亂逛；繞道去看藍嶺，聆聽仙納度河畔鳥兒鳴叫，拜訪了石牆．傑克森[4]的墳墓；黃昏時，朝卡納瓦河吐口水，晚間，在西維吉尼亞州的白人鄉巴佬城鎮查理斯敦踱步；子夜時分，到了肯塔基州的阿什蘭，瞧見一個孤獨的女孩站在散戲後的戲院遮篷下。漆黑與神祕的俄亥俄州，辛辛那提的黎明。再度穿越印地安那州的農田，聖路易一如以往，籠罩在午後的山谷雲彩下。沾滿泥巴的鵝卵石，蒙大拿州漂流而下的木頭，老舊的汽船，古老的市招，河畔的綠草與纜繩。這是一首無止盡的詩。晚上，經過密蘇里州，堪薩斯的農田與夜晚神祕廣闊田野裡的牛隻，來到餅乾盒一樣的城市，每條街道尾端接連的都是廣闊如海的曠野。黎明時，來到亞伯尼林，我們在西部夜色裡往山嶺攀爬，東堪薩斯的草原變成西堪薩斯的牧草地。

亨利．葛拉斯跟我同巴士。他在印地安那州特勒荷特上車，他說：「我說過為什麼討厭穿這件西裝，因為它爛透了——但是，還有別的原因。」他給我看文件。他剛蹲完特勒荷特聯邦監獄，罪名是在辛辛那提偷車與賣贓車。葛拉斯是個二十來歲的年輕小夥子，滿頭捲髮。「等我到了丹佛，我馬上到當鋪當掉這套西裝，買件牛仔褲。你知道我在監獄時遭受什麼待遇？關禁閉，還給我一本聖經；我拿來墊屁股坐在石頭地板上；他們堪到[5]後，就拿走聖經，換來一本約莫這麼大的小小口袋型聖經。沒法拿來坐，我就讀完整本聖經跟新約，嘻—嘻」他拿手戳戳我，嘴裡大嚼糖果。他成日吃糖果，因為他在獄中搞壞了胃，除了糖果，啥也吃不下。「你可知道聖經有些頗刺激的東西。」他還告訴我「耍炫」（signify）是什麼意思。「快要出獄的人如果跟別人提自己出獄的日子，就是『耍炫』，暗

4 石牆．傑克森（Stonewall Jackson）本名Thomas Jonathan Jackson，南北戰爭的南軍司令官。據說治軍極嚴，手下士兵都像石牆屹立，因此得到石牆綽號。

5 此處應是表現葛拉斯的低教育背景，把看（see）的過去式saw說成seed。

示別人還得繼續蹲下去。我們馬上掐住他的脖子說：『你少給我炫！』耍炫很爛 — 你聽到沒？」

「亨利，我不會耍炫。」

「誰跟我耍炫，我就鼻孔冒煙，氣到可以殺人。你可知道我為什麼總在坐牢？因為十三歲那年，我氣到失去理智，我跟一個男孩一起看電影，他嘲笑我老媽 — 知道，就是用了髒話 — 我掏出彈簧刀割破他的喉嚨，要不是人家拿藥迷昏我，他鐵定會死在我手上。法官問我『攻擊你的朋友時，你知道自己在做什麼嗎？』『您啊，我當然知道，我想殺死那個狗娘養的，現在還是想。』所以我沒獲得假釋，直接送往感化院。關禁閉，我的屁股都坐出了痔瘡。千萬別給關進聯邦監獄，最爛不過。媽的，我好久沒跟人講話，簡直可以連講一個晚上不停。你不知道放出來的滋味有多好。我一上車就瞧見你 — 你這是路經特勒荷特 — 那時你在想些什麼？」

「不過就是坐車罷了。」

「那時，我嘴裡可是在唱歌呢。我坐到你旁邊，因為我擔心坐在女人旁邊，保不定會發瘋，把手伸進她們的裙子裡。這事得等一等。」

「再被掃進監獄一次，你就永遠不必出來了。現在開始你最好凡事都慢慢來。」

「正是這樣，麻煩的是只要我鼻孔一冒煙，就管不住要發生啥事。」

他要搬去跟兄嫂合住；他們在科羅拉多州幫他找了一份工作，車票錢是聯邦政府出的，他的目標是維持保釋在外。他就像年輕版的狄恩，血液過於沸騰，難以承受；鼻子會冒煙；不過他不像狄恩有一股天生的奇怪神聖氣質，難逃鐵一般的宿命。

「薩爾，把我當兄弟，管著我到了丹佛不會鼻孔冒煙，可好？或許我可以平安抵達我老哥那兒。」

到了丹佛，我拉著他的臂膀到拉里莫街，典當監獄給他的西裝。衣服才打開一半，當鋪裡的老猶太人便認出那是什麼：「我不需要這該死的玩意，峽谷城那裡的男孩一天到晚拿這個來當。」

拉里莫街充斥出獄歹徒，想要典當監獄發放的西裝。亨利只好把它裝在紙袋，夾著走，身上是嶄新的牛仔褲與運動衫。我們去狄恩常去混的葛蘭昂酒吧——半路，亨利把西裝扔到垃圾桶裡。我打電話給提姆．葛雷。天色已晚。

「是你啊？」提姆輕笑：「我馬上過來。」

十分鐘後，他跟史丹．薛伯一起衝進酒吧。他們剛去巴黎玩了一趟，對丹佛生活失望透頂。他們很喜歡亨利，還請他喝啤酒。亨利開始亂花監獄裡賺來的錢。我再度回到擁有神聖暗巷、瘋狂建築的丹佛溫暖暗夜。我們開始一家家走訪酒吧，以及科費克斯大道西邊的公路酒棧，五角區的黑人酒吧，諸此等等。

多年來，史丹一直想認識我，這是我們第一次共同思索一起冒險。「薩爾，打我從法國回來，就不知道自己該怎麼辦。你真的要去墨西哥？超棒的，我可以跟你一起去嗎？我能弄到一百元，到了墨西哥市立學院註冊後，就能領到退伍軍人權利法案的補助金。」

就此決定，史丹跟我一起走。他是個四肢修長、面色靦腆、怒髮衝冠、掛著騙子大笑容的丹佛男孩，舉止像賈利．古柏[6]一樣隨和、慢條斯理。他說：「超棒！」拇指插進褲腰帶，從容漫步街頭，

6 賈利．古柏（Gary Cooper），美國電影明星。

緩慢左右搖擺。他的外公跟他講得很白，他反對史丹去法國，也反對他去墨西哥。史丹跟外公吵了一架，此刻是個丹佛「流浪漢」。那晚，我們在科費克斯大道的「熱店」裡暢飲，管著不讓亨利鼻孔冒煙，之後，史丹脫隊去睡在亨利的葛蘭昂旅館房間，他說：「我連晚點回家都不行，外公會跟我吵，然後把怒氣發在我媽身上。薩爾，我跟你說，我得迅速離開丹佛，否則會瘋掉。」

那晚，我住在提姆家，貝碧．羅林斯幫我搞了一個地下室小房間，之後的一星期，我們夜夜在那裡開派對。亨利走了，去找他老哥，我們沒再見過他，不知道有沒有人對他「耍炫」，也不知道他是否再度被掃進監獄，或者半夜掙脫枷鎖逃跑。

那一個星期，史丹、提姆、貝碧跟我每天下午都耗在可愛的丹佛酒吧，跟那些穿寬長褲、笑容害羞、眼露愛意的女侍打混，她們不是那種鐵石心腸女侍，而是會愛上顧客，驚天動地熱戀，然後遊走酒吧間揮汗喘氣痛苦工作的女人。晚上呢？我們混五角區的瘋狂黑人酒吧，聽爵士、飲酒，然後回我的地下室聊天至清晨五點。午間，我們多半在貝碧家的後院休息，看那些丹佛小鬼玩牛仔大戰印第安人，從盛開的櫻桃樹跳到我們身上。我的日子過得很逍遙，世界對我敞開，因為我已無夢。史丹與我計畫拉提姆一起到墨西哥，但是他已經太習慣丹佛的生活。

我正打算出發去墨西哥，一晚，丹佛．杜爾突然打電話給我說：「薩爾啊，你猜誰要來丹佛了？」我摸不著頭腦。「根據我的小道消息網，狄恩已經在路上，他買了一輛車，前來跟你會合。」我眼前突然浮現狄恩的模樣，一個風風火火、恐怖抖顫的天使，穿過馬路朝我走來，像一片雲，以極快的速度奔到我這邊，就像那個身披裹尸布、緊追我的平原旅者[7]。我眺望平原，瞧見他那張瘋狂、瘦削、充滿決心的大臉；瞧見他的發亮眼珠；瞧見他的翅膀；瞧見他的破舊戰車射出數千道火花；瞧見它所經之處道路為之焚毀；我瞧見它自己開路，穿過玉米田，橫過城市，摧毀橋樑，烤乾河流。我瞧見它像天譴怒火奔過西部。我知道狄恩又瘋了。如果他把錢都提出來買車，他絕不可能支應兩個老婆的生活。完蛋了，無望了。他的身後盡是冒煙灰燼，他再度往西橫越這塊呻吟的恐怖大陸，不久，他即將到來。我們匆忙為狄恩打點。聽說，他要開車載我去墨西哥。

史丹敬畏地問：「你認為他會准許我同行嗎？」

「我會跟他說，」我冷冷地回答。誰也不知道會如何。「他要睡在哪裡？吃些什麼？這兒有他的妞兒嗎？」彷彿即將不祥蒞臨的是高康大[8]，丹佛的下水道必須為他拓寬，某些法律必須為他裁剪，以便安頓他受苦的肉體以及爆炸的狂喜。

7 此處是指薩爾曾經夢過一個穿裹尸布的人追逐他。

8 典故出自法國作家拉伯雷（Francois Rabelais, 1494-1553）的名著《高康大與龐大固埃》（*Gargantua and Pantagruel*），高康大是巨人國王，食量大，酒量大。

3

狄恩抵達的場景就像老電影。那是陽光金燦的下午，我正在貝碧的住處。我得先談談這棟房子。貝碧的老媽去了歐洲，現在由查蕊蒂姑媽管家；這位姑媽高齡七十五，小雛雞一樣敏捷活躍。羅林斯家族橫跨整個西岸，她在各家之間來去，還頗能幫幫手。一度，她膝下兒子一堆。現在個個離家；個個不理她。查蕊蒂年紀雖大，對我們的一言一行卻甚感興趣。看我們在起居室大口喝威士忌，她悲哀地搖搖頭。「我說年輕人啊，你們大可以到院子裡喝。」那年夏天，這房子有點像寄宿公寓，樓上住了湯姆，愛上貝碧，無藥可救。他們說湯姆出身佛蒙特州的有錢人家，家鄉有大好事業等著他，他卻寧可跟在貝碧左右。晚上坐在起居室，羞紅的臉躲在報紙背後，不管我們說什麼，他都聽進耳裡，悶不做聲。要是貝碧開口說話，他的臉就紅得更厲害。我們逼他放下報紙，他就以無聊至極與痛苦的表情望著我們說：「啊？哦，是的，我想是這樣。」通常，他只會說這些。

查蕊蒂坐在角落織東西，小鳥般的眼睛注視我們。她的責任是監護，盯著我們不准說髒話。貝碧坐在沙發上咯咯笑。提姆、史丹跟我癱在椅子上。可憐的湯姆盡力忍受折磨。他站起身伸懶腰說：「日日如此日日過。晚安。」消失於樓上。貝碧根本不會拿他當男友，她愛的是提姆；但是提姆像鰻魚滑出她的掌握。這個陽光燦爛的下午，我們就這樣閒坐，等著吃晚餐，狄恩的破車突然出現，他跳下車，穿粗呢西裝、背心，還掛著懷表鍊。

「哈！哈！」聲音從街頭傳來。跟著他來的還有羅伊．強森，帶著老婆朵拉絲從舊金山回來，再度定居丹佛。艾德．鄧凱爾與嘉拉泰雅也來了，還有湯姆．史納克。大夥又齊聚丹佛了。我跑到前廊。「喂，我的哥兒，」狄恩伸出大手說：「看起來，你們這邊一切都好。哈囉，哈囉，哈囉，」他跟所有人打招呼：「哦，提姆．葛雷、史丹．薛伯，你們好啊！」我們介紹他認識查蕊蒂。「是的，您好啊。這位是我的好友羅伊．強森，好心陪伴我前來，哈哈！哇！咳！咳！胡勃少校[9]，閣下，」他朝湯姆伸出手，後者只是瞪著他。「是的，是的，薩爾老兄，狀況如何，我們何時開拔去墨西哥？明天下午？好，好。阿門！現在，薩爾，我有足足十六分鐘可以趕到艾德家，拿回我那隻鐵路局的舊手表，去拉里莫街，在當鋪關門前當掉。然後看還有多少時間，我們要快速但徹底搜索我老頭的行蹤，他有可能在吉格快餐店，或者其他酒吧，之後，我跟剃頭師父杜爾有約，他總叫我要去光顧，我也數年不變地秉持這個原則——咳咳！六點整——整！你聽見沒？我要你準時待在這裡，我會飛車來接你，咱們火速奔去羅伊家聽葛拉斯彼，還有各式各樣的咆勃爵士唱片，好好鬆弛一小時，之後再進行你、提姆、史丹、貝碧原先的晚間計畫，不必因為我恰恰在四十五分鐘前駕著你們現在瞧見停在那裡的三七年老福特汽車抵達此地而有所改變，我這路上還在堪薩斯市停了好久，去看我表兄，不是山姆．布萊迪，是比較年輕的那個……」口若懸河的同時，他在起居室一個眾人看不見的角落忙著換下西裝外套，改穿T恤，再從同一只破皮箱拿出一套褲子換上，懷表也跟著移位。

9 胡勃少校（Major Hoople）出現於Gene Ahem在一九二〇年代創造的連載漫畫《我們的寄宿公寓》（*Our Boarding House*），是個喜歡吹噓自己在南北戰爭勳功的角色。此處應是拿湯姆的寄宿身分開玩笑。

「艾內姿呢？」我說：「你們在紐約究竟發生何事？」

「這趟旅行的表面理由是搞個墨西哥式離婚，又快又便宜。卡蜜兒終於同意了，現在一切搞定，很好，棒透了，我們知道啥都不必煩惱，你說是吧，薩爾？」

好吧。一向，我對狄恩就是言聽計從，因此忙不迭展開新計畫，安排一個盛大而且難忘的夜晚，地點在艾德老哥家。艾德另外有兩個兄弟是巴士司機，呆坐瞠目於眼前發生的所有事。桌上擺滿豐盛食物、蛋糕與飲料，艾德看起來意氣風發，快樂。「怎樣？你跟嘉拉泰雅定下來了？」

「老大，沒錯，」艾德說：「我很確定。我就要去上丹佛大學，你知道的，我跟羅伊。」

「你打算念什麼？」

「哦，社會學跟相關的領域，你知道的。我說啊，狄恩一年比一年瘋，是吧？」

「的確如此。」

嘉拉泰雅也來了，她想跟某人說話，但是狄恩掌控全場。史丹、提姆、貝碧、我一整排坐在廚房牆邊，瞧狄恩在那裡表演，艾德緊張地在他身後探頭探腦，他的可憐老哥更是被推到陰影裡。「哈！哈！」狄恩邊說邊拉T恤，揉搓肚皮，跳上跳下。「是的，嗯——我們全聚在一起，歲月各自從我們身邊快速溜過，好幾年囉，但是你們瞧，我們都沒什麼變，真是神奇——我們的持——久——性，話說，我有一副牌可以精準算出你們的命運哦。」就是那副春宮牌。朵拉絲與羅伊僵直坐在角落。真是個悲哀的派對。狄恩突然沉默下來，坐在我跟史丹中間的廚房椅上，像狗兒一樣聚精會神，驚奇望著前方，誰也不理。他這是突然神遊，去重振精神。他就像懸崖上小圓石上面的大石頭，如果你輕輕一推，它可能頹塌下來，也可能像石頭般左搖右晃。突然間，大石爆炸成一朵花，他的臉蛋露出美妙笑容，大夢初醒，環顧周遭，說：「哦，瞧瞧這些陪坐在我身旁的好人。薩爾，這真是好！就像我那天跟明（Min）說的，怎？喔，啊，是的！」他起身走到房間另一頭，跟艾德的一個公車司機哥哥握手：「您好啊。我叫狄恩．莫瑞亞提。是的，我記得您，很清楚。近來如何？哦，哦。瞧瞧這可愛的蛋糕。喔，我可以來一點嗎？就是我。可悲的我。」艾德的妹妹說可以。「噢，真好！人們真好。桌上擺滿蛋糕跟好東西，全為了美妙的小樂子與享受。嗯，啊，是啊，真棒，好極了，萬歲，哇！」他站在房間中央，左搖右晃，吃蛋糕，驚奇望著眾人。他轉身瞧背後，所見一切都令他驚奇。人們分成幾群聊天，他說：「是的！這樣就對了。」牆上一幅照片讓他直起身體，專注瞧。他走向前，以便細細端詳，往退後，蹲下來，往上跳，試圖從各種可能角度與高度觀看這幅照片，他拉扯T恤，大聲喊：「媽的！」他完全不知道他給別人的感覺，更不在乎。大家現在開始面露父母的慈祥光芒，以寵愛眼神瞧著狄恩。狄恩終於成了天使，一如我所預期的；不過跟所有天使一樣，他依然有憤怒與火氣。那天晚上，我們離開派對，跑去酒客眾多、吵鬧不堪的溫莎旅館續攤，狄恩完全瘋狂，爛醉到有如六翼天使與魔鬼齊聚一身。

溫莎旅館是淘金熱時的丹佛熱門旅館，樓下的大酒吧牆上還有當年的子彈孔。不過，請記住，溫莎旅館雖有許多引人入勝處，最重要的，它一度是狄恩的家。他跟老爸住在樓上的某個房間。他不是旅人過客。當他在樓下酒吧喝酒，就像他老爸的陰魂鬼影；喝開水般咕嚕吞下葡萄酒、啤酒、威士忌。他臉兒通紅，滿頭大汗，在酒吧怒吼咆哮，蹣跚穿越西部低級酒客與女孩擁抱起舞的舞池，想去彈鋼琴，他摟抱那些已經金盆洗手的騙徒，跟著他們大吼大嚷。同時間，我們這群人坐在兩張拼起來的大桌。席間有杜爾、朵拉絲、強森、一個來自懷俄明水牛城的女孩，她是朵拉絲的朋友，還有史丹、葛雷、貝碧、我、艾德、史納克以及另外幾個，總共十三人。杜爾樂壞了；抱著一個花生自動販賣機坐在桌前，不斷餵它銅板換花生。他建議我們買張便宜的明信片，每人寫幾句，寄給紐約的卡羅．馬克斯。我們淨寫些瘋狂的話。夜裡的拉里莫街傳來鏗鏘的提琴聲。杜爾大聲叫：「好玩，是吧？」我跟狄恩在廁所猛捶門，想要撞破它，不過它足足一吋厚，我的中指撞裂了都不知道，第二天才發現。我們簡直醉到爆。一度，桌上排了五十杯啤酒，我們繞著桌子跑，每杯都啜一口。峽谷城那些退出江湖的老騙子醉得蹣跚舉步，胡言亂語。門廳處，年邁的退休探礦者握著手杖，坐在滴答響的舊鐘下做白日夢。繁華時代，他們也曾經歷過這類瘋狂爛醉。周遭一切彷彿在旋轉。城裡到處有派對。其中一個居然在城堡，我們開車前往——狄恩沒跟，上別處去了——到了城堡，坐在碩大無朋的餐桌前，喊叫談笑。城堡外有座游泳池，還有許多石室。我終於找到大蛇即將昂首而出的那座城堡[10]。

到了深夜，只剩狄恩、我、史丹、葛雷、艾德、史納克擠一輛車，四處亂闖。我們去了墨西哥裔區、去了五角區，到處晃悠。史丹樂瘋了，不斷拔尖嗓門大喊：「狗娘——養的！超屌！媽的！」猛拍膝蓋。狄恩覺得史丹妙極了，一再重複史丹說的話，又是啐口水，又是揮汗的。「我們要跟這個傢伙史丹一起去墨西哥，好好樂一番嗎？當然要！」這是我們在神聖丹佛的最後一晚，既盛大又狂野。最後，我們就著燭光在地下室喝葡萄酒，查蕊蒂穿睡衣拿著手電筒在樓上摸來摸去。我們這群人中現在多了個黑人，自稱戈梅茲。這傢伙在五角區亂晃，誰也不鳥。我們瞧見他時，史納克大喊：「喂，你

10 此處是在指凱魯亞克的另一本作品《薩斯博士》，見第二部注釋41。

是不是強尼啊？」

他往回退了幾步，經過我們身旁：「你再說一遍？」

「我說你是不是那個叫強尼的傢伙啊？」

戈梅茲又轉身飄開，回頭再試一次：「現在，我看起來是不是有點像強尼了？因為我努力要變成強尼，但是找不到方法。」

「喂，老兄，一起來吧！」狄恩大叫。戈梅茲就跳上車，我們絕塵而去。我們在地下室低聲瘋狂聊天，生怕吵到隔壁鄰居。早上九點，大夥全閃了，只剩狄恩與史丹，兩人還在瘋狂聒噪。如果有人起早弄飯，會聽到地下室傳來奇怪的「是的！是的！」貝碧準備了豐盛的早餐。該是我們閃去墨西哥的時候了。

狄恩開車到最近的加油站，整理妥當。那是三七年的福特小麵包車，右邊門壞了，直接綁在車上。右前座的椅子也壞了，一坐下去，整個人就往後仰，瞧見破爛的車頂。狄恩說：「就像電影《拯女記》（*Min 'n' Bill*），我們要一路震顛顛、喘噓噓去墨西哥，得開上許多、許多天。」地圖顯示全程一千多哩，多數旅程在德州境內，然後抵達邊境拉雷多。之後，我們得穿越墨西哥七百六十七哩，才能去到破碎的地峽與瓦哈卡高原，接近墨西哥城這個偉大城市。我無法想像這段旅程。而這正是它的美妙處。我們不再是來往東西岸，而是前進神奇的南方。站在火地島就可以俯瞰裸裎胸膛的整個西半球，只要展翅，我們就能飛躍世界的曲線，進入另一個熱帶區，進入另一個世界。狄恩無比自信地說：「老兄，這趟旅行將帶我們進入那個境界。」他拍拍我的手臂說：「你等著看。哇！呼！」

我跟史丹去打理最後一點細節，見他可憐的祖父，這老人站在門口說：「史丹—史丹—史丹。」

繃。

「啥事，阿公？」

「別去。」

「噢，這已經說定了。現在就得走；你幹嘛要這樣？」那老人一頭白髮，杏仁大眼，脖子瘋狂緊

「史丹，」他只是說：「你別走。別讓你老阿公哭泣。別再拋下我一人。」這一幕讓我心碎。

老人對著我叫狄恩，說：「別帶走我的史丹。小時候，我常帶他去公園，教他認識天鵝。後來他妹妹淹死在那個池塘。我不要你帶走這孩子。」

「不行，」史丹說：「我們現在就得走。再見。」他掙脫老人的緊握。

老阿公抓住他的手臂：「史丹，史丹，史丹，別走，別走，別走。」

我們頭低低，一溜煙閃人，老人依舊站在丹佛小巷木屋門前，房門口掛著珠簾，前廊塞滿家具。他蒼白有如床單，仍在呼喚史丹。他的行動看來有點半身不遂，沒離開門口，只是站在那裡低喊「史丹」，「別走」，焦慮地望著我們轉過街角。

「天，薛伯，我真不知道該說什麼。」

「別在意！」史丹喃喃說：「他總是這樣。」

我們跟史丹的老媽在銀行碰頭，她去提款給史丹。史丹的媽媽很可愛，雖已滿頭白髮，面貌卻還年輕。她與兒子站在銀行的大理石地板，低語。史丹一身Levi's打扮，夾克等等，沒錯，一副要去墨西哥的模樣。他在丹佛生活平靜，現在卻要跟著風風火火的墨西哥新手狄恩上路。狄恩從角落跳出來，及時趕上會合。薛伯太太堅持請我們每人喝咖啡。

「請照顧我的史丹，」她說：「誰知道在那個國家會出啥事。」

「我們會互相照應的，」我說。史丹與母親在前踱步，我跟瘋子狄恩跟在後面；他正在說東岸與西岸廁所塗鴉的差異。

「完全不同；東部廁所都是一些插科打諢，猥褻笑話，露骨指涉，屎尿點滴與圖畫；西部人只會在廁所寫自己的名字，紅髮歐哈拉，蒙大拿州布來福鎮人，到此一遊，幾年幾月幾日，嚴肅得要命，跟艾德．鄧凱爾一樣，這種差異源自西部的巨大寂寞感，一旦跨過密西西比，就大同小異了。」嗯，前方就是個寂寞男子。史丹的母親是個可愛的人，她捨不得史丹離去，卻知道他非走不可。我們也瞧見他是怎麼逃離祖父住處的。我們三個——一個（狄恩）在找父親，一個（我）父親已死，一個（史丹）逃離老祖父，我們要齊奔夜路。史丹在十七街擁擠的人群裡跟母親吻別，她在計程車裡跟我們揮手拜拜。再一見，再一見。

我們到貝碧那兒上車，跟她說再見。提姆搭我們的便車到城外的住處。貝碧那天好美；頭髮又長、又金，像瑞典人，陽光下，雀斑點點浮現，跟昔日那個小女孩沒兩樣。她的眼裡有淚光。晚些，她跟提姆可能會到墨西哥跟我們會合——結果，她沒來。再一見，再一見。

我們奔馳而去，到了城郊平原區，提姆在前院下車，我回頭看，他的身影在平原裡逐漸縮小。這個怪小子足足站在那裡兩分鐘，看我們驅車而去，天曉得腦袋裡想些什麼哀傷事。他的身影越來越小，但依然動也不動，一手抓著曬衣繩，像個船長，我轉過身，想多瞧他兩眼，但是地平線上沒有東西，一片空白，地景往東朝堪薩斯州一路延伸，由此，可以到我在亞特蘭提斯的家[11]。

我們車頭朝南，嘎嘎響前進科羅拉多州的克色洛克。太陽轉紅，面西的岩石看起來像十一月暮色裡的布魯克林釀酒廠。遠處，粉紅色山岩陰影處，有人走啊走，但是看不清楚；或許是我多年前在山巔處感應到的那個白髮老者。也可能是薩卡特卡斯城的張三或李四[12]。他離我越來越近，還是他從未落在我身後？丹佛已被我們拋在後面，就像鹽做的城，它的煙塵衝向天際，而後在我們的視界裡溶解無蹤。

11 傳說中有高度文明發展的古老大陸，地震與水災讓它在一天一夜後沉入海底，至今不可尋。

12 原文為Zacatecan Jack，薩卡特卡斯（Zacatecas）是墨西哥一州，Jack類同中文的張三李四。

4

五月天。這麼尋常平凡的科羅拉多州農場、灌溉渠道、小男孩游泳的樹林小谷地，卻能飛出那麼一隻蟲子螫咬史丹？他的手搭在壞掉的車門上，車子滑行，他快樂聊天，忽然間，一隻蟲兒飛到他手上，長螫刺入他的手臂，他大聲嚎叫。這東西莫名其妙在尋常的美國下午飛出來。史丹拉扯拍打手臂，挖出那根螫針，沒一會兒，手臂便開始紅腫刺痛。狄恩與我瞧不出那是什麼蟲，只能等著看會不會消腫。瞧，我們正要前往陌生的南方，才踏出破舊的童年故鄉城鎮三哩，就有一隻超乎尋常、怒火沖沖的詭異蟲子從不知哪個隱密的爛坑飛出來，讓我們心生恐懼。「那究竟是啥？」

「我從不知道這裡有蟲子會讓人腫那麼大的包。」

「可惡！」這讓此行變得邪惡且不祥。我們繼續前行。史丹的手臂越來越糟，必須停靠路上的第一家醫院，打一針盤尼西林。我們穿過克色洛克，夜間抵達科羅拉多泉，派克峰浮現右側。我們在普韋布羅郡的高速公路上平穩快駛。「我在這條路上不知道搭過幾千次便車，」狄恩說：「有一晚我就躲在那個鐵絲網後面，毫無緣故地，我突然大大驚慌起來。」

我們決定輪流說自己的故事，史丹第一個。「路途遙遠，」狄恩開宗明義：「你可以盡情訴說，所有想得起來的細節都不要放過——儘管如此，也不可能道盡全部。慢慢來，慢慢來，」他提醒正要開始述說故事的史丹：「你還得放鬆心情。」當車子穿越黑暗，史丹的故事也順勢開展。先講他去法國的事，越講越困難，就跳回去講他在丹佛的童年。狄恩與他對照彼此在街頭騎腳踏車交錯而過的事情。「你忘記其中一次，我知道——阿拉帕后修車廠？記得嗎？我在街角朝你扔球，你將它拍回來，結果掉到水溝裡了。那是中學時代，你記起來了嗎？」史丹興奮又狂熱，想向狄恩盡吐一切。狄恩現在是裁決者、長者、法官、聆聽者、認可者、點頭稱是者。「是的，是的，請繼續說。」我們經過瓦森堡；突然間，科羅拉多州的千里達也被我們甩在後頭，在下了這條公路的某處，查德．金恩應該跟幾個人類學家聚在營火前，照例講自己的故事，鐵定想不到此刻我們正從高速公路呼嘯而過，前進墨西哥，講述我們自己的故事。噢，真是哀傷的美國夜！我們進入新墨西哥州，經過岩石又大又圓的雷頓，在一家簡餐館停車，狼吞虎嚥漢堡，還用紙巾包了幾個，過了邊界再吃。「薩爾，我們得垂直進入德州，然後再橫向穿越它。」狄恩說：「直走與橫行，路途一樣長呢。再過幾分鐘我們就進入德州，要到明天這個時候才出得了州界，我們要一路不停開下去。你瞧瞧。」

我們繼續開。穿越廣袤的原野夜色，首先入目的是德州城鎮達哈特，一九四七年，我曾經過此處。它躺在五十哩外的漆黑大地上，閃閃發亮。月光下，到處是牧豆樹與荒野。月亮浮現地平線。月暈肥碩，逐漸胖大，色澤斑駁，越變越圓，朝前移動，直到群星與它爭輝，晨露濺上我們的車窗——我們還是不斷飛馳。經過達哈特——一個像餅乾盒堆疊的小鎮，空空蕩蕩——我們繼續前進，上午抵達阿馬立羅，狹長的草兒迎風搖曳，僅僅幾年前，它們還傍著水牛皮帳篷搖擺。現在，這兒蓋了加油站，還有一九五〇年新出產的點唱機，巨大的裝飾圈，十分錢投幣孔，以及難聽的歌曲。從阿馬立羅到柴卓斯，狄恩跟我沿途一章又一章剖析史丹生平故事的背後意義，這是應他的要求，因為他想知道。到了豔陽高照的柴卓斯，我們往南轉入車輛較少的馬路，風馳電掣奔過帕度卡、古斯里、亞伯林尼、德克薩斯市等無盡荒野。現在，狄恩得睡覺了，史丹與我坐在前座，負責開車。這輛老車引擎發熱、顛簸掙扎前進。微光的曠野吹來刺人的陣風。史丹繼續講他在蒙地卡羅與卡涅敘爾梅爾的故事，以及他如何在晴空藍天的門頓瞧見了黑膚人在白牆間穿梭。

眼前就是德州，毫無疑問：我們緩緩駛入亞伯林尼，統統清醒張望。「你瞧瞧住在這樣的城鎮，遠離大都市千哩。乖，乖，鐵道過去那邊就是老亞伯林尼市，以前人們運牛到這裡屠宰，賺了錢就去買橡皮套鞋，喝得昏天暗地。你瞧瞧！」狄恩對著窗外大叫，嘴角扭曲如W．C．費爾茲。他才不管這裡是德州還是其他地方。紅臉蛋的德州人也不理會他，匆匆行走於火邊的人行道。我們在城南邊的高速公路停下吃飯。繼續開往德州中心科曼市與布雷迪市時，夜幕感覺起來還在千哩外，沿路只有長了灌木叢的荒野，偶爾才會在乾涸的小溪旁冒出一棟房子，五十哩的泥巴彎路，以及無止無盡的蒸騰熱氣。狄恩在後座睡眼惺忪地說：「老巴子墨西哥還遠遠遠得很。因此，兄弟們，讓她繼續跑，破曉時，我們就能夠親吻墨西哥小姐（señoritas）囉，只要你知道如何跟這輛車對話，沿途安撫她，她能跑得很，儘管她的屁股快垮下來，但是甭煩惱，絕對能撐到那兒。」話畢，他又睡著了。

我接手開車，前往菲德列克斯堡，再度沿著舊地圖往返，這是一九四九年我跟瑪麗露在雪天上午手牽手的地方，她，如今人在何方？「吹啊！」狄恩在夢裡喊叫，我猜他夢見舊金山的爵士，或許還有即將聽到的墨西哥曼波音樂。史丹滔滔不絕，他昨日被狄恩上了發條，現在停不住嘴。目前，他講到英格蘭，提及在英國沿途搭便車的冒險，從倫敦到利物浦，當時他留長髮，一條破褲，陌生的英國卡車司機會突然從廣大的歐洲荒地現身，搭載他一程。古老的德州，密史拖拉季節風（mistral wind）持續吹襲，搞得我們雙眼紅通通。我們的心頭似乎有了大石，知道行車速度儘管緩慢，還是即將抵達墨西哥。老爺車以時速四十喘氣爬行，從菲德列克斯堡起，我們從廣袤的西部高原往下降，飛蛾開始撲濺車窗。「兄弟們，我們開始進入熱帶國家，你瞧，沙漠遊民以及龍舌蘭，這是我生平第一次跑到德州這麼南邊，」狄恩驚訝地說：「天殺的！這就是我老頭冬天來的地方，狡猾的老流浪漢。」

開到五哩長的山丘底部，毫無疑問，這是熱帶高溫，前方就是聖安東尼奧市的燈光。你感覺眼前大地真的曾是墨西哥國土的一部份。路邊的房子模樣不同，加油站更舊，街燈更少。狄恩開心接手，駛入聖安東尼奧市。曠野裡，到處是墨西哥南部那種破舊棚屋，沒有地窖，門廊上擺了老搖椅。我們停在一家瘋狂的加油站換機油。墨西哥人閒閒站著，頭頂上方原本是赤裸的白熱燈泡，現已被山谷的夏日蚊蟲遮蔽得陰暗，我伸手到冷飲櫃拿出啤酒，把錢丟給加油站工人，他們可是全家出動招呼這樁生意。四處都是棚屋，頭兒低垂的樹，空氣飄浮濃郁肉桂味。狂野的墨西哥少女攜男伴行經此處，狄恩大叫：「呴！是！早！（*Sí! Mañana!*）」，各式音樂從四面八方傳來。史丹與我喝了幾瓶啤酒，開始飄飄然。我們好像已經離開邊境，卻真真確確還在美國，置身最瘋狂的中心。改裝車咆哮而過。聖安東尼奧，啊—哈！

「老兄，聽我說——我們不妨在聖安東尼奧混幾小時，找家診所給史丹看手臂，至於你跟我，薩爾，咱們四處逛逛，研究研究這些街——你瞧瞧對街那些房子，一眼就能瞧見客廳，那些人家的靚妞正躺在那兒閱讀《真愛》（*True Love*）雜誌呢，呼！來啊，走吧！」

我們開車毫無目標亂逛，詢問最近的醫療診所。它靠近市中心區，那兒的景象比較時髦，比較像美國，幾棟半摩天大樓，許多霓虹燈，以及連鎖藥粧店，但是此地車子會猛然從暗巷竄出，視交通法規如無物。我們將車子停在醫院車道，狄恩待在車上換衣服，我跟史丹進醫院，去見一個實習醫師。

大廳擠滿墨西哥貧婦，有的大肚子，有的生病，有的帶著生病的小孩。景象真是淒涼。我想起可憐的泰莉，不知她近來如何。史丹苦等一小時，才有實習醫師來檢查他的腫脹手臂。這種感染有個名稱，不過我們都懶得學著唸。他們給史丹打了一針盤尼西林。

狄恩跟我上聖安東尼奧的墨西哥區逛街，空氣芳香柔軟——是我聞過最柔軟的空氣——四處黑暗，神祕，鬧哄哄。偶爾戴白頭巾的女性會從吵鬧的暗處現身，狄恩緊跟於後，沒說話。「哇！太棒了。我們不該輕舉妄動。」他低語：「讓我們尾隨，觀察一切。瞧！瞧！一家瘋狂的聖安東尼奧撞球間。」我們進去逛，裡面有三張球桌，十來個男孩在撞球，都是墨西哥人。狄恩跟我買了可樂喝，丟銅板餵點唱機，隨著維歐尼・藍調・哈里斯、萊諾・漢普頓、幸運米林德[13]的樂音跳躍。同時間，他提醒我仔細瞧。

「你瞧，用你的眼角看，當我們聆聽維歐尼吹奏，大談他寶貝的那玩意兒[14]，嗅聞你所謂的柔軟空氣——你同時瞧瞧那孩子，在第一桌撞球的那個瘸子，他在這裡是吊車尾的人物，眾人笑鬧的對象，是的，這人終其一生都只能跟在人家屁股後面。周遭人或許很無情，但是他們愛他。」

那瘸子是個畸形侏儒，臉蛋大而美麗，有點太大了，巨大的棕色雙眼溼潤閃亮。「薩爾，你沒想通嗎？他就是聖安東尼奧、墨西哥版的湯姆・史納克，全世界都有的同樣故事。瞧見沒，他們拿球桿敲他屁股？哈—哈—哈！你聽他們的笑聲。他想贏，他押了五毛錢（four bits）呢。看！看！」我們

13 維歐尼・藍調・哈里斯（Wynonie Blues Harris），美國藍調歌手。萊諾・漢普頓（Lionel Hampton），美國爵士電顫琴與打擊樂手。幸運米林德（Lucky Millinder）本名Lucius Venable Millinder，美國節奏與藍調樂手。

14 此處講的是Wynonie Blues Harris的作品〈I Love My Baby's Pudding〉，布丁在俗俚裡，是指女性性器官。

瞧那個天使臉孔的年輕侏儒瞄準，打算灌球。沒中。眾人哄然大笑。「噢，老天，」狄恩說：「現在你瞧。」他們抓住這個小鬼的頸背，鬧著玩，拉著他團團轉。他尖叫。高視闊步走出撞球間，但還是甜蜜羞澀地回頭望了眾人一眼。「哇，天，我真想認識這個酷小子，瞭解他在想什麼，女友是什麼模樣——哇，老兄，這空氣真叫我興奮極了！」我們踱出撞球間，逛了幾條漆黑神祕的暗巷。無數的房子隱匿在蔥綠、跡近叢林模樣的院子裡；我們瞥見前廳裡有女孩，門廊上有女孩，還有跟男孩躲在林子裡的女孩。「我從來不知道聖安東尼奧有這麼瘋狂！你想想看墨西哥又是什麼模樣！咱們走！咱們走！」我們衝回醫院。史丹已經治療完畢，他說好過多了。我們攬著他，轉述剛剛發生的一切。

現在我們準備開始最後一百五十哩，之後就是邊境了。我們跳上車，風馳而去。我累到不行，一路經過迪里、恩西納諾、拉雷多，我都呼呼大睡。直到清晨兩點，車子停在一家簡餐店前，我才醒來。「唉！」狄恩嘆氣：「德州的盡頭。美國的盡頭。接下來就是你我都不懂的地方了。」天氣異常燠熱，我們汗流如注。沒有夜露，沒有一絲風，啥都沒有，只有數十億隻飛蛾到處猛撲燈泡，還有近處傳來的渾濁刺鼻河水味——那是里約格蘭河，發源於寒冷的落磯山谷，沿途形塑大谷地，夾帶著熱氣，衝進巨大的海灣，與密西西比河的泥土混合。

那個清晨，拉雷多看起來很邪惡。各式各樣的計程車司機與沙漠遊民四處遊蕩，尋找機會。賺錢機會不多；為之已晚。這是美國糟粕底部，大惡徒的沉澱地點，迷惘之人必須親近某個地方，一個讓他們神不知鬼不覺混入其中的地方。濃稠如糖漿的空氣瀰漫著密謀走私的氣味。紅著臉的警察滿頭大汗，面色微慍，但是並不囂張。女服務生渾身髒污，一臉嫌惡。你能感受到越過此點就是土地廣袤的墨西哥，幾乎能聞到數十億張炸墨西哥玉米薄餅與濃煙味飄散在夜空裡。我們不知道墨西哥究竟會是什麼模樣。現在我們又降至海平線等高，想要吃點零嘴，卻吞嚥不下。用紙巾包起，旅途上再吃。我們的心情惡劣又悲傷。但是一跨過橫越河流的神秘橋樑，車輪一壓上墨西哥土地，一切改觀了，雖然那不過是設在尋常車道上的邊界檢查哨。不過，對街就是墨西哥。我們好奇觀望，出乎意料，它竟全然墨西哥風味。才清晨三點，便有十來個戴草帽、穿白褲的男子倚靠在破爛斑駁的店門前。

「瞧一瞧一那些一傢伙！」狄恩輕聲呼氣，低語道；「噢，等等。」墨西哥海關走出來，面帶笑容，勞煩我們將行李搬出來。我們照辦，眼睛還是瞪著對街景象，渴望立刻衝到那裡，隱沒於神祕的西班牙風街頭。這只不過是新拉雷多，對我們來說，卻像聖地拉薩。狄恩低語說；「那些男人通宵不睡哩。」我們忙著辦通關文件，他們警告說越過邊界就不要喝生水。墨西哥關哨檢查行李，態度馬虎。一點不像海關官員，懶散溫和。狄恩猛瞧他們，轉身對我說；「你瞧瞧這個國家的警察。難以置信。」他揉揉眼睛；「我這是做夢呢。」接著匯兌，我們看見桌上放著一疊疊的披索，得知八疊披索換一塊美金，大約如此。我們換了大部分的錢，開心地把大捲鈔票塞進口袋裡。

5

我們轉過臉羞澀驚奇地注視墨西哥，夜色裡，那十幾個墨西哥男子在神祕帽簷下瞪著我們。他們的背後是二十四小時營業的餐館，門裡傳來音樂與滾滾煙霧，狄恩輕聲驚嘆：「哇。」

「搞定！」墨西哥海關微笑：「幾位老弟，全搞定了。可以走了。歡迎蒞臨墨『奇』哥。假期愉快。小心財物。小心駕駛。咱們私下說說，我叫紅佬，大夥都這麼叫我。你們有事，就找紅佬。好好享受食物。別擔心。一切都好。在墨『奇』哥啊，想不逍遙都難。」

「遵命！」狄恩聳聳肩。我們步履輕快穿越馬路，進入墨西哥。停好車，並肩踱步燈光昏黃暗沉的西班牙風格街頭。夜裡，老人坐在椅上，看起來像東方毒蟲或者神使先知。沒人正眼瞧我們，卻人人知道我們的所有舉動。我們忽地左轉進入煙霧瀰漫的簡餐廳，一頭闖入三〇年代美式點唱機播放的草原吉他音樂聲。只穿襯衫的墨西哥計程車司機與戴草帽的時髦人士坐在高腳椅上，狼吞虎嚥模樣難看的玉米粉薄烙餅、豆子、炸玉米餅，以及不知名的玩意兒。我們買了三瓶冰啤酒——耆而維沙（cerveza）[15]是也，一瓶只要墨西哥幣三十分，或者美元一角。又買了幾包墨西哥菸，一包六分錢。我們猛瞧手中美妙的墨西哥錢，真是好用啊，撥弄鈔票，又東張西望，對每個人微笑。在我們的後面

15　西班牙文的啤酒。

是整個美國、我與狄恩以前熟知的生活種種，以及飄浪公路的日子。終於，我們在路的盡頭找到神奇之地，那是我們難以想像的神奇。狄恩低聲說：「你瞧這些男人整夜不睡呢，再想想前面就是廣闊大陸，以及我們在電影裡看見的雄偉大山，還有沿路即將瞧見的叢林，跟咱們美國一樣大的沙漠高原，然後一路往下到瓜地馬拉跟天知道啥地方，哇！幹什麼好？幹什麼好？出發吧！」我們走出餐廳坐上車，最後一次眺望燈火輝煌的里約格蘭大橋再過去的美國，掉轉車頭，擋泥板對著美國，出發去也。

轉眼，我們就進入沙漠，廣闊平地五十哩內不見燈火與車輛。此刻，黎明降臨墨西哥灣，我們才瞧見路兩旁全是模糊如鬼影的絲蘭仙人掌與燭台掌。我歡呼大叫：「好一片狂野大地！」狄恩與我完全清醒了，先前在拉雷多市，我們只能算半死不活。史丹因為有過出國經驗，只是在後座平靜睡覺。眼前的墨西哥整個屬於我跟狄恩。

「瞧，薩爾，我們將一切丟在後面，進入全新且未知的階段。經過這些年的麻煩與樂子，我們才能置身於此——才能放心無憂、啥也不想，以埋頭猛往前衝的方式瞭解這個世界，老實說，在我們之前，還沒有美國人能夠以這種方式理解世界——美國人曾到過墨西哥，對不對，就是墨西哥戰爭時。美國人以加農砲開路呢。」

「這條路，」我跟他說：「是以前美國不法之徒的逃亡路線，越過邊界，從這兒逃去蒙特雷，如果你眺望這個灰濛濛的沙漠，想像來自通斯頓的老壞蛋獨自騎馬飛馳，流亡到不知名的所在，你還可以看到……」

「就是這個世界，」狄恩說：「我的天！」他大聲喊，拍打方向盤。「就是這個世界！如果這條路能通，我們可以直達南美洲。想想看！媽的！狗—娘—養—的！」我們往前疾駛。晨曦迅即展開，漸漸能瞧見沙漠的白沙，偶爾還可瞥見遠離路邊的小茅屋。狄恩減速細瞧那些房子：「真是破爛茅屋，老兄，只有死谷以及更爛的地方才能瞧見這種房子，完全不顧門面。」第一個有幸出現在地圖上的城鎮是沙比納希達戈，我們迫不及待要抵達那裡。「這兒的公路跟美國差不多，」狄恩說：「只有一點很瘋狂，你注意到沒，就是路邊的里程標示，都用公里，還標出離墨西哥市多遠。你瞧，彷彿它是這個國家的唯一城市，所有東西都指向它。」我們離這個大都會僅剩七百六十七哩；換算成公里，超過一千。「幹！我得趕了！」狄恩大叫。我因極度疲累閉目養神了一會兒，不斷聽見狄恩猛捶方向盤，說：「媽的，真爽！」、「噢！好一個國家！」或者「沒錯！」我們橫越沙漠，大約清晨七點抵達沙比納希達戈。車速減到最低，觀察這個城市。喚醒後座的史丹。我們坐直身體好好觀望。鎮上大街滿是泥濘與坑洞。街道兩旁是門面破落的泥磚屋。驢子馱負物品走在大街上。赤足女人站在黑暗門口瞧我們。街上擠滿正要展開墨西哥鄉間一日的行人。留著翹八字鬍的老人瞪著我們。因為我們不似尋常的美國觀光客穿著體面，而是衣衫襤褸，滿臉鬍髭的三個年輕人，讓他們分外感興趣。我們以時速十哩龜行大街，盡情瀏覽。一群女孩走在我們前面，車子經過時，其中一個說：「先生，你往哪兒去啊？」

我驚訝轉頭對狄恩說：「你聽見她說啥沒？」

狄恩也大感吃驚，持續慢行，說：「是的，我聽見了，媽的，一清二楚，噢，老天，噢，老天，我簡直興奮到不知所措，這個清晨，這個世界，真讓我心頭喜孜孜。我們終於上了天堂。沒有比這裡更酷、更棒的地方，不是天堂，是什麼？」

「嗯，咱們掉頭回去，釣那些女孩！」我說。

「好，」但是狄恩依然以五哩時速前進。他樂昏了，不必幹他素日在美國會幹的事。他說：「沿路還有成千上萬的女孩呢！」話雖如此，他還是掉轉車頭，經過那些女孩身旁，她們正要去田裡上工；對我們微笑。狄恩以堅定的眼神望著她們，小聲說：「幹！噢，這簡直是不可能的美夢。妞兒，妞兒。尤其是在我人生的這個階段、這個處境。薩爾，剛剛我們經過的那些房子，我都往內瞧了——破敗的門面，稻草床上躺著棕色小孩，半睡半醒，睡眠讓他們腦袋空空，癱瘓了他們的思想，這時才慢慢回神，他們的母親在鐵鍋前煮早飯，你瞧瞧窗子的遮板，還有那些老頭，這些老頭酷極了，棒透了，大屌不甩的。這兒的人沒有疑心病，一點也沒。人人都很酷，都用坦率的棕色雙眼瞪著你，啥話也不說，就是看，眼神裡還保有溫和與輕柔的人性特點，全在那兒。你瞧瞧那些關於墨西哥的狗屁愚蠢故事，什麼愛睡覺的老外，全是狗屎——還有什麼小流氓，這個那個的，可是你瞧這裡的人多麼正直良善，也不會跟你胡扯八道[16]。真是令我吃驚。」狄恩的人生受教於浪遊夜路，他生來就是為了見識這一切。他趴向方向盤，左顧右盼，緩緩前進。我們在沙比納希達戈鎮的另一頭停車加油，這兒聚集了一群戴草帽、留八字鬍的牧人，站在老舊的加油幫浦前喧譁笑鬧。田野遠處，一個老漢拿著折疊手杖緩緩趕驢前進。純淨的太陽高高昇起，照耀著純淨古老的人類活動。

我們重新上路往蒙特雷，隆隆駛向前方白雪覆頭的大山，寬闊的豁口往上攀就是山隘，我們行於山隘之上，沒多久，便駛出滿是豆科灌木的沙漠，盤旋往上空氣清爽、懸崖邊有石牆的公路，牆上是石灰水書寫、字體斗大的總統名字——阿萊曼！這條高山公路杳無人跡，它盤旋於雲際，帶領我們

16 原文用put down any bull，bull應是bullshit的俚語簡稱。

攀上山頂的大高原。越過高原，可以瞧見蒙特雷這個大工業城朝藍天噴出煙霧，巨大的墨西哥海灣雲朵像羊毛掛滿谷地的白晝天空。進入蒙特雷就像進入底特律，兩旁全是工廠高牆，只是蒙特雷有驢兒在綠草間曬太陽，有緊挨都市旁的大片泥磚屋，數以千計的時髦人士在門前閒蕩，妓女憑窗探頭，怪商店裡貨品無奇不有，狹小的人行道擠滿人，一派香港風情。「哇！」狄恩大叫：「太陽底下的確有新鮮事。薩爾，你瞧瞧墨西哥的太陽，讓人興奮得很。哇！我只想繼續走啊走，讓這公路帶我往前衝！」我們討論在熱鬧的蒙特雷稍停，但是狄恩想趕路到墨西哥市，何況，他知道前頭還有更有趣的地方，前頭，總是前頭。他像瘋子一樣地開車，幾乎不休息。搞得史丹跟我完全閉嘴，放棄，只好睡覺。離開時，我瞧見蒙特雷市後面有巨大雙峰，那是不法之徒的去處。

蒙提摩里洛在前方，我們再度向下盤旋至氣溫較熱的海拔。炎熱，陌生。狄恩一定得叫醒我。「薩爾，你瞧，絕對不能錯過。」我張眼看。我們正穿越沼澤區，每隔一小段破爛道路，就會出現衣著襤褸的奇怪墨西哥人，罩袍腰帶上掛著彎刀，有人在砍樹叢。他們全停下手邊工作，漠無表情望著我們。糾結的樹叢後，偶爾可見草屋，竹木為牆，頗具非洲風格，就是鄉村茅屋。奇怪的年輕女孩黑亮如月兒，站在神祕的翠綠門口瞧我們。「噢，老天，我真想停車，跟這些小甜心勾手指玩，」狄恩大嚷：「但是小心，老先生老太太總是埋伏左右，在屋後不到百碼處撿柴火，或者照顧牲口。這些女孩絕對不可能落單。在這個國家，沒人是落單的。剛才你在睡覺時，我仔細研究了這條路跟這個鄉間，老兄，要是我能把種種想法都說給你聽，那就好了。」他又滿頭大汗，眼睛充滿血絲，瘋狂，但是寧靜溫柔——因為他終於找到同類。我們維持時速四十五，開過無止無盡的沼澤鄉間。「薩爾，我想這樣的鄉間景色會維持很久，如果你願意開車，我要睡一下。」

我接手開車，邊開邊做白日夢，駛過利納勒斯，平坦炎熱的沼澤鄉間，又越過靠近沙比納希達戈、熱氣蒸騰的索托拉瑪里納河，繼續往前。巨大的翠綠叢林山谷坦現在我面前，上面是長滿綠色作物的狹長農田。一群群男人瞪著我們穿越古老的窄橋。橋下，蒸熱河水流淌。接著我們攀高，眼前出現類似沙漠的鄉野，奎格利亞市就在前方。那兩個男人還在睡覺，只有我一人開車，沒完沒了，前端的路筆直如箭。這跟在北卡羅萊納、德州、亞歷桑那州、伊利諾州開車不同；比較像是穿越世界進入某些地方，讓我們終於得以置身印第安農民間，習得自己的本位，印第安人落居全球，構成最基本、最悲愴、最原始的人類一族，沿著赤道之腹，帶狀環繞地球，從馬來亞（位於中國的指尖處）到偉大的次大陸印度，再到阿拉伯世界，從摩洛哥到相貌一致的沙漠與墨西哥叢林，再穿越海洋抵達波里尼西亞，再到百姓身披黃袍的暹邏，環繞復環繞，如此你才能聽見西班牙卡地茲的破敗城牆邊角也有相同的悲鳴，那是從世界首都貝那拉斯向外輻射，方圓一萬兩千哩內處處可聞的相同悲歌。他們毫無疑問是印第安人，而非開化卻蠢笨的美國人傳說中的派卓們與龐丘們[17]。他們顴骨高聳、丹鳳眼，舉止溫雅；他們不是笨蛋，不是小丑，而是偉大嚴肅的印第安人，人類的源頭，眾生之父。中國人是大海，印第安人則是大地。沙漠中不能沒有岩石，「歷史」的荒漠裡也不能沒有印第安人。看我們經過眼前，他們也知道如此，我們不過是一群想在他們的土地上打鬧玩耍、模樣膚淺、自以為是、有幾個臭錢的美國人罷了；他們知道誰才是地球古老生命之父，誰又只是後輩子孫，因此沉默不語。當所謂的「青史世界」毀滅成灰，農民的啟示錄便再度開啟，如此輪迴已經無數次。墨西哥的穴居人將以相

17 派卓與龐丘（Pedros and Panchos）是常見的墨西哥人名，不過是西班牙化的名字，而非當地早住民印第安名。

同的眼睛瞪視世界，峇里島的穴居人亦如是，那是世界伊始、亞當受哺育與教育之處。以上是我驅車進入豔陽高照、炙熱無比的奎格利亞市，腦海翻騰的種種。

之前，我們還在聖安東尼奧時，我半開玩笑說要幫狄恩搞個女孩。這是打賭也是挑戰。當車子開進陽光普照的奎格利亞市郊邊的加油站，一個年輕人光著腳丫，拿著巨大的擋風玻璃遮陽板，問我要不要買。「你愛？六十披索。你講西班牙文（Habla Español）？六十披索（Sesenta peso）。我叫維克多。」

「不買，」我開玩笑說；「買小姐。」

「沒問題，沒問題！」他興奮大叫；「我幫你找女孩，隨時。現在，太熱。」他不屑地說；「天熱，好女孩，沒有。等晚上。遮陽板，喜歡？」

我不想要遮陽板，但是想要女孩。我搖醒狄恩；「嘿，老兄，在德州時我說會幫你搞到女孩——現在，伸伸你的骨頭，給我醒來，兄弟；有女孩在等我們。」

「啥？啥？」他彈身坐起，模樣憔悴：「哪裡？哪裡？」

「這孩子維克多會帶我們去。」

「哇，走啊，走啊！」狄恩跳下車，抓住維克多的手，在加油站閒蕩的幾個男孩看見都笑了，他們半數赤腳，全戴垮垮的草帽。狄恩跟我說：「老兄，如此打發下午，不是很棒？比待在丹佛的彈子房要酷多了。維克多，你有女孩？在哪裡？啊——哪裡（A donde）？」他大聲說西班牙語：「薩爾，你瞧，我這是說西班牙文呢。」

「問他能搞到大麻嗎？嗨，孩子，你有大——麻嗎？」

男孩用力點頭。「當然，隨時，老兄，跟我來。」

「嘻！呀！吼！」狄恩歡叫。他已經徹底清醒，在催人欲睡的墨西哥街頭蹦蹦跳跳。「咱們統統去。」我拿出「好采菸」（Lucky Strike）分贈男孩們。我們似乎帶來極大樂趣，尤其是狄恩。他們遮著嘴，輕聲評論這個美國瘋漢。「薩爾，你瞧他們，在品頭論足，仔細觀察我們呢。我的天，這裡實在太屌了。」維克多跟我們上車，顛簸出發。一路熟睡的史丹此刻也被瘋狂的嘈雜鬧醒了。

我們開到城外另一邊的沙漠區，轉上滿是車痕的泥巴路，沒見過這麼顛簸的路。前方就是維克多的家。位於長滿仙人掌的平地邊緣，幾棵樹木遮蔭，不過是餅乾盒般的泥磚屋，幾個男人在前院閒晃。狄恩興奮到不行，說：「他們是誰？」

「我的哥哥。還有我媽。我姐。這是我家。我，結婚了，住城裡。」

「你媽呢？」狄恩有點膽怯了：「大麻這件事，你媽會怎麼說？」

「哦，就是她幫我弄大麻的。」我們在車上等，維克多下車，大步走到屋前跟一個老婦講了幾句話，老婦迅即轉身到屋後的園子，拾掇從大麻植株摘下放在沙漠太陽下曬乾的大麻葉。這段時間，維克多的兄長就坐在樹下微笑，他們想過來打招呼，但是起身走路頗耗一點時間。維克多滿臉甜蜜笑容回來。

「老天，」狄恩說：「這個維克多真是我見過最甜蜜、最酷、最瘋狂、最性感（bangtail）的小男人，你瞧瞧他緩緩踱步的那種酷樣。在這兒，凡事都不必急。」穩定的沙漠微風吹進車內。天氣非常熱。

「你瞧多熱啊，」維克多坐到前座狄恩身旁，指指曬得滾燙的福特車頂說：「等你吸了大一嘍，你就不熱了，等著瞧。」

「是的，」狄恩調整墨鏡，說：「我等著瞧，當然。維克多老弟。」

不一會兒，維克多的高個子哥哥緩緩走來，拿著鋪了大麻的報紙，扔在維克多的大腿上，閒散倚靠車門，對我們微笑點頭說：「哈囉。」狄恩點頭，對他綻放開心笑容。大家都沒說話，這樣也很好。維克多開始捲起我生平僅見最大管的大麻菸（bomber），他用棕色紙袋做捲菸紙，捲出類似可樂娜雪茄那麼粗、那麼長的大麻菸。大得要命。狄恩瞪著看，眼睛張得老大。維克多隨意點起菸，大家傳著抽。抽這麼大管的玩意兒，就像靠著煙囪猛吸氣，一股熱氣直衝喉頭。我們屏住呼吸，然後幾乎同時吐氣。瞬間，我們就「駭」了。額頭汗珠凝結，彷彿到了阿卡波可海灘。我往後車窗張望，維克多最奇怪的一個兄弟——黑得像祕魯印第安人，肩膀有飾帶——靠著電線桿，過於害羞，不敢靠前來握手。我們的車子好像被維克多的兄弟們包圍了，因為另一個兄弟出現在狄恩的座位旁。然後發生了最最奇怪的事。大夥因為「駭」到不行，開始不拘小節與形式，專注於眼前的趣味，那就是美國人與墨西哥人一起在沙漠中「開飯」（blast），這實在有夠奇，更怪的是這麼近距離瞧見另一個世界的臉孔、毛孔、長繭的手指、羞怯的顴骨。這幾個印第安兄弟開始低聲對我們品頭論足，注視我們、評估我們，再相互比較、修飾、改正他們的印象——「耶！耶！」。同一時間，狄恩、史丹與我開始用英語評論他們。

「你瞧一瞧後面那個奇怪的兄弟，一步都沒離開電桿，臉上歡喜的靦腆滑稽笑容一秒鐘都沒消失。還有我左邊這個年紀較大、比較自信的兄弟，為啥一臉愁容，像是精神有病，或者更像城裡的流浪漢，但是他的兄弟維克多卻已經體面結婚了，簡直像他媽的埃及國王般神氣。這些傢伙真帥。從沒見過這樣的。瞧見沒？他們在討論我們呢，就像我們在議論他們一樣，差別在他們的興趣可能圍繞在我們的穿著——其實，跟我們的興趣沒兩樣——以及我們車裡的奇怪事物，還有我們笑起來的方式跟他們大不相同，甚至比較我們跟他們的氣味差異。我啊，拿眼睛牙齒來換，也想知道他們在說些什麼。」狄恩試著問：「喂，維克多——你的兄弟剛剛說些什麼？」

維克多以清亮哀傷的棕色雙眼瞪著狄恩：「好的，好的。」

「不是，你沒聽懂我的問題。你們剛剛在說些什麼？」

「哦，」維克多大為不安，問：「不喜歡這個大—嘜，你？」

「哦，是，很好！你們剛剛聊些什麼？」

「聊？好啊，我們聊。你喜歡墨西哥嗎？」缺乏共同語言，難有共識。眾人逐漸安靜、清涼，享受「駭」的感覺，以及沙漠吹來的微風，各自沉思有關國家、種族，或者永恆之事。該去找女人了。維克多的兄弟退回樹蔭下的老據點，老母站在灑滿陽光的門口，我們則緩慢顛簸駛回鎮上。

只是顛簸不再不舒服；簡直變成舉世最爽、最優雅的波浪起伏，彷彿置身藍海，狄恩的臉上閃亮不自然的金光，他說我們得開始瞭解車子避震彈簧，深入其中。我們上下彈動，就連維克多都懂了，跟著大笑。然後他指向左方，告訴我們走哪條路才能找到女孩。狄恩欣喜莫名，朝左望，整個身體傾過去，扭轉方向盤，篤定且平穩地帶領我們朝目標前進，同時間聽維克多講話，嘴裡還要誇張滔滔：「是的！當然！我一點也不懷疑！鐵定是如此的，老兄！噢！一點不假！怎？啐，啐，你這是對我說好聽話呢。當然！是的！繼續講。」維克多以流暢漂亮的西班牙語嚴肅回應。那個瘋狂瞬間，我以為狄恩光憑洞悉力就完全理解維克多在說些什麼，或者突然間因極度熱情快樂而獲致什麼我們無法理解的天啟能力。那個時刻，他看起來簡直和羅斯福總統一模一樣 — 這是我發光的雙眼、飄浮的腦袋所看到的幻影 — 以致我坐直身體，驚訝喘氣。陽光的輻射像無數尖刺穿下，我瞧不清狄恩的身影，他宛若天神。我「駭」到不行，必須靠回椅背；車子顛簸，亢奮一陣陣穿透我。此刻，墨西哥已經變成完全不同的東西，一想到要注視車窗外的墨西哥，我就像站在金光閃閃、神祕的藏寶箱前，卻縮手不為，不敢直視，深恐承受不了藏寶箱內的璀璨豐富。我喘不過氣來。瞧見天空射下金光萬條，射穿破爛的舊車頂，穿透我的眼球，直中我的眼珠中心；處處是金光。我瞧窗外陽光普照的燠熱街頭，一個女人站在門口，她好像在聆聽我講的每一句話，並不時點頭 — 這是嗑大麻後常有的偏執幻視。但是金色流光持續不斷。好一會兒，我的表層思惟失去了意識，不知道我們在做些什麼，許久，我才拋離了火焰般的光與靜寂，像是由睡夢回到了真實世界，又像是由虛無中醒來進入夢境，他們說現在是停在維克多家門口，他已經抱著襁褓兒站在車門獻寶。

「瞧見我的寶貝沒？他的名裴瑞茲，他六個月大。」

「哂，」狄恩的臉蛋依然煥發至喜與極樂之色：「他真是我見過最漂亮的娃兒。薩爾，史丹，你們瞧瞧他這雙眼珠子，」他轉身，態度轉為嚴肅溫柔，說：「我要你們特—特—別注意我們這位墨西哥好朋友維克多的小娃兒的眼睛，瞧他成為男子漢後，他的獨特靈魂將如何透過眼睛這兩扇窗子說話，這麼可愛的眼睛預告了他將擁有最可愛的靈魂。」這番演說真美。那也是個很美的娃兒。維克多略帶傷感望著他的安琪兒，我們真希望也有這樣一個兒子。我們是如此專注於這孩兒的靈魂，小傢伙察覺了，皺起臉蛋，開始呱呱大哭，完全無法安撫，他的哀愁毫無緣由，大概得回溯至無窮遠的神祕與時間。我們束手無策；維克多撫摸他的脖子，搖晃他，我則撫摸娃兒的小手臂，但是他嚎啕得更大聲。「噢，」狄恩說；「維克多，真抱歉，我們讓他這麼難過。」

「他不難過，小娃兒哭罷了。」維克多的背後站著他的赤足老婆，太靦腆，不願跨出門檻，焦慮且溫柔地等待奶娃兒回到她的棕色柔軟臂彎。維克多獻完寶，爬回車上，一臉驕傲，作勢要我們右轉。

「好的，」狄恩掉轉車子，穿過具有阿爾及利亞風格的狹小街道，所經之處，路人都微露驚奇瞪視。我們來到妓女戶。那是一棟矗立於陽光下頗為體面輝煌的灰泥屋。兩個警察倚著窗子朝妓女戶內瞧，褲子鬆垮、睡眼惺忪，一臉乏味，當我們步入屋內，他們只是略感興趣地瞧了我們一眼，繼續呆站窗戶前，接下來三小時，我們就在這兩位警察的眼皮底下狂歡，直到黃昏時步出妓女戶，應維克多的要求，我們才給他們每人各約二十四分美金的錢，聊表形式。

我們在裡面的確找到了女孩。有人斜躺在舞池對面的沙發，有人在右邊酒吧狂飲。中央是個拱廊，裡面是一個個類似市立公共海灘更衣室的小隔間，沐浴在庭院的陽光下。業主站在吧台後面，年紀還輕，聽見我們想聽曼波音樂，馬上奔去拿來一疊唱片，多數是裴瑞茲．普拉多（Pérez Prado）的作品，立刻用大喇叭放送出來。瞬間整個奎格利亞市都聽見這間「舞廳」（Sala de Baile）正在享樂好時光。音樂震天迴盪舞廳，我和狄恩、史丹為之一震，這才明白原來我們從來不敢隨心所欲、如此大聲地播放音樂——但是，這才是點唱機的原始功用，也正該如此播放。陣陣音響抖顫襲來。幾分鐘內，半個城鎮的人都擠到了舞廳窗前，來瞧米國佬跟女孩跳舞。他們跟那兩個警察並排站在泥巴人行道上，倚著窗子看，表情隨性，無關緊要的模樣。在這個金色陽光的神祕午後，〈再來一點曼波珍波〉（More Mambo Jambo）、〈曼波恰塔奴加〉（Chatanooga de Mambo）、〈第八號曼波〉（Mambo Numbero Ocho）等美妙名曲在屋內大聲迴盪轟鳴，好似你在世界末日、耶穌再臨時會聽到的聲音。小號是如此響亮，我覺得遠在沙漠區都能聽見，那也正是號角的濫觴地。鼓聲如此瘋狂。曼波的康加鼓節拍來自剛果河，那是屬於非洲也屬於世界的河流；因此這正是世界的節奏。嗡一噠，噠一噗一蓬一嗡一噠，噠一噗一蓬。鋼琴的即興應答（montuno）從喇叭如雨傾盆倒在我們頭上。領唱者的吶喊就像在空中大聲喘氣。那張瘋狂的〈曼波恰塔奴加〉唱片最後的小號主題樂段，與康加鼓、邦加鼓的高潮一起爆發，狄恩整個人為之凍結，開始抖顫流汗；當小號的震懾迴響激盪昏昏欲睡的空氣，響亮如空谷或者石穴的回聲，狄恩眼睛睜得滾圓，好像見到魔鬼，接著他緊閉雙眼。我呢，也像布偶抖顫；我聽見小號連番進擊我所見的金光，撼動我的靴子。

隨著快拍的〈再來一點曼波珍波〉，我們與女孩瘋狂扭動。極度亢奮中，我們逐漸分辨出不同女孩的不同個性。她們都很棒。奇怪，最狂野的一個來自委內瑞拉，印第安人與白人的混血，年僅十八。她像是出身良好人家，線條柔和的雙頰，白膚金髮，做啥這個年紀跑來墨西哥賣淫？天知道！應該是極度哀傷使然。她喝起酒來毫無節制，一杯杯朝喉嚨灌，每杯都像最後一杯。她也經常打翻酒，目的是讓我們盡量掏錢買酒。大白天的，她就穿著薄如蟬翼的家居服，與狄恩瘋狂起舞，緊抱他的脖子哀求，無盡需索。狄恩根本駭茫了，不知道該專注於哪一個，女孩還是曼波。最後他們跑去後面的小隔間。我則被一個無趣的胖女孩纏上，她帶了一隻小狗，總想咬我，我看了就討厭，胖女孩因此不高興了。最後她讓步，把狗寄放到後面，不過等她回來，我已經被另一個女孩搭上，這女孩比她好看，但不是最美的，像螞蝗一樣勾住我的脖子。我想擺脫她，去勾搭舞廳那一頭的一個十六歲黑女孩，她哀愁獨坐，瞪著敞開的短洋裝，猛瞧自己的肚臍眼。我沒膽過去。史丹則搭上十五歲小妞，杏仁色肌膚，洋裝同樣鈕扣開到肚臍。真是瘋狂。窗外最起碼倚了二十個男人瞧熱鬧。

一度，那個黑女孩——不算黑人，只是膚色深——的媽媽跑來，面色哀傷跟她磋商。看到這一幕，我對自己想要勾搭她，感到萬分羞恥，就讓那隻蟈蝗帶我到後面的房間，裡面有更多的喇叭，音樂更大聲，有如夢境，我們讓床板上下吱嘎了半小時。那是木板條組成的方形房間，沒有天花板，角落放了聖像，另一個角落擺了洗臉盆。黑暗的走道，前後都有女孩喊「阿瓜，阿瓜咖哩洋提」，「熱水」的意思。史丹與狄恩都不見人影。我的女孩要價三十五披索，大約等於三元半美金，她又跟我乞討了十五披索，說了一大篇故事。我對墨西哥錢毫無概念；只知道我大概是個百萬披索富豪。可以為她揮金。我們衝回去跳舞。這時街上的人變多了。兩個警察還是一臉乏味。狄恩的漂亮委內瑞拉妞拉著我穿過一扇門，進入一個奇怪的酒吧，顯然是附屬這間妓女戶。年輕的酒保正在邊擦酒杯邊跟人聊天，一個留八字鬍的老先生跟人熱烈討論。這裡，喇叭也大聲放送曼波音樂。好像整個世界的音響都被扭開了。委內瑞拉妞攀住我的脖子，懇求我買酒。因為酒保不肯賣她。她求了又求，好不容易酒保給了她一杯，她又打翻了，這一次可不是故意的，因為我瞧見她那雙可憐、迷惘、凹陷的雙眼滿是懊惱。我跟她說：「寶貝，慢慢來。」我得撐住她的高腳凳，否則她會一直滑下來。我還沒見過比她更醉的女人，而她才十八歲；她不斷拉我的褲頭拜託，我又幫她買了一杯酒。她一口吞下。我實在不忍心上她。我的那個女伴年近三十，比較懂得照顧自己。看到委內瑞拉妞在我臂彎裡扭動受苦，我真想帶她到後面的房間，脫掉她的衣裳，只是跟她說說話——至少我是這麼告訴自己的。我超想要她跟那個小黑妞，為之癲狂。

可憐的維克多，他一直背靠著酒吧銅欄杆，上下跳躍，開心瞧著他的三個美國朋友跳舞。我們請他喝酒。看見女孩，他的眼珠發亮，但是他一個也不搭，因為他忠於老婆。狄恩塞錢給他。一陣混亂，我終於逮著機會瞧狄恩想耍什麼花樣。但是他整個茫翻了，當我瞪著他的臉蛋瞧，他壓根認不得我，只會說「耶，是啊」。一切似乎永不落幕，像是發生於來世的某個下午、冗長且鬼魅的阿拉伯夢——阿里巴巴、胡同小巷、後宮佳麗。我再度跟我的女孩衝到她的房間；狄恩跟史丹交換女伴，因此我們消失了好一陣子，觀眾得等一會兒才有戲看。漫長的下午，天氣變涼爽了。

不久，這個古老的酷城市奎格利亞即將邁入神祕夜晚。曼波音樂一刻也沒停，狂熱推進，好像沒有盡頭的叢林之旅。我的眼睛離不開那個小黑妞，她走起路來像皇后，卻被繃著臉的酒保指使做僕工，幫忙端酒，到後面掃地。這屋裡的女孩就是她最需要錢；或許她老媽就是來找她要錢，給襁褓弟妹餬口。墨西哥人很窮。不知怎的，我就沒想到走過去塞錢給她。我覺得她會帶著某種嘲弄神情收下錢，她這類人的嘲弄表情會令我膽戰。瘋狂狀態下，我覺得自己真的愛上她，僅僅數小時；那是毋庸置疑的痛苦與心如刀割，同樣的嘆息，同樣的苦楚，更重要的，同樣的裹足不前與膽怯。奇怪的，史丹與狄恩也無法接近她；她那種凜然不可侵犯的尊貴，正是讓她在這個瘋狂妓女戶裡一貧如洗的原因。一度，我瞧見狄恩像座雕像朝她傾靠，正準備施展魅力，她以傲慢冷眼瞧他，狄恩臉上閃過陣陣迷惑，停止搓揉肚皮，結舌，最後，頭兒低垂。因為，她是皇后。

這時，維克多突然憤怒抓住我們的手，並瘋狂比手勢。

「怎麼啦？」他使盡辦法要讓我們明白，然後跑去吧台，從酒保手中搶下帳單，後者對他怒目相視。帳單超過三百披索，折合美金約三十六元，任何妓女戶都不需要花這麼多錢。儘管如此，我們還未清醒，還不想離開，縱使口袋空空，還是想跟我們的可愛女孩在這個奇怪的阿拉伯天堂廝混，這可是我們經歷艱苦萬分的旅程，到了終點才發現的天堂。但是夜色降臨，我們得繼續朝盡頭前進。狄恩也知道，開始皺眉深思，努力恢復神志，最後我提議乾脆走人，甭再留戀：「前頭還有許多好康的，老兄，因此沒有損失啦。」

「沒錯！」狄恩眼兒朦朧，大聲附和，轉眼瞧他的委內瑞拉妞。她終於昏死過去，躺在木頭長椅上，白皙的腿兒伸出絲質衣服外。窗外的旁觀者趁機飽覽春光；紅色暗影靜悄悄逼近他們的身後，驟然寂靜中，我聽到娃兒的哭聲，這才想起畢竟我們是在墨西哥，而不是什麼活色生香的大麻白日夢天堂。

我們蹣跚離開；完全忘了史丹；連忙回頭去找，發現他正以迷人風采朝著剛進門值晚班的新面孔妓女彎腰致敬。他打算從頭再玩一遍。當史丹喝醉酒，他沉重如十呎巨漢；當史丹喝醉酒，他不讓人拖離女人身旁。何況她們活像蔓藤攀在他身上。他堅持要留下來體驗一些更新、更奇異、更熟練的「小姐」。狄恩跟我猛拍他的背，拖他離開。他跟每個人一再揮別──女孩、警察、群眾，甚至街頭小孩；他在奎格利亞民眾歡呼聲中朝四面八方飛吻告別，驕傲地蹣跚踏入人群，打算跟人哈啦，訴說他在這個美妙下午所體驗到的歡樂與愛。眾人都笑了；還有人大拍他的背。狄恩衝過去付了警察四披索，跟他們握手，微笑彎腰致敬，然後跳上車，我們認識的女孩（包括及時醒來參與告別的委內瑞拉妞）全圍在車旁，穿著薄如蟬翼的衣裳，擠成一團跟我們吻別，委內瑞拉妞甚至哭了──當然，我們知道這眼淚並非為我們而流，至少不是全部，不過夠了，夠好了。我愛的那個黑膚女孩消失於屋內的暗影裡。曲終人散。我們驅車出發，將歡樂、喜悅與數百披索留在身後，這一天的享樂，錢沒白花。

繞樑的曼波音樂尾隨了我們好幾條街。狄恩大喊：「再一見啦，奎格利亞。」送出飛吻。

維克多覺得我們讓他臉面有光，也十分自傲，說：「現在，你們想洗澡嗎？」是的，我們都想洗個舒服的澡。

他帶我們見識全世界最怪的事：那是普通的美式澡堂，離鎮一哩，就在高速公路旁的一棟石屋，只要幾分披索就可以洗一次，管理員會給你肥皂跟毛巾，一堆小鬼在池裡與蓮蓬頭下打鬧。除了洗澡，這還是個可憐兮兮的兒童樂園，有鞦韆與損壞的旋轉木馬，在逐漸褪色的紅色夕陽下顯得奇特又美麗。史丹跟我拿了毛巾，衝到冰冷的蓮蓬頭下，出來後，煥然一新。狄恩懶得沐浴，我們瞧見他和善良的維克多手挽手，在悲涼的公園遠處漫步，快樂地大聲聊天，狄恩一度靠在維克多身上，興奮表達論點，猛擊自己的手掌心。然後，他們恢復手挽手的姿態，繼續踱步。該跟維克多告別了，狄恩是藉此機會與他單獨相處，瞧瞧公園，綜合自己的印象，以獨有的狄恩方式好好研究維克多。

我們要走，維克多十分哀傷：「你們會回來奎格利亞，看我？」

「老兄，當然！」狄恩說。他還答應帶維克多回美國，如果他想去的話。維克多說他要好好想想。

「我有老婆孩子 — 也沒錢 — 我會想。」我們在車內朝他揮手告別，紅色陽光下，他笑容閃耀。身後是可憐的公園與孩子們。

6

一出了奎格利亞，公路就開始陡降，兩旁聳立巨人樹木，天色變黑，樹林傳來數十億隻昆蟲的震耳和鳴，像是永不停止的尖叫吶喊。「哇！」狄恩說，打開車前燈，不亮。「啥！啥！媽的，怎麼搞的？」他憤怒猛捶儀表板。「噢，天，我們得摸黑開車穿越叢林，想想有多恐怖，得碰到其他車輛，才有機會看到路，但是這裡一輛鳥車也沒！當然沒有光線。噢，怎麼辦，媽的？」

「開吧。還是掉頭回去？」

「不，絕對不，不！我們繼續開。我勉強看得到一點路。我們辦得到的。」現在我們在蚊蟲尖叫的墨黑夜裡疾駛，一股濃重刺鼻近乎腐爛的臭氣降下，我們想起地圖上指出離開奎格利亞，就進入北回歸線。「我們進入新的回歸線！難怪這個味道！聞聞看！」我探頭出車外；蚊蟲飛濺到我臉上；側耳聽風，蟲鳴尖叫頓時入耳。我們的大燈突然靈光，照亮前方的寂寞公路，兩旁百呎高的樹木堅實如牆，蛇狀蜿蜒下垂。

「狗一娘養的！」史丹在後座大叫：「棒透！媽的！」他還在「駭」。我突然明白因為如此，叢林與麻煩對他的快樂靈魂不起作用。我們一起縱聲大笑。

「管它的！我們就一頭栽進這個天殺的叢林，晚上就睡在裡面，走！」狄恩大叫：「老史丹沒錯！老史丹才不在乎！女人、大麻讓他駭到不行，還有那些大聲放送、令人狂喜、無法承受的曼波音樂，我的耳膜到現在還跟著搏動呢——嘻！他超駭，他完全知道自己在幹什麼！」我們脫掉T恤，赤裸上身，駕車咆哮奔入叢林。這裡沒有城鎮，什麼也沒，只有蠻荒叢林，無止無盡，往下行，氣溫越來越熱，蚊蟲越叫越大聲，兩旁植物越來越高，氣味越來越臭越燠悶，直到我們完全適應，甚至開始喜歡這種氣味。狄恩說：「我只想脫光光在這叢林裡翻滾。不，管它的，一找到好地點，就這麼幹！」利蒙突然出現眼前，是個叢林小村，幾盞昏黃的燈，黑影幢幢，巨大天空覆蓋頭頂，一群男人聚在雜亂的木棚屋前——這是熱帶叢林裡的十字交通要道。

我們停車，周遭恬靜得無法想像。悶熱有如六月晚上的紐奧良市烘培店烤箱。整條街的人家夜裡都坐在門口，聊天：偶爾幾個女孩走過，年紀很輕，赤腳，骯髒，只是好奇要瞧瞧我們的模樣。我們靠著一家破爛雜貨鋪的木頭門廊，店裡擺著數袋麵粉，櫃台上快要腐爛的生鳳梨引來大批蒼蠅。鋪裡有盞煤油燈，外面是幾盞昏黃燈，除此，一片黑、黑、黑。我們很疲倦了，當然希望倒頭就睡，沿著泥巴路開了幾碼，停在村子後方。天氣燠熱得無法想像，根本無法入睡。狄恩拿出一條毯子鋪在柔軟炙熱的泥巴路上，四仰八叉睡大覺。史丹躺在福特汽車的前座，打開兩邊車門透風，但是連細如輕煙的風都沒有。我呢，躺在後座，痛苦，汗水直淌成水窪。我爬出車外，在夜色裡搖晃身體。全村居民已在瞬間上床了；唯一的動靜只有狗吠。我哪睡得著？數千隻蚊子叮咬我們的胸膛、雙臂與腳踝。我突然靈光一現：跳上車頂，平躺下來。依然無風，但是金屬車頂有令人冷卻的成份，我背上的汗珠乾了，數千隻死昆蟲在我的肌膚上結塊，我突然明白叢林會擄獲你，讓你成為它的一部份。躺在車頂仰望漆黑天空，有如夏夜躺在關緊的後車箱中。生平第一次，我覺得天氣不是觸摸我、撫弄我、凍斃我，或者讓我大汗不止的東西，天氣就是我。我跟大氣合為一體。睡覺時，細小的昆蟲像毛毛雨落在我臉上，愉悅舒坦。天上無星，厚沉沉，難以望穿。我可以整晚躺在這裡，臉蛋暴露於穹蒼下，它也只會像一襲天鵝絨帷布覆蓋我，不會傷害我。死昆蟲與我的血液混合；活蚊子與我血液交換；我開始渾身微顫，聞到我的頭髮、臉蛋、腳巴丫子、腳趾頭都散發出腐爛叢林的悶熱臭氣。當然，我是打赤足的。為了減少流汗，我穿上沾滿蟲尸的T恤，再度躺下。黑暗的馬路上有一疊黑黑的影子，那是狄恩在睡覺。我聽見他在打鼾。史丹也是。

偶爾，村裡閃現微光，那是警長拿著黯淡的手電筒巡視，在叢林裡自言自語。我看到他的燈光左搖右晃朝我們而來，還有踏在植物與沙子上的柔軟腳步聲。他停步，拿手電筒照車子。我坐起身瞧他。他以極為溫柔，近乎嘮叨的微抖聲音說：「多米雷多（Dormiendo）？」指指躺在路上的狄恩。我知道這是「睡覺」的意思。

「西，多米雷多。」

「沒事（bueno），沒事，」他喃喃自語，模樣傷感又不情願，繼續他的孤獨巡視之旅。上帝造人，就沒造出這麼可愛的美國警察。他，不多疑、不干擾、不找麻煩；真是這個沉睡小村的守護神，不必多說。

我躺回我的鐵皮床，張開雙臂。我根本搞不清楚上方是樹枝，還是空曠穹蒼，不過，也沒啥差別。我仰天張大嘴，深吸叢林大氣。那不是空氣，從來就不只是空氣，而是樹木與沼澤散發出來、可以觸摸的活物。我沒睡。不知何處草叢傳來破曉雞鳴。沒空氣、沒微風、沒晨露，北回歸線天氣依舊把我們牢牢釘在地上，沉重，微顫。天空沒有破曉跡象。突然間，我聽到黑暗處狗吠奔馳，然後是輕輕的躂躂馬蹄，越來越近。半夜騎馬，什麼瘋狂騎士？接著我瞧見幻象：一匹野馬，雪白如鬼，奔馳泥巴路，朝狄恩而來，爭鬧嘈雜的狗群跟隨其後。我瞧不見牠們，應該是骯髒的叢林老狗，不過馬兒通身白如雪，高大美妙，幾乎像螢光，清晰可見。我不擔心狄恩。因為馬兒瞧見了他，蹉躂繞過他的身旁，像艘船兒輕盈滑過我們的車子，低鳴幾聲，穿越村子而去，那群狗兒兇狠追逐，牠又從村子那一頭蹉躂跑回叢林，我只聽見蹄聲漸遠漸渺。狗兒安靜下來，坐著舔身體。這匹馬究竟是什麼？是什麼神話，什麼鬼魂，還是什麼精靈？狄恩醒來後，我跟他講這件事，他以為我在做夢。然後他依稀記起夢見一匹白馬，我說那不是夢。史丹也漸漸醒來。現在我們只要稍微動一動，立刻滿身大汗。四周還是烏漆抹黑。我大叫：「發動車子，吹吹風吧，我快要熱死了。」

「沒錯！」我們快速駛離村子，頭髮飛揚，持續沿著瘋狂的高速公路而去。灰濛霧裡，黎明迅速降臨，顯露公路兩旁的密集沼澤，高大的蔓藤植物孤伶伶站著，彎向糾結的根部。我們沿著鐵路全速行駛，前方出現馬德羅城廣播電台的詭異天線，跟我們在內布拉斯加的經歷一樣。我們找到一家加油站，加滿油，最後一批夜間叢林蚊蟲大群撲向燈泡，整群掉到地上蠕動撲翅，某些蟲兒的翅膀足足四吋長，有的大如蜻蜓能把鳥兒吞下肚，還有數千隻嗡嗡響的巨大蚊子，以及各式無以名之、模樣像蜘蛛的蟲子。這些蟲子嚇壞我，我在人行道上不斷跳動；趕緊爬回車上，雙手抱住腳板，恐懼望著蚊蟲圍聚車輪胎。我大聲叫：「走人啦！」狄恩與史丹一點都不怕這些蟲子；鎮定地喝了幾瓶密辛牌橘子汽水，還踢走飲水機前的蟲尸。他們的襯衫與褲子跟我的一樣，沾滿血液與數千隻黑色昆蟲屍體。我們深深嗅聞衣服。

「你知道嗎，我逐漸喜歡這個味道，」史丹說：「我已經聞不到自己的體味。」

「這氣味很妙，很棒，」狄恩說：「到達墨西哥市前，我都不要脫掉這襯衫，我要好好嗅它，記住這味道。」我們再度出發，讓風兒吹上我們蟲血結塊的炙熱臉龐。

前方浮現高山，一片翠綠。攀過這座山，就會再度抵達廣大的中央高原，之後直奔墨西哥市。沒多久，我們就攀高至五千呎，抵達雲霧迷濛的山隘，俯瞰一哩下的土黃色蒸騰河水。那是壯闊的莫克特朱馬河。路邊的墨西哥人模樣超級奇怪，他們是高山印第安人，自成一國，除了泛美公路，完全與外界隔離。高山印第安人長得矮壯，皮膚黝黑，一口爛牙；馱著無比沉重的東西。穿過長滿綠樹的巨大峽谷，陡峭的山壁上有梯田。他們上下爬陡坡，照顧穀物。狄恩將車速放慢到五哩，仔細觀看。「哇！我還真沒想到世間有這樣的景象！」我們攀到巍峨如落磯山脈脊梁的最高峰，這裡種了香蕉樹。狄恩爬下車指東指西，一邊揉肚皮。我們站的地方是塊岩架，一棟小茅屋孤懸於世界的斷崖上。迷濛的金色陽光讓莫克特朱馬河顯得朦朧，現在它和我們的落差不止一哩了。

茅屋前院站著一個三歲印第安女孩，吮手指，睜大棕色雙眼瞧我們。狄恩低語說：「她這輩子可能都沒看過門前有人停車。哈－囉，小妹妹，妳好嗎？妳喜歡我們嗎？」小女孩嬌羞轉過臉，噘起嘴。我們開始聊天，她再度吸手指，瞪著我們瞧。狄恩說：「哎呀，真希望我能送她什麼東西！你們想想看，她生於此，活在此——這個岩架就代表她所認知的生活一切。她老爸此刻搞不好正套著繩索在山坡摸索，在洞穴裡採鳳梨，身體懸空八十度角砍木柴，下面就是峽谷。她永遠、永遠不可能離開這裡，對外面的世界一無所知。這裡自成一國。他們鐵定有個瘋狂酋長！他們肯定住得離公路很遠，進入陡峭深山數哩，一定還有更狂野更奇特的人，沒錯，因為住在靠路這一邊的人們，多少已因泛美公路，與文明有點接觸了。你瞧她眉毛上的汗珠，」狄恩露出苦笑：「那可不是你我這樣的汗水，他們的汗水是油的，終日掛在臉上，因為此處終年燠熱，她可不知道什麼是無汗，她生來就是滿身汗，死時也一樣。」女孩眉額上的汗水厚重黏稠；不往下流；停在臉上，閃亮如上等橄欖油。「這對他們的靈魂有多大的影響啊！他們所關切的事，對事物的評價、期許與夢想，跟我們會有多大不同啊。」狄恩驚訝張大嘴，以時速十哩開車，熱切想看路邊的每個人。我們的車子不斷往上盤旋。

隨著攀高，空氣變得清涼，路邊的印第安女孩穿著包裹頭臉的披肩。她們拚命招手；我們停車瞧。她們想兜售小小的水晶石。她們的無邪棕色雙眼如此專注，坦現整個靈魂，讓我們絲毫不起邪念，更重要的，她們年紀還小，約莫十一歲，模樣卻像三十熟女。狄恩低語：「你瞧瞧她們的眼睛！」那是聖母馬利亞年幼時的雙眼，我們在其中瞧見耶穌的溫柔與寬容赦免。她們也毫不膽怯地回望。我們揉揉焦慮的藍色雙眼，再度細瞧。她們的雙眸依然充滿哀傷與令人迷醉的光彩。可是她們一開口，馬上變得激動瘋狂，近乎蠢笨。沉默才是她們的本我。「她們應該是不久前才學會兜售水晶，因為高速公路完工不到十年，在那之前，這應該是個沉默的國度。」

女孩們在車旁聒噪。一個眼神特別充滿感情的女孩拉住狄恩的汗溼手臂，嘰呱講印第安語。「哦，好的，親愛的，」狄恩語氣溫柔，近乎傷感。他爬出車外，到後車箱翻找皮箱——還是那一只飽經摧殘的美國舊皮箱——拉出一支手表，拿給那女孩看。她喜極而泣。其他人驚訝圍繞。然後狄恩在那女孩手裡挑選「她親自從山中撿來給我、最甜美、最純淨、最小顆的水晶。」那顆水晶比野莓還小。狄恩則把手表搖晃遞給她。她們全像唱詩班孩子張大嘴。那個幸運小女孩把手表揣進破舊的袍子內。她們撫摸狄恩，感謝他。他站在女孩群裡，疲憊的臉蛋朝天望，尋找下一個，也是最高、最後的一個隘口，在女孩眼中，狄恩一定宛如先知降臨。他回到車上。女孩們依依不捨。我們朝山口開，她們還在後面追趕揮手，許久，許久。我們彎過山道，瞧不見她們了，但是知道她們還跟在後面。

「噢，我的心都碎了！」狄恩猛捶胸口大叫：「她們的忠心與好奇會讓她們追隨到多遠呢？她們會怎麼做？如果我們開得夠慢，她們會一路跟到墨西哥市嗎？」

「應該會，」好像我知道答案似的。

我們來到高度令人暈眩的東馬德雷高地。香蕉樹在迷霧中閃亮金光。大霧躲在懸壁的石牆後。懸崖下，莫克特朱馬河現在變成綠色叢林地毯上的一條金色細線。我們經過一個個窩在世界屋頂的十字路口小村，披著斗篷的印第安人從帽簷與頭巾下瞄我們。這兒的生活古老、魯鈍、黑暗。他們瞧著眼神如鷹、駕著轟隆車輪、嚴肅又瘋狂的狄恩，全朝他伸出雙手。他們從後山或者更高更遠的地方下來，只為伸出雙手乞取文明能夠給予的某些東西，他們從未想過文明社會也有它的哀傷與可悲幻滅。他們不知道文明世界已經有一種炸彈，可以炸碎所有橋樑與道路，讓文明頓成廢墟，而我們總有一天會跟他們一樣窮無立錐之地，以同樣的方式朝人伸出雙手，同樣呀同樣。我們的破舊三〇年代老福特鏗鏘駛過他們身旁，消失於沙塵裡。

我們抵達最後一個高原的入口。太陽已經轉為金黃，天空湛藍，除了偶一出現的河流，這個沙漠一整個就是沙與熱的大地，偶爾，才有古老如聖經的樹木遮蔭。現在換狄恩睡覺，史丹開車。前方出現牧羊人，長袍飄飄，宛如初民，女人背著金色包袱，男人快樂走動。閃耀的沙漠裡，牧人圍聚在大樹下聊天，羊兒在大太陽下擠來擠去，激起塵土。「老兄，老兄，」我對狄恩大叫：「起來，瞧瞧這些牧人。起來，瞧瞧這個耶穌降世的黃金世界，你親眼瞧瞧就知道！」

他從座位上抬起頭，瞄一眼即將消失的血紅太陽，盡覽一切，倒頭繼續睡。醒來後，他詳細描述所見：「真的，老兄，真謝謝你叫我瞧。噢，老天，我該怎麼辦？我該往何處？」他揉揉肚皮，充滿血絲的雙眼朝天看，幾乎落淚。

旅程的終點就在眼前。道路兩旁是大片田野，聲勢浩大的風兒偶爾吹過巨大的樹叢，拂過被向晚夕陽染成鮭魚紅的古老教堂。巨大的雲朵貼近，色如玫瑰。「黃昏前抵達墨西哥！」我們辦到了，從那天下午在丹佛的後院出發，到這個廣袤古老如聖經的世界，整整一千九百哩，旅途盡頭不遠了。

「我們該換下沾滿蚊蟲的T恤嗎？」

「不，咱們穿著進城，管它的！」我們駛入墨西哥市。

穿過短短的山隘，我們突然攀高，可以俯瞰火山口下面就是整個開展的墨西哥市，吞吐城市煙塵，還有薄暮初降時的燈光。我們盤下山朝它奔馳，穿過起義者大道，直達位於改革大街的墨西哥市心臟區。小孩在巨大空曠的田野踢足球，塵土飛揚。計程車司機團團圍繞，想知道我們要不要「叫小姐」。不，我們現在不要小姐。平原上是綿延大片的破敗泥磚屋貧民窟；我們瞥見昏暗的小巷裡有人。夜幕即將降臨，沒多久，我們駛進市中心，經過擁擠的自助餐館、戲院，處處燈光輝煌。報童朝我們嚷嚷。衣裳破爛的黑手工人赤足哀傷緩步行走。光著腳丫的瘋狂印第安司機橫切到我們車子前，包圍我們，大按喇叭，交通亂成一團。吵到不行。墨西哥車子不裝滅音器，駕駛時刻不停開心猛按喇叭。狄恩大叫：「吆！小心囉！」在車陣中左擺右甩，戲弄眾人。狄恩開車也像印第安人。駛上改革大街的高架圓環，在上面轉圈玩，車子從八個方向的車道朝我們衝來，左邊，右邊，左邊（izquierda），前方無路，他在駕駛座上樂得大叫大跳：「這就是我一直夢想的路況！每個人都向前衝！」一輛救護車急速駛過。在美國，救護車是警鈴大作，穿越車陣，如飛箭疾駛；在廣大的印第安農民世界，救護車是以時速八十穿越市中心大街，人人都得自動讓道，救護車絕不為任何人、任何狀況停滯，咻地飛過去。我們瞧見它的風火輪打散擁擠的交通，引起一陣騷動，飛掠而過，消失於眼界。這兒的駕駛都是印第安人。墨西哥市民，就連老太婆都得邁步快跑追逐永遠不停的公車。年輕的墨西哥生意人互相打賭，成群奔跑追趕公車，敏捷跳上去。公車司機也打赤足，露出冷笑，表情瘋狂，穿著T恤蹲坐在巨大的車輪上，頭頂，聖像發光。公車上燈光昏暗又青綠，一排排的木頭長條椅上是一張張黝黑的臉。

墨西哥市鬧區，數以千計的浪人戴著垮草帽，長翻領夾克，露出赤裸的胸膛，拖沓行進。有人在巷內販售十字架與大麻（weed），有人在破敗教堂前跪拜，旁邊就是演出低級歌舞的草棚。某些巷弄有如垃圾堆，排水溝無蓋，小小的門戶通向小如櫥櫃、窩在狹窄泥磚牆之間的酒吧。你得跳過陰溝，才能喝上一杯，水溝下面就是阿茲特克古老時代的湖[18]。從酒吧出來，你的背得緊靠牆，側著身體慢慢回到街上。酒吧供應混合肉豆蔻與萊姆酒的咖啡。到處都是轟隆作響的曼波音樂。數百個妓女在黑街窄巷站壁，哀傷的眼睛在夜裡閃亮望著我們。我們似乎漫遊於夢中，又似發瘋狂熱。我們只花了四十八分錢就吃到美味牛排，那是鋪了瓷磚牆壁的奇異餐館，樂手有老有少，站著敲擊一個巨大無比的木琴，還有吉他手邊走邊彈，幾個老傢伙在角落吹小號。我們循著龍舌蘭酒的酸氣找到酒吧；在那裡，兩分錢就能喝到一大杯仙人掌汁。此地沒有片刻停歇，整條街整晚活蹦蹦。乞丐拿著圍籬上扯下的海報當被褥睡在街頭。有人全家夜裡坐在人行道上吹小笛子，咯咯發笑。他們大剌剌伸出赤足，光線微弱的蠟燭燃燒，整個墨西哥就像巨大的波西米亞浪人營地。老婦在角落切剁煮熟的牛頭，薄片

18 今日的墨西哥市是阿茲特克王國時期，以竹子蘆葦等填Texcoco湖而建，經過數百年的擴張，才有今日的規模。

塞進玉米粉烙餅，拿報紙當餐巾，連熱湯碗一起奉上。這正是我們預期到了旅途終點會瞧見的最後一個農民城市，偉大且充滿童趣，不受羈絆，野性十足。狄恩雙眼發亮，像殭尸垂著雙手張大嘴漫遊，帶領我們展開一夜落魄又神聖的旅程，天亮時，我們還在曠野遇見一個戴草帽的小孩，跟我們說笑聊天，想玩抓迷藏，此地，永不停歇。

然後，我發燒了，開始錯亂，意識不清，猛拉肚子。我從黑夢中醒來，張眼一瞧，發現自己躺在海拔八千呎高、位於世界屋頂的病床上，也明白我在這一身原子所構成的可憐皮囊裡，已經活了一輩子，甚至好幾世，我陷入各式夢境。我瞧見狄恩趴在廚房桌前。我已經病了數天，他打算要走了。我呻吟說：「老兄，你要幹嘛？」

「可憐的薩爾，可憐的薩爾，生病了。史丹會照顧你。現在你聽我說，要是你病成這樣還能聽懂的話。我在這裡搞定了跟卡蜜兒離婚的事，今晚，要是車子撐得住，我就要一路開回紐約，回到艾內姿身邊。」

「從頭再來一遍？」我大叫。

「好兄弟，沒錯，從頭再來一遍。我得回去過日子。真希望我能留下來陪你。祈禱我能回來。」我捧住痙攣肚子呻吟。當我再度抬頭，勇敢高尚的狄恩拎著破皮箱站在床前低頭瞧我。我認不得他是誰，他也明白，滿懷同情，幫我拉上毯子蓋住肩頭。「是的，是的，是的，我該走了。可憐的老薩爾，發燒呢，再見。」然後他走了。我又持續悲哀高燒十二小時，終於明白狄恩走了。他可能正開車穿越長滿香蕉樹的山頭，這次是在夜裡。

身體稍微復元後，我徹底理解狄恩是個大鼠輩，不過我也得明白他的生活異樣複雜，不得不將生病的我拋在那裡，去應付他的「妻子們」與煩惱。「好吧，老狄恩，我沒什麼可說的。」

第五部

狄恩從墨西哥市開車回國，行經奎格利亞還去見了維克多，就操著那輛老車一路開到路易斯安那州的查爾斯湖市，車尾巴整個掉到路面上，狄恩早知道這車的下場會是如此。所以，他打電報給艾內姿，請她寄機票錢讓他飛回去。當他拿著離婚文件飛抵紐約，立刻跟艾內姿到紐華克市結婚。當晚他渾身大汗，慘兮兮，說服艾內姿一切都會沒事，甭煩心，跟她說道理。接著他就跳上公車飛馳這塊悲哀大陸，到舊金山跟卡蜜兒與兩個小女兒會合。目前為止，他已經結了三次婚，離了兩次，跟第二任太太住在一起。

那年秋天，我也從墨西哥市返家，一晚，我剛跨過利雷多邊界進入德州迪里市，發現置身燠熱街頭，夏日飛蚊不斷撲撞我頭頂的弧光燈，身後暗處傳來腳步聲，吶，是個白髮飄飄的高個子老頭，背著背包，重步橐橐行來，經過我身旁，他瞧見我，就說：「為人類掬一把同情淚吧。」又步履沉重地橐橐隱回暗處。這是不是代表我該繼續朝聖，赤足走遍美國的黑暗道路？我內心掙扎，趕往紐約，一晚我站在曼哈頓的黑暗街頭，朝一間閣樓窗子吶喊，以為我的朋友在那裡舉辦派對。但是一個漂亮女孩從窗戶探頭，說：「幹嘛？你是誰？」

「薩爾．帕瑞德斯，」我說，聽到我的名字在空蕩悲哀的街頭迴盪。

「上來吧，」她大聲說：「我正在弄熱巧克力。」所以我上樓了，瞧見她，正是我多年來一直在尋找的純淨無邪可愛雙眼。我們誓言狂愛對方。那年冬天，我們打算移居舊金山，買輛破舊的小貨車，把破家具跟爛家當全運過去。我寫信告知狄恩。他回了一封長信，一萬八千字，全部描述他的丹佛年輕歲月，然後說他會來接我，幫我挑選小貨車，再載我們回家。我們有六個星期可以存錢買車，我們開始工作，節省一毛一分。但是狄恩居然來了，足足提早了五個半星期，我們根本還沒錢實現計畫。

那晚半夜我出外散步，回到家，正準備告訴我心愛的女孩我散步時的想法。她站在我們的黑暗小窩，面露奇怪笑容。我跟她講了幾件事，突然察覺屋裡好安靜，四面張望了一下，瞧見收音機上面放了一本破書。我知道那是狄恩所謂的「一日午後成極致永恆的普魯斯特」[1]。宛如做夢，我瞧見狄恩腳上只穿了襪子，躡手躡腳從黑暗走道過來。他已經話不成聲，又跳又笑，猛揮雙手，結結巴巴：「啊──啊──你們得專心才能聆聽。」我們洗耳恭聽。不過，他卻忘記要說什麼。「真的聆聽──嗯哼。我說啊，親愛的薩爾，親愛的蘿拉──我這次來──我走了──等等──是這樣的。」他極度哀傷望著雙手：「說不出話了──你明白這是──或者──但是你們聽！」我們聆聽。他正在傾聽夜晚的聲音。「是的！」他驚訝低呼：「你們瞧──根本沒必要開口說話──以後也一樣。」

「你為什麼這麼早就來了，狄恩？」

「哦，」他好像頭一次真正瞧見我：「這麼早，是的。我們──我們將知道──是這樣的，我不知道。我搞到免費乘車券，可以搭貨車的車務人員專用車廂──就是那種硬板凳車廂──從德州坐來的，沿路我都在吹笛子跟木頭小鵝笛。」他拿出木製笛子，吹了幾個刺耳的音，只穿了襪子的雙腳上

1 此處原文為high-eternity-in-the-afternoon Proust，應該是指普魯斯特在作品《追憶似水年華》的第七部〈Time Regained〉裡，以很長的篇幅描述他在蓋爾芒特親王府參加的午宴，在那個篇章裡，普魯斯特不斷思索時間與永恆的意義。謝謝陳儀芬指點。

下跳動。「你瞧？」他說：「當然，薩爾，我馬上就可以跟以前一樣說話流暢，老實說，我的腦袋好像賽馬狂奔，有好多事要跟你說，橫越全國時，我一直在讀這個很屌的普魯斯特，想到好些事，我根本沒時間告訴你，我們都還沒聊墨西哥的事，以及我們在你發燒時分手的事——不過，沒必要說。毫無必要，是吧？」

「好吧，咱們不說。」不過，他開始講起他途經洛杉磯的事，鉅細靡遺，他為什麼去拜訪了某個人家，一塊吃晚餐，跟男主人與兒女聊天、他們是什麼模樣、吃些什麼、他們的家具、他們的思想、他們的興趣、他們的靈魂；他足足花了三小時說明一切細節，結論是：「喏，不過你知道我真正想告訴你的——晚點再說——是阿肯色州、搭火車橫越大陸、吹笛、跟男孩們玩紙牌——就是我那副春宮紙牌——贏了錢，吹木製小鵝笛給水手聽。薩爾，我歷經五天五夜恐怖漫長的旅途，只為見你。」

「卡蜜兒呢？」

「當然得到她的首肯——她會等我。卡蜜兒跟我沒問題，要廝守到老的。」

「艾內姿呢？」

「我—我—我要她跟我搬回舊金山，住到城裡另一邊——你覺得這樣不好？不知道我為什麼跑來，」稍後，他突然吃驚說：「哦，當然，我是想來看你跟你的可愛女友——真為你高興——我始終愛你不變。」他待在紐約三天，急匆匆準備他的回程乘車券，再度回到火車上跨越大陸，五天五夜窩在佈滿灰塵、寒酸破舊的硬板凳車廂，當然，我們沒錢買貨車，沒法跟他一塊回去。至於艾內姿，他花了一整夜滿頭大汗跟她解釋、吵架，艾內姿攆他出門。我收到一封信，拜託我轉交給狄恩，我瞄了一下，卡蜜兒寄的：「當我看見你拿著行李跨越鐵軌，我心碎了。我一再祈禱你能平安回來……我真的希望薩爾跟他的朋友能搬來，跟我們住在同一條街……我知道你會平安回來，還是忍不住憂慮——我們已經決定了未來種種……親愛的狄恩，上半個世紀已到尾聲，我們以愛與吻歡迎你與我們共度下半個世紀。我們都在等你。〔落款〕卡蜜兒、艾咪、小瓊妮。」所以，狄恩終於跟他最忠貞不變、最受苦、最懂事的太太安頓下來了，我為他感謝上帝。

我最後一次瞧見他是在一個奇怪悲哀的情況。雷米．龐固爾搭船環繞世界好幾周，回到了紐約。我想介紹他認識狄恩。他們的確見了面，但是狄恩不再滔滔，什麼話也不說，雷米也就掉頭走了。雷米搞到艾靈頓公爵在大都會歌劇院的演出門票，堅持我、蘿拉、他跟他的女友一起去。雷米現在的模樣又胖又悲哀，不過態度還是很熱心，是個道地紳士，誠如他所強調的，他做任何事都要「像個樣」。因此他找來他的組頭開凱迪拉克載我們去演奏會。那是寒冷冬夜。凱迪拉克就停在門前，隨時可以出發。狄恩突然拎著行李現身窗口，準備前往賓夕凡尼亞車站，再度上路橫越美國。

「再見，狄恩，」我說：「真希望我可以不必去演奏會。」

「你想我可以搭便車到四十街嗎？」他低聲說：「想抓緊每個機會跟你在一起，兄弟，何況，紐約這兒啊真是冷到要命……」我低聲問雷米。不，他不肯，他喜歡我，但是不喜歡我的白癡朋友。一九四七年我跟羅南．梅傑在洛杉磯艾佛德餐館，可是毀了他精心安排的夜晚，這次我不想舊事重演。

「想都別想，薩爾！」可憐的雷米，為了今晚他還準備了特製領帶；上面印了演奏會門票圖案，還寫了薩爾、蘿拉、雷米、薇琦四個人的名字，加上一些爛笑話，以及他的名言：「別想在大師面前玩新花樣。」

所以，狄恩沒跟我們同車進城，我只能坐在凱迪拉克的後座朝他揮手告別。開車的組頭也不想跟狄恩有任何瓜葛。狄恩穿著那件專門應付東部凍寒天氣、蛀蟲咬過的破舊大衣，獨自走了，我看到他的最後一眼，他正準備轉過第七街，望著前面街道，直往前衝。可憐的小蘿拉，我的寶貝，她知道狄恩的一切，這時忍不住快哭了。

「噢，我們不該讓他這樣走的。我們該怎麼辦？」

我心裡想狄恩走了，大聲回應：「他沒事的。」我們出發參加根本不想去的演奏會，我沒心情欣賞，一直想著狄恩，想他如何搭上回程火車，奔馳三千哩惡劣大地，搞不清楚他幹嘛跑來一趟，只是為了看看我。

因此，當夕陽落下美國大地，我坐在破舊的河堤碼頭，望著紐澤西州的狹長天空，我能感覺到這一塊不可思議的粗獷大地浩浩滾向西岸，感覺到它的條條大路，以及在這廣闊土地上逐夢的人，我知道此刻的愛荷華，小孩一定在哭，因為那兒的人們就是任由小孩哭，今晚，星星會露臉，難道你不知道上帝就是維尼熊嗎？夜星低垂，黯淡光芒撒落草原上，不久，黑暗就會全面降臨，淨化大地，抹黑河流，覆蓋山峰，收納最後一片海灘，誰都無法知道誰的將來會如何，只知道我們無法逃避年華老去這件無望的爛事。我記掛狄恩．莫瑞亞提，甚至記掛我們一直沒找到的莫瑞亞提老爹，我記掛狄恩．莫瑞亞提。

在路上【反抗文學經典】
On the Road

作　　者　傑克·凱魯亞克（Jack Kerouac）
譯　　者　何穎怡
美術設計　聶永真
地圖繪製　李玉亭
行銷企劃　蕭浩仰、江紫涓
行銷統籌　駱漢琦
業務發行　邱紹溢
營運顧問　郭其彬
責任編輯　張貝雯
總 編 輯　李亞南
出　　版　漫遊者文化事業股份有限公司
地　　址　台北市103大同區重慶北路二段88號2樓之6
電　　話　(02) 2715-2022
傳　　真　(02) 2715-2021
服務信箱　service@azothbooks.com
網路書店　www.azothbooks.com
臉　　書　www.facebook.com/azothbooks.read

發　　行　大雁出版基地
地　　址　新北市231新店區北新路三段207-3號5樓
電　　話　(02) 8913-1005
訂單傳真　(02) 8913-1056
二版一刷　2024年5月
定　　價　台幣450元

ISBN　978-986-489-960-9

國家圖書館出版品預行編目 (CIP) 資料

在路上/ 傑克. 凱魯亞克(Jack Kerouac) 著 ; 何穎怡譯. -- 二版. -- 臺北市 : 漫遊者文化事業股份有限公司, 2024.05
面；　公分
譯自 : On the road.
ISBN 978-986-489-960-9(平裝)
874.57　　113007379